这一切，丝丝入脉。

/梦三生系列/

宸宫

（上）

沐非◎著

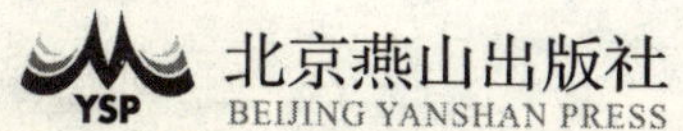
北京燕山出版社
BEIJING YANSHAN PRESS

图书在版编目（CIP）数据

宸宫 / 沐非著. — 北京 : 北京燕山出版社，2013
ISBN 978-7-5402-3233-7

Ⅰ. ①宸… Ⅱ. ①沐… Ⅲ. ①言情小说－中国－当代
Ⅳ. ①I247.5

中国版本图书馆CIP数据核字（2013）第094821号

宸宫

著　　者：沐　非
责任编辑：李瑞芳　夏　艳
封面设计：北京弘果文化传媒
出版发行：北京燕山出版社有限公司
社　　址：北京市西城区陶然亭路53号
邮　　编：100054
电话传真：010-65240430
印　　刷：北京慧美印刷有限公司
开　　本：700mm × 980mm　1/16
字　　数：686千字
印　　张：39
版　　别：2013年8月北京第1版
印　　次：2013年8月北京第1次印刷
书　　号：ISBN 978-7-5402-3233-7
定　　价：52.80元（全二册）

目 录

第一章 明灭

一切有为法，
如梦幻泡影，
如露亦如电，
应作如是观。

——《金刚经·第三十二品·应化非真分》

永嘉十二年的春天甚是邪异，才二月里，天气就忽冷忽热，变个不停。福寿宫里的老太妃生受不住，终是薨了。几日后，皇后又卧病在床，太医们天天会诊，总不见起色。内外命妇一起陈说，太后便请了国钦寺的慧明禅师来讲经祈福。

初七，六宫里才发了春装，宫人们口中不说，私下里却是绞尽脑汁地想着，如何在青灰衣裙上小动针线，既不违宫制，又能显出俏美。

鱼跃龙门，是宫中女子的梦想，所有的黛眉浅画、宝髻千变，都不过是为了那九五之尊闲暇时的惊鸿一瞥、偶然惊艳，或者是一时青睐。

汉时的未央神话，是宫中女子心中最华美的梦。

白天日头暖融，却不料，到了晚上，天色冥茫，竟下起雨来。春寒随着雨丝，一阵阵洒下来，到了子时，轰隆隆一声竟打起雷来。

蓉儿一把拿起毛巾，叫了声好烫，一边又给晨露额头敷了一条冷的。她瞥了眼白萍、彩儿，见她们仍是蜷在被窝中，不由得心中暗恨。她把毛巾一摔，狠狠地扔在桌上，弄出不小的声响。

白萍哼了一声，转身睡了过去。彩儿终于绷不住，爬起身来，迟疑地问道：“晨露好些了吗？”

蓉儿看着她，想发怒，又忍住了，“额头越发烫了，她本来身子就虚，挨了那一顿打，又逢上这天气……”

她想起刚入宫时，晨露那小小的、胆怯的笑容，想起那日棍棒齐下，她缩成一团的弱小身形。

“要怪，就怪我们生得不好……要是爹娘给了好家世，就算做不了主子，也能做上三阶的女官，有头有脸的，也不会轻易挨打。”彩儿不甘地嘀咕着，想起娘娘们的贴身宫女，那金尊玉贵、盛气凌人的样子，又是神往，又是妒忌。

她们四个都是云庆宫中的粗使宫女，因为出身微贱，又没有使银子，就被派到杂役班，什么擦柱子、抹地板，甚至拔草除尘都是她们的活计，白日里辛苦奔忙，晚上也是睡四人大通铺。

其他宫女都被小太监们尊称一声“姑娘”或是“姑姑”，她们这些人，却是谁也不会正眼瞧的。哪天娘娘气儿不顺了，随便找个理由就可以拿她们出气。

蓉儿一声惊叫，打断了彩儿的苦怨，“不好了，晨露开始发冷了……冷得像块冰！”

彩儿不及答话，铺上的白萍便翻身坐起，嚷道：“半夜三更的吵什么啊，还叫不叫人睡了！”

“你真没良心！晨露还不是为了替你的班，才会把漆洒到娘娘身上？”

“那是她自己笨手笨脚！人死了没？还没死就快叫善人堂来抬人，死在这里，还怎么住人！”

“你！”蓉儿气不过，冲过去就要撕扯，却听见彩儿大叫：“你们快来……晨露她、她没气儿了！”

蓉儿三两步疾奔回东铺角，伸手一探，颓然坐倒。

她看着这僵直、瘦弱的躯体，看着那青白的小脸，那蹙着眉、闭着眼，好像仍在忍痛的表情，她哽咽着哭不出来。

这条命，何其微贱！

她起身抱住晨露，终于哭出声来。

她哭着，想起家中的娘亲和小妹来，仿佛要把一生的悲苦都诉之于哭声。

彩儿踌躇着，半晌才道：“我去喊善人堂的人。”

她拿了把伞，跑了出去。

迎面的雨水让她打了个寒战，不知是因为冷，还是为着屋内凄凉的哭声。

屋内，没有人再说话，蓉儿啜泣着，白萍两眼望天。

半个时辰后，彩儿才回来，她带着哭腔道：“善人堂的不肯来，说是大雨天……就让她停尸在屋里……”

善人堂是宫中有善心的大太监和女官们设的，有些无亲无靠的宫人死去，他们会拉出去埋了，现在连他们都不肯来，三人立刻明白，这一夜要伴着尸体睡眠了。

蓉儿悲从中来，又哭了起来。彩儿哆嗦着，“我听说，下雨天，容易闹尸变……”

她的声音带着恐惧，随着雷声轰隆劈下，显得分外阴寒。

白萍打了个寒战，皱眉看了看另一端的僵硬躯体，嫌恶地挪了挪铺盖，道:“少胡说八道！”

尖酸的话语戛然而止，她死死盯着那具尸体，突然，爆出一阵惨烈的尖叫。

白亮的雷电，瞬间照亮了整间屋子，雨声哗哗，铺上那具尸体静静地睁开了双眼。

她目光森然，神光流转，令人不敢直视，双眸转动着，打量着四周简陋的环境以及惊愕害怕的三个女子。

雷电轰鸣，震得乾清宫内灯烛闪烁。左侧有一只云窑瓷炉呈大禹治水状，其中檀香冉冉，皇帝手执黑子，意甚踌躇。

他看着雷雨交加，也就不愿睡去，遣人去留下给太后讲经的慧明禅师，一起在乾清宫中对弈。

手谈之道，淡泊二字而已。前人往往几日才成就一局，两人下到中夜，也不过局面过半。

白子大龙已成气候，隐有腾云破空之势，黑子却无所作为，散乱得不成气候。

局势甚危，皇帝却漫不在意，端过茶碗一试，笑道：“好茶。”

“皇上且慢品茶，小僧却要先取一局了。”慧明落下关键一子。

“哦，朕要输了。”皇帝仍是平和，轻松笑道，“禅师果然好棋艺。”

看着他温和平静的意态，慧明心下暗忖，一直传说这位万岁性情温厚、宽正少怒，果不其然。

“可惜，禅师的眼界未免太浅了些。”皇帝的声音在雷声中，竟是别样的寥淡和危险。

慧明愕然抬头，看入皇帝眼里。

在那温厚平和的笑容下，笑意未达眼底，皇帝眼中深不可测，无穷的深渊仿佛要择人而噬。

当的一声，慧明手中棋子落枰。

皇帝伸出手，那五指修长而坚定，他放下一子。

仿佛是一瞬间，那散乱的各处立刻互为支援，相互呼应。

棋势已成，大龙顿成死地。

皇帝含笑看向慧明，“卿一子不过呼应五步，而朕从不计较一子一地，求的是最后的水到渠成。”

慧明被那一眼惊得已是慌乱，逢此大败，只能唯唯。

皇帝止住内侍，亲自动手收拾，仍是漫然道：“太后宫中的佛像还妥当吧？”

“此乃观世音菩萨，遍体以七分金——”

皇帝挥手打断了他的介绍，“禅师认为临时抱佛脚有用吗？”

这很是诛心险恶的话，让慧明战栗不已，他隐约知道，自己坠入了一张大网。

皇帝笑得洒脱，“太后从你那儿请了一尊佛像，而道门的玉虚道长，却即将成为护国真人。”

慧明又惊又怒，“太后她……”

皇帝爽朗地大笑，“难得有今日的兴致，棋局已毕，禅师请回吧。”

慧明咬咬牙，下定了决心，毕恭毕敬地跪下，行礼，“谨遵陛下旨意。”

清晨，粗使奴婢们来到食厅，领取自己的一份早膳。至于高阶宫女们，则要服侍完主子后，由自己的小丫头代为领取，有些有头脸的，甚至有自己的小厨房。

宫中等级森严，一层一层，越到上头，越有人上人的意趣。

白萍、彩儿仍是余悸未消，远远地避开晨露。只有蓉儿爱怜地端来粥和馒头，又变戏法似的拿出一个纸包，里面是圆胖可爱的煮鸡蛋。

“快吃吧，让你休息你不听，待会儿要是晕过去可怎么好。”蓉儿像个大姐姐似的，嗔怪数落着，眼里却满是喜悦。昨晚晨露一时背过气去，还以为她已经没了，没曾想，一个雷头轰下，她居然又睁开了眼，今早竟还能起身了。

她狠狠地剜了眼白萍、彩儿，暗骂道，两个死丫头，红口白牙的，乱说什么尸变！

晨露静静地看着她，忽然笑了，“蓉姐，你对我真好！”

她清秀的相貌因这一笑，顿时明丽异常，眼波神动间，竟有一种高贵凛然之气。

蓉儿看呆了，半晌才回过神来，却见晨露已经低下头去，吃了起来。

她吃得很快，却丝毫不见粗鲁，一会儿就风卷残云般把粥喝了，馒头吃了，然后才是鸡蛋。

蓉儿咋舌于她的好胃口，又想起她已几日没进水米，不由急道：“你慢点儿吃，几日没进食，如今这么胡吃，还了得啊？”

晨露沉静地一笑，“不妨事，我先喝了粥汤，才吃的其他的。”她继续香甜地吃着，几乎把脸埋进了碗里，“好饿，我真的很久没吃东西了。”

没有人听到她心中那声叹息——是的，很久没吃了。

二十六年了。

一日如常。

晨露刚刚痊愈，只能做些轻的活计——好在今日只需把栏杆擦个通彻。

蓉儿觉得很是奇怪，晨露在干活的间歇，竟问起了宫中逸事来——平日里她可对这些毫无兴趣。她是个没心眼儿的实在人，一五一十便讲了开来。

擦了一天的栏杆，四人回到房间，随便梳洗后，很快就上了大通铺。

晨露没有睡着。

听着三人均匀的呼吸声，她睁开眼，披衣起身，来到窗前。

已是半夜，亭台楼阁在黑暗中烨然生辉，远处的镜湖波光微潋。

风景依旧，人事已非。

现下已是永嘉十二年了啊……

她叹息着，如同第一次见似的，端详着自己纤弱的身躯、手脚，还有这一室寒苦。

不曾想到会有今日啊……

她几乎是自嘲地笑了。

没有人会想到，晨露，这个羞怯微贱的宫女，早已死去。

在这个身躯中重生的，是她。

在地府中，因着术士的诅咒封镇，她连奈何桥也过不得，被困在火中焚烧，整整过了二十六年。

如今因缘际会，幽幽一梦，醒来后，却被人唤作“晨露”。

二十六年啊……人生繁华，一朝落尽……

我……是谁？

她抬起头，看着窗外的宫中诸景，无声地说道：我的名字是——林宸。

这天下，还有多少人，记得这个叱咤风云的名字……

第二日，管事太监有话，道是前日大风狂疾，损了云庆宫中不少花木，少不得要调理一番。一声令下，四人就在庭中忙碌起来。

今日天色大晴，风却也很大，蓉儿扶起一丛枝蔓，又是培土，又是修剪，忙个不停。她抬起头，担忧地看了看晨露，刚说了句“你衣裳太单薄了些”，就听见外面一阵轻微的喧哗，再看时，却见两顶宫轿落在门口照壁处。总管太监那尖细的声音喊道：“恭迎娘娘回宫！”

蓉儿咦了一声，道：“今日齐妃娘娘怎么这么早回宫？她不是要协助皇后打理

六宫事务吗？”

只见宫人们正欲搀扶，第一顶轿子珠帘一掀，齐妃已从轿中走了下来。

她身着绛红绣金宫装，面容艳丽无比，一双凤眼媚意天成，却又凛然生威；一头青丝梳成华髻，繁丽雍容，那小指大小的明珠，莹亮如雪，星星点点在发间闪烁，烈日映照下，令人不敢正视。

她步履轻盈，手中却是紧紧扯着绢帕，柳眉倒竖，美眸含威，三两步就走到花丛边。

她的贴身宫婢香盈迎上前去，还未及开口，但见齐妃细咬银牙，微微冷笑，也不言语，就是一掌掴去。

香盈虽是懵懂，却不敢避让，生生受了这一掌，脸上指痕嫣然，遂跪地求饶：“娘娘饶恕……”

“齐妃姐姐火气好盛啊……”

身后有女子笑道，声音清脆，却又说不尽的慵懒妩媚。

第二顶轿中，有一女子慢条斯理地下轿来，她身着淡粉衣裙，长及曳地，细腰以云带约束，更显得不盈一握，发间一支七宝珊瑚簪，映得面若芙蓉。

她在左右侍婢的搀扶下，仿佛弱不禁风，只那眼中的得意笑意，明晃得耀眼。

“是云萝这小丫头！”蓉儿她们看着，低呼出声。

原来这云萝本是云庆宫宫婢，齐妃本来喜她嘴甜伶俐，收在身边。不料她相貌出众，一次皇帝驾临时见了她，随口调笑，竟比起了月下昭君。齐妃不由打翻了醋罐子，忙命人远远打发去了浣衣局。

“多日不见她，她怎么竟成了主子？”一众人等都暗暗纳罕。

云萝却不在意，曼声笑道：“姐姐容禀，当日我走得匆忙，有几样心爱物事没带走，今日一并拿走吧……明日还要服侍皇上，并没有工夫来呢。”说完，也不等回应，竟袅袅婷婷地走去原先住处，不到一炷香的工夫，就拿了个包袱出来，向齐妃微微一躬，径自回轿离去。

齐妃气得面色不正，双手颤抖，对着香盈又是一记耳光，“昨日皇上偶遇云萝，封了她做云贵人……本宫不是让你把她远远打发出去，不要再让皇上见着的吗？你怎么当的差？”

香盈嗫嚅道：“她在浣衣局，怎么会……”

齐妃思索片刻，冷笑道：“必定是她……昨日一早装贤德，非要皇上陪她去烟霞阁看望老太妃，就是为了‘不经意’地经过浣衣局，到时候让这小贱人来个邂逅，还不是水到渠成？”

香盈恍然大悟，“是皇后！”

齐妃挥手止住了她，觉得此处人多嘴杂，正要召集心腹密商，却见花丛中隐约有人。

“谁在那里？出来！”

四人起身，未及下跪行礼，齐妃眼尖，一眼瞥见了晨露。

她记性甚好，一下想起，这就是那日把漆洒在自己身上的宫婢，一股滔天怒火正没处发，伸手指定了晨露，“把这贱婢拖出去，打死算完！”

齐妃威仪深重，又在盛怒之中，一声令下，早有人七手八脚地把晨露拖了出去。香盈连忙跟了出去，权作监督。

蓉儿低呼一声，正欲起身，却被彩儿死命拉住了。她浑身都在颤抖，想了想，好像抓住了救命稻草似的，转过身对着齐妃，用力在地上磕头，“娘娘千岁千千岁，就饶了她这一遭吧！”

她用力磕下，鲜红的血染红了石砖，齐妃却理也不理，转身回了内宫。

再说那边厢，香盈跟了过去，看太监们去拿了刑杖，正要施为，那唤作晨露的宫女，轻轻开口道：“香盈姐姐且慢，我有一桩秘密要告诉你。”

话音清脆自如，好似丝毫不曾害怕。

香盈禁不住好奇，走前两步，“什么秘密？”

晨露抬头，正对上香盈好奇的双眼。

瞬间，她眸中金光一闪，香盈只觉得身不由己，直直看入了瞳孔深处，那深不见底的冥黑，竟是充满妖异诡谲。她头脑一凉，随即浑噩起来。

“姐姐你素来聪明，又怜悯弱小，一定会帮我向娘娘求情吧？”

眼中的冥黑，似乎要把人吸入，香盈呆呆地移不开眼，只定定地道：“是啊！”

下一刻，她恍然惊醒，揉了揉眼，尖声对着太监道：“先别动手，我要去禀报娘娘。”

齐妃倚在榻边，余怒未消。香盈进来，小心地奉上熏香。

“娘娘，奴婢有一言，不知该不该说。”

“要吞吞吐吐就给我出去！”

“是。皇后这番，明显是来意不善，是冲着您来的。”

“嗯。”

“所以您更不能被她抓到把柄。”香盈热切地说道。

齐妃以指拢了拢额前的鬓发，“什么把柄？”

“这节骨眼儿上，任何不慎都可能成为把柄。按说打死个把宫女，是我们云庆宫自己的事，可落到有心人眼里，对景儿发作起来，那可就是‘不恤人命’的罪名了。”

“你是说放了那丫头？”齐妃端详着指尖鲜红的蔻丹，不悦地道，“本宫最恨这等笨手笨脚的奴才！”

“娘娘明鉴，这等蠢笨之人，不值当为她坏了我们的名声。不如，明日我找刘总管，把这丫头调走，换个伶俐的。”

“依你。不过，一定要仔细了相貌，不能再养虎为患。”

晨露被赦了回去，蓉儿自是喜笑颜开，其他两人也是啧啧称奇。这两日她们见晨露已无异状，想起自己曾咋呼什么“尸变”，脸上过意不去，对她也亲切了很多。

白萍撇嘴道：“香盈这小蹄子是个心黑手辣的性子，今天居然大发慈悲，给晨露求情，难道是太阳打西边出来了？”

彩儿殷勤地给晨露端来茶水，“妹妹喝口茶吧。平日里你不声不响，没想到跟香盈姑娘有情分，她可是娘娘跟前最得意的人……今后有什么好处，莫要忘记了我们姐妹。”

如此这般，四人吃过了午饭，又得了管事太监吩咐，说是下午无事，莫要乱走惹着娘娘。春日天气晴暖，左右无事，四人都上床午睡起来。

晨露听得三人呼吸均匀，轻轻捂胸，咳了两声，吐出了一口血，苦笑道：“好霸道邪门的功夫！”

这“九幽摄魂术”出自西域邪教，前世时，她一时好奇，记下了这门功夫，却从来没用过。这次重生，危急时刻，却起了大用。可惜这具身体资质孱弱，又没有内功护体，才反噬到了脏腑。

九幽摄魂术看似玄虚，实质不过是以眼神来控制他人心神，为己所用。这门功夫练成了极有威力，但晨露只是粗通皮毛，一旦遇上意志坚定之人，或是让受者做他极为抗拒之事，仍会惨败。

虽是皮毛，但对付香盈这不通武学的宫女，却是足够了。晨露忖道，再也捺不住胸中烦恶，连忙盘膝，以“黄庭养生诀”中的方法吐纳。

此诀不是武学内功，只是通过呼吸来改善自身，强体养生，对于普通人来说，作用甚大。

这具身体太过羸弱，不知要修炼多久才能重练内功。吐纳后，晨露想到了这个棘手问题，大感头疼。

“算了，能让我重生于世上，已经是殊遇了，奢求太多会遭天谴。”她半是玩笑地安慰自己，也陷入了睡眠。

第二天，香盈前来转达了一个重要的命令——晨露转调到御花园。

晨露手脚利落地收拾着衣物——也不过是两身衣服，几两微薄的体己银子。蓉儿眼眶泛红，哽咽道：“这一去，不知要几时才能见着，自己仔细冷暖，小心莫要得罪贵人……”

白萍也不复往日尖刻，唏嘘道：“唉，我们这等人，不过是贵人手里的物事，随意调来换去，想想真没意思。”

彩儿见气氛伤感，笑道：“其实御花园也没什么不好，一朝皇上驾临，要是看上了谁，那就……晨露，你要多加努力才是！”

白萍冷笑，“也就是你这等蠢人才如此作想……上次圣上赏雪，渊天阁洒扫的紫鸳故意穿了碧纹纱衣——那妮子也真禁冻——圣上道是林中仙子，还没等临幸，太后就说她是狐媚惑主，四十杖就被活活打死了。”

三人噤然不语。良久，蓉儿才道：“这种事在宫中不算什么稀奇，明的暗的，件件桩桩，不过引得人说嘴一番，慢慢就淡了，过一阵子，谁还记得这冤死鬼？所以，”她看着晨露，脸上是前所未有的严肃，“晨露，便是真的见了皇上，也千万不要存着往上的心思。”

晨露看着她担忧的神情，心中一暖，接着，她微微羞怯地笑了，“姐姐想到哪里去了，我这等平凡姿容，哪里是成凤凰的料。”

如此这般，四人话别了一阵，御花园管事已派小太监来领人了。晨露停住，深深看着身后富丽幽雅的云庆宫，还有蓉儿不舍的眼神。

这是她重生后，第一次的住所，第一次的同伴。

她微微笑了，眼中的空灵清冷被笑意暖成一泓温泉，随即，归于冰冷。

宫中胜景良多，光是园林，便有聚香、晓寒、瑶林等处，但若是说到“御花园”三字，必是说镜湖边的那处。

此处位于宫城东角，原本是先朝宠妃的凝碧园，传说此处以碎玉铺地，以寒绢为花，又以地热之术夺天地之造化，生就一池清荷，冬日里，氤氲成云如仙境一般。

本朝由先帝开创，他于园林一道颇有涉猎，在原先凝碧园的底子上又加以拓展，才成今日规模。

此处的命名也颇多怪异。传说先帝曾提笔写下一个斗大的“天”字，随即掷笔，竟是悲恸不能自已。宫中皆是愕然，后来，便只得统称它为御花园。

御花园中姹紫嫣红、争奇斗艳，自不必说，尤其是那碧波清池、嶙峋怪石以及黑瓦白墙的水榭长廊，都是照着江南园林的样子，由能工巧匠精心布置，和京城的北地风景殊有不同。

御花园的宫人分作两班，一班负责修筑，一班负责花木。小太监领她到时，总管正吸着玉质嵌金的烟杆，闭目品茶。

半晌，他才睁开眼，略微扫了扫晨露，问了问名字、来历。

他想了下，道："你长得这样瘦小，修筑班你是干不了的，去花木班吧。"

花木班管事是个四十出头的姑姑，瘦高瘦高，脸色蜡黄阴沉，问了问来历，冷笑道："我这里竟成了蛮荒流放的地儿，什么主子不要的、老的少的、做不动事儿的，都往这里扔！"

小太监赔笑道："姑姑仁心慈厚，这丫头也只有您才调教得出来，要是放修筑班，怕是石头砖头就要坠断她的腰。"

姑姑也不理他，转头问晨露："你会侍弄花木吗？"

"略懂一二。以前在云庆宫，那园子也是我们照料的。"

姑姑的脸色这才和缓些，"我姓何，你叫我何姑姑就好。你在我花木班，就要勤恳做事，那些虚情假意、奸刁懒馋的勾当，只要让我看到，定是撵了出去。"

她让晨露跟着一位老宫女做事，平时主要是除草浇灌，若是看到名贵花木有了枯凋，就要禀告她定夺。

晨露一一受教，正要下去，何姑姑招手让她回来，道："我班里二十个人，都住得满满的，你的住处可怎么好……这样，最东边有一间房舍，平日里堆放杂物，我让小太监把它清出来，你就住进去吧。"

她看了看晨露纤瘦的身形，有些迟疑，"你一个人住，又是那么荒凉的地儿，要不，我让一个人搬来陪你？"

晨露一听单独一间，想起练功等不可告人的秘密，心下一宽，听她这一说，连忙道："多谢姑姑好意。我家中偏远，从小住惯了也不害怕。我初来乍到的，若要惊扰别人搬家，心里总是不安。"

何姑姑点头，"倒是个体贴的丫头……既如此，你便去吧。"

晨露盘膝打坐，功行三十六周天后，睁开了眼睛。

这具身体的底子实在太差，先天就是孱弱，后天又失之调养——晨露本是小户人家出身，父母早早过世，靠宗族周济，能混个温饱已然不错，哪里谈得上什么养生？

她极为失望地叹了口气，内力增长非常缓慢，和前世那一日千里的进程不可同日而语。虽然招式的领悟通彻透理，可要是没有强劲内力，根本无从施展。

她走到窗边，微凉的夜风从窗纸的缝隙中吹来，让人头脑一清。

这间是她的寝居，自那日何姑姑派下差事，她就住到了这里，转眼间，十数日过去了。

这十几天可说是异常平静，白日里差事不重，就是除草浇灌。那些修剪花艺、花草培育，几个老太监做起来就绰绰有余了。不过，何姑姑说，他们的手艺虽然看得过，就是岁数太大了，眼看着年老体衰，却连个徒弟也没传下，真要是没了，可找不着谁来替。

这里不是什么吃香的地方，平日里对着泥土石块儿，主子娘娘们来玩赏时，却有规矩要避在一旁，是以一般人想的能遇见贵人，纯属妄想奇谈。

晨露却是自得其乐，不见这些贵人，也省了麻烦，这间单独的寝居，更是让她如鱼得水。

就是这身子骨实在太差……她无声地叹息着，想起前世里惊才绝艳，又得遇名师，然后，就是……

微弱的烛火在微风拂动下飘摇不定，映着窗前的少女，孤单萧索。

她眼神怔怔，喜悦、悲伤、惘然，还有，最后的决绝。

她再也忍耐不住，毅然起身，推开了大门。

初春的夜，仍是寒冷寂寥，天地，仿佛都陷入了沉睡。

幽黑近蓝的天空中，星星在顽皮地闪烁，千万年的佻脱，近乎无穷的冷峻。

她隐在黑暗中，悄无声息地朝着更东的幽深中走去。

这幽深一直蜿蜒，沿自己屋后走了一阵，四周越发荒芜，蒿草渐渐没膝，脚下的路在月光下却也依稀可辨。

一道高墙隔断了去路，中央那栅栏铁门，已是斑驳生锈。

晨露想了想，还是没有以细枝开锁，虽然这易如反掌。

她脚下步法奇异，只是在墙头一点，就到了墙的另一端。

何姑姑说，你要住的房舍在最东面，偏远幽寂，无人愿意居住，只能做了库房。

那么，姑姑，最东面往东，是什么地方？

是废弃的宫室。

好好的，怎么废了？

那是先朝的宫室，都曾是辉煌清美，华丽炫目。三十四年前，鞑靼人攻下了京城，在这里烧杀淫掠。宗室受辱，天下恸哭，一夜间，万千宫殿，都成了废墟残垣。

前朝……姑姑，一间也不是本朝的吗？

她在黑夜中，不疾不徐地行走，脚踩在腐朽的落叶上，发出轻微的声响。

月亮隐没在云中，宽阔而笔直的大道延续到不远处。

远处，黑黢黢的废弃宫殿，仿若死去的巨兽。

而越来越近的，却是……

她微笑，想起何姑姑瞬间惨白的脸色。

那只是一瞬间的变化，随即，恢复原样。

小丫头，瞎问些什么！告诉你，可千万不能去那里……不然，前朝千万冤鬼，作祟起来……

她从死寂阴森的大道走下，面前的是一座巍峨典雅的所在。

宫门上方悬有一块匾额，半挂着摇摇欲坠，上面被刀剑划得稀烂，原有的字迹，全不可见。

自古成王败寇，连块匾额也要毁去，器量未免太小……

雕成飞天凤纹的乌木廊柱，在岁月风尘的袭扰下，已不再闪亮；鲛绡裁成的窗纱，已经肮脏得不成样子；轻轻推开殿门，吱呀的声响，显示出它的衰老；地下的泥尘，铺起厚厚一层。

晨露偏过头去，看了看更远处前朝的废墟，胸中块垒只化作一句：“原来，都是灰尘，没什么不同。”

三十四年的，二十六年的，本来就没什么不同。

岁月侵蚀了一切，灰尘把所有谎言遮掩住，也就成了千万年的人间。

大殿中，仍可见往日的繁华威仪，金玉御座仍在中央，诸般宝器一样不少，都蒙上了一层灰垢。想来，自那一夜后，再无人踏入。

她径直往后走去，穿过回廊、庭院。

她走到寝殿前，终于不动。

笔直地站着，十指却微微颤抖。

门板被风吹得来回摇晃，在深夜中发出回响。

几下之后，终于被风吹开，为她露出真容。

踌躇着，她走了进去。

终于走进了那一夜的噩梦当中。

这是一间贴满符咒的阴森房间。

窗棂上、床前、梁上、柱间。

那朱红色符咒已经褪色，垂落松散地挂着，在夜风中哗哗轻响。

仿佛是鬼魂的低语。

地上一层灰土，只有靠窗的那一块地，符咒贴得尤其繁密，却也因为外力或是风吹的缘故而四散飘落，再也遮盖不住那青砖上依稀的血痕。

前世，她就是倒在那里，咽下了最后一口气。

“原来，就是这符咒作祟，害我在奈何桥下，被烈火焚烧了二十六年……”

她轻轻低语，声音淡淡，语意中的刻毒悲愤，深入骨髓。

书案前一应笔洗、镇纸仍在，只那宣纸和湖笔，已经残破得不成样子。

她笑了，轻嘲道：原来已如此破旧，怨不得“他们”能偷天换日，把这里也说成是前朝旧迹。

她伸手拿起架上的《校略新编》，从最下一层，抽出了一枚物事。

梧桐为信，上书有“执子之手”四字，墨迹清晰。

这是她十二岁，两人初见面时，他所赠的。

犹记得，那时，她雪衣乱发，长剑滴血，身后，追兵将至。

无计可施之下，那一抬头，月夜下，树间的少年，淳和俊雅……

那树上的亲密相拥，少年的轻薄一吻，引来她羞怒一掌……

后来，他们订下三生之盟，从此并肩携手，生死相依。

再后来……

叶犹如此，人何以堪？

她心中平生狂怒，手中用力，它立即化为残黄蝴蝶，片片飞散。

抬起头，她眼中如冰如雪，一字一句，轻声曼然：“且给我等着……在陵墓里的、活着安享尊荣的，一个也别想逃脱，老天纵容了你们二十六年，我来给你们报应！”

夜色深重。

在阴森的旧时宫中，她恢复了平静。

想起了前世里，有几件要紧物事，她来到水晶帘后，正要伸手去探床头的暗格，却深觉一阵不安。

冥冥中，好似感觉到了什么危险，她屏除杂念，闭眼细听。

呼啸的风声中，有两人的脚步声传来。

一人脚步轻稳，似是修习过名门武学，只是功力不高；另一人却甚是怪异，呼吸、心跳、步伐，几乎都不能感觉到——竟是当世一流高手！

晨露俯身藏于床后，却听得两人穿过前殿、回廊，来到了寝宫门前。

在一片废墟中，又是这样诡异阴森的宫室，是什么人夜半来到此处？

吱呀一声，门被推开了。

寝宫前后，以水晶帘隔开，只见两人来到书案边，停了下来。

“瞿卿，情况如何？”

发问者声音不大，亦很年轻，却有一种上位者的威仪。

只听得咚的一声，却是另一人把什么重物放下。

“这是郭宣的首级。”

另一人躬身回报，声音沉稳醇厚，四十多岁。晨露心中一颤，生出一种陌生而熟悉的感觉。

“哼！先帝托以重任，朕也曾温言劝慰，却想不到他越老越怕死，做下这等事来……留他不得。”

“微臣此去，倒是在城东看到些有趣的。”年长者轻笑。

“有趣的？”

“是。有小贼从京兆尹衙门溜出，身法很看得过，背上是一只鼓鼓囊囊的圆包袱，也不知是什么东西。”年长者笑着揶揄道。

晨露听着这异常熟悉的声音，终于想起，不由身体一颤！

“什么人？”中年男子一声断喝，显然已经觉察，两人一起向帘后奔来。

晨露双手一撑，往旁边飞退，竟从小窗跃了出去。

两人追到窗边，却因身高体壮都不能通过，绕到正门，却已经晚了一步，夜色中只见一道身影。

中年人也不言语，脚下步伐一变，竟如轻烟似的追了上去。

两道黑影在树丛中无声追逐。

中年男子正追着，却见前方身影突然停下，正在树下候着自己。

月光如水，空中鸟雀惊飞，树下素裳少女，恍如鬼魅精灵一般。

她容貌只是清秀，却别有一种凛然剔透，令人不敢平视。

她凝望着，微微一笑，轻轻说了一句：“月凉风华染。”

男子一怔，下一瞬，他不复稳重，面容激动得扭曲，伸手抓住少女，“你到底是什么人？”

少女并不回答，只是莞尔，那顽皮又无邪的妩媚，好似在什么地方见过。

“你的同伴追来了。明晚子时，湖边见。”

皇帝散心回宫，却不就寝，只是拉了侍卫统领瞿云下棋。

“那人可追到了？”皇帝又是执黑，却是懒懒的，瞿云一见却是心下一紧。皇帝平日里端正，若现这慵懒之象，定是有了大半把握。

“皇上，那人轻功之高，平生仅见，臣未曾追上。不过……”瞿云观察着皇帝的脸色，斟酌着说道，“我瞧着背影，是个女子，身法倒是有些眼熟。我师门也曾有几位高人来访，这位不知是哪位前辈门下。”

这样似是而非的答案，却让皇帝信服了，他点头道：“那样隐秘避人的所在，那人居然藏匿其中，要不是亲自撞见，实在骇人听闻。你看，是哪边的人？”

瞿云沉吟道：“不会是太后那边的，他们的手脚没这么快；几位顾命大臣那边，我都盯死了，并没有这一号人物。仔细想来，莫非是藩王们的手笔？”

皇帝摇头，“虽然他们手下奇士如云，我瞧着，却不像。若是连你我平日里密谈布置的地方都被他们侦听，他们就不会失去先机了。他们要是有这个能耐，朕这个皇帝早就被逼宫退位了。”

他端起茶来，缓缓拨动着清碧茶叶，“朕瞧着，不似潜伏侦听，倒像是偶遇。”

瞿云眉间不易察觉地一跳，却又敛住了，“在那种废宫里偶遇？”

皇帝笑了，“瞿卿，你选了个好地方，偏僻成那样都有人光顾。”

“臣惶恐，险些坏了大事。”

皇帝洒脱地以扇轻敲他的肩头，竟有些少年人的恶作剧。

“呵呵，不用担心，那女子究竟是何方神圣，明日便可得知。”

他看着惊愕的瞿云，笑道：“瞿卿你忘了？朕的鼻子可是患过怪病，隔着十丈远，便能闻出母后院中的天蓼花。”

他笑得自若，“那女子身上，有一种微弱的香味，那是金翘兰独有的。”

“明日一早，我们去御花园。”

御花园

众人清早起来，铲得几下泥土，把一小株月旦扶正，正要互相搭手上绑带，却听得门前一阵人声。

“大统领，是您哪，今日怎么有空前来？”总管连忙把来人迎进来。

“哼，有空！总管你可说得轻巧，圣上还等着我回禀呢。昨夜皇上到此散心，不慎把先帝赐予的一枚扳指遗落，今日一早就命我等寻它来了。”

总管一听，不敢怠慢，连忙聚齐了两班人等，全力搜寻，却连一个影子也不曾见到。

侍卫统领瞿云气极，面上露出冷笑，“不曾想这御花园还出贼了，既如此，就一个个搜吧！”

他很有把握地道：“昨晚人都睡了，定是今天一早有人捡了，不及转移，还在身上。来啊，给我搜身。”

他又看了看瑟缩着的宫婢们，道：“宫女到堂里去，去调个女官来搜。”

半盏茶工夫，女官就到了，却听得身后传来青年男子的清朗笑声。

“瞿卿在这里智破扳指案，朕耐不住好奇，也来观摩。”

只见随侍流水般进了园中，几个一等侍卫簇拥着的，却是年方二十的永嘉皇上——元祈。

他只着了平日的云锦常服，上面的淡金龙形熠熠生辉，明亮晨光下，更映得他瞳若点漆，风神俊秀。

他眉目像极了先帝，只那瞳孔中一抹重影，出自太后。

太后娘家林氏，乃是十世九卿的名门世族，前朝延琳公主下嫁，就是仰慕林家家主林昭云的风雅倜傥。他们生有四子一女，唯一的掌上明珠，就是先帝的中宫，现今的太后。

林氏向有重眸，这是上古帝王的象征，有人或进谗言，先帝却付之一笑，“李后主亦是重眸，如今宗庙何存？”世人多赞其心胸豁达。

且说皇帝，先不多言，坐于内堂，安看瞿云破案。

一番搜身后，仍是无果，皇帝少年心起，便道：“朕也来当一番青天，让每个人一一过堂，朕一审便知。”

这说法当真荒唐，但九五之尊开口，谁也不敢反驳。

元祈和瞿云端详着堂下，先把其中的太监遣散，对视一眼，又把身形体态不符的一一挥退。看着剩下的十余名宫女，皇帝喝了口茶，侧过身去，对着瞿云悄声道：“其实园中众人，身上都不免沾有花香，光凭此项，怕是要抓十几二十个回去。”

瞿云但笑不语。

元祈轻声道：“你们一一上前，把手伸给我看。”

一盏茶的工夫，七个人已经退下，终于，轮到了晨露。

她走上前去，伸出手，元祈握住了她的手腕。

下一刻，一道真气试探性地从腕间冲入，霸道地游走于四肢百骸，迅速向丹田行去。

她不动声色，本就微弱的真气四散，因为太过微弱，所以不能察觉。

元祈松开了手。

她正欲走下堂去，只见皇帝两指一扣，在咽喉处点到即止。

“除了她，其余人可以退下了。”

看着宫人们鱼贯退下，元祈把她交给瞿云，任由后者把她绑缚。

“你知道，为何朕能看穿吗？”

皇帝俊美温和的笑容，映入她清洌如水的双眸。

“内力的试探不过是幌子而已，十五人中，只有你一人，被我握住手，丝毫不曾羞怯。”

他意味深长地凝睇着她，“其余人面若桃花，而你，始终如一。”

他看了看瞿云，“你不是说有些熟悉吗？那就交给你审吧！”

“你到底是什么人？又是受了谁的指使？”

瞿云冷冷地扫视着对面，问道。

这是在密室里，除了他们两人，再无第三个。

少女倚在桌边，却是被点了穴道，丝毫不能动弹。

她微微一笑，如同万树梨花一齐绽放，清雅灿烂，那平凡的面容，瞬间让人目眩。

瞿云却觉得背上一冷，那笑容映入眼帘，竟有一种顽皮鬼祟、陌生而熟悉的感觉，从记忆中跳过……

“月凉风华染……你现在也是位大叔了，再不会夜半爬树，被蚊子叮成猪头了吧？”

什么？！

瞿云觉得五雷轰顶也不过如此。

他全身都在战栗，身下座椅禁不住，咔嚓一声，已经断为几截。

月凉风华染……那是许久以前的笑谑之语，却清晰仿若昨日。

那个大他三岁的女孩，做不成师姐，就巧舌如簧，骗他说树上吸取月华，使人长高，他一直为“矮冬瓜”的称号发愁，就半夜在树上睡觉。

蚊虫嘤嗡，他强忍着，一心只想长高。

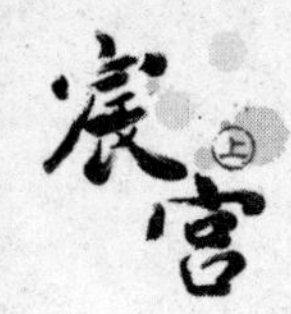

天明醒来，清秀小脸已成猪头，她却施施然来了句：“月凉风华染……哎呀，小云，你染过头了……”

师父对这两个活宝唯有叹气，通通罚过后，下了断言：“一条道走到黑——这说的是你；还有你，别在那儿偷笑，小心将来聪明反被聪明误！”

此后多少年，他想起前尘往事，总会觉得，师父的话竟然一语成谶。

聪明反被聪明误……这是从至高处跌落，如琉璃般碎裂的林宸。

一条道走到黑……这是蹉跎了半生，仍念念不忘的他。

他的手指仍在颤抖，伸出手，他简直不敢碰触那近在咫尺的少女。

“你究竟……是谁？”

“小云，是我……我回来了。”

第二章 尚仪

第二日早朝毕后，元祈便召来瞿云，指着一碟点心赐给他，却见瞿云神情怪异，大抵竟是气恼忧心。

瞿云行过大礼，对着微讶的皇帝连连道：“臣惶恐，还请万岁网开一面，饶过这孽障。”

元祈感到有趣，“那女子真是你熟识？”

瞿云叹气，一副痛心疾首的样子，“我有位至交，已许久不曾见面，前些年听说收了个小女娃为徒，刚才看了信物才知道，就是这胆大妄为的丫头。”

元祈看着他苦恼的样子，轻笑起来，一边示意左右给他赐座，一边道：“是江湖上的人？怎么竟闯到朕的宫里来了？”

瞿云的眉头皱得更深，恨恨道：“说来这丫头也是苦命，竟看上个薄情小子，平日里山盟海誓，昧起良心来就翻脸不认人。他从背后暗算，害得这丫头重伤，之后也连番追杀，她就替了采选的宫女混了进来——您听听她说的，‘最危险的地方却最为安全’，简直混账！”

元祈笑不可抑，温和醇厚的笑容在大殿阴影里暖如煦日，一旁的宫人不由得脸上飞霞。

“瞿卿，这位小姐实在有趣，还未请教芳名？”

“她叫晨露。唉，实不知我那老友是怎样教养她的，竟是这等乖谬妄为的性子。”

“能在宫中藏了半年，未曾露蛛丝马迹，这位小姐确有过人之处。你去召她来，朕也想见见。”

半盏茶刚过，便有一女子奉诏前来。

她已经换过一身素裳，身形很是纤瘦，盈盈拜倒于阶下，再无一言。

皇帝想起方才，那一群宫女在等待鉴别，一怔之下才想起，自己只顾得“面如桃花”，这女子长相究竟如何，却没有细看。

“抬起头来。”

她依言抬头，元祈一瞥之下，竟是一愣。

她并不特别美丽，稚嫩的面容只是清秀，唯有那一双眼眸，与众不同。

那黑，黑得神光流转，顾盼间，一时觉得寒光冰雪，再看，却又似秋水长天的忧悒。

只静静地看着，就仿佛要被吸入……

元祈一稳心神，立即清醒过来，他收敛了笑容，挥退了左右，也不叫起，任她跪着。

“你叫什么名字？”

“晨露。”

“你如此胆大妄为，顶替混入宫中，可知犯了大罪？”

“大略晓得的，圣上。”

晨露微微抬头望向御座，她跪在阳光中，不知是受伤还是怎么，肌肤白得近乎透明。

“我当时身受重伤，武功几乎全废，无奈，只得躲入宫中，更何况，”她静静地看着皇帝，“皇上您不会不知，采选民间女子入宫为役，富家有不愿者，自古以来，买来贫家女子相替的，不知凡几，所以……当时我以为，法不责众。”

“好个伶牙俐齿的女子！若朕独独不赦你呢？”

“圣上，您和我都心知肚明，那夜在废宫中，我窥见了您和瞿统领的秘密，您就不会容我离开了。”

“你不为自己求饶吗？”

“要想让您饶我一命，定要让您觉得我对您有用，而我确有这个价值。”

“哦？你会什么？武功，还是军略？”皇帝简直是冷笑了。

“一无所长，就算是武功，也比废人好不了多少。”晨露一笑，眉宇间一片锋利爽朗，“但，我能成为您手中的利刃。”

“朕文有朝中大臣，武有四方将士，何须用你？”

“大臣和将士们都不能让您完全放心，那带血的头颅就充分说明了这点，更何况，您连自己的乾清宫都不待，却要去废宫密谋，若没有掣肘，何至如此？”

幽深大殿里，少女的声音在空中回响，清冽而充满了奇异的诱惑。

元祈静默了，心中虽暗暗震撼，面上却丝毫不露。

“你如此大言不惭……也罢，看在瞿卿的面上，先让朕看看你的才能吧。你先跟在朕身边，再作区别。”

他唤来太监，“传朕的旨意，御花园宫人晨露，忠于王事，为人恭敬勤谨，册为尚仪。”

晨露很配合地大礼拜谢。

回身看着一派自若的晨露，皇帝低声问道：“朕还没问你呢，你到那废宫之中，到底是做什么去了？”

晨露起身，一脸苦笑，“我想去看看世上是否有鬼。”

“啊？”元祈想不到她会如此回答。

“皇上，您难道不知道？世上女子，对所谓的鬼怪传说，都是又怕又爱。”

元祈愕然，想起幼时，陪伴他的丫头总在一起讲什么无头鬼，不由得点头失笑。

他畅快的笑声传到了大殿外，太监宫女们不由面面相觑。

尚仪，又称为尚仪御侍，属于正六品的女官秩级，一般是册封给皇帝身边的左右亲信，虽然品秩不高，却是相当重要的职位。

元祈素来温和多情，对后宫亦是雨露均沾，唯独自己身边，却从未有贴身得用的女官，只得几个懂事伶俐的太监，如秦喜、田旺之流。太后怜惜他，每次要赐予，都被他婉言推拒。

对此，宫中一致认为，年轻的皇上是怕把妙龄女子放在身边，后宫免不了妒忌，生出事端。

晨露听了瞿云的说法，笑容里带着些微的讽刺。

一个把后妃当作棋子使用的人，又怎会顾及她们的感受？

至于事端，他是唯恐不多吧。

瞿云懊恼地看着她，“皇上居然要把你留在身边，还是这等敏感的职位……”

“把棋子放在明显的位置，就能看清楚它有什么作用，以及……对手会如何应对。”晨露满不在乎地道，“皇帝这招不过是在试探我的真实能力，还有其余各方的势力。我敢肯定，他根本就没有打消对我的怀疑。”

瞿云苦笑着说：“我服侍这位有十多年了，不经过重重考验，他根本就不会轻易信任一个陌生人。”

他轻叹着，不赞同地看着晨露。

“为什么要留在宫中？这里看着平安和乐，实质却是凶险诡谲，一旦出事，你根本没有自保的能力。”

“小云，你一个人在皇帝身边，这才凶险！你以为我不知道你准备做什么吗？”

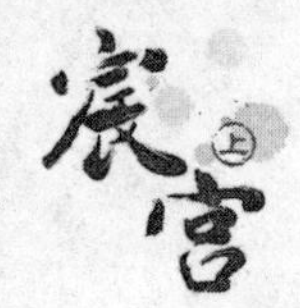

晨露双目清冽生辉，怒气中隐有担忧，“那夜，我一听你和皇帝密谋，就知道你们的打算了，你何苦去招惹‘她’？”

瞿云闻言，咬着牙不说话，好一阵，终于挑眉怒道：“难道由着那妖妇得意？二十六年前，她害死了你……我永生永世都记着，她受封中宫时，那志得意满的神情！”

他看着晨露，眼里满是痛楚，“师父只有你我两个弟子，你这一走，我也没什么牵挂了，心里想着，就是拼了命，也要让那两个狗男女身首异处。试了几次都险些得手，最后，我混入宫中，花了几年的工夫，才爬到现下的位置。”

他冷笑着，继续说道：“老天有眼，我还没来得及动手，一个早早死了，剩下这妖妇，她享尽了世间尊荣显贵，一刀了结太便宜她了，我帮着她儿子与她作对，总要让她死在亲生骨肉手上，这才痛快！”

“师兄！”晨露怒极，高喊了一声。

这是她从未有过的称呼，瞿云顿时被震在当场。

“我要知道你这样胡乱妄为，就是在九泉之下也不会安心。你为何要做这样危险的事？你把自己的性命当作什么了？”

晨露气得微微颤抖，半晌，她才平静下来。

“既然我已经回来了，我的仇就要自己来报。我有言在先，小云你帮忙可以，但不许再以身涉险，否则，我立即撒手离开，再不管这些旧年恩怨！”

“小宸……已经二十六年过去了，现在朝中形势以及各方势力你都不太熟悉，还有，你现在的功力……”

瞿云忽然惊觉自己说过了，担忧地看着晨露。

“泰西的圣贤说过，人生如同涉川，同一河流，绝无二次。小云，我是那种屡次溺水的笨蛋吗？”

她的声音轻而自信，甚至带着佻脱的调侃，瞿云却感到整个心间都在钝痛，他的铁铸大掌颤抖着，竟深入桌面整整两寸。

“这二十六年间，天下又出了何等人物，我也很想见识一番，你且宽心，‘他’这一去，普天之下，再无人可以惑我饮下牵机。”

她语气淡淡，眸间闪耀的光辉，让皓月都为之失色。

即使是何等绝丽，也不及这一瞬的风华，却偏生，灿烂阳光照耀在她身上，映成炽白，只显得无尽单薄与萧索。

他再也忍耐不住紧紧抱住她，如同幼时那样，温暖安谧。

“即使再有也不怕，有师兄在这儿，再没有人能够伤你分毫……”

晨露任由他抱着，忽然扑哧一笑。

“臭阿云，不害臊，这样老实不客气地就当起师兄来了，明明我比你大三岁……”

这句经常抬杠的话，终于让气氛轻松了下来。

瞿云慢慢地松开她，宠溺地笑了，不复平日的稳重儒雅，“师父明明说了，不分年龄，只看入门先后，本来就该我是师兄，更何况，依着现在的年龄，我可是长了你一辈，是谁说我是大叔来着？”

此时，门外有人禀报，皇帝身边的太监秦喜过来了。

这是个年纪很轻的小太监，他恭敬地先向瞿云问好，又向晨露行了一礼，“皇上给尚仪您安排了住处，让奴才带了几个小子来帮您收拾了搬过去。”

晨露想了想，道：“我还要回御花园一趟，烦劳公公，可否下午再搬？”

秦喜笑着躬身道：“是奴才过急了，尚仪您可别见怪。既如此，就下午好了，日头也暖和些。”

瞿云在旁瞧着，笑着揶揄他，“猴脾气又上来了，圣上有什么旨意，你巴不得下一刻就办妥帖了。这个你拿着，晨露这丫头你好歹多看顾些。”

秦喜接过银票，收入怀中，笑着又行了个大礼，“统领大人总是体恤奴才们，您放心，我们几个兄弟都有数。其实您大可放心，皇上对尚仪大人，定是一百个青眼有加。”

又寒暄了几句，他这才辞了出去。

瞿云对晨露道：“你别瞧这猴崽子收得快，那是知道我是皇帝的人，若是其他宫的主子，他一转眼就会回去禀报。”

晨露一笑，“皇帝挑的好人才……倒是比他父亲懂得识人。”

后一句说得极低，也听不出什么语气，瞿云也不知道她是褒还是贬。

晨露到御花园里告别了旧日宫人。见了她这个皇帝钦点的幸运儿，有人是真心祝愿，有人是既羡且妒，有人更是凭空造出许多揣测。

前世里她阅历非常，世情早已见惯，也不理睬那些复杂目光，她径自向何姑姑道别。

许是天气暖和，何姑姑的气色好了很多。

“你这孩子也是有福泽的，既然做了尚仪，可要好生谨慎。论理，我也不该倚老卖老，不过白嘱咐你一句。”

“哪里，姑姑的金玉良言，晨露真是受益匪浅。这宫中，确要谨慎才好，比如……

姑姑的一些花草，还是种得隐蔽些才好，若是遇上行家，可怎么好呢？”

“你……你怎会？”

“银木槿、露华、丹觋……虽然夹在名花丛中，枝叶也相似，可万一被人识破，这宫中就免不了血雨腥风了。”

晨露悠然一笑，起身告辞，只留下一句：“改日，我会再来拜访姑姑。”

晨露跟着秦喜一路走来，来到了畅春宫前。

路上，宫人们见了秦喜，无不恭敬问好，而秦喜也丝毫不曾倨傲，看他待人接物间颇知进退，便知他实不负皇帝的看重。

“尚仪您勿要生怪，乾清宫里素来没有女官，皇上怕娘娘们胡思乱想，又要闹出是非，才让您住在畅春宫中。好在此处离乾清宫也不远了，每日晨间您乘宫车到万岁身边即可。”

畅春宫是一座小巧精致的宫室，胜在“近”“安”二字，离着皇帝很近，却又别样宁静清逸。虽不显山露水，却是一处极为雅致的所在。此时正是初春，阳光晴好，满院里柳枝妩媚，清波荡漾，配着飞檐上鸟语呢喃，实在让人心旷神怡。

还未到主殿，便听得一声柔和笑声，“可是尚仪来了吗？”

只听得环佩叮咚，却见众人簇拥着一位佳人，迎上前来。

她身着天青色流云绸衫，映得面容晶莹秀丽，在阳光下，一笑间生出小儿女的娇憨真挚。

“我听说尚仪姐姐要搬来，高兴得不得了。谢天谢地，总算有人来和我同住了。”

她上前牵了晨露的手，高高兴兴地进了主殿。

这便是年仅十六岁的梅嫔，畅春宫的主人，她怀了龙裔已一月有余。

一番见礼忙乱后，晨露搬进了西侧的小院。身为御侍，她身边也派有一个小丫鬟，是乾清宫里拨来的。

她叫宝儿，名字俗气是因为进宫后就一直在乾清宫，自然也没有什么附庸风雅的女主子来为她改名。

梅嫔晚间便偷偷地跑来，还带了好些糖果宫点，两人便随意聊了起来。她很是好奇地问起宫外的情况。当晨露抱歉地告诉她，自己也半年没出宫后，她不甘心的眸子黯了黯，“我好想看看北海……也不知道娘亲的身体怎样了……”

梅嫔怀了一个月的身孕，宫中众人照看得很是严密，才来了大半个时辰，便有人找上门来，说了一番早睡的道理，她只得无奈地返回前殿。

第二日，天边才现曙光，晨露便早早起身，洗漱后，穿上有品级的宫装，前来迎她的宫车就到了。

这车驾并不气派，但也坐得温暖安稳。早春的清晨寒气凛冽，晨露来到乾清宫，元祈正从殿中起身，见了她，略点了点头，就上了九龙辇车。

这浩荡煊赫的队伍，一路行去，很快便来到太和殿前。

宽阔浩长的汉白玉走道上，左右禁卫气势如虹，元祈却以目示意晨露，低声道：“在畅春宫中过得可好？”

晨露目不斜视，同样低声道：“您是想问，那宫中主人如何吧？”

“何来此说？”

“乾清宫里既有了女官，住在此宫里就是天经地义的事，您还会怕人胡乱猜想吗？您不过是想用畅春宫的凶险试试我的斤两。”

元祈递过无声的轻笑和赞赏的眼神。

“皇上，我有言在先，这种做人保姆、防贼千日的差事，并非我所擅长，更何况……这些贼大多身份特殊，抓住了，反而获罪于天。”

“天？真是笑话！朕乃天子，只要朕不怪罪你，谁能奈何你？”

前方就是太和殿，两人不再说话。元祈走上宝座，众臣三呼万岁，早朝开始。

晨露如其他随从一样，恰如其分地侍奉在皇帝身后，她的耳朵，却不曾放过任何一句廷议。

早朝结束后，元祈要去太后宫中请安，母子会面，自然无须太多随从，晨露上午就得了空闲。

她才回到自己院中，便听得有人轻叩门扉。

开门一看，是梅嫔独身前来。

已是初春，她却被白狐裘裹得像个团子，进门就迫不及待地脱了下来。

“才前后几步的路，非要我穿这累赘，姑姑也忒折腾人了！”

她抱怨着，见了晨露，咦了一声，睁大了眼睛，好奇而又仔细地打量着，“姐姐你今天穿得很不一样。”

“这是尚仪大人当值时的朝服。”

梅嫔身边的岳姑姑出现在门口，她手中端着福寿镶字漆盘，上面是一碗热气腾腾的药。

“娘娘，您好歹体恤奴婢们一下，喝完药再出门。您刚才嘴里答应着，一转眼就跑到了这里，可让人好找！”

她嘴上埋怨着，手却已利落地把药端到桌上，接着，从容不迫地给晨露行礼，“见过尚仪大人。”

晨露知道她是宫中主事，更是梅嫔母亲的陪嫁，一向很得看重，笑着止住她，“姑姑不必多礼，还是伺候你家主子喝药吧。”

岳姑姑端起碗，以白玉汤匙舀起，妥帖地喂入梅嫔口中。

药的奇异热香隐隐透出，在房中氤氲。

晨露眸中一凝，仔细闻了闻，确认自己所记不谬，问道：“这药是从哪里来的？”

岳姑姑道：“是皇上让太医配成的，黑黢黢的一大包，都是龙眼大小的颗粒，据说是养气安胎的独门方子。怎么，有什么不对吗？”

她人老成精，亦是富贵人家浸润出来的，听这语气，立刻警觉起来。

晨露失笑，摇头道：“姑姑谨慎太过了，我只是觉得，这药闻着奇香，不像宫中太医的手笔。”

岳姑姑松了口气，“尚仪请恕老奴多疑，实在是这节骨眼……”

梅嫔在旁边听着，觉得话题沉闷，兼而凶险不吉，便笑道：“姑姑太过小心了，朗朗乾坤，哪能出了那种邪事？”

晨露看着她，只见她喝完了汤药，正无事把玩着身上镂金镶玉的玲珑。

那玲珑只有鸽卵大小，玉质本是雪莹无瑕，内里分得九层，层层相套，又分别镂成各种图案，以纯金描点，又饰有米粒大小的红宝，宝光四射，略一晃动，就有悦耳风声。

这样巧夺天工的玩意儿，就是在宫中亦不多见。

梅嫔手中拨弄着，脸上漾起稚嫩甜美的笑容，盈盈大眼里满是清澈和纯真。

她家中亦是小富，诗礼传家，素来得父母宠爱，在宫中不久，又得到皇帝的眷顾，可说是从未尝过愁苦滋味。

岳姑姑看着这副光景，唯有苦笑，深觉肩负重担，想起一事，又叮嘱道：“娘娘，一大早皇后娘娘那边就传下话来，邀请后宫嫔妃去她宫中赴宴，您没忘吧？”

梅嫔立即拍手雀跃道：“对了，时辰到了，我该去换装了，等会儿可以尝尝皇后娘娘那边的密制雀珍了。上次赐了我，那味道实在是好。”

岳姑姑一听大为惶急，“老奴正要说到此处。娘娘请千万谨记，食物之类，只有等大家入口方可尝试，还有，要用银制碗筷……”

她想起晨露也在，口中若有若无地解释道：“其实皇后娘娘再是贤德不过，可是宫中大宴历来人多手杂，我家娘娘又怀了龙裔……”

她眼前一亮，对着晨露道：“尚仪您下午不当值吧？不如您和我家娘娘一起去，也好认识拜望一下诸位娘娘，她们都不识得您呢。”

晨露一听，就心中雪亮，好在皇帝本意就是如此，也就顺水推舟应了，“晨露本就该拜见各位娘娘，只是我本微末，又不请自去，皇后娘娘未免见怪。”

梅嫔立即反驳：“才不会呢，皇后娘娘对人谦和，为人很好。昨天晨省时，她还问起姐姐你呢，说不知是怎样灵巧知礼的女子。”

手伸得好快！晨露暗道，于是笑道：“恭敬不如从命。”一行人换过装束，去往昭阳宫中。

这边厢，后宫嫔妃早早就穿衣梳妆，准备赴宴。太后的慈宁宫中，却是融乐祥和，母子兄弟欢聚一堂。

元祈到得太后宫中，远远就听见元祉那华丽清朗的笑声。

他进入正殿，先给太后端正地行了大礼，坐在叶姑姑亲手奉上的座椅上，这才有空暇去看自己的三弟——静王元祉。

多日不见，这位朝野侧目的风流王爷仍是不改以往习性，一身的金灿奢华。只见他头戴金冠，上镶大颗夜明珠，光华灿烂，手间一道龙纹扳指，翠碧通透。他全身华服宝履，腰间却只得一抹异彩，仔细看去，竟是古楼兰最神秘的“月神泪”。

这样一身珠玉，换作他人，定是伧俗不堪，可这位静王佩来，却更映得姿容非凡，恍若神仙中人。

静王规规矩矩地行大礼参见后，才笑谓皇帝：“多日不见，皇兄瞧着格外精神，怪不得说人逢喜事精神爽。”

不等皇上回答，又坏笑着回太后道：“母后刚才说，怕皇兄劳累过甚，其实一点也不用担心，皇兄很是康健，这不，梅嫔娘娘有孕了。”

皇帝被这惫懒无赖的家伙气得七窍生烟，恨不能学着旧时模样，把他拎过来扼个半死，却只得用眼严瞪，换来他得意情状。

太后瞧着两人并坐，皇帝一身简洁清爽，对着的是静王奢华极致，心中暗叹两人禀性，面上却丝毫不露，只是被静王元祉逗得笑呛，喝了一口茶，才缓过来，笑着指定两人，“到我这里还这样淘气！”

先帝英雄盖世，驱除了蛮夷，创下本朝这辉煌基业，在子嗣上头却甚是单薄。宫中妃子一连生了三位公主，一个皇子也无。直到当今太后，亦是当时的中宫，

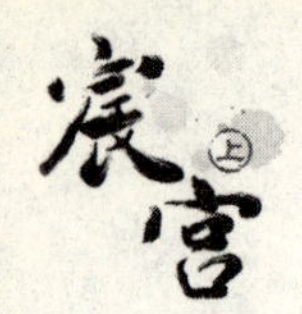

诞下今上元祈，才缓解了一时隐患。其后有妃子产下一子，可惜又夭折，这位静王元祉行三，乃是太后堂妹惠妃所生，平时常腻在她身边，倒和亲生的没有分别。

元祈起身，为太后换过茶水，才霁颜道："三弟能学老莱子娱亲，逗得母亲开怀一笑，瞧着这点，再怎样无赖可气，朕也不跟他算账了。"

元祉却不善罢甘休，径自笑得诡秘，"听说皇兄又得绝世佳人，还掩人耳目藏到畅春宫梅嫔那里。"

皇帝还未及大怒，太后就斥他，"你这混世魔王，哪有这样编排毁谤人的？一个清清白白的女孩儿，又是做的女官，就在你嘴里随意糟践吗？"

她回过头，莞尔一笑，四十五岁的妇人，笑起来仍是娇美不可方物。

"祈儿，你新封尚仪的事，我亦听说了。那女子真有那么出色，让你改了不要女官的初衷？"

皇帝不禁失笑，"是哪个奴才嚼了舌根？"他横了静王元祉一眼，"还有那煽风点火、以讹传讹的家伙，才把一件小事传成这般。母后，您见了便知，那丫头容貌实在平常，什么绝世佳人，还什么掩人耳目，她不过是瞿卿的子侄辈，朕瞧着说话行事爽利，才封了个尚仪。"

太后以画扇轻点他额头，"你啊，历来就是这谨慎的性子，女官也挑个长相寻常的，听说为了避嫌，还让她住在畅春宫，这未免太过了。你贵为天子，即便真临幸了什么人，也是常事。我儿如此作为，真要做圣人吗？"

元祈答得滴水不漏，"孩儿亦知这个道理，但历来修身齐家治国平天下，不能修身便不能齐家，而后宫若是争斗不休，即使是天子，亦会受人耻笑。"他看了眼太后，又补充了一句，"母后应该也明白这个道理。"

太后听着这含沙射影、别有寓意的话，不由面色一僵，但这话冠冕堂皇，无论如何也不能加以反驳，她随即笑了。

"你这孩子就是端正太过，罢了，有你在，我有什么不放心的。"

三人又聊了些琐事，两兄弟这才辞了出去。

太后冷哼一声，随手把精美绝伦的画扇一扔，面沉如水。左右噤若寒蝉，都不敢出声。

她身边的叶姑姑心知肚明，遣散了众人，上前拾起画扇，宽慰道："主子别气坏了身子，皇上性子一向如此，也没什么歹意。"

"没什么歹意？你瞧他话里的意思，倒是在疑我一般。"

“皇上怕是心中有了芥蒂。也难怪，上次皇后娘娘那样作为。”

“哼，一个两个都那么不省心。淑菁这丫头小时看还好，大了竟是愚昧不堪。唉，也难怪，我这儿子，看着宽仁，实际最是刚性，淑菁是犯了他的大忌了。”

太后恨铁不成钢地皱眉，淑菁是皇后的闺名，正是她二哥的掌上明珠。

“梅嫔娘娘这次有孕，该怎么处理？”叶姑姑瞧着她神色黯然，转移话题问道。

“还是老法子。叫淑菁这丫头沉住气，船到了桥头，由不得它不直！”

这隐晦含糊的话语，中间蕴藏的血腥让叶姑姑悚然，她连忙道：“我这就去跟鄂姐说。”

太后看着她匆匆而去，取过桌上的画扇，仍是一脸悠然高华。

昭阳宫中，后宫嫔妃陆续到了，皇后才起身升座，受了众妃参拜后，连忙让众人起身就座。

一时宫中花团锦簇，莺呖婉转，说不尽的旖旎温柔。

晨露冷眼看去，却见昭阳宫格局不凡，诸般宝器，皆是内敛古朴，明明是奢华到了极点，却一丝也无炫耀之意。看那摆放的位置姿态，却像有了不少的年月。

这定是当年太后的手笔，晨露忖道。

果然，回首细看，就可见鲛绡裁成的帷幕低垂，珠光如雾，内院的光景与此殊然不同。

此处乃是正殿，十几个妃子看似姐妹般亲密，仔细端详，却能看出端倪，此间隐隐分了三派。

皇后和那日到云庆宫示威的云贵人颇有默契，想想那日齐妃的话，是皇后提携了云贵人，她才能脱出贱役，进而蒙宠。

云贵人今日穿了一件藕荷色宫裙，上面缀了星星点点的珍珠，一派小家碧玉的贴心模样，估计是不想抢了皇后的风头。

正中央坐的就是一直卧病、这几日才有所好转的皇后，只见她身着正统的凤冠朝服，眉目间有六七分像太后，亦是不多见的美人，只是面容有些苍白，显得孱弱温和，举手投足间，名门高阀的贵气立现。

下首右边第一位，坐的是齐妃。她扬着眉，有些桀骜地瞧着皇后那边姐妹情深，脸上一抹若有若无的冷笑，仿佛胜券在握。

后宫里，她是皇帝最眷宠的一个，历经两年而不衰。前阵子，元祈迷恋梅嫔，但很快有孕，不得再幸。这阵子多了个云贵人，可数数侍寝的日子，仍是她多出了一大截。

她亦是出身高贵，乃是先帝钦定的顾命大臣齐融的女儿。齐融素来以顾命重臣自居，朝中多人以他为首，这一党对太后和林家都很不满，甚至有传言说他曾道“牝鸡司晨”。

齐妃身边亦有多名嫔妃围绕，她仿佛对上首的皇后不屑一顾，只频频看向正对面，那边首席空着，仿佛正在等待。

过不多久，只听太监唱名，众人都不再谈笑，齐齐看向门口。

传说中的罗刹恶鬼、闻名遐迩的周贵妃终于到来。

这时，初午的梆更终于敲响，这正是皇后请柬上说的时间。

这是一个穿着颇有古风的女子。

宽袍广袖，腰间以玄黑红纹为带，缀有金戈；她的脚上不穿绣鞋，而是非金非玉的晋式木屐。

她身后使女捧着的也并非如意香巾，而是一柄短剑。

她上前，给皇后行礼，然后，坐到了那空着的席首。

晨露听说过这位周贵妃许多传言，那些人谈到她都是先环顾左右，然后心有余悸地说道：“那是个罗刹恶鬼……”

她是天门关周大将军的女儿，从小长于军中。

初时，皇后凤体违和，元祈就钦点了她掌管六宫事务，不料她以军中律条治理后宫，在三个月内，罢黜了四名嫔妃，杖死的宫人竟有十一个之多。

她拿人时证据历历，凡是生事害人、造谣贪渎的，一个也不曾轻饶。

那三个月，是后宫最为清静、安全的时候，也是太后和元祈最头疼的时候——前来哭求哀诉的人络绎不绝。

最后，迫不得已，皇后仍主持大局，由周、齐二妃协助，这才平定了是非。

周贵妃一落座，齐妃就笑着娇声道：“周姐姐真是好气派，大家都等你一个呢。”

周贵妃听了连眉毛也未曾一动，“皇后的懿旨上说是初午，是你来得太早——莫非是你太饿？”

她未曾到达，就知道今日是齐妃最早，这份势力简直骇人。

晨露暗笑，这位倒真是军中习气，不早不晚，只是准时。

皇后看着她们刚坐下就言语不善，连忙转移开话题，朝着梅嫔亲切笑道：“妹妹今日身体可好？你怀了龙裔，定是非常辛苦。对了，你今日派人来，说是新尚仪也要一起前来，这位就是吗？”

她看向梅嫔身后的晨露，目光越发亲切温柔，“好小巧的女孩……皇上也真舍得使唤。”

她对晨露道：“可怜见的，见了你，就想起我妹妹来……你近前来，让本宫仔细瞧瞧。”

几十双目光立刻聚焦过来，她们早听说皇上封了尚仪，有了贴身女官，患得患失之下，怕本就稀少的宠爱更被分了去，已是如临大敌。

一看之下，众妃倒大为安心，只是个清秀的小女孩，没有什么可以媚惑皇帝的美色。只有齐妃冷哼一声，大概想起来了，这就是她宫中遣出的那个。

晨露大大方方地走上前去，礼数周到地参拜了皇后。皇后愈加欢喜，拉着她的手说了好些，才放她下去。

正式开席后，皇后说了几句春日明媚，且在此小酌之类的话，就宣布开席。诸嫔妃一番梳妆打扮赶路，又互相说了许多热络亲密的话，正好也有些饿了。

这时，膳品已经络绎不绝地送了上来，顿时奇香四溢。皇后不愧为高门大阀出身，她宫中的菜色都是众妃闻所未闻，一尝之下，都拍手叫好。

云贵人连忙讨好皇后，“娘娘，这宫中御膳房已是汇集天下名厨，不料您这儿更是藏龙卧虎，这些菜色臣妾不要说见过，就是做梦，也想不到有如此美味！”

齐妃看见她就恨得牙痒痒，脸上却笑得娇媚，“哟，云妹妹这么爱吃啊，既这么着，今后皇后用膳，你且在一边候着，剩下的总有你的份儿。”

云贵人听着如此恶毒露骨的讥讽，气得胸口起伏，“姐姐在说什么，我竟没听见！”

皇后一看势头，连忙不动声色地缓和，“云萝这孩子孝顺，不过见我体弱，变着法子哄我开心。齐妃，你也是做姐姐的，怎么计较起了小孩子说话……其实天家女子，谁没见过世上珍馐呢？齐妃，我听说你父亲前阵子也对翠色楼的菜品流连不已，是吗？”

翠色楼是京城最著名的酒楼。这句话乍听寻常，不过，齐妃父亲齐融，前几日和此间的美貌女伎通宵欢娱，清早被人撞见，已是满城风雨。

皇后这时候提出，就有知情人窃窃私语。齐妃气得柳眉倒竖，偏又发作不得。

晨露站在梅嫔身后，见她一边好奇懵懂地看着众人斗口，一边不断地把食物送入口中，不时还露出幸福的微笑。

她倒吃得舒服！晨露哭笑不得，俯身到她耳边正要让她注意仪态，突然，她僵住了。

梅嫔手边有一碟才送上的松子鱼露，她夹了一箸，正要送到嘴里。

这个味道……

仿佛是一道闪电划过脑海，晨露顿时豁然开朗。

原来如此……这样的鬼蜮伎俩！

她伸出手，果断地制止了梅嫔。

“娘娘，这个不能吃！”

侧对面，齐妃还在生着闷气，她无意中一抬头，正好看见这一幕。

她提高了音量，好让满场都能听见，“尚仪，你在做什么？”

齐妃简直是眼前一亮，她提高音量这么一说，顿时全场的人都看向此处。

她越发来了兴致，对着晨露道：“尚仪，我见你方才制止梅嫔妹妹，不让她吃这松子鱼露，莫不是……”她微笑着，加重了语气，“这菜里，有什么不妥？”

此话一出，所有人的脸色瞬间变得苍白，一齐放下手中筷箸，如临大敌的模样。有人心慌，竟把一只琉璃碗盏碰翻在地，当啷一声，更是听得人心惊胆寒。

晨露露出极为吃惊的神情，“齐妃娘娘何出此言？梅嫔娘娘有龙裔在身，太医特地嘱咐过，安胎药不能遇上河海类的发物[①]，所以才……”

皇后再也忍耐不住，终于勃然大怒，不等她说完，就打断道：“齐妃，今日数你闲话最多，敢情是狂悖了吗？你若是身体有恙，还是及早延请太医，也免得妹妹们受这些无妄惊吓。”

她气得脸色越发苍白，由左右侍婢搀扶着，径自回了后殿休息。

皇后拂袖而去，这宴席也就显得尴尬没趣，众妃都是人精，看着不是事儿，随便哼哈敷衍了几句，也各寻由头告辞回去。

一顿春日会宴，以意兴索然告终。

晨露和梅嫔乘辇车回了畅春宫，岳姑姑迎上来，见面色不对，已知有异。

从午后到掌灯时分，这段“会宴风波”已经以暴风般的速度传遍了后宫。

半天，晨露的耳边没了清净，她被追问不过，叹了口气，终于开口。

“岳姑姑，你把那包安胎药扔掉吧，改日请皇上换太医重新开过方子，再请人验过，让几个可信的人亲手配药。”

什么？

梅嫔和岳姑姑简直不敢相信自己的耳朵。

梅嫔就是再纯真无知，也已经明白她话里的意思，“姐姐，您是说，那药里

---

① 我国中医认为，有一些食物，如牛肉、海鲜、酱油等，都是“发物”，会干扰药性的吸收以及伤疤的愈合。

有毒？”

她秀丽的小脸一片惨白，手中的茶盏摇摇欲坠。

“这……这不可能啊！那药丸都是老奴我用银针一一验过的。”

“姑姑，这药丸无毒，只是有些异香，会盘桓在体内，三四日不去，一旦遇上某些植物的根，两者相加就会成虎狼之药。”

梅嫔尖叫一声，茶盏当啷落地，她看看这个，又看看那个，终于哇的一声哭了出来。

晨露点到为止，看着一老一小的惊恐表情，正想好生劝慰她们回去，就听到门外禀报，奉天子诏令，宣她觐见。

乾清宫

元祈不似往常般与人对弈，只是在翻着古人的棋谱，看那书卷已是极为古旧，却仍是清爽得一尘不染，显然主人极为爱惜。

“今日真是热闹，”他微笑着对晨露道，“朕这些后妃，一个个贤良淑德得不得了，又是大大的才女，如今连《本草》也嫌太浅，配起上古偏方来了。”

晨露听着他这危险刻薄的言辞，很是荒谬，竟是从心里生出知己之感。

这亦是她忙碌半天后，唯一的感受。

梅嫔用的药丸没有丝毫害处，只是在其中加了极为少量的一味奇香，它本身毫无作用，但若是遇上一种植物的根，就会在人体内化作剧毒，慢慢使人虚弱而死。

而皇后宴席上，那道松子鱼露里，就混有那种根煎熬成的汁水。

它亦有香味，只是类似松子清香，常人不易察觉。

可惜，只是不易，并非不能。

晨露想起御花园那位何姑姑，她所种的几味毒物，就比这高明多了，无色无味，天下间几乎无人可以察觉。

手段高下，立时就可以看出。

若她和此事无关，那么，她种那些珍奇毒物，又是为了什么？

这宫中，抽丝剥茧的，果然谜团重重。

“晨露，朕果然还是小瞧了你，你对毒物解药很有造诣，看来朕让你住在畅春宫，真是选对了人。依你看，这次……”元祈仿佛是漫不经心地问，深邃黑眸中看不见任何情绪。

“皇上，犯人是谁，其实并不重要。”晨露想了想，石破天惊地答了一句。

“哦？”

皇帝居然笑了，温和俊美的脸，因这一笑，让人如沐春风。

但，他的眼里没有笑意，只是深不见底的冥黑。

无形的威压，只在这一眼中。

若是让那些平日以为他“宽和端正”的人来看，定要吓得昏死过去。

“若是这不重要，那么，什么才是最重要的？”

晨露仍是自若如初，完全不受影响，“皇上，您又何必明知故问？若是真能揪出真凶，我想您肯定会乐意为自己去掉一道障碍。可是，这次，您要失望了。”

她看了看皇帝，知道对方仍在考究自己，就继续说道：“药丸那边，若是追查太医，他不是失踪，就是自尽，而皇后的宴席，更加不好办。我敢肯定，包括皇后在内，每个人的小碟里，都有那种根的汁水，那么，究竟能把谁当凶手办呢？皇后？她那个厨师是新请的，她也一定会叫屈，没有人会明显到在自己宫中害人，谁都会如此作想。”

“真是妙计！在自己宫中下手，反而不会有人相信。朕这位梓童，真是越发长进了。”

皇帝的笑容越发锐利，那明显的恶意，让人揣测到，他是想起了一些不快的往事。

“梅嫔那边，这几日你还要照看着。”

“皇上，我曾说过，没有防贼千日的道理，我并不习惯这种单纯防御。”

元祈听了这大胆言辞，也不动怒，只是有些烦躁，“你那日的豪言壮语到哪里去了？你不要推辞，这份差事非你莫属，若是缺人手，瞿卿那里随你挑就是。”

晨露闻言，深深地看了他一眼。

元祈只觉得一阵清凉，些微烦乱立时消散，整个人如同浸在寒潭之中。

那清冽沉静，如冰雪般晶莹的黑眸……

就是怎样的绝色佳人，怎样的明眸魅惑，也及不上这一眼的风华……

一直到晨露告退，皇帝仍有些失神，仿佛在沉思什么。

夜已深，晨露从乾清宫退出后，也不坐宫车，一个人独自行走着。

她看着四周，清幽月色下，宫墙如千年万年般矗立，里面隔断的，是灯火辉煌、莺歌燕舞，还是凄清惨淡、冷宫独守，亦无人得知。

今天的一幕，在见惯黑暗血腥的她来说，简直不堪一提。

但这欢声笑语背后，由纤纤女子们主导的阴谋和杀机，仍是让她黯然。

这些十几岁的少女，才抛却了家人的娇宠，进到这金碧辉煌又暗无天日的宫中，是经过怎样挣扎，才学会了微笑着以美丽的手指，去扼杀别人的希望和生命？

她们踩着同伴的尸骨平步青云，可曾害怕？可曾愧疚？以致，暗夜梦回，一时惊噩？

她们争的是宠，是子嗣，是千百年来女子能得到的至高头衔，可曾想过，这一切，到头来都归于尘土，又有什么意义？

元旭，这就是你要的吗？

三千佳丽，一颦一笑，一悲一喜，荣辱浮沉，只系于你一身……

晨露站在如水的月下，在二十六年后的一日，向着陵墓里的某人，问道。

几重哀伤，几重悲愤，到最后，化为决绝的愤怒。

这愤怒，如同冰河破堤，凛然汹涌，锐不可当。

元旭，你且瞧着，这朗朗乾坤，我将亲手颠覆！

宫墙无语，一如千古。

晨露晚上回来，已是巳时，她沐浴过后，正要上床。

门棂上，有轻微的敲击声。

那是小心翼翼的，却又隐忍的急促，仿佛含着极大的恐惧。

她打开门，只见一人身着白色单衣，头发蓬乱，就那样呆呆地立于月下，像幽魂一般。

是梅嫔。

她已经全无那份懵懂的安详，瑟缩着，泣不成声。

她伸手抱住晨露，就像扯住了救命稻草，低喊道：“姐姐，求你救救我！”

“娘娘……”

“姐姐，我好害怕，一闭眼，就想起今天的事。宴席上，大家笑得都很假，很怕人，我以为光吃不说话就可以了，可是，她们居然要害我！”

“姐姐，你一定要救我！你知道是谁下的毒吧，你快去禀告皇上，他会救我的。”

晨露简直要叹息，救？在这个后宫里，谁又能救谁？

皇上？那就请拿出证据。无故废后，就是帝王也不能如此妄为。

她轻轻挣脱了梅嫔，清晰而缓慢地说道：“娘娘，请你冷静。”

她看着少女惊慌的眸子，缓了声调，“我会尽量注意你的安全，可是，娘娘，在这世上，没有谁，可以一生一世地救你，保护你。”

最后的话，斩钉截铁，毫无回旋余地。

虽然残忍，可是她希望，这懵懂纯真的少女能彻底明白，自己是在怎样的一个世界。

“谁也不能吗？”

梅嫔仿佛在一瞬间领悟了自己的处境。

她的目光不再慌乱，慢慢地，黯淡下来。

“可是，我真的不想死……爹、娘，你们为什么要送我到这吃人的地方？！”

她低低呢喃着，一步一步退着走回自己的寝宫。

夜凉如水，映着她娇小的身影，逐渐远去。

第三章 闻笛

之后几日，元祈特地免去晨露的当值，让她能长居畅春宫。

这几日平安无事，终于到了十天一次的大朝。

这一日早朝，文武官员都会到齐，一些要紧政务也会当廷决断，所有仪仗从人，浩荡煊赫，一样不缺。

作为有品秩的女官，晨露不能不去。

太和殿中，兵部尚书黄嘉直正在慷慨激昂地读着奏章：

“彼蛮夷之邦，牧猎腥膻之徒也，民风强悍，向以劫掠之行为勇武。前朝景乐年间，入我中原，烧杀掳掠，其罪罄竹难书。中原千里，几成白地……我太祖尝大败其于一役，其可汗仅以三千骑得脱……今卷土重来，不过跳梁小丑，何足挂齿，恳请陛下火速发兵，一旦王师挺进，定能歼其全部，以枭首传之天下。”

晨露冷眼旁观，就见元祈端坐于龙椅之上，看似听得认真，嘴角一丝冷笑却昭示了他的情绪。

他很不耐烦。

晨露听着这长篇大论的激昂语句，突然想笑。

歼其全部，以枭首传之天下？

这些文官饱食终日，天天看多了《晋书》，想学谢安，他们以为鞑靼十二部是吃素的，纸糊的，只要轻轻一捻就灰飞烟灭。

当年，平虏军中，有如云猛将，奇才谋士，亦有将士用命，上下一心，殚精竭虑，才堪堪驱逐了鞑靼。

虽如此，忽律可汗仍率本族精悍的三千骑兵，远走漠北。当时大家心中都有计量——这群自诩为苍狼之子的草原勇士，必有一天会卷土重来。

所以，她逗留千里之外，一心只想未雨绸缪，未曾料到，却是祸起萧墙，急转直下……

另一道更为响亮的声音打断了她的回忆。

“黄大人，你可知道，世上腐儒皆是好名，只要能千古流芳，能博个忠君爱国之名，就乱嚷什么开战。您这样的书生之见，对国家社稷有百害而无一利！”

晨露听着甚是顺耳，却不料，此人得意扬扬地将话锋一转，“依本侯之见，鞑靼各部近日有不稳迹象，纯粹是因为刚度过冬季，食物器械皆是不足，所以又欲劫掠。若我天朝以泱泱大国的怀柔之心，多赐其以厚礼，则必定能消弭大祸。若其仍不罢休，那么，索性把我朝军队从北郡六国周边撤出，鞑靼就算暂时到它们那里‘打草谷’[①]，也不干我天朝什么事，且让他们互相斗去吧。”

此人自以为幽默风趣，晨露听得却是大怒，暗想此人比那书生意气的黄尚书更加不堪，居然欲以天朝声誉以及属国的利益，来换得一时太平。

本朝开国以来，民心所向，皆是因先帝能驱逐异族，救民于水火。那八年艰苦岁月，民间家家都有死伤，对鞑靼都是恨不能啖其肉，若是让民众知道要向鞑靼厚礼卑词，立时就要民声鼎沸。

至于属国，那更不可取。当年，自己远赴千里，就是为了……

却听“啪”的一声，竟是元祈把他的奏章亲手拿起，掷于地上。

殿内一片死寂，众臣噤若寒蝉，都不敢再开口。

“南冠侯，久闻你在亲贵子弟中，以通晓谋略著称，今日一见，真是让朕大开眼界。”

元祈的声音淡淡的，也听不出喜怒，不知怎的，殿内群臣都觉得胸口发闷，好似被这无形的威压镇住了。

元祈的声音越发轻缓，“还有谁，和南冠侯一般，能想出这等‘妙计’的？”他目光如电，像利刃一般扫视全场。

咕咚一声，一个胆小的官僚终于坚持不住，双腿一软，昏死过去。

“扶植北郡六国的定策是先帝时定下的，为的，不是什么威抚海内的名声，而是以六国的势力，进可远击鞑靼，退可拱卫中土。有些人鼠目寸光，是否以为先帝和朕都是为了好名？朕告诉你们，你们想错了！”

素来宽和的皇帝偶露峥嵘，终于让一班臣子认清了，他是何等样人。

晨露随着早朝完毕，就要回自己院子，今日并不是她当值。

正是旭日高升的辰时，在路上，一辆华贵辇车背向驰过，看方向，是去聚香

---

① 打草谷乃是游牧民族出外掠劫的隐称，一般发生在冬季。

园赏玩散心的。

看车形古朴典雅，是晋时式样，竟是周贵妃的。

那样冷峻的女子，也会喜欢花草？

晨露有些意外。

回到畅春宫时，才得知梅嫔今日仍是萎靡，岳姑姑劝她也去聚香园散心，得用的从人一早就随着她去了。

她想起刚才的车辇，突然生出一种莫名的不祥之感。

聚香园并不很大，亦没有太过精致的园林，它所特有的是百花齐放的灿烂绚丽，幽香入骨。

晨露走入园中，一眼就看到梅嫔和周贵妃正在小池边数着游鱼。

梅嫔仍是那种惊慌无力的感觉，仿佛随时要跳起来逃走。

她走了过去，离两人还有一丈来远，才被梅嫔偶然回头瞥见。

“姐姐你来了。”

她精神仍有些恍惚，脚下一滑，眼看就要坠入池中。

一旁周贵妃的侍女眼明手快，一只手及时抓住她的手腕，另一只手，正要揽住她的腰，把她拉回岸上。

电光石火间，晨露看见，那侍女的掌心，竟有一点诡异朱红。

她来不及阻止，情急之下，掷出腰间牙牌，正好砸在那侍女的手腕上。

那侍女吃痛之下，手不由一缩，终于拉了个空。

这几个动作说来复杂，其实间不容发，只是在一瞬间完成。旁人听得牙牌落地，马上被梅嫔的尖叫压过，侍女没能拉住，她仍是坠入水中。

这池塘甚浅，众人反应过来后，立刻七手八脚地把她救了上来。

她浑身湿漉漉的，春日池水仍带寒意，一阵风吹过，她冻得瑟瑟发抖，脸色也很是苍白难看，不知是冻的，还是受了惊吓。

“尚仪，你是想要梅嫔的命吗？”

周贵妃勃然大怒，示意左右以斗篷裹住梅嫔，眼神森冷地直视晨露，“你故意阻止我的侍女救人，才害得梅嫔落水，你是想谋害皇嗣吗？”

晨露不怒反笑，抬起头，深深地看了周贵妃一眼。

周贵妃自幼长在军中，凶狠残暴的眼神不知见过多少，这少女清浅一眼，却让她从心中生出悚然来。

那幽黑的眼眸，清冽冰冷，寒光冰雪一般，沁入骨髓。

周贵妃仿佛不能承受，倒退了半步，她冰封一般的丽容上，有生以来，终于生出惊愕。

弱不禁风的少女，仅以一眼，就压制住了她的威仪。

晨露俯身捡起牙牌，扫了一眼在场众人，终于开口，“娘娘你想问我的罪，是吗？”

声音清冷幽然，仿佛在问世上最简单不过的事。

“今日我不想将事端扩大，所以，娘娘，您其实很幸运。”

满不在乎的、身着绛色鸾鸟朝服的少女，强势而自然地说道。

太过嚣张！

周贵妃骨子里的冷傲被她一激，终于压过恐惧。

“你这是威胁我吗？”

晨露微微一笑，清秀面容，刹那竟是明丽绝艳。

“您不妨看作是劝告。若是皇上知道，您这位了不起的侍女是何等样人，我想，后宫上下，其实很期待看这个热闹的。”

她也不行礼，让左右扶了梅嫔，径自离去。

周贵妃看着她的背影，只觉得那份无形之力终于撤除，她松了口气。

这小小女官，究竟是何等人物？

自水中被救起，就一直浑浑噩噩的梅嫔终于清醒过来。

她兀自惊疑不定，“尚仪，谢谢你。”

她眼神不再惊慌，如大梦初醒、脱胎换骨一般。

清了清嗓子，她温柔有礼地问起缘由。

听完晨露的简单解释后，她不再如前日一般哭泣，慢慢地，居然笑了。

那平静的笑容，多少有些诡异。

“你又一次救了我，我真是没用。”

她笑靥如花，很是灿烂，“这些女人，不害了我肚里的龙裔，是不会善罢甘休的。”

她几乎是咬牙切齿地低语，最初的童稚纯真，荡然无存。

“我死了两次，终于想明白了，我不想死，我绝不能让她们害死！”

“谁再想害我，我必要让她付出代价！”

往日秀丽稚气的脸，在这一瞬间，微微扭曲。

一如，后宫中，其他后妃。

第二日早上，晨露起得稍有些晚，今天她是下午当值。刚刚梳洗完毕，瞿云居然来了。

他绕过前殿，来到这清净院落，不由得感慨道："原来还是你这儿最为幽静。"

晨露亲手煮了茶给他，瞿云却慌忙摆手道："饶了我吧，我还想多活两年。经你手调制的食物，实在难以下咽。"他端起瓷碗，轻嗅了一下，苦笑道，"果然……你又用烧过头的水来煮茶，这样的涩重，除了你，别人绝难做出。"

晨露不禁羞恼，晶莹面容上生出一层淡淡绯红，一把夺过茶盏，嗔道："不想喝就别喝！一个男子汉，还这么婆妈挑剔！不想想在山上，都是你做饭的……"最后一句，声音越说越小，似乎也觉得有点不好意思。

瞿云哈哈一笑，灵巧地夺过茶盏，一边躲闪着晨露，一边喝了一大口，这才满足地叹道："这才是你的独门手艺啊！"

在这里，他兴致很高，人到中年的儒雅稳重，似乎都消失无踪，仿佛岁月不曾流逝，他和她，仍是师父门下两个爱斗嘴的弟子。

"对了，我记得你也有个小丫鬟服侍的，怎么让你亲手做这些琐事？"

"饮食方面，我不愿任何人插手。"

晨露只是简单答道，那声音中微带的一丝异样，却让瞿云瞬间明了。二十六年前的那盏"牵机"，在她心里，留下了怎样的噩梦。

逝水如斯，岁月永不停留，他们，也早已不再是那无忧无虑的少年男女。

他叹了一口气，换了话题，"小宸，你真准备插手梅嫔的事？"

晨露无奈道："我并非同情心过剩，也不爱蹚浑水，不过你家皇上让我住在这儿，就是为了让我就近保护她。为了博得他的信任，我才不得已管了这事。"

"小宸，这样很危险。"

晨露冷笑道："若是要向'她'复仇，什么法子都是危险的，在这里，皇帝反而能成为我的护身符。"

瞿云叹了口气，知道劝不住她，只得拉过她的手，以自身真气引导她那微弱的内力运行——这是他唯一能给她的保障。

一番运功，两人都额头见汗，晨露自觉受益匪浅，苦笑道："看来这具身体还真不是练武的材料。昨天在御花园里，我在牙牌中贯足真气，也不过让人微微吃痛，真是无用！"

她把昨天的情况又说了一遍，很肯定地道："我不会看错，那个侍女掌心的那道红印，分明是极北摩诃教的'冥焰掌'。若是被她按住腰间穴道，梅嫔晚上就会小产而死。"

她有些愤怒，只因为宫宴初见时，她对周贵妃，这有着魏晋气韵的女子，颇有好感。

那样从容不迫、英姿飒爽的女子，竟也和那群争风吃醋、构陷暗害的宫中妇人一样。

她有些失望地叹了口气，“你还是把这件事汇报给皇帝吧，估计两边的侍女都会缄默不语，也让他知道，我的差事有多累人。”

下午，竟淅淅沥沥下起雨来，晨露撑起一柄水墨描绘的纸伞走出院门，看着满地青翠欲滴，她撇开平日的院门，从侧边小径绕行。

一直走到前殿侧厢的位置，见岳姑姑领着一个中年妇人贴着廊下，又轻又急地走着。

她有些惊慌，不料一抬头，却见晨露正在眼前站着。

她很不自然地笑了笑，“尚仪大人下午当值吗？”

未等晨露开口，她又笑，指了指身后跟着的妇人道：“这是前头的老宫人。娘娘想问她一些古记掌故，也好避开忌讳。”

晨露不置可否地扫了那妇人一眼，那走路姿势、那身匆忙而就的宫装，早已显示出蹊跷。

再看她手里，有一个包得方正的物事，倒像是个小箱。

她不动声色地寒暄几句，这才离开。

一盏茶后，她来到梅嫔的寝殿外，贴着窗棂，小心地把窗上轻绢挑开一条缝。

只听得里面一个妇人声音，“娘娘容禀，您的身子并不要紧，不过是虚寒内蕴，肝气有些郁积，吃些药就无妨了。”

梅嫔有些不耐道：“这些话太医也会说，我想知道这一胎到底是男是女！”

里面静默了片刻，那妇人才道：“老身忝为杏林中人，医者父母心，论理是不该窥视天机，不过，梅老爷已经把您的苦楚都说了，既然如此，就让老身用家传的‘线脉’来一试吧。”

接着里头一阵忙动，晨露已不欲再听，转身走开了。

元祈今日的奏章很多，晨露一直在旁协助，直到掌灯时分，才回到畅春宫。

临近主殿，她不放心，仍凑到那条缝隙里，又看了一眼。

只见主殿灯烛被风吹得一闪一灭，昏暗中，梅嫔呆坐着，灯光投在她脸上，只见她神情变幻不定，一时凄苦，一时咬牙，最后，她有些扭曲抽搐地笑了。

“既是个女的，就别怨我狠心了……”

低得几乎听不到的言语，被晨露勉强收入耳中。

她的笑容，竟是别样的狠毒和得意。

晨露不忍再看，转身回了自己院落。

经过两次险死还生，梅嫔的性情已有了微妙的变化，她不再如初见时那样娇憨无邪，也学着其他妃子，有了自己的心机、自己的谋划。

这就是宫人女子的心路历程。无论怎样美好的女子，在这个泥潭血泊、吃人不见骨的地方，都会渐渐浸润、沾染，最后，从心底里吐出毒汁，去戕害别个。

这里没有出淤泥而不染，只有近朱者赤，近墨者黑，适者生存、胜者为王的观念，简直已成为天理公道。

晨露看了眼天上的明月，那皎洁如银的圆面，在天光的渲染下，竟呈现一种微微的赭红，如同，蒙上了一层鲜血。

晨露感到一种不祥。

事情很快就发生了。第二日巳时刚过，元祈正和几个重臣商议事务，只见秦喜跌跌撞撞地奔到殿前，又是焦急，又是畏惧地不时探头看里面。

“你探头缩脑地做什么？出了什么事？”元祈一眼瞥见，看着他鬼鬼祟祟的模样，有些怒意。

“万岁，不好了，畅春宫梅娘娘出了大事！”

秦喜急得不顾他人在场，气喘吁吁地嚷了出来。

殿中诸臣都是面色一沉。元祈亲政四年来，后妃鲜见有孕，连着几例的小产滑胎，引得内外谣言纷纷。无论如何，皇嗣上的单薄，都会让天朝处于不稳状态，身为重臣，他们很不乐见这种情况。

元祈脸色一瞬间变得苍白，下一刻，他心中的怒火，如同狂涛巨浪一般，汹涌澎湃。

他眼光一凝，直直盯着秦喜，问道：“情况如何？”

“太医说，很是不妙，孩子……估计保不住了。”

秦喜被那神魔般恐怖的眼神一瞪，说话都有些艰难。

元祈咬牙冷笑，“终于还是得逞了。”

他平素温和宽仁，如此怒态，让所有人都两股战栗，不知道雷霆怒火会不会降临到自己身上。

元祈振衣而起，“去畅春宫！”

“起驾畅春宫——”

司礼太监的洪亮嗓门，此刻听着分外心惊。

元祈赶到时，梅妃性命已无大碍，只是那一个多月的胎儿，随着触目惊心的鲜血，已化为乌有。

他来到梅妃床前，她已幽幽醒转，看到元祈亲自到来，她挣扎着想要起身，却被元祈制止。

“你身子这么虚，和朕来这些虚礼做什么。”元祈很是怜惜地帮她掖掖被角，心里满是说不出的愧疚，“都怪朕，没有好生照顾你的安全。”

梅嫔双目红肿，闻听皇帝自责，顿时流出泪来。珍珠一般的泪滴，顺着洁白如玉的脸颊，缓缓滑落，把侧边的绣枕都濡湿了一片，如此凄美情态，任谁都要为之心酸。

“皇上，您对臣妾情深义重，皇恩浩荡，臣妾已不胜惶恐……”她看了看旁边的晨露，露出感激的微笑，“别的不说，就是您让尚仪住在我宫里，就很是眷顾臣妾了。您知道吗？尚仪救了我好几次呢。”

皇帝眼光转为冷厉，显然是想起瞿云禀报的“聚香园事件”，他连忙问梅嫔：“这次又是怎么回事？”

他不问还好，一问出口，梅嫔似乎想起了什么可怕的事，瑟瑟发抖，整个人蜷在被中，哭得梨花带雨，好不伤心。

“到底怎么回事？”元祈沉声问道。

“回皇上，昨日，在聚香园……出了一点事，臣妾再也不敢去各处园林水榭，可太医嘱咐要多行走，才对胎儿有好处，所以臣妾就在前边宫道上缓缓散步，行到偏僻处，却没曾想，突然冲出两个宫女，很用力地撞了臣妾一下，然后就……”梅嫔说到此处，已是泣不成声。

“那两个宫女是什么模样，你还记得吗？”

梅嫔想了想，有些迟疑道：“当时太过惊慌，没记得她们的相貌，不过，”她想了片刻，突然若有所得，很肯定地道，“她们的裙裾上，绣有流光的青碧祥云。”

在场的宫女宦者一听，脸色都变了。

宫中历来等级森严，一般嫔妾宫中，不得有衣着过分华贵的宫人，只有主子封了妃位，跟前主事才有资格穿带有绣纹的衣裙。其中又有严格的规定，中宫从人以五彩花鸟为饰，而妃子的扈从只能以青色祥云为记。每年制作宫装的时候，尚衣监都会严格管理，绝不允许逾越本分的现象出现。

元祈一听，目光更为森冷。现下已毫无疑问，幕后主使必是周、齐二妃中的一位。

“让她们两人速速赶到此地，朕要亲自来问！”他低沉地说道。

秦喜素来伶俐，不问便知“她们两人”定是指二妃无疑，连忙一溜小跑地去传达旨意。

一刻刚过，齐贵妃就匆匆而来，她今日亦在聚香园赏花，一听出了这等大事，不敢怠慢，连忙赶了过来。

她面色有些潮红，额头见汗，显然是刚才没用肩舆，而是亲自走来的。

她只知梅嫔的孩子没了，见到众人看自己的目光有些古怪，当下心中一沉，强笑着向皇帝盈盈拜倒，“臣妾见过皇上。”

元祈沉声道：“别给朕来这种虚礼！梅嫔这次遭人暗害，你宫里的人也不脱嫌疑，你怎么说？”

齐妃一听，吓得魂飞魄散，若是沾惹上这等罪名，就算元祈对她的宠爱再盛，也不会轻饶了她。她跪在地上，失措地喊道：“臣妾可对天发誓，绝没有做这种事……”她竭力让自己冷静下来，“这到底是怎么回事？若说臣妾宫中有嫌疑，又有何证明？”

元祈示意秦喜。秦喜立刻心领神会地把整个事件拣要紧的说了。齐妃一听，觉得又冤又气，眼中含了泪道：“皇上，裙上绣了青碧祥云的，并非只有我云庆宫一家，麟瑞宫那位整日拿刀弄剑的周贵妃，才是最值得怀疑的。对了，臣妾听说……”她立刻把听来的传言又添油加醋了一番，“昨日梅妹妹和周贵妃在聚香园观赏池鱼，周贵妃的侍女还把她推下水去，受了好大惊吓呢。”

“一派胡言！”

刚刚赶到的周贵妃听到这番说辞，双目如冷电一般逼视着她，“这样颠倒黑白的谣言，只有你这种无知妇人才会造出！”

她虽是匆匆赶到，宽袍广袖的装束仍是一丝不乱。她对着元祈，从容不迫地解释道：“昨日梅嫔不慎摔下池去，若不是我的侍女相救，早就受寒损了元气。”

元祈看她双目诚恳清澈，若不是听了瞿云的汇报，真要就此相信她，他冷笑一声，“汝父军中高手如云，随便一两个就可以做成这件事，你要朕怎么信你呢？”

周贵妃的父亲是闻名天下的大将军周浚，前朝时他乃是景乐帝的京营将军，年少时就有知兵之名。先帝创立本朝时，他顺应情势，率众来投，先帝虽不能尽信，但也不忍英才埋没，就让他加入戍边的镇北军之中。

不料先帝英年早逝，当时皇帝只是十岁孩童，中宫以太后之尊临朝称制，饶是她睿智善谋，仍只是女流之辈。鞑靼看准这个机会，又有蠢蠢欲动之势，危急时刻，名门大阀和各路藩王都摒弃前嫌，齐心御敌。

此役中，最大的功勋，却是为周浚所得。他以奇兵夺下天门关，断了鞑靼大军的补给，才使这虎狼之敌退却，朝廷和蛮夷堪堪打了个平手，这才没有贻笑天下。

此后，他再建镇北军，又逼得朝廷把整个北郡给他做了封地，一时锋芒无二。

这样的强势人物，把女儿送入宫中，虽不免有居心叵测的猜疑，但仍是积极表现了诚意。帝室为了笼络军心，一开始就把周氏封为贵妃，仅在皇后之下，可说是尊贵至极。

对于这位周大将军的跋扈，元祈早有腹诽，此次借这由头，终于爆发出来。

却说周贵妃见皇帝动了真怒，只是微微冷笑，她毫不惧怕地迎上元祈的眼，一字一句，清清楚楚地说道："皇上对家父早有疑忌，臣妾无话可说。"

她站起身来，从侍婢手中夺过短剑，锵的一声，拔出刃身。

冷光照着她冰冷晶莹的丽容，她满不在乎地看了一眼皇帝身前戒备惊疑的侍卫，手下用力，竟朝着玉石台阶劈下。

她剑中贯注真气，金石相交，只听得一声清鸣，那短剑断成了两截。

"皇上，我以武者的名誉在此发下誓言，今日之事，绝非我的作为，若有虚言，就让家父和我，如此剑般，身首异处！"她铿锵说道，语意坚决，隐隐有金石之音。

习武之人，断剑发下这等誓言，可说是严酷之极，皇帝瞧着她倔强冷然的面容，怒火慢慢熄了下去。

齐妃一看皇帝态度软化，急得连忙上前哭诉，"皇上休听她胡言乱语，这样的誓言谁都能红口白牙地乱说，定然是她害了梅妹妹……"

她哽咽着，开始诉说周贵妃平日里的专横跋扈，连哭带闹之下，更把自己择得一干二净。

元祈耐不住她哭闹，高声叱道："今日先到此为止，你们两人都给我滚回去！齐妃你再这样撒泼，朕立刻黜了你的妃位！"

这一招非常有效，齐妃敛了啼哭，只是小声啜泣着，由宫人扶着离开。周贵妃却是镇定自若，拜别皇帝，挺直了身板就走。

昭阳宫

皇后听着远处闹得沸反盈天，一径笑得温柔高贵。

她赏玩着指尖镂金镶珠的套花，如隔岸观火一般，笑得悠然，"梅嫔这小丫头真是出的好计！可惜，仍比不得鄂姑姑你的老辣呢！"

旁边侍立的中年妇人笑了，她一副圆脸，慈眉善目的，笑起来更觉可亲，"对付这等小丫头，若不能手到擒来，老奴哪还有脸一直服侍太后？太后老主子那边，何家妹子一传来谕旨，我就知道动手的时候到了。”

她又看了眼皇后，“娘娘，不是老奴倚老卖老，实是您这次太过鲁莽，那种汁水虽然与松子味道类似，但遇上精通此道的江湖中人，仍是可以识别。那个尚仪，听说是瞿云荐来的，小小年纪就在江湖上混迹，这样的人精，您还想瞒得她去？”

皇后很诚心地道歉道：“给姑姑添麻烦了，淑菁真是过意不去。”

“娘娘这样说，真是折杀老奴了。要说，也是梅嫔那小丫头太傻，仗着父亲有两个钱，就想收买守宫门的太监，把外人放进来，真是好笑。这宫里上上下下的，哪个敢违逆太后的旨意？那个女神医一进门，早有人通风报信来了。”

皇后笑得分外愉悦，“那日，我轻车简从去到梅嫔的畅春宫，径自进了主殿，那女人的脸色真是精彩啊。她刚得知是个女胎正沮丧得不得了，乍一见我，那脸啊，白得像鬼一样。”

“本宫那日就跟她摊了牌，这小丫头倒也狠心，让神医留下缓时发作的堕胎药，听说安全不伤身，就急不可耐地用了。呵呵，这样一盆污水泼在那两人头上，保管她们有口难辩，恐怕，现在正在皇上面前，互相攀咬呢。”

皇后笑得身体直颤，“不过，我那日对梅嫔说的，倒也不完全是假话，她这一胎只是个女的，根本不能母凭子贵，若是跟本宫合作，拔了那两个眼中钉，她又没生出男胎，本宫为什么还要为难她呢？今后，有本宫不时抬举着提携她，又没有周贵妃的暗害，她的日子也是花团锦簇呢。若是运气好，皇上也疑心齐妃，那大半宠爱都移到她身上就更划算了。”

她似乎很满意这种合则两利的事，仔细一想，又奇道：“为什么姑姑你这么肯定是个女胎呢？若神医诊出是个男儿，梅嫔根本不会答应这桩交易！”

鄂姑姑又露出那和蔼宽厚的笑容，只是目视着皇后。皇后前后一想，顿时惊诧得魂飞天外，“难道……”

鄂姑姑一脸纯朴良善，看着皇后，轻描淡写地道:“京城说小不小，说大也不大，梅嫔家中，早有我们的人盯着呢。她父亲到处打听神医，我们就给他送上门去了。可笑这些人，不过是太后手中的棋子，到现在还在自鸣得意呢。”

皇后惊讶过后，又是一阵得意，“梅嫔那小女孩真是可怜啊！她若是知道，自己肚里说不定是个男胎，岂不是要恨断了肠？”

鄂姑姑却不笑，只是语重心长地道：“娘娘，您也要加紧努力才是，今后，会不断有新人进宫，一味剪除也不是办法。若您有了嫡子，还怕其他妃子生他几个？”

皇后脸上浮上幽怨，温文孱弱的气质，任谁见了都要心动，“我努力又有什么用？皇上他，根本对我毫无眷恋，太后还让我抓住他的心，这绝无可能……也罢，反正其他三位伯叔父家亦有美貌郡主，我要是不能，让她们进宫替了就是。”

最后的话，带着赌气和些微的憾恨。她眸中蒙起水雾，想起刚才鄂姑姑说的“棋子”，她此刻竟有些兔死狐悲。在太后心中，就算自己这个嫡亲侄女，也不过是另一枚稍许贵重的棋子。

鄂姑姑面色一沉，“娘娘不可自轻自贱，太后统共四个兄弟，要说身份尊贵，也唯有二公子——就是令尊靖安公，我人老了就改不过口来——还有继承林家基业的大公子了。大公子现下已贵为藩王，他家郡主必是娇纵不堪，怎比得上娘娘您贤淑温柔？”

皇后口中诺诺，心下仍是愤愤：大伯父身为藩王，封地千里，死士悍将不知凡几。太后虽然在朝堂上一径维护他，却也暗中忌惮他的势大，只想挑个软弱无主见的兄弟来做左右手，于是，才捧了自己做中宫。

想起当年，自己父亲谄笑着，欢天喜地地送自己入宫受封，便不由齿冷，暗中叹道：“为何送我到这见不得人的地方……”

畅春宫中正一片忙乱，太医来开过方子后，太监宫女们各自忙乱起来，煎药的，换洗被褥的，给梅嫔按摩推拿的，迎接前来慰问的后宫妃子的，记账收礼物的，一时竟忙得沸反盈天。

宫人侍婢手里忙着，嘴也没闲着，她们说的最多的就是畅春宫中这件大事。

晨露倚在门边，正遥遥听着庭院里洒扫的宫女们闲嗑牙。

她内力虽浅，这样的距离却也并不困难。

宫女们谈及这件事，都要先左右看看，确定管事姑姑们不在，才神神秘秘地开口。

三个女人一台戏，更何况是这十来个小丫头。

晨露听了一会儿，都是什么作祟啊什么阴谋的无稽之谈，正想转身走开，只听得一个小宫女很不屑地道：“你们说的半点道理也没有，依我看啊，是娘娘和某人犯冲，才惹来这场大灾。”

她的同伴连声反驳。小丫头脾气也被激了起来，略微提高了音量，“你们忘了吗？上次娘娘去皇后那里赴宴，回来后就像中了邪似的哭哭啼啼，一脸害怕。”

有人赞同，也有人不服气，小宫女也不去理，继续说道：“还有一件事我谅你们也不知道。昨天午后，天下起了雨，总管大人居然叫我去把落叶青苔扫掉，这么多的积水，不是为难我吗？好了好了，别着急，这就要说到正题了。那天我扫了一会儿，就看见一行人来到了门口，你们知道那轿子里的是谁？”

她吊足了大家胃口，才得意扬扬地说道："就是皇后娘娘！虽然我不认识她，但那身金线绣的九凤缎衣还是认识的。这可吓死我了，连忙避开。皇后进了梅娘娘的寝宫，一个多时辰才出来呢。今天，梅娘娘就出了这等惨事，可不是她和皇后的八字犯冲，一见面就要倒霉？"她理直气壮地下了结论。

正说得高兴，只听得身后清冷声音响起，"你们不好好做事，就在这里没上没下地毁谤主子吗？"

宫女们回头一看，竟是那位尚仪大人，顿时吓得脸色煞白，张口结舌地说不出话来。

"都散了吧，下次再让我听到这种无稽狂悖的昏话，必要严惩。你，且留一下。"晨露指了指刚才饶舌的小宫女。

那小宫女已经抖得像筛糠，她虽然不晓事，但毁谤主子的罪有多重，还是明白的，她怯生生地说："尚仪，您千万别告诉娘娘和管事们，求您了！"

晨露把她带到一边，宽慰了几句，待她不抖了，才详细问起昨日皇后来时的情形。

小宫女当时忙着闪避，哪能知道什么是重要的，只是把刚才的话重复了一遍，末了，她思索着，有些不肯定地道："皇后走的时候，远远看着嘴角翘起，好像很高兴的样子。"

皇后到底意欲何为呢？

晨露一直想着，直到掌灯时分，她进了厨间，还在思索着这个问题。

厨房内香气四溢，闻着就食欲大动。这是梅嫔自己的小膳房，她吃不惯宫中的温火膳，所以也学其他嫔妃，延请名厨在厨下烹煮。她一向平易近人，每日让厨师照样做一份给岳姑姑和几个年长管事，晨露身为皇帝的亲信，也依例有一份。

经过前世那场噩梦，晨露每日都是亲自来取，回院后更是仔细验过，才会食用，今天也不例外。

她取过食盒，正要离去，忽然，她好似闻到了什么。

在这菜肴的香气流转混淆的地方，她有些狐疑，再次深嗅一口，仍是不能确定。

冥冥中，那一道隐约的药香，若隐若现，仿佛是幻觉，却又真实存在。

她俯下身，在灶下细细搜索着。

什么也没有。

灶中好似经过猛烈燃烧，把什么都烧成了焦炭。

她不死心，仍在灰烬里仔细察看。

一道微小的珠光，在灰里闪烁。

她拂开一看，竟是一枚小巧精致的玉玲珑。

它只有鸽卵大小，玉质晶莹无瑕，内分九层，层层镂成各种图案，以纯金和红宝石点缀，略一晃动，就有悦耳风声。

看着这熟悉的饰物，晨露有些失神，她想起了那童稚纯真、带着满不在乎的笑容，那把玩着它的娇小女子。

脑中的迷雾，在这一刻，终于豁然开朗。

她看着手中的玲珑，只想到了一句：物是人非事事休。

晨露赶到乾清宫时，元祈正在练字。

他每一笔都是飞扬随兴，偏偏那份挺拔气势，几乎要从笔尖流泻而出。

“梅嫔怎样了？”他见了晨露，只深深看入她的眼，开口问道。

齐、周二妃终要给个惩戒，但此事祸首不明，无论惩处了哪一个都要喊冤。他心中踌躇不定，所以对梅嫔很是愧疚。

即使他平日里运筹帷幄、杀伐决断，无不明快果敢，即使他一贯拿妃子当手中的黑白小子，这时，他仍有愧疚。

回答他的，不是晨露那清澈如同冷泉的声音，而是，珠子被掷出，落于书案的声音。

他接住一看，是一枚玉玲珑。

晨露的声音接着响起，“皇上，您是否对此物有些眼熟？”

“这个，是您当时御赐之物，梅嫔娘娘随身戴着，很是珍爱。”

“这样一个小物件，最后出现的地方，却是在灶下的炉膛里。”

晨露清冷的眼中更显幽寒，“我已经明白了整件事情的真相。

“要从哪里说呢？首先，昨日午后下起了雨，梅嫔让亲信的岳姑姑贿赂了守门的太监，把一个名满京城的女神医乔装带了进来，她很想知道这胎是男是女。

“那个老妇人以独门‘线脉’确认是女胎后，梅嫔很沮丧。可让她想不到的是，紧接着，皇后就亲身前来，笑着揭穿了她。不过，接下来，皇后提出了一个很有诱惑力的计划。

“那就是，让女神医提供不伤身的缓和药材堕下这胎，然后嫁祸给周、齐二妃。我甚至能想象到皇后的说辞，无非是，反正是个女胎，也没什么可惜，本宫今后会尽力扶植你，除掉周、齐二人，既保证了你的安全，又可以夺过宠爱。梅嫔本来对聚香园事件就心有余悸，再加上齐妃深得您的宠爱，所以，她决定和皇后合作，兵行险着。

“让我想通这些关键的，就是这枚玉玲珑。我到厨下去拿食盒时，在杂糅的菜香中，隐约闻到一股药味，实在不能肯定，我就在灶下寻找药渣，结果，却意外地找到了这个。”

元祈手中捏着玉玲珑，目光深邃森冷，已是愤怒到了极点。

“上次赴宴，梅嫔就知道我能分辨出各种药香，所以不敢把药碗端进自己的寝宫，只能到厨房偷偷地一气喝完。她匆忙烧尽了药渣，却不慎把随身戴的玉玲珑落在了灶灰里。”

晨露冷静而缜密地分析完，元祈已是怒不可遏，他猛地挥袖，扫下桌上一只景泰蓝笔架，冷喝道：“贱人可恶，竟敢戕害我的骨血！”

他气得微微颤抖，“朕对梅嫔素来不薄，很是爱重她的娇憨纯真，不料，一眨眼的工夫，她竟成了这样的蛇蝎心肠，连亲生骨肉也下得了手！”

他说到最后，已是微微伤感。这天下最显赫的九五之尊，生来冷情无欲，难得对一个女子心生怜爱，却不料最后竟是如此结局。

晨露却出言反驳，“陛下这话错了，此事也不能全怪梅嫔，要知道，真相这东西就像乡间的洋葱，剥下一层，还有另一层隐藏在下面。”

元祈听她意有所指，警觉到另有蹊跷，他冷静下来，以目示意晨露说下去。

“您只需想想，为什么梅嫔刚让神医混进宫，皇后就能及时赶到？还有，我亦对医术略知一二，一个月的胎儿还没成形，仅凭一根线就能诊出男女？真真是天方夜谭！”

话说到这里，皇帝如醍醐灌顶，猛醒过来，他不由悚然生惊，“难道……这一胎并非是女，而是……”

“我刚才已经说了，没有人能在一个月时判定男女，那女神医一定是得了关照，到时候只需说是女胎，所以胎儿的性别只怕永远是个谜。”

她看着元祈痛恨愤怒得睚眦欲裂，轻轻地，加上了最后一根稻草，“皇后娘娘定是想不出这等毒计，她上次的计划，何其浅陋！怕是有人在背后谋划。”

元祈想也不想，冷笑道：“皇后的脑子是没有这么灵巧，有母后这等女中诸葛，还有什么事不能办成？”

他面容森寒，笑得却越发欢畅，“林家……前朝就倚仗着裙带关系往上攀爬，本朝就更是猖狂。母后临朝多年，专横跋扈，俨然成了宫中至尊。她的两个长兄，一个庸碌无为，另一个更是狼子野心，贪婪凶恣，有什么资格称公封王？大家慢慢走着瞧，朕正是青春鼎盛，还愁除不了这些虎狼蛇鼠？”

晨露低下头去，掩下唇边的无声微笑。终于，到了这个地步！

她静静欣赏着皇帝切齿痛恨的样子，满意地知晓，她播下的仇恨种子，终于发芽。它会继续滋长、壮大，终有一天，它会让这对母子杀个你死我活。

元祈站在窗前，深深地呼吸着，稍稍冷静后，他有些忧郁地开口，“真是可笑，朕身为天子，富有四海，说到亲近家人，竟是一个也无。母后这样跋扈擅权，想要朕做个傀儡；皇后……我见到她那伪善柔弱的样子就恶心；妃子呢，不管怎样的好女孩，进了这染缸一样的宫中，都会变得狰狞如同鬼魅，谁也不能幸免；至于我亲爱的弟弟们，哼，怕是巴不得我哪天死于非命，好继承这宝座！”

“朕真的很难受，很寂寞。果然，身为帝王，就是不折不扣的孤家寡人，你能明白我的苦吗？晨露……”

他的为难、愤怒、寂寥和内心最深处的软弱，都在这一瞬间爆发，他近乎失控地问着晨露，却在回身时，被那清冷双眸生生浇熄了满心汹涌。

那双眼清洌如同岁月轮回，一看之下，却好似摄人心魂。

却只有她，一如初见，不曾沾染世间污秽。

“每次看到你，都像十二月冰雪，让朕凉到骨髓……”元祈苦笑着说出感受，心下却不期然冒出一句，任是无情也动人。

他轻轻问道：“朕这会儿心里闷得谎，你会抚琴吗？”

晨露没有回答，他顿时醒悟，失笑道：“朕忘了，你出身江湖……也罢，你且在一旁，听朕抚一曲吧。”

他净手，取过窗下瑶琴，校了下音，信手拨弄起来。

那琴声很是激昂，只是压抑了太多的悲郁沉痛，才几下，就听铮的一声，琴弦断成两截。

元祈苦笑：“雅乐必须焚香静心，这会儿果然不成曲调。”

晨露看着他，终于开口，“您未免想岔了，即使是江湖人士，我也略识音律。这里有笛子吗？”

元祈有点惊讶，还是命秦喜去取了上好的笛子来。

这是一支绿玉雕琢成的短笛，笛身通透晶莹，看着就不似凡品。晨露略一擦拭，凑到唇边，正要开始，元祈却突然靠近道：“此处终究憋闷，我们到上面去。”

他竟是一拉晨露的手，挽着她提气一跃，上了屋檐。

晨露不料他会做出此番举动，坐定之后，不露痕迹地挣开他的手。

笛声，由整个皇宫的最高处，幽幽响起。

初时有些生涩，慢慢娴熟，不知不觉间，陷入某种迷境。悠扬如同天籁的笛声在夜空中飘忽不定，俯身看去，底下万千宫阙、琼楼玉宇亦是黯然失色，浩瀚苍穹间，唯有这一道笛音长存不灭。

那是百花盛开、姹紫嫣红的繁华如梦……

却原来，都付之断瓦残垣；

那是情人间呢喃相依的璧人一双……

却不料，竟是躲不过世情人心；

那是壮士舞干戈，八千里路云和月的沙场豪情……

却终究，不许人间见白头……

笛音越发颤动，隐忍然而决绝，迷茫却又警醒，这欲哭难言的万古同悲，最后，超然而成天地间的清冷和无垠。

元祈只觉得心中块垒为之一空，忍不住，竟想长啸一声。

两人并肩坐着，星空闪烁下，各自沉浸在思绪中。

他想起世事艰难，却不复烦乱，只觉得天将降大任于斯人，必先苦其心志。他还年轻，有大把的时间，人生得一知己足矣，又何必强求他人的理解？

她却有些恍惚。许多年前，那眉眼带笑的少年郎，也曾满含深情地为自己吹奏一曲……

那是一个多么美好的夜晚，可惜，岁月无情，不复当年。

恍惚间，她仿佛听到了一道清丽女音在吟唱：

敛笑凝眸意欲歌，高云不动碧嵯峨。

铜台罢望归何处，玉辇忘还事几多。

青冢路边南雁尽，细腰宫里北人过。

此声肠断非今日，香灺灯光奈尔何。[①]

……

---

① 出自唐朝李商隐的《闻歌》。

第四章 胡使

二月刚过，天公甚是作美，冬日的阴冷寒气一下就收敛起来，京城顿时暖意融融，一派草长莺飞的气象。就是下雨，也有了“天街小雨润如酥”的柔媚。

街上正是人头攒动，这蒙蒙细雨，把几百年的青石路板洗得光亮如镜，人踏在上面，只觉得稳妥爽快。

街边错落有致的桐木正绿意勃发，使人不觉沉醉。

绿树掩映下，皆是店铺酒家，其中最为体面的，是那家挂有乌金招牌的百年老字号。

此时正是午后，人不太多，店中只有三四个酒徒，已喝得瞑醺，趴在桌上，早会了周公。

有三位客人，却与众不同。

一桌两位，一男一女，衣着素雅，懂行的仍能看出用料不凡，两人气质非同一般，隐隐透出矜贵。男的四十上下，女的戴着帷帽，看身形举止正当妙龄。

小二看着他们气宇非凡，知道不是常人，没敢上前聒噪。他看着另一桌独酌的客人，一副心事重重、愁眉紧锁的样子，知道一时半会儿还不会结账，便也趴在账台边昏昏睡去。

“小云，此处清风拂面，细雨润衣，你该不会就请我到这儿喝茶赏雨吧？”

少女开口了，声音清澈如同冷泉，沁人心脾。

“这次让你见位老友，可惜她做的营生独特，要午后才开张，所以先在这儿等等。”

少女心下好奇，她知道师兄素来淡泊寡言，这次见这位老友，却微有些兴奋，甚至有些迫切。

“你该不会拐带了哪家的小姐吧？”她面带怀疑地看着对方。

瞿云哭笑不得，以扇轻敲她的额头，一副溺爱之态，“从你嘴里出来的，就没什么好话！我好歹也算小有职位，哪家小姐还用得着我去拐带？”

身为侍卫统领，虽然只有三品，却是最近帝侧的人，京城的权贵，有哪位不想与他结好？

更何况他虽然年过四旬，却不失为儒雅美男子，又有哪家小姐求娶不到？

晨露笑得狡诈，“等一下见到那位‘老友’，我一定把你受欢迎的实情全数告知。”

瞿云张口结舌，被她气得一佛升天，二佛出世，扯出一个比哭还难看的笑容，终于缴械投降。

他瞥了眼旁边那面色沉郁的青年，巧妙地换过话题，“要说拐带，这位仁兄才有此嫌疑。”

晨露睨了一眼，准确地猜中了事实，“今日是靖安公林源娶第十房小妾的吉日。那个软弱无能的家伙……也懂得祸害女子了。”后半句说得极低，带着切齿的痛恨。

瞿云知道，她对林家的每一个人，都充满了滔天恨意。

倾四海之水，也不能洗去的恨……

他把叹息压在肚里，道：“这年轻人明显不是常客，对着佳景美酒，也没有丝毫兴趣，只是不断看着门外，满脸愁绪。”

晨露畅快地低笑出声，“闹市勇劫新娘，国公惊失小妾——明日茶馆又有得说书了，我们就慢慢看热闹吧。”

没过多久，只听喜乐大作，喧闹声起。街上的人被强力排到两边，一行队伍拥着一顶奢华花轿，浩浩荡荡而来。

旁边路人都在议论纷纷，有的人赞国公府排场煊赫，只娶个小妾，也如此兴师动众，有的人揭出新娘不过是个乡野女子，竟然也攀上高枝了。

晨露细细观察着那青年，只见他全身颤抖，双眼含着泪水，显是听到了人们的议论。

队伍近前，马上要从店前经过，那青年连手都在发抖，面色苍白，却鼓足了勇气，胡乱以黑巾蒙面，拔出腰间长剑，冲了出去。

外面的无赖汉们瞧着有人闹事，也一起鼓噪起来，把整个街面弄得混乱不堪。

只见那青年挥舞着长剑，瞧着杂乱无章，显然是没学过半点武功。那些国公府的家人仆役，倒有人学过一两手粗浅拳棒，几下便把他阻住，打得踉踉跄跄。

花轿中一声惊叫，只见新娘蒙着红巾，顾不得左右拉扯，一心朝着青年奔去。

青年血涌上头，手中长剑舞得凶恶，杀出一条血路，终于和女子会合。

他一手搂住女子，也不顾另一只在滴血的手，鼻青脸肿的，煞是可笑，只有那双眼中，满是真挚深情。

女子也深深地凝望着他，两人相视一笑，浑不把团团包围的人放在眼里。

金风玉露一相逢，便胜却人间无数……

“你不应该来的。为我断送了功名前途，可怎么办？”女子焦急懊恼，却掩不

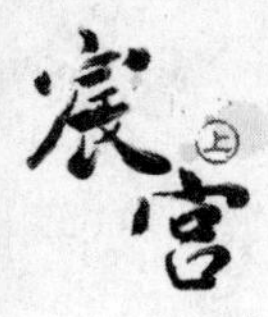

住甜蜜。

“为你，值得。”

“我们逃不出去的。”

“你怕吗？”

女子柳眉倒竖，轻扯他的耳朵，“叫你胡说八道！今天就是死在这里，我也觉得心里甜。”她脸色赧然，咬咬牙，终于说出来，“恋上你，我永世不悔！”

青年畅快大笑，“我也一样！其实我刚才……很怕，手也发抖，可是想到你，我就是再胆小，也要搏一搏！”

两人互诉衷肠、柔情蜜意，根本不把周围的人放在眼里。

“好一对狗男女，今日就是死了，也要把他们的尸体给我带回去！”

管家又气又怒，喝令家人上前。

晨露看得真切，她目视师兄，带着恳求意味。

瞿云受不住，无奈，取过她的帷帽黑纱，也照样蒙了脸，身影一闪，到了街心。

他以斗篷卷过两人，随手从树上取下一叶，弹了出去。

那叶片被内力催动，瞬间变得利刃般锋锐，仿佛有灵性一般，划过众人腿间，转了一大圈，这才稳稳落下。

家丁仆役只觉得一阵剧痛，都抱着腿在地上惨号。总管堪堪蹲下，脸上也留了一道血痕，他气得浑身发颤，“又一个蒙面人！”

到得街后河岸，瞿云才松开斗篷。两个惊魂未定的男女取下脸上的蒙巾，忙拜谢救命之恩。他侧身躲开，“我本来不欲管闲事，救你们的是那一位。”

岸边竹林里走出一名少女。

她素裳乌发，双眸如同冰雪一般。

“你们先去城外躲躲吧，最好改变装束。”

她终于开口，声音清冽，青年感激地点头，挽过女子，两人一起行了大礼。

少女待她们拜完才又开口，“你是读书士子，有功名在身？”

青年苦笑，“只是个小小举子，不足挂齿。三年前京城落第，徘徊此处，做个孤魂野鬼罢了。”

“今年可有大考？”

“今年……还想试试，不过上头没人，怕也是不取。”

晨露笑了，“你只管去考，只要文章还看得过，没有不取的道理。”

青年听得她口气甚大，只是唯唯。

“你的姓名？”

“小可裴桢。”

瞿云领着她，转过庐桥，转入另一条街。

此处满是绣楼华灯，暗香浮动，街上也没什么人，看着就不是正经路数，定是青楼妓院无疑。

瞿云却不停留，直走到尽头，才看到十字大路一侧，有一座三层楼宇，飞檐斗拱，精致富丽，自不必说。

匾额上书“沉醉翠色”，字迹清俊飘逸，却更见风骨。

原来，此地就是京城第一的“翠色楼”，晨露想起前阵子关于齐融的笑话，不由会心一笑。

“这是御笔。”

看过字迹后，她肯定地道。

一楼大堂，仍有人喝酒行令，二楼三楼的雅座和贵宾间却大门紧锁。

“这老板有些怪脾气，只有晚上才正式开张。无论是谁，在这御笔赞赏的地方，都不敢放肆。”

瞿云径直朝后院走去，来往仆役见了他，也不阻拦，很是相熟的样子。

他一直走入后院雅致小楼中，才大声笑道：“贵客来了！”

楼上款款走出一位美貌妇人，气质极佳，她疑惑地看着晨露，又望向瞿云。

晨露看着她的面容，依稀熟悉，端详了半晌，忽然惊喜地叫出声：“清敏公主！”

她几乎要恍惚，今夕是何夕？

许多年以前，有一对一模一样的双胞胎姐妹，衣不蔽体，在自己面前盈盈拜倒，“小宸，你的大恩大德，我们永世难忘。”

她们是前朝景乐皇帝的一双公主，当年城破，落入鞑靼之手，从此就杳无音信。

三十四年后，乍见其一，她已经是妇人风韵，正好奇地看着自己，语气熟悉而疑惑，“你是……”

瞿云不由分说，把两人扯到楼上，在屏风后跟清敏说了一阵，后者本来不信，凑到跟前，仔细端详，终于流下泪来，“不错，普天之下，只有小宸有这样一双眼。”

晨露素来冷情，此时也不由动容，拉过清敏的手，只觉得粗粝不堪，处处都是磨难的伤痕。

“清敏，你怎么会到了这里？”

清敏握紧了晨露的手，眼中水光盈盈，叹息着，终于说道：“当年你的死讯传到忽律可汗那里，他悲恸得不能自已，叹道，‘天朝皇帝自毁长城！’他招来我们

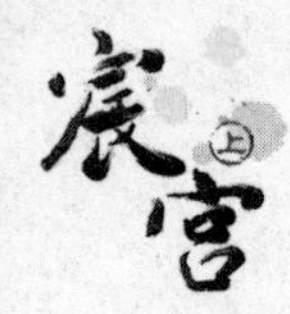

姐妹，谈起京城与你初见，不由唏嘘。第二天，就让人把我们姐妹送到了天朝内地。他虽然是蛮夷外虏，为人倒是磊落，之前一直遵行和你的赌约，让我们姐妹在帐下做些活计，没有人来欺负。”

清敏说到此处，很有些感激，接着她语气一转，顿时激动起来，“鞑靼蛮夷以礼待人，可到了中原，我们姐妹却遭到此生最大的劫难。我们千里迢迢来到京城，身上的钱快用光了，萱敏便道，林媛现在贵为皇后，我们的母妃也是出身林家旁系，她怎么也不会见死不救吧。她不顾我的劝阻，就去了宫城觐见，从此，再也没有回来。”

清敏的声音转为凄厉，“那年好大的雪，我在宫门口求了又求，没有人搭理。我一日一日地去，终于有个管事不忍心，把我拉到一边，道，‘你别在这里纠缠了，告诉你吧，这个人早没了。你这样，总有一天也要惹来杀身之祸。’”

“我当时如五雷轰顶，就想撞死在宫墙之前，没想到被人打昏了过去，朦胧间，我听那伙人在争执，一个说要遵照中宫的命令把事做干净，另一个却说我长得好，要把我卖到青楼去。我又急又气，醒来后，就在红绡院里了……”

她身体微微颤抖，再也说不下去，仿佛陷入极大的梦魇中。瞿云握了握她的手，她回以一笑，才继续道：“那阵子我天天受着鞭笞，几次出逃，只换来更惨烈的凌辱。最后一次，我跑着，就撞上了瞿云。”

她凝望着瞿云，笑容美不胜收。瞿云有些脸红，终是握紧了她的手。

她对着晨露，露出小儿女的神秘笑容，“瞿云让我替你保存着一件东西，现在可以物归原主了。”

“今日不是聚集之时，几方首领都不在，你先看看这个吧。”

晨露接过厚厚一叠账本样的物事，翻开来，越看越激动。

热血沸腾之下，她抬头看着两人。瞿云在宠溺地笑看着她，清敏优雅清贵，双目飒爽含笑。

晨露的眼泪终于流了出来。遭遇过那么多灾厄磨难，她没有哭，今日，看到两三知己为她默默付出，二十六年辛苦操持，她终于流下泪来。

这厚厚的簿本，记录着辰楼盘根错节、隐秘庞大的组织势力。近三十年里，它做下无数惊天动地却又不为人所知的大事。

她前世为了掌握天下大势，特地组建了这遍布四海的隐秘组织，成员都是孤苦少年，经过训练，个个都是精英栋梁。四方首领更是受过她莫大恩惠，每一个成员由她手中撒出，汇集成点、线、面，是她手中的幽灵暗刃。

当年她去得突然，没想到，平时木讷的瞿云却尽力维持着，没有让它烟消云散。

清敏又是冰雪聪明，接手后，很快就让它发展壮大，成了目前的极大局面。

清敏站起身来，敛衽对着她一拜，“当年若不是你相救，我们姐妹早就被蹂躏至死，这二十几年来，我心里总有一个念头，要把辰楼管好，交给你的时候，才不辱没你的一番心血。今日夙愿偿矣！”

晨露诧异了，她一直在等自己？可是她明明知道死讯……

瞿云回答了她的疑惑，“当时师父接到你的死讯，夜观星象，发现你的那颗本命星并不曾陨落，只是转为暗淡。他老人家大为欣慰，对我说道，你还有生还的机会。我们虽然将信将疑，可心里总有这一线希望。如今你重生归来，可惜……师父他老人家，已经不在了。”

他目中泛红，触景伤情，声音不由哽咽。

晨露心潮澎湃，不能自已。原来，这二十六年间，亲人挚友们从来不曾忘记自己，他们一直在期盼自己的回归。

三双手，默契地叠在一起，三人齐声大笑，声音畅快无比，“为我们的重逢，干了这一杯！”

晨露和瞿云回宫时，街上仍不时有身着公府服饰的壮汉，一脸凶恶地在街上搜寻——看样子，那一对小鸳鸯已经平安出了城。

那些家丁桀骜骄横，在街上横冲直撞，行人都纷纷避让。

他们干脆露出狗腿本色，在东边摊上顺点果品，西边摊上调笑一下小姑娘，然后哈哈大笑，日子正是惬意无比。

一阵疾驰的马蹄声打断了他们的嚣张。

一个身着黑铁铠甲的异族男子，高挑健挺，正纵马而来，身后跟着一队随从，各个甲耀马俊，神色非常。

他见了这群正在肆虐的大汉，眉眼也不曾动一下，直直冲了过来。顿时就有两人惨叫着，被马蹄践踏而过，看那血泊，多半是不能活了。

有机灵一点儿的家丁，拿着手中朴刀就要挥砍马蹄。那男子抽出大剑，俯身轻轻一迎，只听得叮当几声，连连几把刀受不住这强力，磕飞了出去，有一柄甚至断成两截。

那男子终于勒马停下，看发式衣着，应是个年轻的鞑靼贵族。他黝黑的皮肤迎着日光，闪烁着暗金蜜色的光泽，极是英俊的面容上，笑得霸气自信，“想不到堂堂天朝，竟由着一群恶人肆虐。你们汉人说的礼仪之邦，我怎么一点儿也没感觉到！”

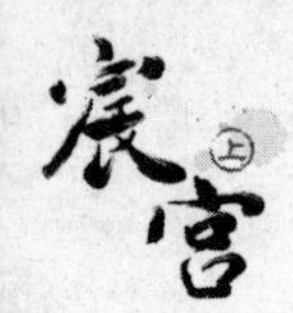

洪亮清脆的怪异腔调，惹得围观民众一片嘘声，他们眼中含着仇恨，却一句反驳的话也说不出，有血性的恨不能一头撞死——让这耻辱丢人的一幕给鞑靼蛮子看到，天朝人的脸面何存？

晨露蓦然想起，前些时日，元祈提到过，有鞑靼的使节前来，不日将来京城递交忽律可汗的亲笔信。

两人匆匆赶回乾清宫，却见里面气氛凝重，所有宫娥太监都战战兢兢。秦喜守在门口，见两人联袂而来，顿时喜上眉头，“瞿统领、尚仪大人，你们可回来了！万岁这会儿正龙颜大怒呢！”

晨露走了进去，瞿云知道她能应付得来，便朝着统领处走去。今日的好些政务，都还没处理呢！

晨露走到内殿，只见元祈面色不豫，正在批阅奏章，朱笔淋漓，在黄本上洋洋洒洒写了好些。

见她回来，他径自问道：“回来路上可看到了吗？”

这没头没脑的一句，晨露却心领神会，“见到了。那鞑靼人言行无礼，真是可恶，不过靖安公府的人也太过嚣张扰民……”

皇帝掷下朱笔，拿起礼部刚刚飞骑报来的“街头一幕”的奏报，从牙缝里挤出几个字：“贻笑天下！”

晨露一丝愤怒也无，她款款地道：“皇上何必动怒，对您来说，这真是天赐良机。靖安公落下了这么坏的口碑，您正好可以顺势惩戒一下他那一派。”

第二日，宫中便传出旨意，靖安公御下不严，滋扰民众，着罚俸半年，闭门思过。又以玩忽职守的名义，革去了几位礼部、户部、吏部的大臣，都是平日与他交好一党的，朝中顿觉风向一变。

鞑靼使节一行人到了礼部特设的迎宾馆舍，当日就有言官上奏道，这些蛮夷进京时甚是骄横，不若冷落他们几日，杀杀威风。

元祈当时就气得笑起来，“继续让他们笑话天朝的气量狭隘吗？真是一派胡言！”

他表现得恰如其分，既没有急吼吼召见他们，也没有故意怠慢，在翌日早朝毕后，在养心殿见了使节一行。

他特意没有启用正式宏大的太和殿，这么大的地方，就孤零零几个人，郑重其事反而让对方得意。

是时当这些草原悍将皮裘骑装进入殿中，迎面看到的，是着了便装，高逸明爽的天朝皇帝，不过二十上下，很是清俊。

他身后从人不多，两边各有二人，分别手持器皿、拂尘、如意及一柄宝剑。

手持宝剑的正是晨露，她原本拿的是如意，不料元祈笑道："你身有凛冽之气，不如持剑，也好让这些鞑靼人知道，中原并不是只有礼乐诗书。"

虽是玩笑，亦有金石之音，元祈对这些鞑靼人的观感，可见一斑。

晨露持剑在手，一路行来，越看越是惊奇。这剑外形古朴，却自有一道含而内蕴的浩然之气，心神弱一点的，根本无法承受。轻轻抽出一小截，却见光华有如旭日，吞吐间乾坤自生。仔细察看，剑柄上依稀可见古篆"太阿"。

难道这就是十大名剑之一的上古太阿剑？

此刻，她站在元祈身后，看着使节鱼贯而入，心中却感受到剑意，恨不能遇一强敌，在天宇间自由鏖战。

为首的就是昨日见到的年轻贵族，他身后跟着一个矮胖敦实的中年汉子，一身市侩气，不像草原上的勇士，倒像是个土佬财主。随后的几个，由于身份缘故，只能在门前等候。

那年轻人笑得灿烂，一口白牙亮得耀眼，英俊的容貌把整个大殿都照得明亮。他走到御座跟前，并不下跪，只是鞠了一躬，"大可汗帐下穆那见过皇帝陛下。"

天朝这边无不怒形于色。鞑靼人崇奉长生天，只跪神灵和大可汗，平日里出使天朝，只肯单膝下跪，诸臣已自觉忍气吞声，这个年轻人居然大剌剌只鞠了躬，简直是太过轻慢。

元祈眼中怒意一闪即过，他轻松笑道："朕听说你们鞑靼人虽然不曾开化，但膝盖那块骨头还是能弯曲的，使者你定是比前次诸人更为蒙昧……可怜见的，连那块骨头都没'开化'出来。"

这隐晦恶毒的话，顿时让所有人捧腹大笑。年轻人大为光火，一时也找不出什么词语来反驳。身后那矮胖中年人跨前一步，和蔼笑道："皇帝陛下有所不知，穆那大人并非膝盖不灵光，而是我们鞑靼人从不向女子行礼，陛下身后可不有两个女人吗？"

众人简直要冷笑，这胖子如此无耻，硬是把皇帝身后的侍女拿出来说事，言下之意，就是绝不想下跪。

年轻人大声嘲笑，"我们有一句谚语说得好，狼王跟前，只有勇士，没有母狼，只有弱者才会长于妇人绸缎之中。呵，我没看错吧？那个女人还拿着一把剑？皇帝，你准备让娘儿们来保护你吗？"

胖子及时凑趣道："这可不能怪皇帝陛下，实在是那些男人将军们太不管用。

呵呵，这次的礼物里，就把这个小女人也算在其中吧！”

他正说得高兴，一道幽冷的声音响起，“看来两位使者对我持剑不以为然。”

年轻人心高气傲，脱口而出道：“你们天朝的女人这么柔弱，哪里是拿剑的材料！”

那声音清澈如同冷泉，“既然如此，使者不如上前，我倒要领教一下高招。”

只见，一位女子越众而出，正是先前的持剑人。

她不过十几岁的年纪，并不如何美丽，只一双眸子清澈如同冰雪，仿佛超脱于人世轮回，要把人的魂魄都生生摄去。

只听得一声龙吟，太阿剑已然出鞘，她静静伫立，剑尖遥指二人。

顿时，一道剑意如同冰河汹涌，瞬间震撼心神，让人忍不住打冷战。

年轻人浓眉一挑，就要上前，矮胖中年人却抢先一步，笑得越发敦厚，“我来吧。”

殿中侍卫几乎要发出嘘声，他们都是练家子，一眼就看出年轻人虽然武艺不错，但终究内力尚浅，而那胖子虽然一副乡巴佬模样，却实在是位一流高手，他亲自出手对付一个小姑娘，实在是欺负人。

元祈知道晨露内力全无，皱眉道：“尚仪勇气可嘉，不过，使者你不觉得有以大欺小的嫌疑吗？”

他目视晨露，示意她附和自己，然后借此退下。

晨露道：“皇上请勿怪我自作主张，实在是这两人当面辱我，若不让我雪此仇恨，怎有面目在御前行走！”

她回以意味深长的一眼，示意自己早有主意。

晨露当然不是被怒气冲昏了头脑。前世，敌方时有使激将法的，她也只当耳边风。只是这次，情况实在古怪，那两个使者不像是来递书信的，句句声声，倒像是在故意挑衅，就是再直爽鲁莽，也没有这般行事的。

所以她决定先行下手，怎样也要打下他们的气焰，顺便一探虚实。

元祈无法，只得令宫监在庭中清出一块场地，众人围成一圈，静待这场实力悬殊的较量。

晨露换过窄袖箭衣，只显得英姿飒爽。有会武的一瞧走路姿态，就知道她内力近乎全无，这样怎能和一流高手相抗衡？

两人拔剑，静立。

胖子眼中利芒一闪，手中大刀挟着风雷般的罡气，泰山压顶一般落下。

这一招极是简单，却胜在内力充沛。显然，他已看出了晨露的虚实，想以内力一招制胜。

他只觉眼前一花，眼花缭乱间，只见白影一闪，一道寒气扑面而来——太阿剑已经到了眼前。

他不敢拖沓，侧身一避，才堪堪躲过劫难。

只见太阿在阳光下寒光沁骨，那女子一招一式，都是凌厉已极的杀招，绝不拖泥带水，亦没有一丝多余的动作。

胖子尝试以内力震荡，却不料，无论何等刁钻的角度，那女子都有如先觉，以不可思议的角度，反戈一击。

他怒喝一声，刀势立变，从中透出一种诡异血腥，却是比先前要毒辣得多。

晨露微微一笑，剑意也随之一变，变得飘忽轻逸，仿佛美人月下，花落清池。

胖子只见眼前剑势缓慢，若要迎上，却又瞬间快到巅峰，似有若无的光华直取他的咽喉。

他拼着半生内力，不要命般迎上。

刀剑相交，无形之力让庭中树叶瞬间振落，一时间，只见绿意盎然，如利刃般漫天直削。侍卫们赶紧挥落，仍弄得手忙脚乱。

胖子觉得对方的剑轻颤，自己的内力有一部分冲入对方经脉，如泥牛入海。只听得那女子一声轻咳，他未及狂喜，只见空中剑气飞散，如同蛟龙降世，竟形成一道彩虹。下一刻，他觉得咽喉一凉，太阿剑尖正点在其上，刃锋的冰冷让他一动不敢动。

晨露淡淡一笑，令人悚然一惊——那是至高者的微笑，睥睨天下，无穷自信，然而却云淡风轻，“现在，到底是谁不配拿剑？”

第五章 天宸

使节被不客气地驱逐出去，就是有忽律可汗的亲笔信，元祈亦不屑今日收下。看着胡使满面惊颤不敢置信的眼神，皇帝越发觉得爽快兴奋，他走到晨露面前，一拍她的肩头，笑道："今日你为天朝大长威风，真让朕大开眼界！"

他一拍之下，只是瞬间，佳人就如同木偶一般，直直倒下，那苍白面容，以及唇边一缕殷红，显得格外触目惊心。

这一瞬间，元祈觉得心神皆丧，震惊悲痛得不知如何……

晨露觉得自己仿佛在云雾间穿行，迷迷糊糊，许久以前的种种经历，如同幻景一般飘过。

那是她前世，短暂而璀璨的一生，有很多事，永生不愿提起，仿佛鲜红伤疤随时要流出血来，有些，却仍在一些故人口中成为传奇，有些内情，甚至连她也不甚明了，还是身为敌方的忽律可汗，在后来笑谈中告知。

那许久之前的缘起啊……

景乐十七年

那是前朝最后的盛世，景乐皇帝穷奢极欲，强征壮丁无数，花了十几年的时间，在京城筑起了连天宫阙，雄伟富丽，如同仙境一般。

这位皇帝不爱烦琐朝政，倒是喜欢和道人方士一起求仙问道。一时之间，只见京城半边都被香烟笼罩，那股奇异的檀香味，经年不散。

许多年以后，即使是本朝太祖元旭——元祈口中的"先帝"，把天下治理得政通人和，仍有术士以极为倾慕的口气谈及那一场道门盛事。

然而乐极生悲，这位景乐皇帝耽于仙道，北方的草原蛮族鞑靼却野心勃勃，瞄准了中原的锦绣河山。在试探过虚实后，他们惊喜地发现，这煌煌天朝上国，不过外强中干，实在是一块大好肥肉。

他们闪电般攻下北门关，十万精悍骑兵，如同恶狼一般长驱直入，不过十来日光景，就毫不费力地来到京城之下。

景乐皇帝此刻做了一件让所有人瞠目结舌的妙事，亦成就了中华战史上空前绝后的笑话。他听信神棍妖言，居然让几百个自称神降附体的“天兵”大开城门，以为可以尽破敌夷。

结果自然不言自明。

此役被称为“国耻”，那些蛮夷在金碧辉煌的宫中烧杀淫掠，无恶不作，末了竟然兽性大作，把那琼楼玉宇，一把火烧了个干净。

大火熊熊燃烧了一整夜，把天际映成血红，仿佛是千万冤魂，在永不歇止地流血呻吟。

京城的百姓无不掩面痛哭。

有一个人，没有哭。

那是一个小小的少女。

她站在郊外的一棵大树顶端，双脚点在柔嫩的枝梢，却稳如磐石。

她只有十一二岁的年纪，粉雕玉琢般，却已可看出那绝世的美丽。那种容貌，不似真人，简直如同谪仙降世。

尤其是那双眼，乍看，如冰雪般清冽，瞳孔深处，却有谜一样的冥黑忧悒。

人一旦看入，简直连魂魄都要被摄去。

她眼睁睁望着那烈火肆虐，整整一夜，都没有移开眼眸。

“这盛世皇朝，已是金玉其外……”

她冷冷低喃，看着那飞焰横天，历经千万年的古城，在粗野的肆虐中沦陷、呻吟。

“这些鞑靼人太过嚣张！见着几个土鸡瓦狗的王侯将相，便以为我中华无人吗？”

她目光转为幽冷，森然一瞥那惨境，终于跃下了树。

沿着小径走了几步，只见四周风景如华，鸟语花香，真是一派世外桃源。

她走到一座隐没在山脚的宅邸跟前，看也不看它的古色清韵，格调高雅，只是瞥了眼檐下的白绸，嘴角带些嘲讽。

真是虚伪！若真是心怀社稷，大可战死沙场，何必躲在这个别府里，一边享福，一边装腔作势！

她没有直进，而是无视守卫家人的鄙夷眼光，斜斜走到别府旁的小院里。

“尘小姐，你回来了。”

连寒暄也算不上，唯一的服侍婢女只是嘴上喊了声，懒洋洋地从椅子上坐起，回主宅去了。

“你明天就不用来了。”少女冷冷的声音从背后响起。

那婢女听了，转过身来，惊愕地看着小主人。

“虽然这边没什么油水，可也够清闲，也无打骂。可是，我明日会让‘那边’换人来。”

少女冷漠地说出了她的心里话，最后一句，让她心惊。

“你原先服侍的陈姨娘很不体恤人吧？”

这关键的一句，终于让婢女崩溃，她哭着跪下，“小姐饶我，我再也不敢偷懒怠慢了。求求你别让我回陈姨娘那里。”

“要留在这里，就要安守本分，照顾好我娘。还有一点，”少女伸出纤纤玉指，只轻轻在那木椅上一按，瞬间就化为粉末，簌簌落下，“你要是敢把这里的事告诉任何人……”

她声音清脆动听，说出的却是世上最恐怖的话语。

婢女身体已抖得像筛糠，根本不敢有丝毫反抗。

“我不敢，尘小姐……我不敢的。”

她很快就离开了，少女进屋里，看着一室寒碜简陋的摆设，再看着昏暗灯烛下，母亲那苍白憔悴的睡脸，想着“那边”正是欢声笑语，慈孝天伦，愤懑如波涛一般，席卷全身。

她想着刚才婢女的称呼，更添一重悲恨。

她轻轻地，对着虚无说道：“我叫林宸，不是那被人踩在脚底的灰尘。”

她的眼，凛冽中透出火一般的自信，以及由仇恨燃就的……野心。

可偏偏，那小小的身影映在窗纸上，飘忽孤单，是别样的凄婉和悲伤。

林宸的出生是桩奇闻笑谈。

她的父亲，是景乐一朝大名鼎鼎的昭云公子，俊美不凡，又潇洒倜傥，诗赋、书画、琴棋都有涉猎。每当夜晚，这位有“潘安再世”的美男子，和一群青年俊彦，在玉笙楼上举杯提笔的盛景，几十年后仍被传为佳话。

他出身名门高阀的林氏，本身又如此出色，景乐帝的爱女延琳偶然邂逅，就和他两心相许，不能自拔。

和传统的才子佳人小说一样，好事多磨，皇帝舍不得爱女嫁去那种规矩甚多的门阀之家，踌躇不定。

林昭云以为无望，沮丧欲狂，放浪形骸，流连于青楼。一日醒来，竟发现和额刻刺青的“贱籍”娼女睡在一起。

所谓贱籍，是本朝一些罪余孽徒之后，他们额前有刺青，世世代代都只能在官府管制下，从事妓女、“王八茶壶”甚至娈童之类的下贱行业，若有脱离，绝对严惩。

妓馆中，一般女子只需付出赎身钱，就可以大方离去，和爱郎到别处厮守，唯独这类身在贱籍的，只能世世代代，在十八层地狱里。

林昭云是何等潇洒倜傥的人物，和这种肮脏女子有了一夜之欢，说出去也惹人耻笑。

他慌忙跑开，之后几日，想起这件事就恶心后怕。

他和延琳之间，总算守得云开见月明，两个月后，喜结良缘。偏偏这时，那家妓馆中传来一个晴天霹雳般的消息。

原来那娼女事后就抵死不肯再接客，被毒打凌辱，也不改口。这两个月，她做尽了苦役，在馆里擦地板、洗衣裳、挨打，什么都不在乎，就是抱着腹部蜷着身，不让人打肚子。老鸨发觉有异，这才揭了出来，竟是林昭云一夜风流后的孽种。

纸包不住火，这件事情被揭穿开去，正是新婚蜜意的延琳终日啼哭，痛恨爱郎负心下流。林昭云也跟着跪地求情发毒誓，小两口儿闹腾得不可开交。还是林家家主顾及那块骨肉，私下疏通了关节，才把那女子弄到林府侧院。

孩子出生时，延琳也怀了身孕，但因为终日哭泣，不免伤了胎气。林昭云在老父催促下，才万般不愿地来到那别院，等到稳婆报出是个女孩，他只瞥了一眼，就厌恶地说道：“就叫林尘，尘埃的尘。”

她从小冰雪聪明，她知道，那个叫作“父亲”的男人从来不喜欢自己。

不，不是“不喜欢”，而是彻头彻尾的厌恶憎恨。

她亦知道其他人家的相处情形，虽然有个嫡庶亲疏，好歹是自己儿女，一家人。

她与母亲，与林家绝对不是“一家人”。

她们俩，是林昭云心上的伤疤，丑陋肮脏的伤疤，一触动，就会流脓流血，既痛且臭，真想生生剜去。

亦是延琳的耻辱，这是她夫君在新婚期间生下的贱民之子，是众人嘲笑议论的材料。她这样一个冰清玉洁、金枝玉叶的仙子，为何要承受这种羞辱？

最后，还是阖府上下嘲笑说嘴的对象——婢女婆子们嘴生得麻利，什么烂乌鸦想登上枝头啊，贱货自己爬上床啊，都会编派到头上，直到小女孩七八岁晓了事，又有了“那丫头一双眼睛像鬼，半夜三更走在坟地里”的谣传。

林宸在幽幽的烛光下，想起儿时记忆，不由冷笑。

那时候她才六岁，在师父那里习字，懂得“尘”字的含义后，她不哭不闹，竟然取过匕首，在手腕一划，不顾血流如注，清冷童声，一字一句，铿锵有力，“我

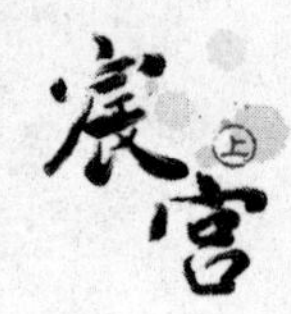

今日还了那人的血！我的名字，不是灰尘！”

“宸者，天地之交宇也。我相信，天地之间必有我，从此以后，我叫林宸。”

那日，仙风道骨，亦是离经叛道的师父道：“为何不改了姓，岂不更痛快？”

她的黑瞳，冥黑中闪着残忍诡谲，“我爱记仇，师父，用这个姓，我一生一世都要怀恨。”

她挺立着，直到失血过多昏迷，还最后坚持问：“流过一半了吗？”

师父事后也不禁叹道：“好烈性！好煞气！”

她站在窗边，看着天上星辰，想着旧事，终于等到寅时过半——这是黎明前最黑暗的时刻。她给母亲喂完药，换了身夜行衣，又取过黑巾蒙脸，悄无声息地出了门。

如今鞑靼人占了京城，在那里烧杀淫掠。这次前去，文雅点儿说，是一探鞑靼军营的虚实，往粗里说，却是她“看不惯那些穿兽皮臭烘烘的家伙在城里乱窜，若是遇上好时机，割了那将帅头颅就是”，这是她事后面对暴怒师父时的言语。

官道上只见荒凉和血迹，一些尸体胡乱横卧在地上，血腥中带着点腐臭。眼下已是六月初，已会腐烂。

她轻功十分了得，若是有人在，只觉得眼前一花，连道黑影也不见。

只得一刻，京城的轮廓就有些清晰了。林宸正在观察守城的卫兵，只听得身后马蹄疾驰，听声音来势飞快，她避过一边，冷眼看着一个少年穿着黑衣，拉着手中缰绳，让马停在了路口。

他身形挺拔俊秀，也蒙了面，只看鼻子以上，就可知仪容清俊，周身气质极为雅逸。他把马拴在树上，也开始用轻功赶路。

林宸不久就赶上了他，却不超过，只是在他身后细细观察。只见他到达城墙下方后，从包袱里取出一个怪模怪样的爪钩，往城头抛去，确定稳住后，三两步一蹬，就开始向上爬。

林宸知道这约莫不是敌人，她正是十二岁的年纪，一时玩笑心起，便使出出神入化的轻功，几下就如仙人般“飘”上城楼，专等在那青年爬的上端。

只见那少年一会儿也爬到城头，他抓住青砖边沿，把身体重心移上就大功告成，只见上头忽然冒出一个头来！

一个黑衣蒙面客，正似笑非笑地看着自己，模样十分古怪。

他正悬在空中，电光石火间受这一吓，本能地一松手，整个人立刻向下滑落。

那黑衣人轻咦了一声，很是清脆，依稀是女音。她连忙抓住绳子，有些狼狈地把人拉上来。

两人内力尚浅，又吃了这一惊，都有些气喘。

最后那一拉，少年无意抓住了她的手，只觉得细腻光滑，如同丝缎暖玉一般，不由愣住了。

林宸虽然早慧，对男女之事却知之甚少，觉得受了他爪子“轻薄”，顿时大怒，啪的一声，就是一记耳光。

少年傻愣愣受了这一掌，待要生气，却看着这黑衣人体态身形，立知这是个不晓事的丫头，只得苦笑一声，道：“小妹妹，你多大了？”

他自觉纯良的笑容，在林宸看来却是口水滴滴的“狼”类“淫笑”，她拔剑出鞘。青年只觉得一阵凉风，等剑光消失后，才发现自己衣裤上全是窟窿，绝对是衣衫褴褛。

他还没反应过来，只见眼前一阵风过，再看，伊人已无踪影。

“好高明的轻功啊！就是脾气太辣。”

青年缩了缩自己的衣裤，以免春光外泄，小丫头忽下毒手，真是让他哭笑不得，“我的夜行衣啊！”

正是黎明时分，宫城中央的广场上却仍在狂欢。

身着轻软皮甲的鞑靼将士在火堆边狂呼灌酒，他们喝得醉醺醺的，酒酣耳热，把皮甲都剥下来，露出一身黝黑臂膀，醉倒在同伴脚下。

林宸伏在宫墙的琉璃瓦上，静静地看着下方的肆意欢闹。

她虽然不懂兵法，在驻扎的内城兵营走了一遭，却也暗暗佩服鞑靼军中的调兵布局。

十人长、百人长，乃至几位万骑将，都是各自把营帐设成警戒状态。他们虽然以胜利者自居，却没有一丝一毫的松懈大意。

各处都守卫严密，若真要杀人放火，恐怕是难上加难。看着这定时轮换的重重岗哨，林宸知道他们马上会发现闯入者。营帐看着散乱，一声叫喊，却能迅速聚集起兵士，平定事态。

宫城前的这一众人马，能如此随意酗酒，是因为他们是最先攻入城的先锋，每个人的刀都砍卷了刃，他们已杀红了眼，连神志都要狂迷了。这样的悍卒，需要醇酒、妇人才能安慰。

那坐在主位的大汉，估计是将领一般的人物，他头发焦黄，提起酒坛就是一阵牛饮，而后抹了抹髯须上的酒液，眼睛血红，喊道：“给我把那两个女人提过来！”

立刻有人把两个衣衫不整的女孩从帐中拉了过来。她们背对着林宸，看着鬓乱钗横，狼狈不堪，也只有十一二岁的样子，却自有一种贵不可言的气质。

左边的一个，搂过微微瑟缩的同伴，一派镇定从容。

黄发将领捏着她们的下颌，细细地看了一遍，眼里透出一种垂涎狂热的病态，挥手示意安静。

“你们这些小崽子听着，我今天给你们每人尝个鲜。看看这两个小丫头，花朵一样的双胞姐妹，皮肤白得像牛乳一样，定是非常鲜美。这可是皇宫里搜出来的，今日就让你们享用了！”

火堆边的兵士一听，狂呼叫好，口中赞颂着长官的慷慨。

黄发将领哈哈大笑，蒲扇般的大掌伸出捉人。那左边的女孩跨前一步，挡在另一个前面。

刺啦几声，她的衣衫就被全数剥去，露出光滑白皙的肌肤，火光照耀下，如同凝脂一般。

林宸紧了紧手中长剑。

那些兵士啧啧有声，却并不上前奸淫，仿佛在等待什么。

黄发将领一挥手，就有一个精瘦男子捧着一个盘子小跑上前，里面是一堆古怪的器具，锋刃上闪着幽光。

一看精瘦男子就是一个汉人，他躬身谄笑道：“将军老爷，工具都准备好了，您看，这个是去毛发的，这钩是取肠和内脏的，这个铁丝是卷出脑髓的，那东西吃着最嫩不过……”他叨叨说着。

那将领不由深深佩服，“看到没，这些汉人居然有这些门道。我们吃个‘人牲’，不过切块大嚼，他们做这个才精致。”

林宸听着一愣，马上反应过来。

吃人！

狂烈冰冷的杀意，从她心底燃起！

那人凑趣，说起晋时有某高官，因侍妾小小不慎，就活生生把她蒸了，盛妆华服地放入大盘，宛然如生，主客于是就大啖一通。

“可见我们中原的两腿羊[①]，最是鲜美不过！”他总结道。

黄发将领哈哈大笑，用战刀在女孩额前指点，“就从这里剥皮下刀，小丫头，你怕不怕？”

---

①两腿羊，乃是隐语，灾荒战乱之时，有食人之举，于是谓可食之人为“两腿羊”。

他的刀上凝着血污，已经变成紫黑，黏腻腥臭，必有千万冤魂被它送入黄泉。

旁边另一个女孩紧紧扯着她的衣袖，声音颤抖着喊道："我的肉比较嫩，你吃我吧，放过姐姐！"

她扑上去凑近刀尖，被姐姐一把拉回。

左边的姐姐额头顶着刀尖，站定了，看着面前的凶徒，没有畏缩，没有求饶。

她声音淡定，在这黎明前的黑暗中，格外清晰，"为何要怕？你们这些野兽，终会死在我千里中土之上，再也回不去草原，你们才应该害怕！"

一片寂静。

鞑靼的兵士也粗通汉话，此刻根本想不到这少女会有如此胆量。

在中原，他们见过求饶的懦弱羔羊，见过贪生怕死的帝王高官，却从没见过敢在此处如此说话的小小女孩。

黄发将领愣了半晌，哈哈大笑后，才道："待会儿下了锅，我倒要看看，是你的骨头硬，还是我的柴火猛！"

一道清澈声音突然响起，"我也想看看，是你的脖子硬，还是我的剑快！"

他抬头，只见一道亮光，如同星斗一般灿烂，疾刺而来。

他想要闪，却无能为力。

那剑光太快。

他觉得脖子一凉，深知不好，庞大的身躯跳起来怒吼，却见鲜血暴溅，自己终于倒下。

他感觉轻盈，视野模糊颠倒，只见一具没有头颅的身躯，颓然半倚在火边。

原来，那就是自己啊……

这是他最后的念头。

林宸从墙头跃下，只一剑，就取了首领的性命。

兵士们大吼一声，拿起手边的武器，纷纷攻上前来。

还没等他们围成包围圈，只见林宸腾挪闪跃，身影之快，已近鬼魅。几下剑光之后，地上只留下三具手折肠穿的血尸。

她的身法太快，以致所有人因着她而乱成一团，无法协同杀敌。

有百夫长大喊一声，意思是按行军布阵来办。

兵士们终于冷静下来，有人退后去拿趁手兵刃，有人手持狼牙棒和铜棍等上前猛攻，更有几柄长枪刺入。后排的人，也在装备弓箭和手弩。

当四面八方的长、重兵器袭来，林宸只是动作一凝，仿佛已经静止，成了俎上鱼肉。

就在这一瞬，她长剑挥出，剑气破空而出，如同洪水汹涌，向四面扫去，势不可当。

只听一阵痛号惨叫，只见鲜血与肉骨齐飞，最靠近的人都被震飞开去，不是少了头颅，就是被削成两截，黏稠的血肉如雨一般落地，此情此景如同修罗地狱。

林宸腾身半空，招意已尽，却见眼前如蝗虫一般，有密密麻麻的飞矢朝她飞来。她此刻并无着力，电光石火间，已是十分危险。

只听她冷笑一声，扯下腰间缎带，稍一挥舞，就如同活的蛟龙飞凤一般，只见一片眩光闪滚不定，那些黑色箭头一层层被挥扫开去，落地亦是叮叮有声。

她正好落地，那些箭头也整整齐齐地落了一地。林宸受此大险，手下更快。她把轻功施展到极致，众兵士只见人群中身影一闪，直接被割断了喉管。对方下手秉承快、准、狠三昧，如鬼魅一般行走杀戮。

这些强悍的兵士，就是遇到再凶恶的敌人也不怕，此时见这种割白菜式的杀人手法，同伴一片片地无意义地死亡，心中第一次有了怯意。

剩余的人已经开始步步后退，见那恶魔并没有紧追过来，便大吼一声，朝几个方向分别跑去。这一番打斗杀戮，又是在静谧中发生，周围早已人声鼎沸。林宸知道此地不可久留，终于决定离开。

她看了一眼那一对脸色苍白的双胞姐妹，见她们不住干呕，就打量了一下四周环境，她才知道，这场面已经如同地狱，地面已被浓稠的血浆黏液覆盖，四周散落着一块块的人体残肢，一些头颅面目狰狞，牙齿都露了出来。双胞姐妹脚下更有一对人眼珠子，吓得她们不敢走动。

林宸这才想起，这是自己第一次杀人。

这么多的尸体残骸以及血腥味道，让她的胃痉挛，她强行压下，走过去一手拉过一个女孩，“你们是跟我走，还是留在这儿？”

“跟你走。”

周围的叫喊声和急促的脚步声响起，林宸知道此地不能再留，拉着两姐妹从墙边巷道疾奔。她从小在京城长大，这儿的大街小巷，她非常熟悉。

青石铺就的巷弄，在曙光初露时，仍陷在昏暗深沉之中。周围死一般寂静，仿佛天地万物都已经沉睡。

少女只听见自己的呼吸声，在黑暗中，分外清晰。

脚下是有着百年历史的石板，不复平日的光滑如镜，如同鬼魅一般，在阴阳交会间若隐若现。

她们跑得很快，已经远远离开现场。

林宸却无端感到，极大的危险正在向自己逼近。

满是鲜血流淌的空地上，一位身着白貂皮袍的鞑靼少年，看着狼藉残酷的杀戮现场，面色丝毫不变。

他的披风上绣有狼形图腾，全部以金色刺染，轮廓深刻，如刀雕斧凿一般。

“对方出手很快，身形不高。”他观察着血迹的飞溅弧度，淡淡说道。

“王子……”

“你们以最快的速度赶到，无罪。”

赦免了属下，他回身，朝着身后黑暗道：“交给你们了。”

三道人影飘过，如幽灵没于巷道。

奔跑的三名少女，却并不是寂静无声的。

“我认识你。”

“快走，不要说话。”

“我在林家见过你。”

……

“你还记得吗？我们的母妃也出身林家旁系，那次去林家省亲，你小小的，躲在墙边……”

“不要提起林家！”

激烈的反驳声，在暗巷里响起。

双胞少女中的妹妹，吓了一跳，大半夜的恐惧，让她扁嘴要哭。

一双晶莹细腻的手，替她擦去泪滴。

“抱歉，吓着你们了。”

低沉晦暗的声音，含着歉意和痛楚。

“你，还记得吗？”

妹妹稚嫩的声音，怯怯的。

“我记不得小时候的事。”

林宸脚下加快，想起六岁时，自己爬上墙头，想努力探出头，看看小院外是什么样的世界。

她从墙上跌下，瑟缩着，被恶仆踢打。

“贱人生的……”

那个时候，是两个小女孩跑来扶她。

“两位小公主还真是和这丫头‘合缘’啊！”

管家在旁边讽刺，不太把失宠妃子的女儿放在眼里。

林宸抬头，望着天空。

天边，启明星已经亮了。

她知道，如果没有这两个负累，她可以轻松脱身。

但她的世界没有如果，只有，滴水之恩涌泉相报。

她拔剑，银光一闪，巷边木樨枝干被削下，在空中裂成断片木屑，纷纷扬扬地袭向身后。

身后，两条长鞭如蛇一般飞来。

木樨树的碎片暴雨一般打向身后。那两道长鞭如同有灵性一般，翻卷闪动之下，碎片全数落地。

长鞭如同蛇一般缠来，两姐妹足踝一滞，跌倒在地。

对方心思果然毒辣，看出这两个少女不谙武功，决定从她们着手。

林宸一剑削去，那长鞭卷着两人飞旋，回到巷口幽暗处。

“小丫头，你出手太狠，把这两个人留下。”

神秘人全身包裹在黑纱中，悄然出现在身后五丈。

他两手将长鞭卷回，十指一紧，她们的喉咙被牢牢勒住，呼吸困难。

“弃剑投降，否则，我勒断这两人的颈骨，让她们人头落地。”

艰涩怪异的腔调，在昏暗中听来，如同传说中的鬼物。

“放开她们！”

“你们中原人总是喜欢说些没用的话，我们杀入京城时，那些人总在哀求。你们只有嘴，没有力。”

“放开她们！”

“你要么投降，王子吩咐最好生擒；要么，你把我杀了，她们就自由了。”

“你已经死了。”

“什……什么？！”

那人全身一阵颤动，干瘪的手指挥舞着，终于抓不住长鞭，颓然放手。

他砰然倒地，嘴角溢出黑血，在青色石板上无声流淌。

林宸解开两姐妹身上的缠鞭，拉起她们就走。

“他为什么会死？”好奇的妹妹问道。

“木樨香味浓烈，通过长鞭传到他鼻端，和‘玉琥’混合，三步之内，致人死命。”

“那个‘玉琥’，是什么时候到他身上的？”

“我把粉末掸在了你们腕间。”

林宸在黑巾掩饰下笑了，有些小小得意。她自创的‘玉琥’如此厉害，终于让这等高手都着了道。

她笑容还未收敛，只听得身后一阵低吼，凄厉如同獒犬一类的猛兽，回身去看。

本该当场死去的黑纱怪人，正在血泊中痉挛翻滚。

一阵青烟冉冉，那人浑身发出噼里啪啦的声响，好似在溶解缩水，他嘿嘿怪笑着，慢慢爬了起来。

“还不够让我死呢……”

他身上皮肉开绽，血肉淋漓，明显比刚才小了一截，显然是受了不小的伤害。

“不要看！”姐姐把妹妹的双眼蒙住。林宸当机立断，说了声“走”，拉过两人就跑。

身后传来恐怖笑声，“小丫头，你慢慢跑，我要把你一截一截……”

林宸带着她们在暗夜中奔跑，养尊处优的两姐妹已经气喘吁吁。

这样不是办法，林宸冷静思索着，看到路旁一家古雅宅门，突然间有了主意。

她带两人奔入拐角的这户人家，一路疾跑，来到厅中，只见一家老小双手被绑缚在后，倒在血泊中，尸体已经僵冷，显然已死去好几天了。

林宸点起灯烛，坐在榻上，俯身快速拾起散落的黑白子。

“这位老人是一位棋道国手，可惜在这乱世，生命如同蝼蚁。”

林宸先前曾经到此手谈，见到熟人尸首，有些唏嘘。

“为什么要来这儿？”

林宸看了一眼两姐妹，笑得诡谲精灵，“在等那个送死的人。”

她口中说着，手下不停，指点着两姐妹把目之所及的重物，如屏风、几案、杌子等都搬起，摆成诡异的圆圈。

她刚刚用带青鸾花刺绣的帷幕遮住唯一缺口，就听得宅门轰隆一声，仿佛被什么劈开，声音令人牙酸。

血腥味飘入鼻端，粗重的呼吸声混合着恐怖笑声，逐渐接近。

姐姐紧紧抱住抖成筛糠的妹妹，林宸的手心也有些冷汗。师父的诸葛八卦阵我只见过两次，千万别出了差错才好。

只听见那人走进这厅堂之中，低低的吼叫中充满了愤怒，他对着墙壁用力挥舞手臂。林宸知道他此时定是觉得四周都是屏障，迷眼障目。

他敲击了一阵，除了把砖石弄出一个窟窿外，别无所获，便焦躁起来，居然抡起棋盘狂舞。

林宸从缝隙中一看，知道不好，只听见一阵器物倒地声，三人立刻无所遁形。

这血肉模糊的怪人哈哈大笑着，扑了过来。

说时迟，那时快，林宸直挺着迎上，以肩硬生生受了这一爪。

电光石火间，只听得咔嚓一声骨裂，大厅内气流飞旋，劲风归于一处——她所在的位置。

那人正要大笑，下一刻，他看到林宸笑了。

那是胜券在握的微笑，几乎把他视作死人。

在昏暗烛光中，无数黑白棋子如暴雨一般，从林宸袖中飞出，深深打入他的胸膛。

这是宅子主人珍爱的古时围棋，它们由白玉雕成，生于强盛繁华的唐时，殇于这乱世。

巨汉胸口嵌着点点棋子，倒下。

“可惜这唐时瑰宝，今日毁于我手。”

林宸露出歉疚表情，两少女也黯然。

风流总被雨打风吹去。

如同这古物，如同大厅里悄然死去的棋道国手，更如同这疮痍满目的如画江山、九州万里。

轻轻的足音，从毁坏的前院穿来。

林宸疲倦地抚过额前乱发，吐出一口鲜血。

昏暗中，她的眼睛一如平时的清澈。

如同，极北之地，亘古至今，千万年的冰雪。

刚才那一爪，浸润了那怪人几十年的苦功，乃是“摩诃教”中极为阴毒的功夫，根本不是她能应付的。

在这万籁寂静中，另一种声音响起了。

有一个人，脚步不紧不慢，由前院慢慢走来。

“你也是来杀我的？”

“不是。”

那是一个身着白袍的少年，他毫无寻常鞑靼人的彪悍粗野，深刻五官中，双目炯炯，英俊非凡，举手投足间，气度无人能及。

几乎就是鞑靼传说中，那照耀世间的天神之子。

他漫步从容，仿佛闲庭信步，走入厅中。

真真是天地间第一流人物。

“我是忽律，大可汗之子。”

他坦率而平易，没有任何骄矜地说出自己的名字。

“我的从人一直未归，所以我来一探究竟，没想到京城真是藏龙卧虎之地。”

他笑着看向林宸，“你真的很厉害，假以时日，天下间无几人会是你的敌手。”

“王子过奖，若你现在出手，我不是你十招之敌。”

林宸坦荡地说出自己的伤势，两姐妹倒吸一口凉气，双目含泪。

忽律王子微笑，“你本可以自行逃脱，不该带着两个累赘。”

林宸瞥了他一眼，忽律王子只觉得一道清冽冷光射来，如高岭冰雪，却又深悒莫名。

他从未如此诧异——一个十二三岁的女孩，竟然会有这样一双眼！

“你的名字是？”生平第一次，他开口问道。

林宸不答。

“事了拂衣去，深藏身与名，这就是你们汉人的做法？”忽律王子平静念出“诗仙”的名句，有些轻讽。

林宸笑不可抑。

“忽律王子，难道你在杀人前，都会询问对方的名字？若是这样，”她眼神转为凌厉，森冷杀意在瞬间喷涌，“这京城千万民众的名字，可曾在你耳边萦绕？”

随着这大声质问，她剑已出鞘。

忽律看着这小小少女，她还未长成，身形只到他胸前，却有如此勇气。

那双眼……真是天上地下，独一无二，简直要把人的魂魄全数摄入。

他笑了，再次深深看向林宸，“有没有兴趣，玩个游戏？”

他仿佛要看入眼的深处，灵魂的所在，把这冰冷掠夺。

“你带着这两人，肯定不能从城中逃脱，与其玉石俱焚，不如，我们来定个赌约。”

“你把这两人留下，我不会动她们分毫，你可以先行离开，一刻后，我会亲自追捕你。若你能逃出，我立即放人；若是你被我捉住，”他冷笑了一声，“你必须向我宣誓，成为我的部下。”

林宸看着他，若有所思。

这是个危险的赌约，但……也有一线生机。

“我如何相信你？”

“我以先祖之名立下誓言，若是违背这诺言，让我黄金家族[①]的子孙，全数灭亡。”

---

① 黄金家族在真实历史中是指成吉思汗铁木真的子孙后代，本文借用这一概念。

这个赌约，实在诡异，林宸却答应了。

九死一生，也有这唯一机会。

带着两姐妹杀出城？

林宸认为师父也很难做到，何况是她。

“你一定要活着！我是清敏，这是妹妹萱敏。”

在临别时，双胞姐妹中那位坚毅的姐姐，向林宸说道。

寥寥几句，真情满溢。

她们姐妹几乎一模一样，唯一的差别，就是妹妹萱敏的眼睛，是重眸之相。

第六章 元旭

天边露出微光。

林宸的右肩疼痛加剧，就如同……钝锯在慢慢拉切。

在赌约开始以后，忽律王子并没有出现。

他永远在不远处，却从未出现，仿佛，在玩一个猫与鼠的游戏。

武者的敏感压迫着林宸，强敌就在身边，却看不见，摸不着。

忽律王子很熟谙人的内心。

焦虑、伤势、恐惧，就如同错综成团的丝线，把人的脖颈缠绕，窒息，而线的操纵者，就是那位忽律王子。

林宸想起他那成竹在胸的微笑，以及最后的眼神。

那样辉煌如神的英俊容颜下，隐藏着多少危险？

林宸感觉到那无所不在的视线，正在紧盯着自己的一举一动。

到底在什么地方……她在黑暗中停住脚步。

宽阔的街道中，可并行八辆马车，此时却仿若死域，魑魅魍魉随时都会出现。

她苦苦思索着……一道灵光从脑中闪过。

抬起头，果然如此。

她从袖中掏出三枚棋子，以流星赶月的暗器手法朝天疾射。

一只鹰鹫仿佛有灵性，以钢翅闪过。

再试，仍是如此。

最后一枚，她贯注以全数心神，内力叠加，射出。

那畜生仍想故伎重施，不想那棋子回旋而来，正中其头。

林宸纵身而去，在京城的街巷间，小小的身影茕茕孑立。

在接近城墙的时候，她停住，伫立。

“你在看什么？”

由身后，传来忽律王子的声音。

如同，深渊中的幽灵终于露出獠牙。

他手中把玩着一把黝黑短刀，上面雕有纹饰，看似不起眼，只那刀尖的一弯，灿亮晶莹。

“城墙上的血。”林宸答道。肩上的伤口在隐隐作痛，这倔强的少女，却越发淡然。

或许生与死，对她来说，并没有什么天堑之别。

忽律想着，再一次深深沉溺于那一泓冰雪。

“我不喜欢屠杀。”他并没有出手，而是如此说道。

似乎，不愿意让眼前的少女认为，自己属于滥杀无辜者。

“屠城之举，实属无奈，只有鲜血才能压制叛乱。我族的战士，并不喜欢与全城百姓进行巷战。”

林宸睁大了眼，惊愕得不能置信。

那么多的鲜血和生命，就为了这样一个理由？

再没有任何言语，她的剑已出鞘，虽然，她知道对方只是为了激荡她的心神。

两人在城墙边交手已过十招。

金戈相交，只见火星四溅，黑白两道人影，在剑气刀意中宛如两叶扁舟。

于汹涌中弄潮，快极，然而命悬一线。

林宸知道，结果毫无悬念。

自己的伤势，已经不能再拖。

她咬牙，蓦然，由袖中飞出一道光芒。

天光初露，却被这一道光芒夺去所有灿烂。

璀璨之极。

光芒迸发。

下一刻，忽律退了两步。

他闪电般点了自己几处穴道，左臂已血染重衣。

那物事静静躺在林宸掌心。

无数根琉璃晶针编织成一片瑰丽绝伦的光幕，神工巧作。

世上竟有这样的武器！

此刻，林宸已是心沉到底，最后的武器，已经失效。

她抚胸轻咳，那双清澈的黑眸，越发空灵冰冷，却透出隐忍的极致痛苦。

忽律心口一颤，竟然在瞬间失神。

下一刻，林宸已纵身几步登上了城楼，她回身，原本无力的剑在这一刻锋芒大现。

这一剑凝聚了她的所有态度——决绝的，拒绝。

忽律掠上城墙，不管，不顾，伸手欲把她拉回。

只差一点。

他扯到的，是那蒙面黑巾。

晨曦初现，淡淡的光照在急速下坠的少女身上。

失去羁束的青丝散开，那一瞬，忽律看到的，是世上从未有过的绝世容颜。

那一瞬，他终于知道，汉人所说的倾国倾城是何等意义。

林宸闭上眼，并没有感到意料中的痛楚。

在城下，一位少年，穿着有破洞的黑衣，稳稳地接住了她。

那千疮百孔的衣料，异常熟悉——是潜入京城时，偶遇的那个蒙面少年！

“是你！”两人异口同声道。

他这次没有蒙面，林宸看到了他的真实样貌——清雅俊逸，洒脱不羁。

纵是平凡的黑衣，也掩不住他的独特气质。

若说忽律王子像是传说中的天神，这个少年却如初升之日，温暖、光明。

如沐春风……林宸在此时，想起了这个词。

城楼上，忽律王子看着他接住林宸，两人亲密相拥，心中生出莫名的烦躁怒意。

他定睛一看，顿时怒不可遏，“斩白蛇者！你是元旭！”

忽律王子通晓汉学，他知道，在华夏文明中，对于朝代更换，有一种“五德循环”之说。

先贤认为，任何一个王朝，都有一种上天赋予的德行，这种德行用五行来表示，就是金木水火土五种德行。这个国家与王朝的为政特点，必须或必然与它的德行相符合，它所崇尚的颜色即国色。

一旦这个王朝天命已尽，会有另一种德行来替代它。

景乐朝风雨飘摇，前几年，京城就有人暗地里传说，有一位孩童在京郊遇雨，以赤色大剑斩杀一条巨大白蛇，蛇化龙形而去。

白色，为金德之相，这意味着，本朝的气数已尽，将被尚“赤”的火德替代。

鞑靼入侵后，有义军集结，首领名为元旭，乃是首阳侯之后，他使一柄赤色大剑，人人传言，他即是火德之主。

这个少年，会是中原的真命天子？

忽律心中冷笑，他虽然仰慕华夏文字，对这些谶纬之说，从来不屑一顾。

不过是一个家道中落的贵族少年，冒充并借着这些神鬼之说，就想驱逐我鞑靼大军？

他拿下背后小弩正欲射去，只听得身后轰隆巨响，回身看去，只见火光冲天，土石飞溅，四座军营竟齐齐冒起黑烟。

元旭在日光下微笑，扬声道："我等一夜辛苦，以赠王子。不必远送，就此告辞。"

少年意气，说不尽的奋发蓬勃。

他手中亦有弓弩，两人相持。半晌，忽律终于放下，急急回身去救援。

林宸和元旭共骑一马，她伤势很重，头脑有些昏沉。

元旭小心地扶住她，又担心她坠落，又怕城墙那一幕重演。

"你忸忸怩怩做什么，我是洪水猛兽吗？"

少女蹙眉，清冽眼中闪过怒意。

元旭苦笑，看看自己被剑刺得满是窟窿的衣衫。

"小妹妹，你家住哪里？我送你回去。"

"多管闲事！"

"小小年纪，怎么这么倔强？"

"你又有多大，一副老气横秋的样子！"

"我已满十六……"

林宸有些赌气，"不过大我四岁！"

元旭有些惊讶，他端详着林宸，除去那张美得不似凡人的面容，她根本不像十二岁。十二三岁的女子，有的已论及婚嫁，她却如此瘦小，如孩童一般。

他目光凝住，看着她颈胸间，那是唯一裸露的苍白肌肤，上面有纵横伤口，年代久远。

她过的是什么日子呢……他心中一痛。

林宸见他盯着自己胸口，羞怒之下，一掌推去。

"你小心，别跌下马去。"

"好色之徒，要你多管！"

"你根本没长大，有什么色给我贪图？"元旭看着她胸口，玩心大起，在"大"字上加了重音。

"你那贼眼……你、你还看！"

"喂……小心！别乱拔剑，别刺了……我的衣服！"

"住手……我不想裸奔啊！"

元旭的玩笑，终于给自己惹出乱子来。

那是怎样的一个女孩……

忽律王子遣退了前来请罪的将领，随意地坐在九龙檀木椅上，如此想道。

他匆匆赶回，只见到一片狼藉，破烂的帐篷，懊恼沮丧的兵士，满地汪洋着急救的水，混合着黝黑的残木焦炭，受惊的马被击毙在一旁，之前它已经踏伤了三人，有一个颈骨断折，眼看不能活了。

这仅是一处，还有朱雀门、苗街……再加上惨遭屠杀的先锋营一众，军中损失实在惨重。

他呷了一口茶，洞庭碧螺春的香味悠长缠绵。

他眯起眼，想着她坠下城墙时，那惊鸿一瞥。

翩若惊鸿，婉若游龙……髣髴兮若轻云之蔽月，飘飖兮若流风之回雪……

他想起《洛神赋》中的句子，原本以为那不过是文辞的夸张，见到了她，却只叹世间辞藻，犹不及真人万一。

她不过十二三岁就已然如此，若稍稍长成，会是何等风华……

忽律觉得自己和族中那些半夜到姑娘帐外唱歌的男子一样，光是想象就已经心神不宁了。

他生来智超常人，机缘巧合，又蒙“摩诃教”久已闭关的世尊青睐，收为弟子，虽只有十七，但整个草原都视他为下一任的大可汗。不知有多少美丽的少女，愿意为他献上自己的纱巾，可他却一概婉拒。

如今，这样一个谜一般的少女，却让他如此牵挂。

他想起她坠下城楼时，那份决绝刚烈，一份苦涩渐渐浮上心头。

兀鲁元帅进入时，惊讶地发现，年轻睿智的王子正在呆呆地想着什么，脸上微有愁容。

他虽然是一军统帅，却对名义上来随军学习的王子敬服异常，他是看着忽律长大的。他笑着说道：“我们老人说得好，满天的乌云也遮不住太阳的金光，这些奸细不过一时得逞，王子你何必在意。”

忽律起身，为他端来靠椅，才笑道：“兀鲁叔叔辛苦，云州一役，情况如何？”

兀鲁率领大部，前去追击溃退的残兵，昨夜晚间才回京，不料一早就出了这事，叔侄二人还未曾会面。

“虽然胜了，可是很多残兵都逃散了，看方向，估计去投所谓的义军了，不可大意啊。”兀鲁感叹道。

长年的戎马生涯让他的腿隐隐作痛，“我军悍勇，可以一敌三，但中原人口繁多，真要是团结一致，我军恐怕要吃大亏。”

忽律一笑，“若真能如此，哪有我们的立锥之地——天朝以礼仪自诩，可自身永远争斗不休，为了那张龙椅御座，几股义军必不能同舟共济。”

兀鲁元帅想起一事，纳罕道：“听说昨夜有人杀入先锋营的一部，你和此人追斗了半宿，什么人有这等能耐？”

忽律笑容一凝，眼前又浮现出那绝世姿容，那一笑一怒，一剑一招。

“一个十二三岁的女孩。”

他看着元帅惊讶的神情。

“女子之中，我从未见过那样的强者，也从未见过那样美的人……”

兀鲁元帅回到居处，想起王子那一笑时的神情，心中又是高兴，又是担忧。

鞑靼人中，男女情爱较为坦率，一般十四五岁就有了爱侣。忽律身为下一任继承人，无论是对各部公主，还是远近闻名的美人，都毫无兴致。

这次，他居然为了那个来历不明的女子，露出了那样的神情。

惆怅，爱恋，忧愁……

年近花甲的老人思索着，片刻以后，他招来一位投降的汉官，问道：“此地有哪几家的女儿，美丽绝伦，可以耀亮人眼？”

那降官本是翰林出身，对这些风流逸事历来精通，听到问美女，立即谄媚着滔滔不绝，“元帅容禀，京城之中，论起容貌，要数王尚书的二小姐，还有红云阁的珍娘……”

兀鲁皱眉，打断了他，“要十几岁的女孩子。这些女人都有二十了吧，后一个听着就不是正经女子！”

他想了想，补充道：“最好是官宦世家的女子，不要那些庸脂俗粉，瞧着好，气质也能配上王子的。”

那汉官明白了他的意思，想了又想，终于眼前一亮，“要论容貌气质，首推林家家主的女儿。林昭云有潘安之名，他妻子延琳公主更是神姿若仙，他们只得一个掌上明珠，视若千金，听说美丽尤胜母亲。不过，就是年纪小了些，只有十二三岁。”

兀鲁元帅听了，想起忽律王子的话——是个十二三岁的女孩。

他心想，王子大约喜欢较小些的女孩，于是道：“就是此女了，你派人去一趟，让他家女儿前来陪伴王子。”

降官一副媚态，听到吩咐，先是鸡啄米似的点头，但想起其中的困难，又吞吞吐吐地道：“能陪伴王子，自然是他家福气，但林家是世上名门大阀，最惜声名，恐怕不愿……”

元帅怒道：“恐怕不愿和我们鞑靼野人见面，更不会把女儿献出来是吗？”

那人连忙赔笑，“这些名门高阀，几百年传下来，最是迂腐不化，不如待下官前去，徐徐劝说……”

“你去告诉林昭云，他林家根基所在的云、燕两州，都在我大军辖下，若是不识抬举，我让他本家宗祠灰飞烟灭！”

林宸服侍母亲喝完药后，扶着她在林中散步。

林家原本住在京城官邸，因为鞑靼的入侵，才临时搬到这郊外别馆中。母女二人所住的院子狭小逼仄，只是院外林木成荫，鸟鸣花香，让人心旷神怡。

母亲憔悴的脸上满是灰斑，乍一看，狰狞可怖，细细端详，可以看出与林宸眉眼相似之处。

“今晨那个送你回来的少年，怎么会如此狼狈？”

她温婉笑着，想起那少年穿着满是窟窿的黑衣，又气又好笑，“你又欺负人家了？”

林宸有些赌气，闷声不响，伸手把母亲鬓间的落叶抚去。

“你这孩子脾气倔，有什么，总不肯对娘讲。这次半夜出去，是到哪儿弄了这一身伤？”

母亲担心地絮叨着：“如今逢上乱世，豺狼虎豹横行，你千万少去招惹他们。”

林宸看着柔弱瘦小的母亲，叹息道：“鞑靼人长驱直入，京城已成炼狱，我断不能让这些胡人在我眼前耀武扬威。”

母亲停下脚步，握住女儿的手，“可是在我心里，只愿你平平安安。宸儿，答应娘，不要再去做那些危险的事。”

林宸看着母亲的白发，心中疼痛，几乎要答应，可是心中一道更大、更强的痛，在瞬间冲涌全身，不能自已。

“母亲，我不愿碌碌无为、随波逐流地活着。这世上的恶人，你不去招惹他，他自会找上门来欺负人、践踏人。与其如此，我宁愿先下手为强。您的先祖何其无辜，就因为传说是上古昊帝的血脉，家有王气，全家老少就被打入贱籍，永不翻身。”

林宸越说越怒，心中愤懑，从出生以来所受的全数倾泻，“就因为这，林家视我们母女如尘埃瘟疫。不！我受够了，母亲，我要扬眉吐气地活着，做下天地间第一流的事业！母亲，我不愿再做灰尘！”

少女的黑眸，冰雪之色更甚，瞳孔深处仿佛在燃烧爆裂。

那是冰中之焰，人生天地间，最强的无畏与决心。

母女俩在外散步的时候，林家别馆中来了几名不速之客。林昭云先是推病不见，听完下人传达的来意后，震惊不已。

他匆匆而出，不复平日的优雅从容，来到客人面前，大怒道："年兄你青云直上，做贰臣的滋味想必很好吧，现今，又怎会这般恬不知耻，向我提出这等要求！"

那降官有些得意，又有些尴尬，想着平日里林昭云目下无尘，根本不把他这等出身贫苦的同期进士放在眼里，今日偏要他出丑露乖。

"林兄这话就不对了，须知景乐帝气数已尽，如今是鞑靼的天下了。忽律王子乃是大可汗爱子，令千金要是能陪伴左右，将来封妃得宠，不在话下。"

林昭云怒不可遏，"把茶端下去！"他对着侍婢说道。

"我林家不接待这等寡廉鲜耻的人，大人请速速离开。"

"林兄不必激动，兀鲁元帅让我转告你，你林家根基所在的云、燕两州，都在我大军辖下，若是不识抬举，恐怕本家宗祠和长辈子弟，就不能保全了。"

这粗鲁简单的一句话，让林昭云僵在当场，脸色灰白。

"这样，林兄不妨入内想想，和公主斟酌一二，小弟在此等候。半个时辰足够了吧？"

延琳公主的香闺中，林昭云负手来回，神情烦躁。

"把媛儿送给那个忽律王子？他们不如杀了我好！"公主伏在榻上，低泣道。

"媛儿是你我唯一的女儿，是我们的明珠，我绝不会如此做，可鞑靼人势大，林家祖业又都……"林昭云声音软弱。

公主抬头，目光犀利地看着他，冷笑道："你这么说，是想让我女儿做牺牲了？哼，别提你们林家，若要外人知道林家女儿给蛮夷做了玩物，名门大阀的声誉定然完结！"

她眼光一凝，从"林家女儿"这四字上想到了什么，心中顿时一亮。

她笑得优雅得体，看向丈夫。

"你当年做的孽，总算还阴差阳错地得了善果。"

林昭云回到厅堂时，已经恢复了平静，只是面色有些灰暗。

那人小人得志，哈哈笑着问道："林兄考虑得怎么样？"

"唉，上天不佑我林家，罢了，你们三日后来接人吧。"林昭云黯然道。

"不过，"他欲言又止，终于道，"实不相瞒，小女生来顽劣，必定不肯，我们总不能捆绑自家孩儿，而且青天白日的，总不太好看。"

那人闻言知意，心中暗骂他虚伪，口里却道："明白，明白，到时小弟必定带足人手前来。"

林宸与母亲回到小院时，只见总管满脸堆笑地迎上前来，“小姐可算回来了，老爷说了，这院子太旧，对二姨娘的病不好，让您两位搬到停云轩去住。”

林宸简直怀疑自己的耳朵。

停云轩是紧临着家主寝居的院落，是林昭云来此之后，最爱的赏景之地，他居然让自己和母亲搬入？

她冷笑着想反驳，却被母亲的神情惊住了。

她从没见过母亲有这样的表情，喜悦、怅惘、甜蜜、酸楚、忧伤……

“他……还想着我……”只有她一人，听到母亲的低喃。

她默默看着仆从如云，小心扶持着母亲，来到幽雅高华的停云轩，又有许多箱笼运入。

总管哈腰施礼，满脸是笑，“小姐还需要什么，让老奴办就是。”

他转头呵斥丫鬟，“把二姨娘扶进正房，手脚利落些。”

一觉醒来，就成眼前局面，林宸看着这些形形色色献殷勤的人，有些摸不着头脑。

她绝对不会幼稚天真地以为，林昭云一朝醒悟，众人更是一夜成了善人。那这是为了什么？

她们母女俩全身上下，绝对没有半点价值可让他们如此做派。

她站在池边看着这一切，心里一沉——无事献殷勤，非奸即盗。

已然入夜，漫天星辰闪烁，元旭倚坐在大树的枝间，放眼望去，但见林涛如海，叶语沙沙。

有归巢的飞鸟，不知被什么惊起，声声鸣叫，如同老人咳嗽。

这看似凶险阴森的山林深处，对他来说，却是小憩悠乐的仙境。

他由袖中取出一支碧玉短笛，正欲吹奏，却听见由远及近，一阵隐隐的喧嚣传来，夜鸦鹳雀纷纷四散。

他仔细看去，只见星光下，蒿草小径中有一人飞奔而来，那身影很是熟悉。

“是她！”

身影逐渐近前，在月光照耀下纤毫毕现，他惊讶地睁大了眼。

只见那少女不复前两次的沉静，一身白衣在夜风中疾奔，如同精魅一般，三千青丝披散而下，有着月华一般的淡淡光晕。

她手中长剑滴着鲜血，眉宇间一片悲愤杀意，眼中那千万载的冰雪似乎在燃烧，炽如烈焰。

身后，有人影憧憧，搜索着及人高的草丛。

那少女脚步略见蹒跚，元旭看到她右臂的伤口又渗出血来。

她听见身后呼喝，在树后站定，准备做殊死一搏。

元旭不及多想，纵身跃下，一把拉起她的手臂，“是我！”他闪过少女的攻击，轻声道。

少女看清了他，元旭感到她紧绷的身躯瞬间放松下来。

她信任我！

这想法一闪，他心里满是喜悦，揽过少女纤腰，说了声：“抓紧我！”便背着少女，开始笨手笨脚地上树。

“轻功还是这么糟糕……”少女低低咕哝着。

两人好歹爬上树冠，身后的追兵已经到了。

元旭见十几丈前那群人的各色衣着，有家丁仆役，更多的则是鞑靼装束的大汉。

“你怎么又招惹他们了？”他贴着她耳边悄声问道。

林宸感到一阵酥麻，她有些不适应地扭转头，冷冷回道：“不用你管！”

“你到底把自己的性命当作什么了！清晨的时候你险些从城楼上摔死。”

元旭终于愤怒了，他扳回她的脸，继续怒道：“我不知道你和鞑靼人有什么仇怨，就算要找他们的晦气，也得伤好了才行！你看看你的胳膊……”

他本想痛斥这女孩的妄为，说到后来，却是自己也不敢置信的焦虑和担忧。

林宸也怒，“我根本没去找他们的麻烦。”

两个少年男女在树冠上越说越怒，声音不自觉地拔高起来。

“是小丫头的声音！”

搜索中的人辨别了大约方位，开始逐渐逼近，渐渐地，来到了树下。

元旭知道两人的呼吸逃不过内家高手，那些人开始朝四周张望，千钧一发之际，他顾不得这许多，运起家中秘传的心诀，深吸一口气，对着脸侧的嫣红小嘴就势吻下。

林宸因这突然袭击呆住，下一刻，她怒不可遏地朝他掴去。元旭强硬地抓住她的手腕，不容她动弹。

因为失血而乏力的她，只能怒视，若是眼光能杀死人，元旭相信自己定是比那件“窟窿夜行衣”更加凄惨。

这天雷地火的一吻，在追兵暂离后，终于结束。元旭放开了她，苦笑着，静静闭眼等待少女的巴掌。

说不定会用剑把我穿个窟窿，他在心底揶揄。

毫无动静，他疑惑地睁开眼，只见少女眉间怒气强忍，径自包扎伤口。

“如此精妙的先天胎息法，居然被你使得乱七八糟。”她没好气道。

“你知道？”

“哼，方才你运气度我周身，它的运行法门我已经掌握得十之七八了。”少女有些得意，想到那一“度”，她苍白小脸上一层嫣红。

元旭觉得刹那间自己的心都在震荡——要命，小丫头脸红什么？

林宸看着追兵远去，就要跳下树，被元旭一把拉住。

“去哪儿？”

“回去。”

“你疯了！”元旭气急，“说不定有人在路上守株待兔。”

“放开！”

元旭充耳不闻，一把拉住就是不放。

“你快放开！”林宸又急又气，眼中蒙上一层薄雾，“他们找不着我，一定会为难我母亲。”

人为世间灵物，最不可估测，自己也不例外。

元旭觉得自己就像个傻子一样，一看到小丫头眼里水汽氤氲，什么脾气也没了。

他只得缴械投降，牵过自己的马，送她回去。

这马通身雪白，只有额前一片朱红，平日里性子极暴，谁摸一下就要尥蹶子。少女一跃而上，利落地抱住他的腰身，心急火燎地催他前行。

官道漫漫，漫天的星辰明亮耀目。元旭闻得淡淡幽香，回身但见少女面带轻愁，眉目如画，随意一眼竟让他魂魄不宁。他不敢多看，专心于手中的缰绳。

林宸感觉到身前僵硬的躯体，心下又是好笑，又是感动。

呆子……她心中道，轻轻拢了拢肩上的披风，这是他方才递过的。她心中生出一种馨甜，慢慢弥漫。

官道漫漫，少年少女之间，一种温柔的旖旎，悄然而生。

“你住哪里？”

少女指了指，不远处，树木掩映下的别馆一角。

“你是林家小姐？”

元旭吃惊极了，他听说林家有四子一女，唯一的掌上明珠年方十二，美貌胜过其母，原来就是……

好似看出了他所想的，少女眉间生怒，“我不是！”

她否认得斩钉截铁。

林家小姐？

她想起傍晚时，刚刚和母亲熟悉了富丽雅致的新居，就有人以垂涎贪婪的目光看着自己，“你就是林家小姐？果然绝色，比乃母胜过多矣！我家元帅想请你去小住几日，顺便陪伴王子。恭喜小姐，将来必登妃位啊！”

刹那间，她明白了林家的用心。

牺牲自己，来换林媛的清白，多么好的算盘啊！

那些肮脏的手，伸向自己的时候，要是不一怒拔剑就好了！

母亲以死相逼，让自己速逃，要是没有听从，就好了！

母亲，你千万要无恙！

到得别馆，虽是子夜，里面却一片混乱。

他们风一般穿堂入室，只见仆役丫鬟都乱哄哄地抢拿值钱物事，有几个居然在为镏金箱盒大打出手。林宸问起母亲，无人知晓。

在花圃间见到一个花匠，他颤抖着手指向池边假山。

假山的山洞里，母亲的身躯已经冰冷……

林宸在这一瞬觉得天地都在粉碎，湮灭。

她重重跪倒，尖锐石子刺破了膝盖，也浑然不觉。

这世上，唯一和她血脉相连的人，去了！

她低下身，摸着母亲湿漉漉的衣裙，一把揪过花匠，用力摇晃，仿佛要把他扼死，“是谁？是谁做的？”

元旭及时解救了他，温言询问下，花匠道出了实情。

原来，前来抓人的兵士一去不返，那降官等候时，看到林宸母亲额前的刺青，想起当年旧闻，一下就识破了其中玄机，不禁对林昭云大为嘲讽，“林兄，这一出彩凤换鸦可真是精彩啊！”

他在宅中遍寻不着真正的林媛，恫吓挖苦了一阵，只得离开。林家众人知道鞑靼军不久会来寻衅报复，紧急收拾了细软，带着心腹驾车而去。

仆役们在分赃搜财时，没有人注意到，一条鲜活生命已然香销玉殒。

毅然蹈清池……这素来胆怯寡言的妇人，一步步涉入池中，那是怎样的绝望？

林宸在湿漉漉的尸体旁，找到一方丝帕，上面以血刺字，虽经过水浸，字迹依然：“十三年前梦幻真。昨日心字罗衣，不过他人笑料。吾本红尘畸零人，身已不祥，不忍拖累娇儿，勿念珍重。”

林宸默念着，在漫天星辰之下，觉得心中一片空茫。

十三年前梦幻真……在最后一刻，母亲的心中，还是有着那甜蜜而心酸的一夜。

从小别醉离的才子佳人间，偷来的一夜。

她为了这一夜，终生蹉跎。

她身上的绸缎，颜色虽旧，依稀可见当初的娇美。这是在青楼之中，她与他意外相逢时穿的衣袍。

这样珍之惜之，在他人眼里，不过是一桩淫亵艳谈，付之一笑后，慢慢淡忘。

林宸想象着，母亲面对林昭云突来的“厚待”，心中该有几许甜蜜，几许忧伤。

这甜蜜，下一刻就被残酷的真实化为齑粉，哀莫大于心死，她是彻底地绝望了吧。

为了自己的女儿不受要挟、不受拖累，母亲义无反顾地走向黄泉。

“娘！你为什么不等我？我说过，要等我做成了不起的事业，让你享一辈子的福，为什么……”

林宸没有大喊大叫，她重复着，低喃。

眼睛化为空洞，她什么也不愿去想。

是谁？在耳边大声说道……

她什么也听不见。

一双温热有力的手把她扶起，在水波闪烁的池边，就着楼台的灯火，元旭看着她，久久，才伸出手。

他用力扇了她一掌。

“清醒过来！”

几乎用尽平生的激烈，元旭不复平日的悠然飘逸，他用力摇晃着少女。

“你母亲不愿拖累你，才出此下策，你难道要一直茫然下去？”

林宸无焦点的眼，有些融化。

“醒醒！我们必须马上离开，鞑靼军马上就会来报复。”

少女的眼眸，终于恢复了清明。

她拔出剑，步履蹒跚地来到前院。

只见白刃一闪，平日里对她母女嘴头不净的一个管事，在瞬间断为两截。

“还有谁做了对我娘不敬的事，自己站出来。”她冷笑着，看向停止争夺的仆役丫鬟。

那笑容仿佛修罗鬼魅一般，众人吓得如同筛糠。有一个用簪子刺过她母亲的上房丫头吓得花容失色，正想不着痕迹地躲到人后，林宸发现了她。

以剑尖锋芒轻轻带过，那女人尖声惨叫后，脸上多了个十字。

“从此以后，你也面带刺青了，让你尝尝被歧视、被凌辱的滋味！”

元旭在一旁看着，并没有阻止。听了花匠介绍林宸母女的身世后，他心中也是怒不可遏，想让这些趋炎附势的小人受些惩罚。

其余人再也忍不住恐惧，惊叫几声，作鸟兽散。

一座清雅别馆，顷刻间一片死寂。

林宸就地收拾了些钱物，把母亲葬在别院旁的林中，拜别后，一把火烧了这宅邸。

黑夜里，一股大火冲天而起，滚滚浓烟中，林宸忽然记起，今日，正是自己十三岁的生辰。

“已近子时，我也满十三了……”她惆怅着，对着元旭说道。

“真是漫长的一天……”元旭应道。从城墙初遇，再到她坠落时的再次相遇，最后，就是这次，短短一日内，他们竟遇见了三次。

这样的缘分，恐怕自己一生都难以忘怀吧……

“接下来，有什么打算？”

元旭很想让她跟自己回去，可是想到义军中龙蛇混杂，又都是男子，也就不敢贸然提起。

“我想去找师父，正式拜入他的门下。”

元旭松了一口气，又感到莫名失落。

他小心翼翼地，由项间取下一块古玉。

这是一块极为罕见的龙纹玉，翠绿欲滴中，一道雪莹如同活物，正在张牙舞爪。

天地的鬼斧神工，自然成就这奇珍。

他以红线贯穿，打了个如意结，递给她，“这个给你，也不枉我们结识一场。”

他没有说出这是家传宝物，从来传媳不传女。

林宸接过，挂在颈上，雪肤晶莹，更映得它光华温润。

“我要走了。”

她骑上厩中牵出的良马，一跃而上，一声马嘶，远出十几丈。

元旭转身离去，他平生最难目睹别离，却听见身后传来清冽声音，“元旭，我见你拿过一支笛子，吹一曲给我，可好？”

她勒住马，凝望着他，问道。

他呆住，下一刻，才傻头傻脑地忙不迭答应，心中欢喜无限。

笛声在黑夜里盘旋，清婉缠绵——人生虽然风雨飘摇，且喜有一二知己。

他心中一片平静喜乐，眉眼间温柔含笑，宛如微风轻拂。

笛声悠扬。

“元旭，你记住，我的名字是林宸！”

少女的声音，遥远，然而清晰。

“你等我三年，三年后，我会学得征伐之术，与你并肩作战……”

……

你等我三年……

我会与你并肩作战……

晨露在床上轻颤，呓语不断，却只是嘴唇开合，发不出声响。

无数画面，无数面容，在冥冥中飞舞，如同时光流转。

下一瞬，这些都化为虚无。

她幽幽醒转，只听周围一阵惊喜，“尚仪大人醒了！”

第七章 圣眷

她听见惊喜的喊声，慢慢睁开眼。

只见四周有数十个宫女太监齐齐跪下，捧着满是药香的碗盏。见她醒来，管事宫女惊喜地喊了出来。

晨露慢慢起身，乌黑长发垂于胸前，微风吹来，飘然若仙。

瞿云闻讯进来，见到的就是这样一幅画面：仿佛要御风而去那样不真实的虚幻迷离。

他让众人退下，试探着唤道："小宸……"

她仍是垂着头，任飘忽发丝把眼睛遮蔽。

"小云，我梦见了他……"

"我梦见，我仍是十二三岁的年纪，我纵马远去，对元旭说，等我三年，我要和你并肩作战……"

宛如在梦幻中，她喃喃道："多么希望，这只是个梦……一回身，元旭还在那里等我，我们约定，要一起驱除鞑虏，平定天下。"

她抬起头，眼泪终于夺眶而出。

"他背叛了我，他终于还是背叛了我们的誓言！"

那一颗颗眼泪，如同鲛珠一般，闪闪发光，却最终跌落尘埃，消逝不见。

元祈听到宫人禀报，道是尚仪大人已经清醒，他心中一阵欣慰，快步走进来，却见晨露已经起身，在屏风后整理仪容，瞿云守在外面，脸带忧容。

他心中一惊，直冲进去，和屏风背后走出的人影撞了个正着。

"啊"一声轻呼，只见晨露身着对襟宫衣，被撞得直直跌倒，元祈连忙扶住她。

她抬头，两人相对。

元祈只见她通体幽蓝纱衫，脸色苍白得几乎透明，弱不禁风，见了自己也并无惊恐，只是微微眯着眼，那样子，无邪而妩媚，让人怦然心动。

所谓情人眼里出西施，幸而，他并不知道这一眼的真实含义。

他扶起晨露，却并不放手，把她抱起，在宫女的惊呼声中，轻轻放在床上。

“听说你好些了，急着来探，结果撞了个正着。快去叫太医！”后半句，是对着惊慌的宫女说的。

晨露连忙道：“只不过撞了一下，不妨事。”

“你被内力震伤心脉，实在凶险非常。”

元祈皱起眉头，担忧之情溢于言表，“你当日实在太过妄为，那使者言语挑衅，朕自有法子治他，给你出了这口气，你也忒烈性了！”

晨露轻笑嫣然，“我不是为了自己。只是，我赫赫天朝，岂是这等人可以作践的？”

最后一句，语意刚决，飒飒之气可见。

元祈双眉一振，重新凝视着她，大有知己之感。他素日里只听得莺莺呖呖，女子们娇柔作态，不过是为了求得宠幸，哪里能听见这等金石之音？

世上竟有这等女子！

每一次，她都让他感到惊奇……

他笑得爽朗，年方二十的年轻皇帝，英姿勃发。

“你这一场大胜，可真是让朕扬眉吐气。他们以为朕外无大将，内无高手，笑话！”

元祈想起那日鞑靼使者的惊骇羞愧，心中只觉得畅快无比。

他即位时仅有十岁，朝中名将凋零，靠着几位藩王的私兵以及周浚的异军突起才堪堪让鞑靼退兵。和谈之时，还要走了数目惊人的金银丝帛，这让年仅十岁的天子感到奇耻大辱。

“也只有你，敢公然与鞑靼人抗衡，那些文武将领，听到‘鞑靼’二字，就如同鼠见猫一般。”他讽刺地叹道。

“也有大臣不是如此呢。那天，那位兵部尚书黄大人，不是说得慷慨激昂，要把那大可汗的首级‘传之天下’吗？”

“你相信他说的？”

元祈不可置信地低喊，待看到晨露笑得轻颤，才发现自己被捉弄了。

“皇上恕罪，这位黄大人志气可嘉，不过打仗这回事，文人还是不要掺和为好。”晨露笑过之后，很爽利地说道。

元祈觉得新奇，不要说本朝，历朝历代以来，文人地位都居于武将之上。很多文人讲究出将入相，认为自己的一番指点，就能让战局起死回生。本朝更有人拿着周浚的例子来说事，认为这班武将不通圣人大义，无人压制，才弄得今日这等骄悍。

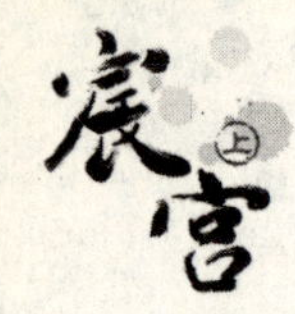

这样一边倒的舆论之下，晨露居然认为文人“不要掺和打仗”。

他心中惊奇，一番询问之下，晨露只是微笑，再不肯说什么了。

问得急了，她居然来一句：“我不过是个女子，怎能妄自议论朝政呢？刚才的话，不过胡乱说笑，能博您一笑，也算我的功劳了。”

这样奇异的女子，元祈也拿她无法，顾念她身体虚弱，他告辞离开了。

晨露打量着周围环境，见寝殿中器物上乘，三班宫人轮流伺候，问过才知道，这是闲置的碧月宫。皇帝怕小院中人手不够，特地把她移到了这里。

小宫女滔滔不绝地说完，艳羡道：“皇上对尚仪大人真好，您昏迷了一天一夜，他几次三番前来探视，看样子都没睡觉呢！”

晨露笑而不语，待众人退下后，才轻声道：“好？元旭当年，又何曾不是视我如唯一珍宝……”

空对着华丽宫阙，她笑得忧伤哀婉，“这世上，真心，假心，我已分不清，也累得不愿区分……”

“我只知道，宁可负尽天下，也不让一人伤我！”

晨露身体未愈，前来慰问的后宫嫔妃就络绎不绝，各色礼品更是堆满了屋子。

这样门庭若市的盛景，在太医搬出皇帝口谕后，才稍稍减退。

有几人，却实在无法挡驾。

首先，不顾劝阻冲入室内的，是已经晋一级的梅贵嫔，她亲自提着上好补品，哭得梨花带雨。姐姐前次救我于水火，这次有个万一，小妹真是要肝肠寸断……

她在旁殷勤服侍，不顾自己小产不久，身体也很是虚弱。

好不容易让宫人劝走她，第二位出现的，是被禁足一月、罚俸三月的齐妃。梅嫔小产，惹得谣言重重，虽不能说凶手是她，却也不无嫌疑。元祈以“协理后宫不力”的罪名，给了她小小惩戒，却也让她颜面尽失，加上梅贵嫔如今复宠，她第一宠妃的位置，岌岌可危。

她这次是有备而来，一进门就朝晨露福身一礼。

“尚仪，我知道，之前我得罪你太甚，你恐怕对我没什么好印象。”

素来骄纵的她，这次倒是意外地诚恳。

“并非如此。其实，娘娘的真性情，我也很是倾慕呢。”

齐妃以为她在说客套话，却不料晨露接着说道：“皇上喜欢您的真性情，所以，一些骄纵做派，您千万别改。”

“尚仪是在消遣我吧？”

齐妃面上恼火，“如今皇上对我失望已极，一直宿在梅贵嫔那里。本宫要是继续胡来，绝对会惹得皇上雷霆大怒。”

晨露笑了，那笑容清美如同云曦初露，她的声音清甜，带着诱惑和诡秘，“皇上要的，就是您的胡来啊，那样，他才能平衡整个后宫。”

“他宿在梅贵嫔那里，不过是想看看，这个新发掘的棋子好不好用。”

“您不想，以妃位终老吧？”

齐妃觉得少女的眼眸迷离，勾起了人心中最隐秘的野心和欲望。

“本宫明白了。”她深吸一口气，仿佛下了极大的决心，起身一拜，“请尚仪大人指点一二。”

“您可照旧为难任何人，特别是皇后，但，不要去动周贵妃。”

“另外，请转告令尊……”

齐妃的瞳孔收缩起来，她再愚笨，也知道这说的已不是后宫的事了。

“和不如战，急不如缓。”少女说得斩钉截铁。

看着她告辞的身影，晨露回身对着瞿云说道：“瞧着吧，小云，风起于青萍之末，马上，就要有天崩地裂的大事了。”

少女的声音带着居高临下的轻松睿智，只是那眼神深处，那清冷糅合着的最后一抹暖色，已经消失殆尽。

元祈第二日再来探望时，晨露已经能起身了。谢过了皇帝的关心，她笑着问：“皇上，后来那鞑靼使者如何了？”

“他们还在使馆之中，那年轻人成天流连于青楼楚馆，前日还为了一个花舫中的姑娘而大打出手。”元祈咬牙怒道，“中原的花花江山让他们乐不思蜀，下次索要，定是更加敲骨吸髓。”

晨露笑道：“皇上，我记得，另一个使者称年轻人为穆那大人。”

“这又如何？”

“皇上，我对鞑靼人的习俗也略知一二，他们在郑重场合，亦是称呼对方的姓氏。‘穆那’在鞑靼语中只是个名字——此人究竟是谁？”

元祈剑眉一扬，“你是说……”

“光凭这一点，我还不会怀疑他，只是那天，我以剑相指，他做了一个很奇怪的动作。”晨露拿起桌上的飞凤镶琥珀玉簪，做了一个斜抽剑的动作。

“武者起势，一般都是舞个剑花，若对方是长辈，最多第一招以礼化入。他这样斜斜抽剑，如果拔出，则落势在最上方。这是鞑靼王族特有的手势，它表示的

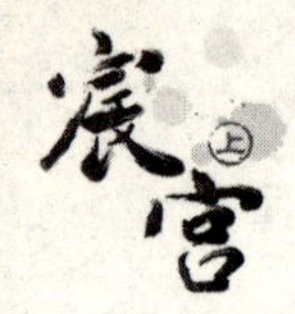

意思是，与我交手，我恕你一切损伤。”

元祈猛地站了起来，“你是说，那人是鞑靼王族？”

“十有八九。”

“欺人太甚！他们认为我天朝上下都是傻子瞎子吗？这番，朕要让他来得去不得。”元祈冷笑道。

转过头，少年天子凝望着榻上佳人，眼神温存而又倾慕，“这次又多亏了你！”

晨露微笑摇头，“皇上这么说，真是折杀我了。不过，鞑靼王族也就那么几个，朝中就没有他们的画像吗？”

一语惊醒梦中人，元祈立刻意识到了其中蹊跷，他起身欲回乾清宫，临走，他一把握住了晨露的纤纤柔荑，“你好好休息吧，我明日再来。”

他凝望着少女，手中握得炽热、坚决。

半晌，他才说了这样两句，仿佛有什么在追赶他，他匆匆而去。

真有趣……

晨露不禁莞尔，那样城府深重的人，居然这样窘迫，真是个傻子！

这本该是娇嗔着说的一句，在她脑海中，如噩梦一般回响——真是个傻子……

许多年前，是谁，也是如此羞窘，连一句情话也讷讷不能？

元旭……

她眯起了眼。

元祈没有看见身后佳人的复杂眼光，就算见了，也多半认为这是别样的妩媚清新。他匆匆回驾乾清宫，取出军中搜集的鞑靼显贵画像，一一对照。

毫无所获，无论是哪张，都与这英俊过分的使者大相径庭。

他心中一阵恼火，唤来瞿云手下得力侍卫，道：“去京营传令，把鞑靼使者的馆舍给我围了！”

一盏茶后，那侍卫就回到殿中，不过脸色青白，眼神躲闪。

“怎么了，这便传令回来了？”皇帝抬头看着他，心知有异。他皱了皱眉，正要询问，只听见外间有人淡淡说道：“是我让他回来的。”

“母后？！”

元祈诧异回身，只见殿门大开，宫女侍婢云绕，太后由左右搀扶着款款而入。

她身着淡银镂福字绸衣，外罩坎肩，顾盼之间，威仪自现。

“母后，您怎么来了？”

“我今日要是不来，他年社稷宗庙里，还能有我的一席之地？”太后冷笑，扫了一眼殿中诸人，顿时跪倒一片。

“母后何出此言？”

“我问你，你让他们包围使者的馆舍，意欲何为？”

“母后容禀，使者中，可能混有鞑靼王族，他们乔装入境，分明是来探我天朝虚实，以待后动。”

“有这等事？”

太后眼中波光一闪，元祈只觉得，刹那间，那眸子晶莹五彩。母后当年，定是个了不得的美人！

这念头在他脑中一闪即逝，冥冥中，另一双欺霜赛雪、清冽无双的眼眸，在心中隐隐浮现。

他摇了摇头，屏去这些胡思乱想，对太后讲了其中疑点。

太后思索了片刻，叹息一声，道：“皇儿，你还是罢手吧。”

“母后！”

元祈心中一阵光火，知道她又要老生常谈。

果然，太后道:“即使是王族乔装使者，我们也只能忍了。两国交兵，不斩来使，你若是伤了他一丝一毫，天下人会如何看你？”

元祈挑眉，“母后，两国遣使，所重者，唯诚信二字耳！若是一方首脑视对方为无物，隐瞒名姓，又乔装潜入，这就先有了不轨之心，这时候还要一味讲仁恕吗？”

太后愠怒，打断他道：“这么说，皇帝是下了决心要和使者撕破脸了？你可要想清楚，一旦惹怒了鞑靼，天下又要陷入战火兵灾之中。”

“朕希望天下能休养止戈，可豺狼的品性是养不熟的。”

元祈无复平日的恭谨守礼，眼光锐不可当。

“母后最好看看忽律可汗的来信，他索要年轻女子二百名，金银各二百万两，还有绸缎、铁器，并烧瓷、造船等诸般匠人，朕要是答应了他，才真是为天下耻笑！”

“忽律这胡蛮素来无礼，又何必跟他一般见识，皇帝这样贸然行事，万一真的起了战事，我天朝拿什么对抗那十万铁骑？”

太后端坐正中，扳着手指数给元祈，“你也不想想，论军力，论将帅，论士气，我们哪一点可以比得上？更何况江南今岁水患连连，山阴又是蝗灾……”

“母后勿要担忧这些朝政！”元祈一出口，斩钉截铁。

他冷笑着，眼中杀意大现，如同长剑出鞘，扫视着太后身边众人。

“太后长居后宫，有人把这些朝中之事肆意传入，使得慈驾不安，这样的人难道不应该诛杀？”

一句话，吓得众人魂不附体，只有叶姑姑安之若素。

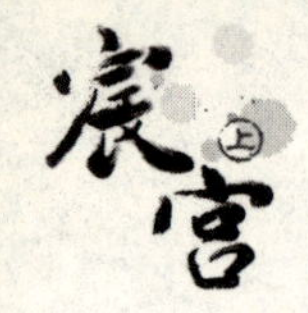

太后气得脸色苍白，“皇帝的意思是让我不要过问国事？”

元祈亲自接过宫人手中的香茗，躬身奉给太后，一派庄重孝穆。

“儿臣岂敢生此大逆不道的念头。母后担忧国事理所应当，但总有些小人不太安分，调唆着宫中不安，所以不得不警告他们，以儆效尤。”

太后不接那茶盏，怒道：“皇帝是要一意孤行，以社稷江山来行此险招了？”

元祈执礼更恭，道：“儿臣也是为了我天朝声誉。母后难道忘了，忽律那蛮夷匹夫，前次书信中，对您是何等的污言不恭！”

这最后一句，噎得太后无话可说。

元祈幼时，太后一人支撑朝局，忽律可汗曾经写过一封书信，言辞中很是轻佻不恭，甚至有你我各自鳏寡，何不互取其乐的句子，简直是赤裸裸的污辱。

元祈送走太后，在乾清宫中思索着，意甚踌躇，他想了想，又来到晨露暂歇的碧月宫中。

“皇上是真要跟鞑靼开战吗？”

少女还未休息就匆匆迎出，听明来意后，她问道。

“朕并不好战黩武，可要是鞑靼把天朝的以礼待人，视作软弱可欺，得寸进尺地挑衅，朕也不惧一战！”

少女扑哧一声，笑意在月下荡漾，让人目眩神迷。

“可是，鞑靼却不想跟您开战呢！”石破天惊地，她说道。

“什么？！”

元祈霍然站起，一把握住少女的晶莹皓腕。

与上一次的旖旎温柔不同，他此时目光炯炯，整个身心都沉浸在惊雷一般的断言中。

“你怎么会这样想？”

“皇上……”

晨露咳了几声，夜深露寒，她内伤未愈，觉得胸口又开始绞痛。元祈亦是习武之人，一见之下，连忙取过榻边骆绒衣裳，把她裹了个严严实实，这才示意她继续说。

“其实，您目光如炬也早已看出，使者的目的，并非那么单纯，他们好似专程来挑衅的。”

元祈赞许地点头，“不错，那两个使者的做派极其无理，瞧着实在蹊跷。”

“所以皇上觉得事有蹊跷，想拿下那年轻人，从他嘴里得知一二，至不济，也要看看忽律可汗的反应，对吗？”

晨露看着元祈惊讶的眼神，继续说道：“然而，您却犹豫了，因为您觉得，忽律可汗是故意惹起天朝的怒火，让我们先行发兵，然后他就可以以外御强敌的大义，发动鞑靼十二部，大举南下。他勒索大量的金银，就是为了支付大军的粮饷。”

元祈在灯烛之下，静静地凝视着她，听完她的剖析，心中只有一句，天下竟有这等出色的人物！

他笑着叹息，待到少女微微诧异，才道：“若你身为男子，我一定许以相位。”

此时室内烛火飘摇，灯下看美人，越发惊艳。

她的美，不在于面容，只那一双清瞳，就让人甘心醉死其间，永不轮回。

此时看着她，元祈不禁生出莫大的好奇。瞿云说，她被所爱之人背叛，才落得武功尽失。怎样有眼无珠的男子，才会丢弃这块瑰宝，甚至将她毁去？

他压下心中不平，继续问道：“那么，忽律的真实意图是什么呢？”

“鞑靼人自称为苍狼之子，他们的性情也如同苍狼一般，宁直不弯。但忽律可汗却是其中异类，若是也用动物来譬喻，他就是一只九尾雪狐。”

“这样的人，最喜欢故布疑阵，他让人明目张胆地上门挑衅，就是为了引人疑虑，不敢在此时对鞑靼动手。”

她看到元祈将信将疑地沉吟着，下了最后的结语：“我估计，和您猜测的相反，他定是遇到了什么困境，或者有什么绊住了他的手脚。”

元祈苦苦思索着，忽然灵光一现。他想起了很久以前，仿佛是孩提时，先帝仍然健在，他曾经在一卷笔记中，看到过鞑靼有过“弥突”这一种秘密会议。

他连忙命人去取御书房暗格中的铁盒，等了一盏茶的工夫，盒子被呈了上来。

“果然如此！这份笔记中记载，鞑靼十二部三十年便有一次秘密会盟，讨论十二部共主，也就是大可汗的……废立！”

元祈在灯下逐字辨认着，到最后一句，他惊讶出声：“这等大事，为何朝廷没有任何记载？”

晨露端详着那本绢黄手记，紧紧咬住嘴唇，再也压不住心中激动。

“皇上，可否容我一观？”

那手记纸张绢黄柔软，显然年代久远，字迹微有模糊，可那飞扬写意的神韵尤在。

她拿在手中端详着亲手所书，微微颤抖着，仿佛全身的血液如同冰河破堤一般汹涌。

“这是父皇留下的，他说，这手记主人用兵如神，可惜天寿不永。”元祈想起英年早逝的父皇，亦是低头唏嘘。

他没有看到，少女眯着眼，那瞬间炽燃的杀意和悲愤。

天寿不永？

她几乎要大笑出声。

然而她没有，当元祈抬头的瞬间，他只见到少女眸中有一缕流光。

她笑得光风霁月，静静等待元祈开口。

“原来如此！在‘弥突’会盟期间，各族将士都将回归本族麾下，所谓的十万铁骑，此刻正是分崩离析，这就是忽律的软肋。”

元祈扶案而起，来回踱步，“可是，忽律这样故弄玄虚，不怕朕是个鲁莽之徒，一怒起兵讨伐？”

“若是如此，他亦是求之不得，‘弥突’会盟将会无限延后。”

元祈亦是谋略深重，一听就明了了其中诀窍。

若是自己出兵，忽律正好可以借此机会，将“弥突”会议无限期推迟，战争期间，某些族长发生什么意外，那可真是只能怨长生天了。

想到此处，元祈笑了，眼中锋芒如归鞘宝剑，深不可测。

一阵压抑的咳嗽打断了他的思绪，他回过身，只见晨露捂住胸口，咳得伏在桌上。

元祈一个箭步走到她身边，一按脉息，觉得短促凝滞，显然是内伤又发的缘故。

他心中大痛，看着少女蹙眉，仿佛有一只手在自己心口抓出淋漓血痕。

“你闭上眼。”他仿佛下了什么决心，却对着少女轻松笑道。

晨露不知道他要做什么，眼睫微微颤动，终于闭上眼。

下一刻，一个圆如鸽卵的小丸被放入她的口中。

“把它含化，然后咽下去。”

她照做，睁开眼，元祈目光炯炯，灼热而温柔。

“这是父皇命人寻遍天下高人，为我配制的‘九转还魂丹’。”

他收起腰间锦囊，看那样式，自小就戴在身边。

他仿佛不能承受少女清冽目光的凝视，转身离去了。

元祈离去后，瞿云走了进来，他已经在外等候一会儿了。

“看他神情颇为欣悦，你们相谈甚欢？”

瞿云几乎是惊奇的。

“你担心我会杀了他？”

“看你醒来后的疯狂神情，我真是有此担心，他长得太像元旭了。”

瞿云静静地开口道：“你看着他的时候，经常眯起眼，这世上，只有我知道，这是你杀心大起的缘故。”

他目光锐利地看着晨露，“你居然在对他笑，为什么？”

“小云，你是在吃醋吗？”

她轻笑，半晌，才收敛了笑意，“正如你所说，要让林媛这贱人生不如死，最好的办法就是调唆他们母子自相残杀。只有把皇帝控制在掌心，才能遂我心愿。”

她语意森冷，不复方才的轻盈浅笑，流丽婉转，仿佛是另一个人。

“你已经做到了……我看着皇帝长大，他自小就城府深重，不轻易相信任何人，可是，他已经迷上你了。”

“也许是吧。你看！”

晨露没有反驳，她有些惆怅地望着天边，喉头一动，吐出一颗完好无损的丹丸。

“他给了我这个。”

瞿云仔细一看，大吃一惊，“这是他自小佩戴的保命之物，竟是给了你！”

晨露这才放回口中，以舌搅化，任由它融化，她逐渐感觉到一阵热力。

“他把这个给我，非要看着我服下，可是……”

仿佛被热气蒸得氤氲，她眼神迷蒙，“自‘那日’以后，我又怎会轻易服下任何人给的东西？”

瞿云听着这低低呢喃，心痛如绞。

第二日，晨露还在床榻上静养，就听见宫人们都在传说，皇帝在太和殿正式接见了鞑靼使者。

晨露没有急着前去，她微笑着，想着此时金銮殿中，是何等的精彩热闹。

日光照入整个寝殿，窗外春光明媚，燕雀呢喃。

她慢慢起身，任由几个侍婢服侍着了中衣，等到她们拿起胭脂、花钿、珠簪、步摇时，她轻轻一笑，挥手止住了她们。

“我自己来吧。”

镜中映入清秀稚嫩的容颜，仍是苍白，却不再有那种青白的虚幻，那清冽双眸一扫，顾盼之间宛如寒玉冰雪。

她丝毫没有描眉点唇，仿佛嫌这脂粉会污了面容。瞧也不瞧一眼，就自己动手梳了发髻，在盘中挑了一支碧色流转的翡翠步摇，斜斜插于乌发之间。

她披上以寒绢裁就的云月宫装，就那样随意地倚在窗边。

梅贵嫔进入寝殿后，见到的就是这样一幅画面。

第八章 林媛

那少女斜倚窗边，周身透着雪玉般的晶莹光华，乌檀发间一抹翠色，宛如天人。

梅贵嫔看着闭目养神的晨露，只觉得目眩神迷，心中隐隐生出一股妒意。

她面上惊喜交加，“原来姐姐的身子已经大好了。”

晨露回头，看到是她，就要站起来。梅贵嫔连忙上前搀扶，“姐姐千万小心。”

两人分宾主坐下，宫人拿来时鲜糕点，四碟八色，都是由乾清宫那边赐下的。

梅贵嫔瞧着这精致宫点，皆是自己没有见过的，心中酸意更甚。晨露请她先用，她只是推说用过了早膳，实在吃不下了。

晨露瞧着她端起茶轻抿，那样子熟稔已极。她举止典雅，然而不沾分毫，这才是宫中女子的做派：绝不真正食用外头的东西。

她想起最初，皇后宴席中，那纯真自若、吃得津津有味的女孩儿，不由心下叹息。

这宫中如同深墨一般，又有什么人能不被它染黑呢？

“今天看到姐姐身体无恙，我就安心了。姐姐为我朝挣回了脸面，妹妹我都感到有荣耀呢。”

她一派天真活泼，说起后宫众人的称赞更是活灵活现，仿佛自己亲眼见过似的，末了，说道：“连太后和皇后娘娘听了，都觉得惊喜，道宫中竟有这等奇女子呢。”

来了！晨露心中冷笑，口中却笑道：“定是娘娘你把我褒奖太过，才让两位主子生了好奇。”

“姐姐怎么怪起我来？”梅贵嫔不依地娇嗔，一双水灵大眼仿佛会说话，怨不得元祈这阵子一直宿在她宫里。

“两位主子娘娘啊，听了种种传说，都想见见真人呢。明日太后那里办家宴，众姐妹都要出席，她还说把尚仪也带上呢。”

这话虽然是说笑间道出，却也是懿旨了。晨露低头听着，良久，才抬头笑道：“这是两位主子的抬爱，我真是受之有愧。”

“就这么定了，明日我准时来接姐姐便是。”

梅贵嫔达到了目的，娉娉婷婷地离开了。

晨露望着她的身影发呆，半晌，轻轻笑了起来。

那笑容如同晨间初曦，美不胜收，却别有一种冰凉，让人生出战栗。

她眯起眼，清冽黑瞳中，是不容错认的憎恨炽焰。

林媛……终于，又要见面了！

正如晨露所想，前廷那边确实是精彩非凡。

太和殿中，一派庄严肃穆，文武大臣分列两旁，鸦雀无声。

至高御座中，元祈单手托腮，正听得兴致勃勃。

大殿中央，那两位使者之一的青年，正大声读着忽律可汗的国书。

他音调有些怪异，听起来殊为可笑，只是朝中气氛沉重，谁也没有心思笑他。

元祈不慌不忙，甚至有些悠闲笑意，他待使者读完，并没有请他们下去，而是环视殿中诸臣，开口问道："诸卿有何高见？"

这一句问得空泛，也听不出喜怒，众人都是官场混久的人精，谁敢去触这霉头，于是底下一片寂静。

那青年使者对中原官场毫无了解，见众人噤然不言，以为他们都怕了鞑靼铁骑，不由得意扬扬道："我大可汗秉承长生天的仁慈，不想多造杀孽，让你们交出这些岁贡，换取这中原万里的宁静，实在是很划算的事。"

"岁贡？"元祈英挺剑眉一挑，好似第一次听到这个新鲜的词语，不怒反笑。

"大胆蛮夷，竟敢在朝堂之上口出狂言，我天朝何曾向你称臣，又哪来什么岁贡！"

众人不用抬头，就知道是那位耿直然而书生意气十足的黄尚书。

青年仿佛就在等如此开口，张口正欲挑衅，皇帝开口了。

他声音不高，那沉稳下隐藏的压迫，却让鞑靼使者心生警惕，"使者，我该叫你穆那大人，还是，穆那王子？"

元祈一开口，殿下诸人便目瞪口呆。

使者没料到有这一出，惊得连连后退，却被瞿云以大擒拿手一把制住。

"王子不用惊慌，朕并不打算把你扣在这里，只是烦请回禀你父汗，他书信所请，朕一律不允！"

穆那也不挣扎，瞪视间，一意轻蔑，"我鞑靼大军一至，你们中原江山片刻就会化为灰烬！"

"那朕只好效法先帝，把你们重新赶回漠北！"

元祈一径笑得温文悠闲，不愠不火地加了一句：“在发兵我朝之前，你还是祈祷你父汗能在‘弥突’中取胜吧。”

皇帝淡淡一句，结束了这次廷议。他轻松起身，望也不望阶下惊慌欲死的穆那，起身回宫。

风吹过他额前的旒冠，晶莹流金，更印得双目深邃，风姿若神。

申时刚过，后宫各殿便忙碌起来。太后在慈宁宫摆下家宴，虽说是欢乐雍睦，宫中一家，可嫔妃们没有一个敢怠慢，梳妆打扮之后，就乘着软轿肩舆，三三两两来到了慈宁宫，等候服侍凤驾。

众人才等了一会儿，太后身边的叶姑姑便从宫中出来，浅浅行了一礼，笑道：“太后请各位娘娘进去呢。”

众妃知道她是太后身边最得用的人，就是皇帝也要尊一声“姑姑”，哪敢受这大礼，纷纷避开，莺声燕语，一句一声地谢过，才小心翼翼地按品级入内。

只见一路瑞气祥宁，诸般宝器都是古趣盎然，却偏偏觉得清新雅致，看不出一丝颓老，只在那光华流转间，偶露峥嵘。

走过四扇双交福寿镂花扇门，早有一众宫娥、管事恭候，穿过一百零八颗檀木香珠串成的帘幕，便进了主殿。

此间并不奢华，宫人随侍也殷勤周到，嫔妃们只是垂手侍立，平日的活泼机灵荡然无存。

只听得叶姑姑一声轻咳，一阵人影闪动，太后由左右拥扶而出，升座殿中。

有新晋的嫔妃，往日只是远远地晨昏叩拜，没有瞧得真切，此时偷觑，不由倒抽一口冷气。

只见太后虽然四旬，眉目间却仍如皎月明曦，美不胜收，一双晶莹眸子，流转间，威仪天成。

太后出身高门大阀，林家在前朝就与皇室有血姻之亲，这样的血统浸润，使得她顾盼之间，高贵凛然。

看她的眉目，与皇后有几分相像，只是一旁侍立的皇后，却不及她神韵一二。

她端详着两排嫔妃，眼中笑意温蔼，待她们盈盈下拜后，忙命她们平身，转身笑谓皇后：“真是姹紫嫣红，各擅胜场，你可给比下去了哦。”

皇后笑着受了，却娇嗔着不依，“母后见了妹妹们，就忘记淑菁了。”

太后笑着以扇指她，“这鬼丫头吃醋了。”

底下云贵人口齿伶俐，连忙捡那讨喜的话，说了凑趣，“皇后娘娘莫要生气，实在是众姐妹见了太后，如蒙煦日，巴不得多受些慈意照拂。左不过就抢了娘娘一天，太后可是视您如嫡亲生的一样呢。”

她说得双目盈润，一字一句皆出自真心，既把太后捧到了天上，又不露痕迹地恭维了皇后。旁边诸妃见她如此精乖伶俐，心下嗤之以鼻，面上却统统应是。一时之间，不知多少赞美恭维，如云雾一般飞向太后。

太后笑着受了，却没有如普通妇人一般眉开眼笑，只是叹道：“论起我对你们的好，却是抬举我这老婆子了。先帝去得早，我对皇帝管教得可算严厉，对你们也不无苛刻。”

众嫔妃心中大诧，太后对后宫女子一向严苛，若有狐媚一律严惩，有很多妃子心中暗恨她偏袒自己侄女，如今听她自己说出，却居然对众人的隐愤了如指掌。

“你们这些孩子也可怜见的，离了父母，来到这处处陌生的宫里。我先前不过是因着皇帝年轻，现下他已长成，我也不会管你们小儿女的事了。”

太后笑得温和，话语也极为诚挚，众嫔妃听了，已有六七分相信，心中防卫不由松懈。

“我年轻时也是这样过来的，什么没见过？小两口儿蜜里调油，难舍难分，也是有的。”她掩嘴轻笑，几个嫔妃被说中了心事，不由脸上飞霞。

“你们还年轻，这些荒唐事我能容则容。不过，有一桩，要是犯了，就休怪我铁面无情了。”她环视着众嫔妃，不怒而威，“虽然你们服侍皇帝，都是姐妹，可也有个嫡庶之分，要是有谁存了夺嫡争宠的心思……”

她后半截没有说，只是语意森冷，让人禁不住战栗。

晨露在庭中听得真切，虽然殿中央离此有数十丈远，可她功力倍增，太后亦是提气说出，这些言语全都收入耳中。

果然好手腕！

她心中微微冷笑，林媛眼看皇帝亦在后宫布下重重棋子，知道强行压制已然不行，用这等又打又拉的手段，却也能迷惑不少嫔妃的眼睛。

不过，天底下总有聪明人，不是吗？

她想起两道或是曼妙，或是挺立的身影。

“你们为何呆呆站着？”

骄傲肆意的语气，因着熟悉，听起来也不那么刺耳了。

晨露回过头去，只见周贵妃和齐妃联袂而来，也到了庭院中央。

今日因是太后家宴，虽也能见到圣驾，但嫔妃们对太后敬畏过深，满身装束，虽然用了心思，却仍是以素雅为主。可齐妃却毫不顾虑，身着百蝶扑花锦绣宫裙，中间镶嵌金线，一眼望去，如同一朵极尽艳丽的牡丹花。

她旁边站着的，是一身玄黑长袍的周贵妃，碧色丝绦尽处，系着一只黄玉貔貅。在年长者的宴席上，她身着这样不祥的颜色，比起齐妃的艳丽张扬，更是犯了忌讳。

两人今日颇是奇怪，居然联袂而来，并肩而立，毫无平日的剑拔弩张。晨露知道自己的话起了作用，心下也很是佩服齐融与周浚两人的胸襟与气度。

论起两家的关系，实在不算好，一个是名门高第，自然看不起军人的跋扈粗鲁；另一个在先帝时屡屡受到对方的压制，心中也存了嫉恨。两家的女儿又都登了妃位，性子又是天差地远，宛如冰炭不同炉一般。

此次她转告齐融的，却是皇帝在对待鞑靼上的主张。齐融虽然刚愎自用，但也不是笨人。在朝中，他属于主战派，一直鼓吹再一次北伐，想在告老之前，留名青史。可近几年，皇帝亲政后，并没有对他委以重任，只是借重他的势力，与太后一党周旋抗衡。

此次由皇帝身边亲信传下话来，他开始不服，仔细想了一夜，终于豁然开朗。皇帝是真想远征鞑靼，但必须有决胜的把握，只有得到周浚的支持，才能做到这一点。

老狐狸齐融立马飞鸽传书，向周浚表示了“将相和”的诚意。晨露今晨才接到齐妃托宫人传来的致谢书信，如今见两人关系融洽，自然知道此事已水到渠成。

齐妃望了眼晨露，递过一个默契眼神，然后好似才看到梅贵嫔，夸张地提高了音量，“这不是我们弱不禁风的梅妹妹吗？”

梅贵嫔一见她和周贵妃，立即露出极为惊慌的神情，好似见到了恶鬼一般，颤抖着往后退。

她如此孱弱可怜，任谁看了都要怜惜不已，进而怀疑二人对她有什么出格恶毒的行为。

齐妃柳眉一挑，就要上前跟她理论，周贵妃一把拉过她的袖子，“何必跟她一般见识。”

齐妃仍是气不过。自从上次梅嫔小产，她被皇帝罚俸禁足，前些日子才被放出，她在后宫中威仪赫赫的形象，不免大打折扣，她自觉冤屈无比，今日梅嫔居然还做出这种嘴脸，着实让她压不住火气，“你少装出这副样子！告诉你，我没做亏心事，不怕鬼叫门！你那件事，根本和我毫无干系！”

“也与我无关。”

周贵妃在旁低低和了一句。

两人向晨露微一点头，径自向前走去。晨露再也忍不得梅贵嫔做戏，一拉她的柔荑，也跟着向前。

四人来到殿门口，正要进入，只听得里面一道柔媚声音，有些做作地惊奇道："哎呀，都已经申时三刻了，她们迟迟未到，到底把太后的家宴当作什么了啊？"

门口的宫人正要替她们掀开帘子，这话听得真切，不禁有些尴尬。

齐妃一听这声音，就知道是云萝，怒不可遏，正要进去理论，却听皇后淡淡道："云贵人可真是错怪姐妹了。我让梅妹妹去带一个人来给太后见见，所以晚了些。至于那两位娘娘……也必定是身有要事。"

不知是有意还是无意，她在最后的"要事"二字上加了重音。

太后的声音隐隐传来，却殊无怒意，"这两个孩子迟到也是家常便饭，只那一身行头，便需好半天才能收拾停当——不过穿起来却很各色，我瞧着也好。"

齐妃倒没有什么，周贵妃素来不喜这些脂粉打扮，此时听着把她也算在内，好似她衣着古怪是故意博他人注目，面上顿时带了严霜。

梅贵嫔看着一旁两人，不欲站在门外太久，连忙让宫人入内禀报。随着一声通传请入，四人按位阶鱼贯而入。

日光斜斜照入殿内，透出一种温暖的橙黄。三位妃子向太后行大礼参见，晨露迎着日光，望向那玉座珠帘。

时间，在此时此刻，凝固成永恒。这夕阳落日的余晖暖意，在晨露看来，化为幕天席地的血色，汹涌而来。

时隔二十六年，在这人事已非的今天，她穿越天人永绝的黑暗，静静地，站于此处。

林媛，我们终于在此相遇！

晨露想起，今日午时，瞿云听说她晚间去太后那里赴宴时，那震惊到极点的神情，"你疯了！"

"小云，你这话说得太奇，哪有这样咒我的。"

"你压制不住自己的怨愤，只要出手一击，她便会身首异处，你能忍耐不做此想？"

"小云，你少说了一点，想到自己要向她跪拜，我心中怒火如同决堤汪洋，不能自已。眼看她安享尊荣，眼看着元旭寿终正寝，成了英明神武的'先帝'，就算倾四海之水，又怎能熄我心头之恨！"

"小宸！"

“即使如此，小云，我仍然想去，我想亲眼看看，这位尊贵显荣的‘太后’！”

太后坐于正中，听得身边叶姑姑悄声介绍：“这便是皇上亲封的尚仪了。”

太后命那少女起身，细细打量了一回。

她果然如传说中一般清秀稚嫩，一身绛色朝服，更显得肌肤如雪。

她并不如一般嫔妃畏缩，站定之后，抬眼迎上太后。

那双眼，清澈见底，毫无平时见惯的谄媚与畏惧，莹润中，透出飒爽的精干。

果然盛言不谬！

太后暗赞一声，知道眼前女子，乃是凭自身本领立足，亦是皇帝倚重的亲信，与座中这些闺秀殊然不同。

她笑道：“我们的红线、隐娘[①]来了，快快坐下，让我这老太婆也瞧个真切。”

叶姑姑亲自给她布了席位，这样的殊荣让嫔妃们为之侧目。

晨露面色恭敬，在太后的犀利注视下，更显真挚，“承蒙太后看重，微臣实在惶恐，怎敢跟娘娘们并坐？”

太后看她不逾本分，心中更是看重，“不妨事，你坐到两位娘娘身后便是。”

宫人们端来几案，置于周、齐二妃身后，除去规模略小，其余都一模一样。

后宫嫔妃嘴上不说，心里却是雪亮。这二位娘娘脾气甚大，又都眼高于顶，这番让一个微末女官坐在身后，心中定然不喜。

太后这般作为，是有意，还是随兴？

出乎众人的猜测，周、齐二妃脸色如常，并没有丝毫不悦，齐妃甚至在晨露落座时，让侍女递给她一只靠垫。

有好事者不禁咋舌，这位尚仪的面子，真是大得异乎寻常。

周贵妃压根没考虑到什么面子，她对耳边的娇声软语充耳不闻，全身紧绷，如临大敌。

这是太后的慈宁宫，并非她自小长大的沙场营帐。可是，她却隐隐感到，冥冥之中，有一道凌厉凄烈之气直冲天寰。

是谁，生出这样重的杀气？

她袖中双手紧握，雪肤之上竟生出一层小疙瘩，这是武者的第六感，面对绝世高手时，自然而生的寒意。

---

①红线、隐娘都是唐传奇里的人物，属于女子中的奇侠巾帼。

她环顾四周，没有任何发现，正要暗笑自己幻觉，眼中却闪过惊骇——一股淡淡的血腥味儿！

在这衣香鬓影之间，人的嗅觉仿佛失去了作用，只有她是个例外。

身为周浚之女，她辗转生活于军中，鲜血的味道，早已是她记忆中最重的一部分。

是谁？

在这繁华若梦的辉煌夜宴中，流出了，这淡而隐晦的，鲜血……

齐妃也有些坐立不安，她偷偷斜眼身后，以眼角余光窥视着晨露。

对这位尚仪，她是一百个佩服——晨露不计前嫌，在她惊慌无助之时，暗中给她支着儿，让皇帝的宠爱重新回到身边。

犹记得前日，芙蓉帐暖，深夜缠绵之后，元祈对她亲口笑道："你这个小辣椒性子，还真是改不了了，不过，怎样也是真性情……"

这且不说，还有自己的父亲齐融，经过晨露几句点拨，立即改了策略，不仅与周浚关系缓和，她还听御书房当值的捎过话来，今晨皇上见了父亲的奏折，赞道：此真老成谋国之言！

这样一位运筹帷幄的奇女子，自己此刻，却对她隐隐生出恐惧，这种恐惧，仿佛是，幼年时候，在庙廊深处见到的幽深鬼影……

这位尚仪，她微笑着，态度恭敬得无懈可击，如此的完美，却隐隐让她觉得不真实。

这让齐妃想起，幽幽月光下，咧嘴甜笑的森白人偶——对了，就是这种感觉！

齐妃悚然而惊，她继续偷瞧着身后，全身都沁出冷汗——

要论察言观色，谁又能比得上自小家中便有十几个姨娘的她呢？

晨露眼神清澈，仪态沉稳，正含笑听着太后说话，那笑容真挚，齐妃却觉得不寒而栗。

朝服之下，那仿佛是被一张雪白人皮蒙着的，微笑着的，鬼魂……

此时，日光已然全消，殿内虽点了两排灯烛，却更显昏暗，重重低垂的帷幕被风吹拂，轻轻颤动，长长黑影如水一般流淌，在地上形成张牙舞爪的形象。

这肃穆大殿，在此刻竟如同森罗鬼蜮一般！

四周的轻声笑语，齐妃也全然听不见，她汗出如雨，轻轻呻吟一声，颓然伏于几案之上。

"齐妃娘娘，你身体有恙吗？"

少女清冽的问话从身后传来，齐妃回身望去，只见晨露一如往常，刚才的一切，

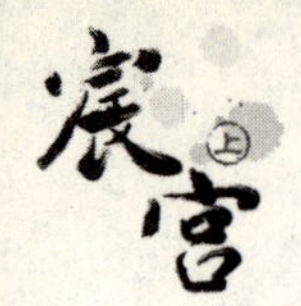

仿佛全是自己的幻觉。

这时，殿外一阵轻微的喧哗，一位管事喜气洋洋地进来禀报：“皇上和静王爷一起过来了！”

太后欣悦，嘴上却笑着嗔怪：“这两个孩子真不像话，到现在才来，看样子，我这把老骨头，今后就不能劳动他们的‘玉趾’喽！”

她说得有趣，众嫔妃笑得花枝乱颤。皇帝和静王大步走了进来，静王耳朵尖，已经听到了这句，他立马嬉皮笑脸地上前，也不参拜，只向着太后撒娇道：“母后真是冤枉我了，我让家人把这劳什子搬来，又扯了皇兄题字，这才磨蹭到现在。”

他示意身后从人把东西端过。众人凝神看去，却是一道巨大卷轴，严严实实地封起，什么端倪也看不出。

静王亲手把封条打开，又让从人托着，一时之间，只见宣纸轻舒滑下，如流水一般重重叠叠，仔细看去，竟是一幅“千寿图”！

所谓的千寿图，乃是由书法名家一至数名不等，以千种不同的字体、风范，写出一千个不同的“寿”字。

他恭谨地递于太后眼前，太后凝神端详，只见字字精彩，飘逸、厚重、狷狂、秀丽……这一千个寿字，又有哪个是凡品？更奇的是，它还聚集于同一卷轴之上。

卷轴末尾，一行小楷稳重端秀，太后一看便知，这是元祈的御笔，她以画扇轻敲静王元祉的额头，“小猴崽子，又去胡乱花钱！我老太婆，用得着这么贵重的东西？”

静王一脸无辜冤屈，苦着脸道：“母后又敲我的头！我不及皇兄聪明，定是您自小就敲的缘故。这也没花多少钱，是我一个门人看着好，这才敬献的。您贵为国母，普天之下，又有什么用不起？只当是儿子我的一点儿心意罢了。”

元祈在他身后听着，不禁笑骂：“你竟是胡扯，什么不及朕聪明，又扯上母后敲你额头，这是轻巧画扇，又不是万斤巨石。只这一幅千寿图，倒真是看得过，母后便收下吧，这也是他一片虔心。”

“你们都有虔心！”太后笑得欢畅，“我有你们这两个儿子，此生便不枉了。”

静王仍是笑得精灵，“母后瞧着好，儿臣心里就妥帖了。哟，嫂子们都在这儿啊，小弟这厢有礼了！”

他唱念俱佳地作戏子样，施了一礼，配着他华美至极的外表，半点儿不显油滑，只逗得嫔妃们娇笑不止，耳边听着他那一声“嫂子”，心中都很是受用。

晨露冷眼望着这位潇洒佻脱、玩世不恭的静王，想起了关于他的种种传闻。

静王虽然口口声声叫着母后，却不是太后所生。他的生母惠妃，亦是出自门阀林家，从辈分上讲，是太后的堂妹，在他六岁时，感染时疾而薨。

他自小聪明绝世，三岁时就能咏诗，且言之有物，让太傅惊叹“此子非池中之物”，但年岁渐长，却耽于逸乐，做出好些荒唐事来。先帝几次都要重责，只是有太后袒护，总也无可奈何。

他生得如此风华，又是圣上爱弟，正是京中闺秀梦里心仪的对象，只是他性情不定，总也不肯迎娶一位正妃，太后无奈，也只得由他。只是那些风流逸事，也是少不了。

在众人的啧啧称奇中，早有宫人把千寿图悬挂于正堂之上。随着管事一声吩咐，只见一盘盘珍馐佳肴源源而来，每个几案上都是杯盘玲珑，碗盏莹润。有眼尖的，早就认出，这些是云州秘制的琉璃与瓷器，个个价值千金。

元祈在太后下首坐定，一眼便瞥见这些玲珑器具，他眉间掠过一道不易察觉的怒气，随即便若无其事。

晨露瞧得真切，低下头去，掩住了冷笑。太后的长兄林邝，继承了林家所在的云、燕二州，又乘着十数年前，鞑靼南侵的机会，打着“匡扶社稷”的大旗，会同了几位藩王，一起出私兵参战。

在此战役中，他们的私兵并无多少建树，却趁着周浚截断鞑靼补给，使之退却的当口，侵占了好几千里土地，再不肯归还朝廷。

林邝为人奸险，仍不满足，居然上表朝廷，大大表了一番自己的功绩后，隐晦提出欲成第一位外姓藩王。

听宫中传言，太后在那日接到兄长的奏折后，勃然大怒，几欲杖毙使者，随后在二哥的劝说下，好不容易消了雷霆之怒，驱逐了使者，严令兄长不得有非分之想。

不料，几日后，又一位密使前来，也不知他对太后说了什么，第二日，太后的口风就有所缓和，终于在十几日后，林邝又取得一次小胜的当口，皇帝传诏天下，封他做了本朝第一位外姓藩王——襄王。

对这样一位奸诈、专横、跋扈的舅舅，元祈虽然不欲多谈，几次旁敲侧击之下，却知他是深恶痛绝的。

看着眼前这些云州的器物，这位九五之尊心中，定然很不是滋味……

太后瞧着自己儿子，见他并不动筷，知道是因着自己的缘故，莞尔道：“皇帝你不必拘礼，我知道你孝顺，却也不必拘泥于这些繁文缛节。”

元祈夹一片珍蘑吃了，只觉得清爽可口，不由赞道："母后这边的厨子果然了得。"

太后横了他一眼，似笑非笑道："哪是什么厨子好，这珍蘑是襄王那边六百里加急送来的。唯恐你这外甥吃不上鲜的，乃是从临近鞑靼的边塞之地摘来的。"

她话锋一转，"你上次坚持要扣下使者，终究太过鲁莽，若是如此乱来，不说生灵涂炭这些大话，却让你舅舅怎么办？要他用血肉之躯去挡鞑靼铁骑吗？"

元祈听了这话，手中一顿，放下了镶金的象牙玉箸，"母后，上次的使者，经过查明，乃是忽律可汗的长子穆那。之所以放他，是因为忽律自身处在'弥突'的旋涡之中，又何必我天朝出手。舅舅那边，虽说是边塞，可也甚是辽阔，他贵为藩王，又怎会伤着分毫？再说，"他取过桌边拇指宽的小滴杯把玩，"一不小心"，竟把它捏了个缺口。

"舅舅的封地，"他沉吟道，在"封地"二字上加了重音，"靠着鞑靼草原，军人有守土之责，又怎能畏惧避战？"

"皇帝！"太后微微提高了音量。众人听得异常，偷眼望来，却见她凤目含威，自有一种凛然之气。

"我儿如此说法，不怕戍边将士寒心吗？襄王虽有不是，总也是擎天保驾的重臣，也是你嫡亲的舅舅！"

太后瞧着周围，知道都在倾听这边的动静，她微微压低了声音，却更显铿锵。

元祈侧过身去，为母亲斟上一盏琥珀露——她最爱这个，亦低声道："母后，儿臣并不作如此之想，只是舅舅既在其位，不免有重臣之责，若是有奸邪小人从中离间，做出些有辱国体的事，却让朕怎么处置？母后试想，朕难是不难？"

太后不语，良久，才哼然冷笑，"原来你们都难，就是我这老婆子不难——手心手背，皇帝你倒是说说，我该如何？"

元祈还待再说，太后已举起杯来，一饮而尽。他只得夹了些她平日爱吃的，堆在她的盘碟之中。

太后只饮了三杯，她素来有心绞痛的毛病，众人也不敢劝酒。她面色若常，仿佛刚才只是小小争执，由侍婢搀扶着回了后堂休息。

"尚仪大人，太后请您过去一趟。"

片刻之后，叶姑姑亲自来请，言语更是恭敬。

晨露起身，这一瞬，仍心神不宁的周贵妃恍惚觉得，一道若有若无的凄烈龙吟，在殿中飘忽作响。

这究竟是怎么了？

后堂是太后起居所在，这里并不像其他太妃宫中那样，满是佛龛和香烛，而是以书卷和古物点缀其间，显得很是雅致。怪不得世家大族，往往自傲，彼此的品位真是天上地下。

太后斜倚在榻上，由两个妙龄少女轻轻敲捶着，等到晨露进来，她一挥手，两人鱼贯退出。

“我听说，是你劝谏了皇帝，让他释放使者？”

太后目光犀利，仿佛要直直射入人的心间。

“微臣惶恐，并不敢擅涉国政，只是昔日在草莽之间，曾听过鞑靼的一些风俗和秘辛，所以说了出来，供皇上参考一二。”

太后望着她，忽然笑了起来，“你这孩子，一点儿也不居功，只这份谦虚谨慎就很是难得。这次真是亏了你，皇帝是我亲生的骨肉，他的脾性，我最是了解——平日里看着宽厚严谨，真要下了决心，是九头牛也拉不回的。”

她轻叹道:“皇帝对鞑靼仇恨已深，什么劝告也听不进去，却不知他们叱咤草原，是何等的强横，我中原皆是农耕庶民，拿什么抵得过人家？”

少女伫立着，默默听着她既像牢骚，又像劝诫的话，只是那双清冽黑眸，仿佛承受不了这室内的昏暗，微微眯眼，一道流光转瞬即逝。

太后不知道这是她杀心大起的缘故，扬声命人点亮了灯烛，这才继续道：“你身在帝侧，要立定忠心做事，皇帝有什么不对，更要时时劝诫。你不要慌，你又不是后宫嫔妃，没什么干涉国政的罪名。”

“我今日瞧着你，就知道是个持重谨慎的，今后莫要辜负我和皇帝的信任才好。”

太后的话，一片温馨中透着威严和期望，实在冠冕堂皇，只是叶姑姑在旁笑着补了一句：“老奴说句不怕犯忌讳的，尚仪今后看到什么不像话的事，还是悄悄来禀了太后才是。良药苦口利于病，皇上却不是每时每刻都能听进的。”

晨露应了声：“姑姑说得是。”

太后身体疲乏，赏赐了她一些物事，都是极尽珍稀的，她也不推辞，谢过后就离开了后堂。

“你看这个怎样？”

太后躺在榻上，漫不经心地问着叶姑姑。

叶姑姑想了想，答道：“倒是个伶俐晓事的，她会念记太后恩德的。”

太后失笑，摇头道："若是无关紧要的消息，她倒是会透露个一星半点儿，要她把皇帝的作为倾数相告，你趁早死了这条心吧。"

她笑看向愕然的叶姑姑，"皇帝的性子，我最清楚不过，他信不过的，断然不会放在身边。秦喜那小太监，你花了多少工夫，不也没拢住？"

此时，一个管事匆匆行到帘前，踌躇着不敢进入。叶姑姑把她唤到跟前一听，不禁惊诧色变。

她转身凑到太后耳边说了几句，太后这一怒非同小可，顿时气得手脚冰凉，直直把榻上的精美画扇扯成两半。

"这成什么混账世界了！我何曾有过这样的旨意？"

她心口又开始绞痛，叶姑姑连忙递上茶盏，太后顺了口气，恨恨道："好啊！一个一个翅膀都硬了！"

第九章 夜宴

晨露走出后堂，却见殿中夜宴已到了酒酣人醉的高潮之处——

此时夜幕已下，高堂之上，两排儿臂粗的金丝蜜烛燃得殿中明如白昼，乐工早已或坐或跪，阵式齐整浩大，吹奏出满室丝竹悠扬。

此时华灯高照，奇香氤氲，众嫔妃观赏着殿中歌舞，或是谈笑，或是低语，或是半醉倚于案间，几分酒意上涌，更显得面若芙蓉，妩媚娇艳。

因为不用再避忌太后，她们已经换上了时下最为华美的宫裙，高髻如云，争奇斗艳，各擅胜场。一时之间，芳芷汀兰，光华神秀，直要耀花人眼。

她们的裙裾如渺云一般舒展流泻，重叠朦胧的褶皱，在灯火之下，显出或深或浅的阴影来，如同亘古以来，那奥妙难解的秘密。

盛妆之下，个个皆是绝色，只是那一双双眼，熠熠生辉，顾盼之间，却总是不经意地朝着上首看去。

那是她们的天子，她们的夫君，她们一切浮沉荣辱的来源！

元祈没有看见这些期盼的眼神，他正在和皇后说着话。

“皇上，最近消瘦多了……”皇后讷讷道，仿佛不知道说什么好，寻思个话题，就想了许久。

她凝望着元祈，温润大眼满是哀怨，却又有些躲闪，不敢看他。

这些日子以来，元祈想到她的歹毒阴险，就觉得满心厌憎，连走进昭阳宫的意愿也无，帝后之间竟是相敬如“冰”。

皇后试探着开腔，元祈本不想理会，在灯下看着她，心肠渐渐软了下来。

不知是酒太醉人，还是这明丽灯火一如旧时，他想起初见她的那一刻。

立后那晚，珠玉红盖被挑起时，她小小的身体因害怕而颤抖，那般的温良羞怯，不也曾让自己心仪不已？

那有着如小鹿般清澈眼神的小小佳人，在岁月辗转之间，为何竟成了如此模样？

“皇上……”皇后仍在低低地呼唤。

她以前不是这样叫我的……元祈有些痛苦地闭上了眼，想起以前那声糯软甜蜜的“祈哥哥”。

“皇上，今晚来看看臣妾吧……”

元祈欲要回绝，眼前，又浮现那楚楚可怜、清新喜人的笑脸。

“好……”

此时，嫔妃们见帝后在絮絮私语，眼中不免带上了妒意，云萝掩嘴笑道：“皇上和娘娘如胶似漆的，真是羡慕死婢妾了。”

皇后羞涩地低下头去。一位管事此时察言观色，端来了两份一式的参汤。

“太后赐给两位主子的。”

晨露静静看着这簪璎华盛的夜宴，有些百无聊赖，她看看无人注意，便趁着殿中忙乱，敛衣而出。

殿外一片空旷，夜间甚是温暖清爽，她翘首望向夜空，在无边暗幕中，寻找着星辰所在。

在这星空之下，她想起了孩提时候，自己第一次见到林媛的情形。

那美丽女童轻启檀口，目无余尘地问道：“这便是，那下婢所生之女？”

随即，仿佛怕沾染尘埃，或是别的不堪，她转过头去，袅袅娜娜地去了。

那时候，自己是如何的冷笑以回？

经过几重磨砺、几重奋斗，自己在潼关之会上，是如何轻笑着，看向惊骇欲死的林家人？

那时候少年意气，只想着快意恩仇，却不料，这百足之虫的世家门阀，竟是韬光养晦，不动声色地献上了女儿，离间着帝心，终究铸成那夜噩梦。

她想起方才，林媛那尊贵雍容的模样，唇边升起一道冷笑。

林媛啊，你欠我的，你父母欠我的，林家欠我的，已经数不胜数……

你千万，要保重啊，等着我，让你众叛亲离，千夫所指，狼狈地，由这玉座珠帘之中，滚入尘埃，落下森罗地狱！

姑且，先等着我……

“尚仪，你倒是会找清静！”

男子的声音带着戏谑，华美而邪气，却并不让人生厌。

晨露回身，敛衽一礼，“王爷。”

“尚仪也不爱殿中的吵闹吗？”

静王锦裳辉煌，面貌俊美至极，他亦是抬头看天，叹道：“今夜竟有这许多繁星！”

“微臣惶恐，只是不喜殿中香氛，出来透口气而已。若是惊扰了王爷，还请恕罪。”

晨露回得滴水不漏，她又不是三岁孩儿，静王尾随而出，定是有所隐秘，她实在不想跟他扯上关系。

静王笑道：“真是折杀小王了。尚仪是皇兄所爱重之人，如此佳人如此夜，又怎称得上惊扰二字？”

“此处僻静，王爷还是小心一二。”

她转身欲回殿中，却被静王喊住。

“尚仪，你所图为何？”

这一声清晰果断，迅雷不及掩耳地问出，让晨露停住脚步，她转回身，薄怒道：“王爷视我为何等样人！”

“尚仪，我并无贬低之意，只是这世上芸芸众生，活着都有自己的目的——高官厚禄，圣眷宠爱，如此而已。而你，又想要什么？”

晨露不为所动，淡漠答道：“无他，只愿天下海清河晏，今上圣明万岁。”

这样的回答，可以说是天衣无缝，却也是明摆着不把静王放在眼里。她转身要走，只听得静王一声轻笑。

“你现在回去皇兄身边，也来不及了。”

轻轻一句，如同平地惊雷，晨露目光冷冽，隐隐有冰雪之怒，“你做了什么？”

静王潇洒耸肩，越显玩世不恭，“何须我做什么，自然有人等不及。”

晨露不再跟他啰唆，转身疾走。

大殿之中，元祈仍在和后妃闲谈，他神色如常，不像发生了什么事。晨露心中稍安，正要近前，却与一位年长管事擦肩而过。

“等等！你手中端的是什么？”

她喝住对方，不顾这五旬妇人惊恐的神情，拿过空碗，仔细端详轻嗅。

“是……是太后赏赐给皇上和皇后的参汤。”

没有任何奇怪味道……晨露仍不放心，以小指轻触，舌尖一点，立刻面色大变。

她转身欲抓住那妇人，只见那妇人一改刚才的惊慌，踉跄跑入人群之中。

抓她也没什么用了！

此时夜已过半，殿中众人都微感疲倦，歌舞稍歇，元祈便挽着皇后起身，起驾昭阳宫。

必须阻止他才行！

晨露脑中只闪过这一念头。

梅贵嫔上了软轿，略微舒展了身体，揭开小帘朝外望着，意态甚是慵懒。

她想起刚才，元祈凝望着皇后的神情，不由咬了咬唇，露出一道鄙夷的冷笑。

“大家慢慢走着瞧，日子还长着呢！”

她轻轻低喃着，仿佛之前，丝毫不曾和皇后交厚，语音中满是恨意。

且等着，我不会永远是你手中的棋子！

“娘娘？”

轿外随侍的岳姑姑有些担心地问道。她自小服侍梅贵嫔，自然已经察觉到主子心情不佳。

“没什么事，姑姑，我累了。”

梅贵嫔不愿多说，放下了轿帘。

一行人回到畅春宫，梅贵嫔任由侍婢卸下盛妆，将那些簪钗环佩等物事放在一边，又脱下身上的烟碧宫裙，才让从人退了下去。

她只着中衣静静坐着，端详着镜中自己如花容颜，越看越觉得虽是娇媚慵懒，如春晚海棠一般，却也见了倦意。

无论怎样的好药，终究是伤了身子啊。她目光盈盈，想起前尘往事，眼中已见微红。

她耳边响起皇后的笑语：妹妹可别糊涂啊，用一个未成形的女胎，就可以让她俩吃不了兜着走，这很合算啊！

你这蛇蝎心肠的妖妇！

她银牙暗咬，纤纤十指不由得缩紧，心下再也忍耐不住，起身一拂，将桌上这些金玉珠翠并胭脂香粉，都狠狠扫落于地。

在这幽幽深宫里，就算生不出皇子，有个公主在膝下承欢，也算欣慰快事。梅贵嫔并非丧心病狂，只是皇后逼迫得紧，且能从齐妃手中夺来圣眷，她这才铤而走险行了这一步好棋。

最终，她独得宠爱，升了一级，也震慑了后宫，让众人都知晓了厉害……

只是，在这幽深中夜，她终究生出懊悔来——要是那孩儿还在，该多好！

这幽恨生出，便如野草一般疯长，她眼前晃动着白生生的藕臂，童稚的笑脸，像自己，更像圣上……

她会是个美人！一定会的！

我会教她诗书女红，描眉点唇，待到长成，必然倾国倾城，满城俊彦都会拜倒在她裙下，使尽浑身解数求得公主下嫁……

你的父皇会为你散尽千金，那盛大华美的嫁妆行列，会让京城百姓津津乐道好久、好久……

梅贵嫔浑身颤抖着，一滴清泪，滑落于这寂寥茕茕的暗夜。

此时，门外传来脚步声，有些迟疑。她收敛了泪水，低喝道："是谁在外面？这么不懂规矩！"

"娘娘，尚仪大人求见，有要事相告……"

从人有些犹豫，似乎担心她的责怪。

梅贵嫔眼中波光一闪——深更半夜，会是什么要事？

她不敢怠慢，正要答道快请，一道清冷女音出现在寝殿门外，"娘娘，我有急事求见！"

梅贵嫔扬声命从人开门，一边笑着迎上前去，"姐姐怎么来得这样急？"

晨露走了进来，顾不得讲究礼数，命从人紧闭大门，对着梅贵嫔，直截了当地问了一句："娘娘，你还想再度怀上龙裔吗？"

这贸然而出的一句，顿时让梅贵嫔心中一震，她强笑道："尚仪，你问得真是奇怪。"

"娘娘，事到如今，您也不必替皇后遮掩什么了。她害死了您腹中骨肉，还威逼您诬陷两位妃子，不是吗？"

晨露一语道破天机，却是很有技巧地把梅贵嫔说成了无辜的受害者。

"尚仪是从哪儿听来……"

"娘娘！"

晨露叹气，清冽目光直直看入她心底，"您还是不用瞒我了。"

梅贵嫔又怕又惊，知道无法抵赖，只得哇的一声哭了出来，梨花带雨，好不让人怜惜，"我不想的……皇后她逼我……我好怕！"

"娘娘，你听我说，这不是伤心的时候，眼下有一个千载难逢的好机会……"晨露站在窗前，低低地说道。如雪的月光照在她身上，更显得朦胧飘忽，仿若鬼魅精灵，一伸手，就要化为虚幻。

元祈挽着皇后上了步辇，朝着昭阳宫而去。

皇后仿佛回到了无忧无虑的少女时代，一边轻笑着，一边低低说起以前趣事。

"那时候，我急着跑出来见你，结果摔了个踉跄，衣带都散开来，我羞得两天不敢见你……"

星光映着她微微憔悴的容颜，映出淡淡的粉润却又亦喜亦嗔的表情。

“朕记得的。”

元祈答了一句，平静的声音下，亦有淡淡惆怅。

两人回到了昭阳宫，早有管事姑姑备下洗漱用具，一番涤尘后，帝后各自更衣躺到了牙床之上。

元祈静静躺着，有些疲倦，一道温润怯怯的声音传来，“祈哥哥……”

有多久，她没有这样叫他了？

他有些茫然，也有些久违的感动，缓缓地，接住了那伸来的柔荑。

皇后握着那宽厚有力的大手，不禁情动，又低低唤了一声：“快睡吧……”

她羞意上涌，声如蚊蚋一般。

元祈伸过手，正要解她小衣的珠扣，只听得外面一片人声鼎沸，仿佛有什么人被拦在了门外。

“发生了什么事？”他起身问道。

“禀报……万岁……”

秦喜挣脱了管事姑姑的纠缠，气急而颤抖着说道：“梅娘娘突然不好……怕是……”

他不敢把那个不祥的字眼说出来，唯恐龙颜大怒。

什么？！

元祈觉得不可思议，宴席之上，梅贵嫔还是神采奕奕，没有什么病容，怎会在几个时辰之内，就病得这般凶险？

“可靠吗？是谁报来的？”

皇后披了件衫子，随后步出，她鬓横钗乱，眉宇间满是压抑的怒气与懊恼。

“千真万确，娘娘。”

元祈不语，起身由秦喜服侍着，迅速穿好了衣袍，大步流星地走出昭阳宫，一边问道：“请御医了吗？”

畅春宫中，一片混乱，梅贵嫔面若金纸，奄奄一息，只是不停地痉挛颤抖着，一会儿浑身滚烫，一会儿又像寒冰一样，嘴里不时发出痛苦的呻吟声，让周围侍女都手足无措。

岳姑姑倚在床边恸哭，周围几个大宫女也在小声抽泣。

元祈看着这群女人，不由眼花心烦，他遣散了所有人，却发现窗边有一人立于帷幕之下。

“是我，皇上。”

夜风吹得她衣袂纷飞，冰雪一般的黑眸，拂去他酒意的燥热。

“你在这里做什么？”

“救人。”

“你有救她的法子？”元祈有些诧异地问道，看了看床上的梅贵嫔，“她到底怎么了？”

晨露没有回答，冥冥中，仿佛有一声叹息传来，半晌，她才道：“不，不是救她。”

迎着元祈的目光，她缓缓道：“是为了救你。”

岳姑姑在外面焦急等着，也不知道尚仪与皇上说了些什么，一刻之后，大门打开了，晨露静静走出，只留下一句吩咐：“好生伺候皇上和梅娘娘。”

岳姑姑是过来人，瞧着晨露以目示意就明白了几分。她屏退了其余宫女，自己亲自守在门外。

只听得里面传来微微的喘息，还有几句微渺的说话声、衣料摩挲的声响，她也不作声，老脸有些微红发烫。

大半个时辰以后，里面传来低低传唤：“茶。”

她连忙取来两盏碧螺春，一只大手伸出，端了过去。

这漫长一夜，对于某些人来说，怕是注定无眠了。

晨露从畅春宫离开后，径自行于大道之上。

此时夜已过半，万籁俱静，只余下路旁的小虫轻鸣，却更显幽静。

这万千宫阙琼台玉宇静静矗立着，一如千古，却是看尽了这悲欢离合，沉浮荣辱。

黑暗将万物笼罩，只有那一盏盏宫灯，仍在竭力散发着光芒，也不知何时便会燃尽灯油，光华消尽。

就如同，千万个在此间嫣然而笑的鲜活生命，她们长袖飞扬，环佩月下，舞霓而歌，拜月默祷，却终究是香消玉殒，零落成泥。

她双眸越发清冽，在这残灯明灭的当前，挺立于风中，仿佛是以所有的精魄力量，抵挡这凄风冷雨。

瘦小的身影站成笔直一道，她沉默着，渐渐地，这宫闱深重的夜色，也在她面前败下阵来。

周贵妃看到她时，就有这样一种感觉。

这小小少女周身光华流转，眉宇间那道剑意直冲云霄，仿佛把这沉重暗暝都

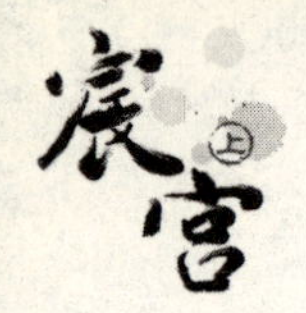

压制下去。

不由得，她摸了下腰间短剑，那独特的金属冷意，让她稍稍恢复。

“尚仪……”

她上前，踌躇着，却终究把话说了出来，“可否，将手掌伸出一观？”

这话说得突兀，要求更是莫名其妙，晨露却眯起眼，“贵妃娘娘，你想看到什么？”

仿佛不能承受她的目光，周贵妃更显踌躇，却终究坚决地道：“我想看看你的手掌。”

少女忽然笑了。周贵妃瞬间觉得，连微渺灯火，也爆出了光芒。

“娘娘……您久居宫中，自然知道，什么该看，什么是看了也不能说的……”

周贵妃凝视着她，最终，她第三次开口道：“请你，把手伸出来。”

晨露轻轻叹息，从长袖之中伸出了手。

她的十指，一如本人般纤小白皙，只是在掌心——

那是一个凝固了的小小血口，正在掌中央，仿佛是被什么强行戳出来的，显出一点触目惊心的鲜红。

“怪不得……我在宴席之中，闻得隐隐的血腥味……”周贵妃低语道，她端详着伤口，下了断语，“是你强行压抑什么，用自己的指尖造成的。”

“娘娘真是料事如神……微臣运功有些偏差，却是怕宴席之上惊了慈驾呢。”

少女神情逼真，周贵妃却一眼看出，她嘴角那漫不经心的笑意。

她想起上次，那竟是有些轻蔑的一眼，心中怒火上涌，心念到处，短剑已然出鞘。

下一刻，她只觉得颈间一凉，伸手一摸，竟是一片树叶！

这小小女官，信手拈来，竟已到飞叶伤人的程度，却又是拿捏得当。

周贵妃满腔躁火，也因此而逐渐消退，她黯然叹息着，转身即走，只留下一句：“尚仪，虽然你武功已呈极境，却也要知晓，练功最忌心火上涌……”

晨露诧异于她话中的善意，也回以一句：“娘娘，上次聚香园的举动，你最好也不要再有。”

周贵妃逐渐远去，她没有回答，只是依稀叹息了一声。

晨露看着她的身影，自嘲地笑了起来。

这世上，谁又懂得谁的挣扎呢？

她伸出手，在荧荧灯火之下，端详着那狞恶的伤口。

这是她于夜宴之中，强行压抑自身情绪所留下的决绝之痛。

“我也知道，心火郁积，怕是有一日会走火入魔。只是，这二十六载，在黄泉业火中蹉跎，我的怨愤又怎能熄止一分一毫？”

她回到碧月宫中，也不惊醒侍女，自己稍事梳洗后，就沉沉睡去。

第二日清晨，她早早起身，算着也不过睡了两三个时辰，微微有些倦意。

她却不眷恋温暖的床榻，直接去了乾清宫。

“皇上今日免了早朝，正在里头等着尚仪您呢！”

秦喜满面恭敬，却是语带闪烁。

晨露眼中波光一闪，知道昨晚的事还不能善了，微一沉吟，仍是进了寝殿。

寝殿之中，空无一人，只一道屏风后，传出元祈熟悉的声音，“过来。”

她绕行而入，映入眼帘的是一只巨大的镏金木桶，元祈坐于其中，上身不着一物，正探起身来看着她进入。

他上身精壮，平日里穿着宽松袍服，所以看不大出，这一番身无寸缕，正显出自小练武打熬的好体魄。

“你筹划的好事，尚仪。”

他的声音是平日不常见的冷峻，手中不停，只是以绸巾慢慢洗涤自身，眉头深皱，仿佛在清除什么不洁之物。

“皇上，微臣实在万不得已，才出此下策。”

晨露看他面色不善，斟酌道:“实在是太后，”她加重了这称谓的语气，继续说道，“太后赐的那碗参汤里，有比较特别的药物……”

元祈并不回应，只是坐在沐浴的桶中，静静听着。

“皇上，您对皇后实在是用心良苦，平日里去她那里，总是服了秘药，所以，皇后才无孕至今。”

“可是，那碗汤里，放的却是破解您的秘药，并能促进子息的赤星子。所以，微臣斗胆，让梅嫔娘娘也服了此药——赤星子长在蓬草阴暗处，其实唾手可得。”

“这药用于女子就显得性如烈火，所以梅贵嫔虽然看似凶险，其实无恙，只是需要您的慰藉……”

“说得真好！”

元祈终于抬起头，他眼中闪着炽烈狂怒的光芒，伸出手，一把将她拽到跟前。

“她需要朕的慰藉，那朕自己呢？”

“你可真是尽忠职守！如此急不可待地，将我推到梅贵嫔那里！”

他的眼，被莫名的怒气燃烧，气急之下，已经连“朕”“我”都不分了。

他将她拉至跟前，感受着手中的微凉肌肤，逐渐贴近，再无半点距离。

“为何……将我推给别个女人？”

他低喃着，仿佛受伤的野兽一般，疯狂残暴，只是想寻求安慰。

四目相对，他凝视着眼前晶莹容颜，嫣红朱唇，就要吻下。

只听得一声清脆龙吟，他觉得脖项间一阵冰冷，竟是自己的佩剑——太阿，连鞘横在两人之间。

晨露以袖卷起太阿，带鞘逼止了元祈，也逼止了他进一步的举止。

“你竟然以剑对我？！”

“剑在鞘中……”

她目光清冽，如亘古冰雪一般，当头浇熄了他心中火焰。

“宝剑从不轻易出鞘，若在其中，则不为凶器——只是礼器。”

她望着元祈，“男子成年佩剑，它意味着君子知礼。”

两人凝望着对方，对峙之间，互不相让。半晌，元祈轻叹道：“是朕的错……”

“若是皇上无事，微臣告退。”

“你去吧……”

直到少女走到门口，元祈才叹息道：“其实……朕不是无礼，而是……恨不能掘了真心给你……”

声音低沉，距离又远，少女好像完全没有听见，径自走了出去。

另一边的慈宁宫中，也颇不平静。

“啪！”

太后宣来皇后，也不多言，对着自己的亲侄女，冷笑着就是一掌。

皇后脸色苍白，只是多了五道红印，她也不辩白，只是静静跪坐在地上。

“你这不晓事的孽障，居然做下这等无耻的事，还用了我的名义！”

太后瞧着她既不哭泣，也不求饶，心中怒火更甚，“这等行为，必定瞒不过皇帝，你怎会如此愚蠢？”

皇后捂着脸，冷笑着抬头，夜间那种妩媚温婉的纯真，已经荡然无存。她两只眼睛深陷，像疯癫一般，瞳中又黑又亮。

“母后，您现在还以为，是我太过愚蠢？”

她脸孔有些扭曲，“您太天真了，皇上他根本不想让我怀上他的子嗣，他根本就是在防范抑制整个林家！”

“你说什么？！”太后悚然而惊，蓦然站起。

“您真以为，我用了春药……呵呵，”皇后状若疯狂，大笑道，“皇上他，一直在服药，他不让我有孕！”

这石破天惊的一句，让太后颓然坐下。

皇后笑声凄厉，听得人生出寒战。

太后毕竟老于事故，她凤眸一闪，凛然生灿，“此话当真？”

皇后跪坐于地，惨笑道：“上次梅贵嫔请了那女神医，虽说没有什么‘线脉’奇技，在妇科方面却也是难得的高手。她说我没有什么隐疾，不该三四年还怀不上孩子。我再三询问，她才说了，有些富户人家里，少爷不待见发妻，就有用这招，三两年生不出嫡子，还有什么说话的余地？”

她冷笑连连，继续道：“我初还不信，用了好大的工夫，才在皇帝寝宫里得了一只御用的茶盏，如此他用的药才被检了出来。母后，他从头至尾都在防范我们林家！”

太后只觉得自己太阳穴处忽忽乱跳，她一阵晕眩，好不容易缓了些，气若游丝道：“叶儿。”

叶姑姑凑近问道：“太后有什么吩咐？”

她担心太后要气怒攻心，上前扶住了她。

太后一把甩开了她，“我没事！”

她目光森然，一字一句道：“传令给我们的人，从今天起，皇帝宫中一应人事器物，都给我盯紧，盯死了！”

乾清宫中，虽是午后未时，元祈却仍在奋笔疾书，朱色御批，寥寥数字，却每每切中要害。时间慢慢流逝，明黄奏折厚厚一摞，也逐渐削减下去。

此间空气凝重，旁边一人纤纤十指，正在缓缓磨墨，松明香味萦绕，却无人开口。

元祈批完一本，却不再取，只是凝望着旁边那正在忙碌的雪白皓腕，一点墨汁不慎沾了上去，更衬得晶莹剔透，如冰如玉。

他想说些什么，只是望着晨露那凛如冰雪的面容，再开不了这口。

晨间的一幕，仿佛成了横亘于两人之间的深渊，任你一步十丈，也不能从容而过。

“皇兄真是好雅兴，勤于国事，还有佳人红袖添香。”

静王步入书房，见此情景，不由取笑起来。

元祈一笑，也不辩驳，只是让晨露收起笔墨，自己又舒展了一下筋骨，才道：“二弟，你今日怎么有闲，到我这枯燥乏味的地方来？”

静王受他调侃，却丝毫不窘，“那是以前，臣弟少不更事，只以为皇兄这边无丝竹之乱耳，唯案牍之劳形，今日一见，才知大谬。有尚仪这等妙人在旁服侍，却不是胜过仙境？”

晨露在旁，听着他油嘴滑舌，轻咳了一声，才道：“请恕微臣唐突，静王千岁所在之处，才是人间仙境，也怪不得您乐不思蜀了，漱玉阁的宛宛姑娘，那才真是妙人。”

静王一时张口结舌，作声不得。元祈大乐，爽朗笑声中不住颤抖，险些打破了瓷盅，才道：“今日你这混世魔王，终于遇上克星了。”

他这一番大笑，将屋内凝重尴尬的气氛一扫而光。静王看他乐不可支，苦笑道：“罢了，小妮子口齿伶俐，本王就算出丑一二，也不算什么大事。”

元祈笑道：“无事不登三宝殿，二弟，你来这儿到底有什么事？”

静王敛了笑容，正色道：“皇兄，臣弟虽然不肖，等闲还是不敢来这御苑要地。再过些时候，就是各地藩王进京的日子了，他们在外横行不法，回京来怕也安生不了，这不只是国政，也关系我皇室的声誉，所以臣弟斗胆一问，皇兄心中可有什么章程？”

元祈静静听着，沉吟不语，半晌，才叹道：“还是二弟你敢说敢为，其余人，怎敢在朕面前提这等话头？这些叔伯弟弟们……简直太不像话！”

他恨铁不成钢地怒叹，再没什么话好说。

“叔伯们倒好说，左右是为子孙多要些恩荫，他们也掀不起什么浪来。只是两个弟弟，可实在……”

静王在旁剖析，也沉吟着，一时难以决断。

他们口中的“两个弟弟”，正是先帝元旭的最末两子，排行第三、第四，宫中却极少称之为三、四皇子，只是直接以王爵相称。

这也是有缘故的。今上元祈和静王元祉，分别是中宫和惠妃所生，两人皆是门阀林家的娇女，历来也是同气连枝。可是那两个皇子，生母都极为微贱，先帝对他们也是不喜，三四岁的时候，就早早打发去了藩地。

宫中最是拜高踩低，势利之人为了讨好太后和今上，言谈之间只称安王、平王，绝不冠以“殿下”之衔，久而久之，宫中简直不以先帝亲子视之。

“朕明白，宫中这些小人，什么无耻刻薄的话说不出来？两位弟弟受了委屈，一腔邪火，只得朝朕发来。”元祈叹道。

静王在旁听着，笑道：“皇兄真是宅心仁厚，既这么着，等他们来京，我得空找他们聊聊，左右我也是个闲散王爷，有什么火也不会朝我发。”

静王闲谈片刻，便起身告辞。元祈望着他潇洒不羁的身影，随意问道：“你如何看朕这位亲近手足？”

晨露想也不想，答道："来说是非事，必是是非人。静王此人，非池中之物。"

"哦？"元祈微笑，"这倒和当年太傅的评价，如出一辙。"

"所谓不鸣则已，一鸣惊人，静王佯狂风流，不过是韬光养晦而已。"

"可惜朝中无几人有你这等眼光。安、平两王不过是癣疥之疾，朕这位风流不羁的好二弟，才是真正危险的心腹之患。"

元祈叹息着，毫不避讳地说着自己最隐秘的感受，显然是对她极为信任。

"圣上在我面前谈起兄弟阋墙，不怕微臣泄密吗？"晨露突兀问道。

"你？"

元祈失笑，"你连宫中女子梦寐以求的殊荣都不屑一顾，又怎会为了别的东西而背弃叛卖于朕？"

他有些惆怅，想起今晨，那冰凉沁骨的太阿剑横于自己颈间，不由一阵心痛如裂，口中更是苦涩万分。

就算是九五之尊，又能如何？

晨露晚间并不当值，她回到碧月宫中，刚刚换下朝服，瞿云就来了。

"昨晚到底怎么回事？太后那边，动静极其异常。"他直接问道。

"哼！她终于坐不住了。"

晨露微微冷笑，清冽双眸中，闪过耀眼炽焰。

她大略把昨晚之事讲了，又冷笑道："皇后本来想以旧情动人，春风一度就怀上龙裔，不过，我怎会让林家之人称心如意？"

"好在梅贵嫔对那个失去的孩子亦是耿耿于怀，我让她依样服下赤星子，皇后吃了个哑巴亏，更会疑神疑鬼，她今日必是去太后那里哭诉了。"

"药的事情，并不是林媛的主意？"瞿云微微吃惊。

"当然不是。她这番倒是清白如雪，可是，皇帝肯定会把这笔账算到她头上的。而且，她现在也无心去澄清了。小云，慈宁宫的秘谍是尽数出洞了吧？"

得到肯定而惊讶的回答后，她悠然笑道："一切都在掌握之中。林媛马上便会追究皇帝服药，让皇后不孕的事了。这一对母子，早就势同水火，这番箭在弦上，已不得不发。"

"难道，这一切，都是你……"

"小云，以皇后那等头脑，要是没有人点醒，她只会求于鬼神，又怎会察觉元祈的秘药？那个'女神医'，梅贵嫔用得，皇后用得，我更用得！"

瞿云目瞪口呆，终于醒悟，整个事件中，所有人亦不过是她操线的人偶。

“小云，你不必如此吃惊，事实上，这些人并不是我手中的人偶，她们有自己的野心和判断。我只想让皇后知晓内情，去林媛那里哭诉，让这对母子之间更见猜忌，却不料，她竟做下这等事来，险些坏了我的计划。”

晨露微微蹙眉，疑惑道：“那女医并没有给皇后配药，她怎么就在参汤中下了赤星子？这点让我好生不解。”

瞿云想了想，道：“皇后身边的鄂姑姑，原先是林媛的心腹，据我手下的暗卫侦察，她对毒理药学颇是精通。皇后大约是假托太后名义，让她配了这药。”

“宫中果然是藏龙卧虎，所有人都不甘做这棋子。”

晨露轻轻叹道，心下却由此局面寻思起了情报的重要。

“清敏那边，可有什么消息？”

瞿云知她心意，道：“四方首领这几日便要抵京，只是时过境迁，又换了两人，只怕……”

“无妨。”晨露微微一笑，眉目流转间，一片灿然晶莹，更见飒爽。

“我自有主张！”

第十章 咒毒

瞿云说的“这几日”，在第三天午后便有了消息。两人一齐告了假，出得宫门，直奔翠色楼而去。

这次的路径与上次截然不同。只见瞿云绕过小楼，直趋后院月门，一个十几岁的小厮迎了上来，也不言声，就领着出了月门进了花园。

他扳开一道石板，把下面的精钢栓拧了三回，弹开一个黑黢黢的洞口，两人一跃而下，小厮再把石板盖上，一切便毫无踪迹了。

洞下别有天地，几条迷径纵横交错，曲径通幽。瞿云走了几步，晨露便看出，这暗含五行阴阳之数。

一刻之后，两人来到一道门前，一跃上来，只闻得一阵稻草清香，原来是一间柴房，洞外守着一个眉清目秀的小婢，笑着万福道：“小姐正在正房等着呢。”

这是一处稍有喧闹的宅子，看似普通富户，实是清敏在京城的秘密据点，“干将”组织中的重要成员都已经到齐。

两人正欲推门进入，却听得里面一阵清晰的争执。

“敏小姐不必多言，要我膺服这十几岁的小女孩，绝无可能！”

“十二郎莫非是要背弃誓言吗？”

清敏声若寒冰，吐字铿锵，冷冷笑道：“也是我愚钝，这都过了二十几年了，什么仇什么恨都记不真切了。十二郎你一身才学，若不是虚掷于此，早就封侯拜相，位极人臣了。”

里面亦是报以大笑，“敏小姐，你不必用话激我，我王十二虽然不才，滴水之恩涌泉相报的道理，还是自小识得。我一生之中，只服主上一人，为报她的血海深仇，就是丢了性命也不算什么，只是要让一个乳臭未干的小女孩来做首领，我一万个不答应！”

瞿云听得大怒，正要推门进去指斥，却被晨露拦住了。她莞尔一笑，示意继续听下去。

却听另一个声音低低道："在下也有异议。敏小姐，你说这位新首领是故去主上的传人，可她才多少岁？主上已逝去二十余载，她如何得传衣钵，这样的蹊跷让我们怎生心服？"

瞿云面露难色，晨露的身份，只得他与清敏两人知道，若要告诉这些四方主事，一则骇人听闻，二则涉及神鬼之事，听着实在荒诞，所以两人商议，决定以"林宸传人"的身份介绍给四方主事。

只听清敏从容答道："郁公子，亏你也是江湖上混的，竟不知道各门各派的规矩。峨眉、碧城的高人，都有留书以待有缘的故例。新首领一身武功皆是出自主上，就算你没见过，其余两位主事都是老人，一试便知。"

"留书传下衣钵？这等事情，前人传奇里才有，只是得了一本册簿，就有资格做我们的首领？"

郁公子听着年纪不大，只是辞气犀利，闻者侧目。

他稳坐房中，面带冷笑，更显得剑眉星目，见众人一时无话，他端起茶杯喝了一口，正要再说，只听得门外一声轻笑。

"各位久等！"

这声音清澈如寒冰轻击，却偏偏生出无穷魅力，上位者的威仪淡淡可见。

门吱呀一声被推开了，两道人影出现在人前。

当前的是一名素衣少女，只见她雪衣乌发，一对冰雪般的眸子向在场众人一扫，人们只觉得清冽耀目，灿莹莫名，呼吸都为之一窒，情不自禁地站了起来。

她目光触及之处，那先前谈笑自若的郁公子，不由退了半步。

晨露却不再看他，只是望着角落里的中年汉子，轻启檀口："十二哥……"

什么？！

那本来别过头、一副倔强的中年人，听到这熟悉而陌生的称呼，不由手中一颤，险些把茶杯都捏碎了，却也浑然不觉，"你叫我什么？"

"十二哥，听闻你的擎日掌已达极境，这几十年，竟精进若此，我们出去切磋一下吧。"

少女说了这样一句话，听着凌乱，却又模模糊糊，意有所指。

"我不和小丫头动手。"中年人沉沉道。

"十二哥……"

晨露笑得畅快，齿间滑出的这声称呼，带着奇特的韵味，那是一种……颇为熟悉的感觉。

中年人只觉得心惊，"你到底是什么人？"

“十二哥只管出来便是，您还怕我这小丫头的暗算吗？”

中年人受不得那目光中含笑的凛冽，把茶杯往桌上一顿，“我们出去！”

两人走到庭院之中，确定房中诸人已然听不见，晨露这才轻笑道：“十二哥，你好糊涂，连我也认不出来了。”

中年人如遭雷击，呆在当场。

且说房中众人，谁也不再说话，只默默喝着茶，等待院中的消息。

王十二入会最早，性情刚正爽直，众人隐隐以他马首是瞻，这番不免要看看他的态度，再作打算。

只过了半刻，王十二便疾奔而入，神情带着压抑的激动和狂喜，“老金，你快出来，我有话同你说！”

他唤走了之前的老搭档——金玄，屋内的四方首领，只剩下新进的两位青年俊彦。

郁公子冷眼看着少女回到室中，悠然笑道：“姑娘，任你舌灿莲花，也只能骗骗老王他们，要想说服在下，恐怕没那么容易。”

晨露轻轻摇头，“我从不对牛弹琴。”

郁公子目光越发冷厉，“在下也从不与庸人合作！”

晨露微微一笑，眼中波光，比月华更为熠丽皎洁。

“你还记得你加入‘干将’的誓言吗？”

“记得！”郁公子毫不犹豫地说道，“扫荡蛮夷，涤尘宇内，使我中原千里永无灾患！”

晨露森然道：“不错，你没有忘却组织的誓言，可你今日徒以意气相争，不顾组织大局，是什么使你狂悖若此？”

她微微一怒，眉宇间一片凛然高贵，使人不敢逼视。郁公子稍稍移开眼，却仍是坚决道：“我只服从在我之上的强者！”

“好！”

晨露击掌道：“我若不与你比试一二，也难叫你心服——你想比什么，谋略，还是武功？”

郁公子傲然一笑，“不妨合二为一。”

他唤过贴身小厮，从沉重行李中取过四四方方的物事，竟是一架唐木棋盘。

“请各位暂且退出！”晨露明白了他的意思，扬声道。

她年纪虽小，言语之间，却自有一种说不清的魄力，使人心仪景从。

众人退到院中，只听得棋子在器中轻晃，片刻便恢复了寂静——显然，两人已经猜出了黑白。

一阵清脆响声，众人闭目，想象其中已是暴雨梨花之态，室内狭小，又如何躲闪？

这无数叮当响声，在下一瞬，全数停滞。众人凝神而觉，只听得一道衣帛风声，那些棋子便一齐回到了原处。

瞿云听了出来，这是晨露以袖轻拂，把所有棋子全数振回。

啪的一声，十分响亮，仍是有一枚黑子，在袖劲下幸存，稳稳落入盘间。

晨露却不着急，微微一笑，声音甚是愉悦。她起手，只拈了一枚白子，空中竟隐隐现出蝶嚣之声，回环往复，说不出的轻灵诡谲。

“飞去来器？未免太过小道！”

郁公子口中如是说着，手中却也费了一番周折，让棋子落于盘间。

两人如此来回，以快见快，不多时，局面便已初现端倪。

“且住！”

少女清冽声音响起，在黑白子的飞舞回旋之中，分外清晰。

“要认输吗？”

“你这妄人……只待我这一子落下，任你有蛟龙飞天之能，也尽数灰飞烟灭。”

“什么？！”

瞿云听着郁公子惊骇之声，再也耐不住心下好奇，奔入房中，看向棋盘。

他亦是弈道高手，平日里只与皇帝手谈论棋，今日遇此良机，不免心痒。

只见棋盘甚是怪异，满盘看来，郁公子处处占了上风，锋芒毕露，可是晨露的棋步，却是云里雾里的虚玄。瞿云满心疑惑，却在见到她最后一着时，惊诧不能成语。

这一着，甚至还未完成，她落子于盘，手却没有离开，只是微笑着看着对手。

这一着，如同天地沉寂，万马齐喑之时，那破开苍穹的灿然一剑。

只是，惊才绝艳的一着，便定下了乾坤。

元祈的棋步，从不显山露水，水到渠成之后，你才惊叹，他之前的无数琐碎，都凝成如今的江山如怒。

而晨露……她的棋，非关谋略，只在，那一念拔剑，天外飞仙的一着。

“这一局，我输了……”

郁公子略见失落，却又笑道：“只是，在武之一道，你却失了先机。刚才那一枚黑子，已然破你长袖。”

晨露抚了抚袖口那道长缝，莞尔一笑，眸子清冽晶莹，竟是让人目眩。

“你解开外袍。”

郁公子疑惑着，解开衣带，只见内衫之上，胸膛的位置，竟牢牢嵌着一枚白子！

他颓然坐下，这神乎其神的一幕，终于让他说不出话来。

众人此时都围拢过来，看着晨露的目光，与一开始殊然不同。

他们眼中满是仰慕膜拜，再无半点疑虑。

简单听过四人的禀报，又谈及了鞑靼“弥突”会盟的近况，晨露和瞿云瞧着天色渐暗，唯恐宫门下锁，便起身告辞。

他们走在城中大街上，见天色渐暗，隐隐有雨云之象，四周街市纷纷收摊，四散奔回。

瞿云取出几钱银角，买了两把竹伞，也不让老妇人找钱，与晨露继续前行。

天色很快变黑，夜晚因着风雨早早到来，豆大的雨点洒落，打得人脸生疼。路上的行人抱怨着，却都加快了脚步。不多时，街上已空无一人。

晨露撑起竹伞，正要笑说“像不像林间浣衣女”，却见对面屋脊之上，有一道黑影疾闪而过。

她不及收伞，只平地一掠，飘然若仙地登上屋檐，伸手向那人腕间扣去。

却见寒光一闪，那人手腕之上，凭空多出一柄齿锯环刃，眼看就要刺破这雪白柔荑。

那人正在得意，只觉得眼前一花，自己的隐秘兵器竟裂为几片，朝着自己飞来。

他手忙脚乱地避开，腕间要害已被对方扣住，魂飞魄散之下，他全力一挣才堪堪逃出生天。

他脚下生尘，使出十二分本领，疾奔而去。

晨露也不追赶，只是端详着自己的手，低喃道：“奇怪……”

瞿云凝神看去，只见那雪白指间，竟是一片腥腻黏滑的鲜血。

“那人腕间满是鲜血，瞧他身形却很是矫健，不像受过伤。”

她对着瞿云道：“明日，你不如去京兆尹那里一趟，看看有什么凶案发了。”

她眉间轻蹙，仿佛有什么沉吟未决。

瞿云安慰道：“不过是一二小贼，看武功也不像什么厉害角色。”

晨露摇头，“他背上那圆形包囊，看着有些诡异。”

瞿云忽然想起一事，“前阵子，我也遇见过这黑衣圆囊的小贼，还当笑话说给皇帝听呢。你还记得吗？就是你我重逢那次……”

晨露点头，心下仍在苦苦思索。

那圆形包囊，还有那齿锯环刃，都似乎在哪儿见过……

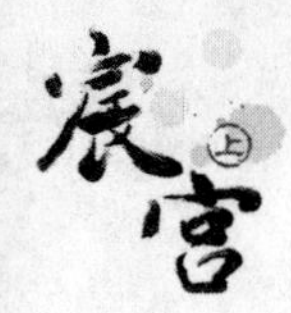

他们回到宫中，宫门未及下锁，只是内里沸反盈天，灯火通明，仿佛又出了什么了不得的大事。

瞿云随手揪过一个相熟的太监，“这是怎么了？”

“大统领，可了不得了，太后、太后她……出事了！”

什么？！

两人对视一眼，其中惊骇，实在难表。

“太后出了什么事？”

“奴才……奴才也不知，只是宫里都乱成一团了！”

看问不出个所以然，瞿云放开了他。两人脚下加快，直直朝着慈宁宫而去。

慈宁宫里这一场惊天霹雳，可算是谁也未曾想到。最早发现异状的，却是心绪极坏的皇后。

皇后那夜好事不成，元祈去了梅贵嫔宫里，她到太后那里哭诉，口不择言之下，说出了皇帝刻意让她不孕的事实。她一时疯癫，事后想想，却是后怕不已。

她想起太后那阴森凛然的目光，心头便生出不安，想起皇帝待自己的凉薄，又一时觉得快意。这般前思后想，又觉得梅贵嫔这小丫头生了异心，她便召来了当夜服侍的太医，仔细询问。

这一问，更是一头雾水。太医的脉案写得清楚，炽火攻心，种种症状，不像假装，倒像是……

皇后心中一惊，问起了鄂姑姑：“那位管事确把药放入了皇上的参汤里？”

鄂姑姑本来怪她假传太后旨意，这番见她生疑，更是不快，“娘娘亲自遣老奴去的，可忘记了吗？”

“可为何……梅贵嫔的症状，倒像是女子服了赤星子，烈火焚身之像，难道，那管事把药放错了碗？”

皇后越想越觉得可能。梅贵嫔虽然位阶不高，那日却正坐皇帝下首——本该在这两席之间的周、齐二妃，早早就离席而去——相邻的两席之间，莫不是送错了参汤？

皇后想起梅贵嫔小产不久，正是饮用参汤滋补的时候，她越想越是觉得可能，本来的一腔怒气，便转到那素未谋面的管事身上。

她急急起身，欲去太后的慈宁宫，找那管事的晦气，顺便探望太后。听说她心绞痛又犯，刚请了玉虚真人作法祛病。

她径自进了慈宁宫，却见正殿之中毫无动静，正要推门，管事出来阻止道:“太后和叶姑姑正在里头议事，娘娘还是先请回吧。”

皇后正是满心怨恨，瞧着这管事，好像就是那坏了大事的人，她冷笑一声，“本宫是太后的亲侄女，有什么好避讳的？”

她不顾管事的劝阻，用力一推，门应声而开。只见殿中静寂无声，没有半个人影，皇后顿觉不妥，试着呼唤道：“母后……”

她见无人应答，心中突生警兆，直直冲入珠帘之后，也不顾脸上被打得生疼，眼睛四下睃巡。只见后堂烟雾氤氲，香炉斜倒一边，两道身影倒在地上。

“母后——”

她恐惧得头皮都在发麻，全身软成棉絮一般，挣扎着，嘶哑地喊了出来：“快来人啊！”

从人潮水一般涌入，有胆大的，颤巍巍地摸了摸鼻息，“还有救。”

御医和元祈几乎同时赶到。元祈脸色凝重，眼中怒意让人不敢正视。

“这到底是怎么回事？”

皇后颤声把刚才情形说了。太医已经诊脉完毕，他面露难色，很是踌躇。

“太后到底如何？”元祈沉声问道。

“太后脉息紊乱，面上微有绿意，这似乎、似乎是……”

“是什么？”

“是……中了什么毒物……”

太医吞吞吐吐说完，皇后惊叫一声，几乎晕厥在地。她浑身痉挛着，死死抓住太后的手，任宫人怎么劝说都不肯放开。

她嫣红莹润的蔻丹，紧紧抓着太后青白色的手腕，仿佛是抓到了什么救命稻草一般。

“你快放开，不要胡闹！”元祈低喝道，看着她状若疯癫的神情，眼中闪过几分厌恶。

“不！我不放开……你们所有人都不安好心……”

皇后全身都在颤抖，水色绸缎在她瘦弱的身上起伏、闪烁，自有一种我见犹怜的孱弱，可偏偏，眉间一片阴霾癫狂——

“皇上……你、你也盼着母后死去对吗？你恨我们林家……”

皇后低喃着，笑得很是诡异。

“还有你们！”

她回过头，以黑得发亮的眼眸一一扫过赶来的嫔妃，“你们之中……谁是真悲伤，谁心里在窃喜，本宫都知道得一清二楚！”

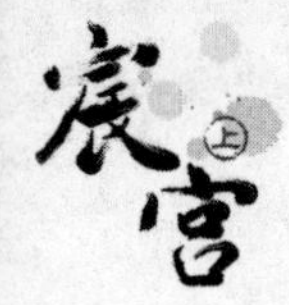

她眼中狂意汹涌，妖异诡谲之下，早有嫔妃被吓得哭出了声。

皇后看着周贵妃，这个女人，那日宴席之上就穿一袭黑衣，送丧似的……会是她吗？

她又凝视着齐贵妃。

她，身为与太后政见不合的重臣之女，是最可能觊觎皇后宝座的人。

还是她，被自己生生夺去孩儿，目前，皇帝的新宠——梅贵嫔？

她一一看过，只觉得人人都有嫌疑，那焦急担忧的神情，都化为鬼祟狞笑的画皮女鬼……她越发惊骇，把太后抓得更紧，不停地喃喃，谁也听不清她在说什么。

“够了！”

元祈再也耐不得她的疯疯癫癫，对左右说道：“皇后焦虑过甚，先请她回宫休息吧！”

他示意两个宫人搀起皇后，把她连拉带拽拖离了大殿。

皇后挣扎着，回过头来，以从没有过的险恶目光，凝视着元祈，“皇上，你不要太残忍，太后是你的生身之母！”

她这话一出，所有人都噤若寒蝉，有胆小的已经抖成了筛糠。

元祈听了她这恶毒隐晦的指控，怒不可遏。他吸了口气，压下胸中之火，对着太医继续问道：“能否说详细些？”

太医命学徒给太后灌下牛乳，然后抹了抹头上汗珠，道：“说来惭愧，老臣忝为太医院院正二十余载，从没有见过这般古怪的症状。太后面色发绿，看着像是中毒，可这脉象，一会儿急促，一会儿又缓慢至几乎停顿——老朽无能，竟不能识得是何毒物。”

“能否让老奴一试？”

说话的，是急急赶来的鄂姑姑。她见故主生死未卜，心中焦急如焚，斗胆上前请示道。

元祈看见是她，想起瞿云的秘密汇报，心中一片恼怒，只是现在太后性命要紧，他也不能追究，只得道：“你且去看看。”

鄂姑姑伸手一探，眼中波光一跳，露出不可置信的神情，“怎么可能？！”

看着皇帝询问的目光，她再也无心隐藏什么，跪下禀道：“老奴生于草莽，对这毒物一道也有所涉猎，可太后中的毒，我竟从来没有见过。”

她咬咬牙，从颈间取下一只模样古怪的玉珠，以钗将它研成粉末，簌簌喂入太后口中，有多的，也顺便喂了叶姑姑。

元祈看她行为古怪，却也不去阻止，只是目不转睛地看着太后。

珠粉下喉半刻以后，太后的面色稍稍转白，只是呼吸仍是急促。

“这珠是不可多得的避毒珍宝，可也只能保住太后四十八个时辰……若还是无法找到对症之药，怕是……”鄂姑姑哽咽着，再也说不下去。

元祈挥手，命她下去，又让宫娥把太后和叶姑姑抬入慈宁宫内，遣散了观望的众人，又问了太医好些问题，才回到乾清宫里。

他并没有就寝，而是遣侍卫将太后宫中的管事一并拿来，准备问个清楚。

经过众人七嘴八舌的叙述，他知晓了太后今日的起居情况。

这几日，太后心绪很是不好，平日里不太犯的心绞痛也闹得频繁起来。在太医束手无策的情形下，她召来平日信重的玉虚真人，让他为自己祛病祈福。

真人焚一道表，请来三清尊者，又念了黄藏中的秘咒，把焚过的纸灰炼入太后的药丸之中，此事，花费了一个下午的时间。

这个过程中，来请安的嫔妃，应着真人的要求，也对着炼丹炉默默祈告，希望太后能早占勿药。

元祈对这些怪力乱神之类素来不信，对整日装神弄鬼的玉虚更是没有好感——龙虎山一脉，这些年在京中肆意妄为，他早有耳闻。

他让管事在殿中找到残余的纸灰药丸，取过宫中猫狗试验，果然浑身发绿，一命呜呼。

元祈又惊又怒，“火速前去，把玉虚此獠拿来！”

侍卫正要领命，只听得一声清冽女音，“皇上且慢！”

他抬头一看，只见晨露身着披肩，一副风尘仆仆的模样。

元祈皱眉道：“你总算回来了，一走竟是好几个时辰——你为何要阻止朕？”

晨露解下披肩，望着元祈焦躁的模样，轻轻吐出一句：“太后的病情，皇上最好是秘而不宣。”

元祈目光一凝，“什么？！”

晨露叹了口气，“皇上应该知道三人成虎的道理。”

元祈一听，便明白了她话中含义，他怒极而笑，“难道世人会以为是朕所为？”

“皇后那句话……实在用心险恶。”晨露望着他，幽幽说道。她站在窗边，素衣被夜风吹拂，飘然若仙。

元祈听到“皇后”两字，眼中满是厌恶。他想起刚才，众人惊骇欲死，却又躲闪疑忌的表情，心下更是冷怒不已。

“你也以为是朕所为？”

“不，微臣认为绝无此事。”

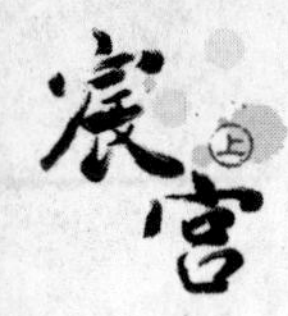

晨露微微一笑，晶莹容颜在烛火之下，笑起来，有几分稚嫩，几分凄楚。

"若是皇上所为，您定会做得天衣无缝。"

元祈听到这样百无禁忌的话，真真怒也不是，笑也不是，他无奈道："你真是越来越大胆了。"

少女笑意加深，"那皇上是希望听到世人都赞您为孝子，所以不可能做出这种事？"

元祈正要回答，忽然外面有人来报，却是静王殿下赶到了。晨露连忙回避，躲到了屏风之后。

静王只披了一件绯紫锦袍，光着脚就赶了过来。他漆黑长发散乱，俊美容颜时隐时现，看来更添不羁魅力。

"皇兄，母后她老人家……"

他才说了几个字，就哽住了，眼眶泛红，全身都在颤抖，几个宦官连忙把他扶住。

"二弟，你先冷静下来！"元祈低喝道。

静王被他惊醒，眼中恢复了清明。他望着元祈，仿佛从来没见过他似的，以一种陌生的、近乎恐惧的眼神望着他。

"皇兄！"

下一刻，静王做了一个让人目瞪口呆的动作——他双膝一软，竟跪倒在地。

"皇兄，臣弟这辈子也没求过你什么，现在只请你千万救回母后的性命……"

元祈一愣，稍一琢磨话里含义，已是变了颜色。

"二弟！你知道你在说什么吗？"

他沉稳漆黑的眸子里，闪着暴怒的光芒，几步逼到了静王跟前，一把将他揪了起来。

秦喜惊慌得不知如何是好，就怕元祈怒火攻心，做出震惊天下的事来。

他奓着胆子，正要上前劝阻，只听得屏风后面一声轻咳，皇上信重的尚仪大人已经款款走出。

秦喜虽说年纪不大，可也是宫里的人精，看这情形，有什么不明白的？他望着晨露，眼中微带恳求，待对方点头后，他如蒙大赦，带着所有宦官宫人齐齐退出了这是非之地。

沉重的宫门被关上了，大殿中央，灯火闪烁，只剩下剑拔弩张的两个男人，以及冰雪一般宁静凛然的少女。

"你是听了皇后的疯话，还是被什么小人所谗？"元祈冷冷问道。

静王直视着他的眼睛，并不相让，"皇兄，臣弟只是求你救救母后——为人子女，这有什么不妥吗？”

“这话何须你说？几个太医正在轮班伺候，朕马上还要所有医师前来会诊！”

静王不语，只是别过头去。元祈知道他成见已深，忍住怒气，正要遣他回去，晨露走进两人之间，敛衽行礼，“静王殿下不必烦忧，微臣倒有一法。”

静王并不回头，让京城闺秀们魂牵梦萦的华美容颜上，露出微微冷笑，“你身在帝侧，果然巧言令色！”

晨露微微一笑，并不回击，而是缓缓说道：“静王若是愿意，不妨亲侍汤药，常伴太后床前，如何？”

静王面色稍稍和缓，“本王正有此意。”

他说完，朝着元祈一躬到底，“皇兄，只盼你勿要忘记，天朝向以仁孝治天下。”

他头也不回，朝着慈宁宫而去，留下元祈，空有满腔怒火，也无处发泄。

他回到御案之前，提笔想抑制心绪，手中用劲，一支湖笔已然四分五裂。

元祈甩下残碎竹节，烦躁起身，却见晨露亲手端过一杯茶，呈了上来。

她仍是平素的清冽自若，仿佛泰山崩于前，也不会变色，晶莹如千年寒冰的眸子，凝望着元祈。一时之间，他心中生出清爽冷意，驱走了欲狂的烦闷。

元祈看着她放下茶盏，纤纤十指正灵巧收起残笔，不由叹息一声，说道：“圣人曰，人不知而不愠，可真有几人能做到？”

“所以，微臣刚才就说，应该秘而不宣，此刻已经晚了，静王殿下的消息可真快啊……”

她婉转而笑，笑容中，别有一种神秘含义。

“若是皇上不弃，我愿去详查此事。”

元祈听了，点头道：“你素来机智，这几次三番都多亏有你。这次要多少人手？”

晨露道：“只愿瞿云大统领助我一二。”

第二日，这噩耗在整个宫中像长了翅膀似的，已是人尽皆知。

人们在绘声绘色谈及此事时，往往环顾左右，以一种惊悚、混合着兴奋的口气说道：“你知道吗？昨日皇后她……”

晨露对这些谣言，丝毫不问来由。元祈若是连这点惑众妖言都无法消除，还称得上什么九五之尊！

不过，防人之口，甚于防川，越是澄清，恐怕这弑母的罪名，就越在他头上若隐若现。一旦传出宫去，民间对这种宫闱秘史更感兴趣，元祈纣桀之君的恶名，恐怕立刻就传之四海了。

瞿云看到晨露一路沉默，他犹豫着，终于忍不住问道："小宸，这真不是你做的？"

少女白了他一眼，"林媛这样死了，会以皇太后的尊荣下葬，然后以贤名流传后世，你觉得，我会这么蠢？"

瞿云讪讪一笑，摸了摸鼻子，疑惑道："可又是谁，有这等神鬼莫测之能？"

晨露不语，她也在思索这个问题。

这一上午，她去了好几个嫔妃宫中，问起昨日午后，她们拜见太后时的情形。

周贵妃擦拭着长剑，好半天，才说了一句："太后该不会是为求长生，服食丹药过度了吧？"

晨露想起这空前绝后的回答，忍不住就想笑，好不容易掩住，只觉得这位周贵妃，真是妙人妙语。

齐妃的云庆宫中，她披着一件闪烁迷离的秋香色缎衣，正在以珍珠粉敷脸。

"哎呀，太后真是不幸……"

她语气中不加掩饰，满满都是幸灾乐祸，坐河岸看水涨的轻松。

至于梅贵嫔那边，"怎么会出这样的事……不过，皇后娘娘也实在太不像话了，居然当众喊出这等话来，这让皇上如何是好？"

她试探着，仿佛等着元祈发下废后的诏书，让她一朝畅快。

果然……这三位很有嫌疑，她们都巴不得太后驾鹤仙去，早归极乐。

不过，有了皇后的指控，大多数人，仍会津津乐道于母子反目的秘辛吧！

晨露沉吟着，突然想起，真正有动机，有手段的，却是自己。

她自嘲地笑了笑，"小云……凶手根本找不出，我们只好去找毒药的来源了。"

她说得如此肯定，脚下不停，却是朝着另一个方向。

"去哪里找？"

"御花园。"

御花园里，仍是和往常一样忙碌琐碎。此次相见，身份悬殊，总管再不敢躺着品茗，只那一枝镂金镶玉的烟杆斜斜插于腰间，说不出的逍遥快意。

"两位大人找何姑姑？她这几日身上不爽，正卧床休息呢。"

"既如此，我们去探望一下姑姑吧，我还要多谢她以前的照应呢。"

总管深深看了两人一眼，姜是老的辣，他看出他们根本不是来探什么病，也不揭穿，只是让手下小太监带路，去了何姑姑的住处。

他看着两人的背影，习惯性地吸了一口烟嘴，喃喃道："希望这把火，不要烧到我这小小花园。”

老人的叹息，忧虑而哀悯，仿佛预见了这宫中血流成河、人人自危的诡谲境地。

何姑姑听人进来禀报，并没有耽搁，就面见了两人。

她的卧房清素淡洁，如同世外雪洞一般，整齐干净，仿佛无人居住似的，就是她倚坐床头，那被褥锦衾仍是丝毫不乱。

“你们是为了太后而来，对吗？”何姑姑手捧一杯苦茶，散发着缕缕药香，脸上一片平静，开门见山地问道。

瞿云浓眉一扬，完全没有料到她会这般直白，“姑姑身在病中，消息可真是灵通。”

“老奴我消息并不灵通，都半边身子进棺材的人了，谁还来跟我嚼这舌头？只是太后那药，却是出自我手。”

真是晴天霹雳，也不过如此！

瞿云蓦然站起，目光炯炯，“原来是你谋害太后？！”

何姑姑纹风不动，干瘦的脸上微微冷笑，“瞿统领何必激动，太后现下还没晏驾呢！”

她轻抿了口茶，转过头，对着晨露道：“说起来，也多亏了尚仪大人，老奴的那些花草才没遭了劫难。”

晨露并不动怒，只是道：“姑姑和太后有什么仇怨？”

何姑姑露出一丝嘲讽的微笑，眼中生出点点荧光，在房中昏暗光线下，依稀可见年轻时的妩媚风华。

“太后是何等尊贵的人物，老奴我这等微贱之人，就是想高攀，也没有门路啊，哪还能有什么仇怨。”

她说得轻松，只是那语气，含着无穷怨毒，仿佛由九幽冥狱爬出的恶鬼，张牙舞爪，要将仇人吞噬下肚，才能善罢甘休。

她的脸孔微微有些扭曲，在昏暗中，晨露发现，她的眼中蓄满泪水，沿着苍老、满是皱纹的脸，轻轻滑落。

晨露望着她，眼神悠远缥缈，“姑姑，你看着我……”

她眸中金光大盛，仿佛要望入何姑姑心坎中间——

“姑姑，你和太后，到底有什么宿怨？”

何姑姑只觉得一时之间，心中混沌迷茫，多年的悲苦冤屈，如同出柙猛兽一般，再也关不住。

“小萱——”

撕心裂肺地，她喊了一声，在这午后寂静的房中，极是瘆人，简直要让人生出冷战。

她顿时惊醒，戒慎地看着两人，闭起眼来，再不肯回答任何问题。

两人离开御花园时，瞿云仍是心有余悸，他唏嘘道：“何姑姑那一声，真让人浑身起鸡皮疙瘩，这般的刻骨深仇，究竟是为了什么呢？”

他看了看晨露，畅快笑道：“林媛这妖妇大权在握，翻手成云，覆手成雨，也不知做下多少伤天害理的事来，这次真是天日昭昭，好不痛快！”

晨露不语，走了几步，终是停住了。她回过身去，望着那繁花似锦的深处，那截断的高墙尽头。

“小云……”她低低道。

“你能不能，陪我，再回‘那里’一次？”

瞿云顺着她的目光看去，顿时明白，他望着少女苍白得几乎透明的晶莹容颜，心中大痛。

“好！”

他毫不犹豫地答应了。

午后的阳光，炽热而明媚，这蒿草深处更添青茂，已及常人腰间。

两人跃过深锁的高墙，穿过满是瓦砾碎石的大道，来到那废宫之前。

此时比起上回，却又不同，朗朗天光之下，那旧时宫殿更显得倾颓衰落，和前朝的断瓦残垣一般模样，又有谁知道，此间，却是昔日帝后起居驻行之地？

一对人中龙凤比翼并肩，创出这辉煌盛世，到末了，又怎会料到，是如斯结局？

瞿云心中波涛汹涌，禁不住，凝望着身边的少女。

她亭亭玉立，眸如冰雪，风华无双，二十几载岁月，独独遗下她一人仍在这红尘之间。

可是……如果可以选择，小宸，她一定希望和元旭白头偕老，生下几个皇子，有争气像样的，也有纨绔胡闹的，她不免忧心，不免衰老，亦不免，美貌不再，但这，却是世间女子所能得到的极致幸福了……

他心痛如绞，想起中毒在床的林媛，只觉得一时痛快，一时失望——太便宜那妖妇了！

“小云，你怎么了？”

晨露收敛了情绪，外表看来并无异常，她看见瞿云发呆，摇了摇他的肩膀。

“小宸……我在想，老天爷莫不是瞎了眼？”

瞿云沉重地吐出一句，不忍勾起她的心事，拉过她的手，一起走进宫门。

他一路行来，很是熟悉。晨露想起初遇那夜，他也曾在此处与元祈秘会，不禁奇道：“你怎会识得这里？”

瞿云望着她，久久，才道：“其实，你与他大婚那日……我也曾偷偷来过，就在那屋脊之上，瞧着你俩……那天，你真美啊！我都看呆了……可惜，那时候，他只是称王，还没有登上帝位，我也未见你戴上凤冠的绝世风华，本想着下次再看，却不想，已经没有下次了。”

说到此处，他悲愤难以自抑，一拳捶在门上。侧厢的桐木门板年久失修，受不得这份猛力，轰然倒地，一时间，灰尘弥漫。

“我一直记得这里……元祈登位后，我怂恿他把密商地点定在此处，就是为了提醒自己，小宸的仇还没有报，元旭死了，林媛还在！”

他一字一句地说着，却没有听到回应，愕然回头，只见，晨露低着头，眼中仿佛被沙土迷住了。

瞿云握住她的手，只觉得一片冰凉，颤抖得厉害。

“小云……”她低低唤道，没有抬头。

“其实……元旭已给我做好了皇后的凤冠，只待册立那日，与天下臣民共欢……可没曾想，人心易变。等我自边陲返回，迎接我的却是一杯‘牵机’毒酒。他说，他不需要我了，林媛才是他等的人。”

她有些踉跄地走入寝殿，穿过珠帘，启开了床头暗格。

里面别无他物，只有两个木盒。

她打开大的那个，刹那间，满室被晔晔宝光照耀。

那是一顶绚丽华美别致的凤冠。

以纯金为身，璎珞其间，旒珠镶嵌，中间镂空，竟是鬼斧神工地纳入一颗清冷冰寒的南海大珠，约有婴儿拳头大小，它在珠玉之间，散发出别致的冷艳光华，如皎月高悬。

“它真是美……可惜，我无福享用，在这暗室黑匣之中，也算是明珠暗投了。”阳光照入，晨露抚摩着它，低低说道。

“当初，到底为了什么，他竟下了这等狠手？”

瞿云看着那珠光灿华的凤冠，只觉得怒火满腔，恨不能将它碾成粉末。

只是，晨露的手轻轻抚摩着，于痛彻心扉之中，又无法释然地，珍之，重之。

他终究不忍心，只得长叹一声，问出了他长夜惊起，时常思索的一个问题。

“我不知道……”

晨露的眼中，带着微微疲倦和痛绝。

“那最后一年，我在北郡六国的边陲之中，彼此只是以鸿雁传书。初时，仍是爱意切切，后来，书信渐薄，只是频频催我回京，语气很是峻急。我抽空回到京城，等待我的，却是他和林媛无耻苟且。而我和他，竟到了毒酒相赠的地步。”

“犹记得，初见之时，他眉眼含笑，为我吹奏一曲——那时候，他不是这般狠毒无情。这至高权位，真能让人改变如斯？”

她深吸一口气，压下眼中的浅浅薄雾，将两只木盒收起，起身离开。

午后的阳光，分外明媚，照着这孤零零的两人，在这偌大的荒芜庭院中缓缓前行，宛如绚烂而又死寂的画卷。

左侧旁，那扇被瞿云失手捶坏的门板，在院中散落朽坏，那一侧厢房，只露出一个黑黢黢的门洞，就似猛兽的大口一般。

瞿云望着它，无端生出一种阴森之感。他走前几步，想把门板装上，无意中，他朝房中看了一眼。

“这是什么？”

他走入房中，从地上捡起几件宫装女衣。

这几件宫装，虽然满是灰尘污垢，却依稀可以看出华美秀雅的款式和质地。

触目惊心的是，上面满是发黄暗紫的悚人血迹，浸润了所有衣料。

“小宸，这是……”

晨露取过宫装，仔细端详着，又看了看这空空荡荡的厢房，惊诧道：“这不是我的东西。这血衣，真是好生蹊跷……”

她看了看瞿云，道：“这间厢房，是我用来供奉母亲牌位的，平日里，根本无人进入。自从我死后，这里更是成了禁地，又怎会……”

她苦苦思索着，却找不着任何头绪。远处黑鸦遥遥嚣叫，刺耳之下，更让这荒无人烟的宫中，平添了几分惊悚可怖。

“算了，我带回去仔细查访便是，我们走吧。”

瞿云看着这满是血迹的诡异宫装，心中更觉不祥，于冥冥之中生出一种警觉来。

两人再无别话，默默离开了这废宫，心中都有无穷思绪，却又说不出口。

这一日时光，如白驹过隙一般流过，太后的生命，也朝着死亡的深渊又滑近了一步。

宫中一片愁云惨淡，就连簪花弄俏也无宫人敢做。人人都知道圣上很是烦躁，守在太后身边的静王，更是要噬人一般。一个太监给太后喂食不慎，呛入喉中，他一掌将人拍飞，自己拿起汤匙，一口口喂入，那虔诚小心的模样，让周围人等都暗自纳罕，一个金枝玉叶，能事必躬亲做到这个地步，实在让人好生感动。

第二日一早，瞿云去了晨露的碧月宫中，只见她已穿戴整齐，准备出门。

“今天去哪里？”

“还能去哪儿，只能再去御花园，和何姑姑再谈一次了。”

何姑姑房里，三人仍是僵坐不语。

何姑姑一派悠闲，将手中盖碗轻轻相错，待它稍凉，才抿了一口。

“两位不必多费口舌了，将我打入天牢也行，去暴室严刑拷问也行，我不过一身老骨头，没几年好活，有一位当朝太后陪着下黄泉，死也瞑目。”

瞿云静静听着，大感头疼。他主持宫中禁卫多年，自然知道，像这等犯人，生就是铁皮铜骨，就是把她一刀刀剐了，也休想从她嘴里漏出分毫。

晨露终于开口：“姑姑，我对花草药毒，也略有涉猎，这天地之间，阴阳交错，既生一物，便另有一物克之——这小小毒物，未必能难倒我。”

何姑姑闻言，脸上皱纹更深，她露出一道阴森诡异的笑容，“自你从云庆宫中调来，我便知道，你并非庸常之辈。我花圃里就栽了解药，只怕你无法寻得。”

晨露微微一笑，振衣而起，径自走入御花园之中，细细观赏。

正是一日清晨，花叶初绽，宛如出浴的美人一般，清新可喜。清亮露珠微颤，晶莹羞怯，更有那绿荫曲径，镜湖粼粼，掩映着这姹紫嫣红，无边胜景。

她凝神看去，不放过一丝一毫的可疑。很快，她便不再踱步，直直走向一墙藤萝。

她俯下身，久久搜寻着，直到瞿云押着何姑姑到来，仍是没有说话。

“哼！你们找不到的，就算我备下了解药，也会放在无人知晓的地方。小丫头，你还是太嫩了！”

何姑姑的冷笑，在少女直起身时，慢慢停歇，她本能地感觉不对劲。

晨露的声音，清冽如同寒玉落地，“世上之人，喜欢自作聪明，却不知机关算尽，总是百密一疏。师兄，我们到墙那边去。”

此言一出，何姑姑发出一声凄厉惨叫，就要不顾一切地扑过去。

瞿云眼明手快，点住她的穴道，绕到了墙的另一边。

这是江南式样的黑瓦白墙，曲径回折，中有镂空的兰篆花窗，似透而非透，别有韵味。

镂空花窗上，翠色深碧，满满都是藤萝缠绕，待到花开，不知是何等的清美幽然。

她俯下身，轻轻拂开藤萝的叶片，在一块泥土稍稍松软的地方挖了起来。

挖下不过七八寸，就见地下根丝缠绕，一种类似生姜的白胖根茎被挖了出来。

瞿云不忍她手染泥泞，自己上前，用力一拔——

“咦？怎会如此？”晨露惊诧道，不死心地细细看过手中根茎，却找不到想象中的红果。

瞿云见她眉头深蹙，知道不好，连忙奔回，解开何姑姑的穴道，把她拽到跟前。“快说，这是怎么回事？”

何姑姑面如死灰，看也不看，道：“既然你们已经找到，还要我说什么。”

“你睁开眼！”

少女一声冷斥，何姑姑不由睁开了眼，她定睛一看，惊得魂飞天外。

“这……这怎么可能？红果居然没了？！”

她苍老的脸微微抽搐着，更显狰狞。

三人正在惊疑，只听得园外有些微喧哗，远远望去，只见秦喜一溜小跑，正朝着两人而来。

他好不容易到了跟前，还没来得及喘气，便急急禀报：“太后已经痊愈，皇上请两位速速回宫！”

两人对望一眼，来不及惊讶，只听旁边何姑姑一声怨毒尖叫，朝着白墙直直撞了上去。

瞿云急急去拉，也只挽回一半。她已是头破血流，昏迷在地，白森森的骨头露着，呼吸很是微弱。

晨露让赶来的总管宣了太医，又遣了几个侍卫看守，这才朝着慈宁宫而去。

慈宁宫中，此时一片欢声笑语，与前一刻的愁云惨淡，真是天上地下两重天。

太后面色微有些苍白，只是不再死气沉沉，眼中也有了神采。

她倚坐床头，看着静王正和宫女们油嘴滑舌，却也不恼，只是微笑着看着。

阳光照在她憔悴容颜上，在镜中映出影像。太后不自觉地掠了掠鬓间发丝，轻叹一声。

岁月对她似乎很是优待，一眼望去，仍是美貌不减，高华耀目。只那一丝白发，泄露了她的年纪。

什么时候，竟已有了白发？

她眼中一黯，看着不远处娇笑嬉闹的宫女们，只觉得刺眼不已。

“祉儿，你过来。”她轻唤道。

正和宫女嬉戏的静王元祉，马上回到了她床边，担忧地问道：“母后……”

太后望着他赤诚清澈的眼神，不由心里一酸，“好孩子，母后不要紧。”

静王以为她思念皇帝，只得安慰道：“已经遣人去通知皇兄了，他马上便到。”

太后不答，呆了片刻，才道：“你皇兄这几日如何？”

“皇兄心中剧痛，连朝政也无心料理，每日都到母后这边探视好几次，太医都给他骂得狗血淋头了……”

静王说到此处，有些不好意思，笑道：“当然，儿臣更是鲁莽，把太监宫女们吓得够呛。”

他回头，看见那个被他拍飞的太监，正哆哆嗦嗦地站在廊下，便招手让他进来，然后从袖中抽出一页金叶子，递于他道：“这个你拿去，下次伺候主子要小心，太后凤体不安，做什么事都要小心谨慎。”

那太监战战兢兢，不知要受什么惩罚，一听这话，眼泪都流了出来，激动得浑身颤抖，跪下磕头道：“奴才一定尽力服侍太后主子！”

静王拍了拍他的肩，只听前边遥遥人声，知道皇帝到了，于是笑着对太后道：“皇兄来了，他见母后无恙，不知多高兴呢！”

“只怕未必啊……”

太后低低答了一句，眼中深浅莫测，看不出喜怒。

元祈进入寝宫时，就见太后倚坐榻上，甚是憔悴，苍白的脸上，掩不住的细细皱纹，从精巧的眼角露出。这一瞬间，当年艳压后宫的母后，也显出了衰老。

一时之间，他心中生出悲凉，那一点一滴的怨怼，也被心中的柔软掩盖。

这是，他的生身母亲啊……

下一刻，他看见，太后倚坐着，伸出纤纤玉指，接住了一只垂丝而来的小小蜘蛛。

她微微笑着，露出妇人慈悲温文的笑容，如同，那庙宇之中的观世音菩萨，柳枝玉壶，冰清度人。

阳光照在她身上，显得弱不禁风，这孱弱温柔的妇人，却在瞬间，手下用力，以镂金镶玉的甲套，决绝地、尖利地，捏碎了蜘蛛。

她优雅地取下甲套，仍是一径浅笑。

元祈的心在微微颤抖，刚刚升起的一丝柔软，也被这份惊怖吞噬。

我竟然忘了，这是母后啊！

他自嘲地笑了笑，轻咳一声，才揭帘而入。

“母后身体终于大好！”他请安道。

“我儿！”

太后仿佛十分惊喜，挣扎着就欲起身，却被元祈稳稳接住，扶于榻上。

“母后，您凤体要紧。”

元祈说完这句，忽然觉得无话可说，心下悲凉于母子之间的隔阂。他想了想，继续道：“这一会儿宫人来禀报，说您已经无恙，儿臣真是喜出望外。那太医竟说是无药可解，真真是狂悖犯上！”

他想起那几个畏首畏尾的太医，心头一阵火起。这样的不学无术，却让宫中上下乱成一片。

“你不要责备他们。”

太后款款道：“要不是祉儿寻回个江湖郎中，我真是药石无灵，要追随先帝而去了。”

“哦……二弟竟会有这等际遇？”

元祈心下狐疑，却又不便说出，只是赞叹道：“他真是擎天保驾之臣！危急时刻，还真是救了母后的性命。”

太后却并不附和，只是叹息道：“我这把老骨头，就是救不过来，也没什么要紧……要真活得久了，难免不碍你们年轻人的眼。”

她似笑非笑，半带玩笑地，说了这句，既像是在埋怨病痛，又像是有别的含义。

元祈心下咯噔一声，却强笑道：“母后说的哪里话，这宫中上下，谁不盼您万寿无疆？”

太后正要说话，宫人禀报，说是众位娘娘听闻太后凤驾转安，齐齐前来探视。

“我今晨便听到喜鹊在叫，心下便是纳罕，会有什么喜事呢？没曾想，就应验在太后娘娘身上了。”云萝最是伶俐，一进门便如此说道。

太后一笑，并没搭腔。旁边的梅贵嫔揶揄道：“看云妹妹这张嘴，跟抹了蜜似的。太后是天下之母，生来有神灵庇佑，这一点儿小恙，又算得了什么。”

太后听了，笑指着她道：“你这丫头才是嘴巴伶俐——我中的可是剧毒，若不是祉儿寻来神医，怕是早早归天了。”

元祈听她屡屡提及静王，满心都是不自在，又听她说出这等不祥之语，更是不快，只得沉默着坐在一旁。

齐妃在一旁听出了苗头，她老于世故，哪有看不出眼色的？于是嫣然一笑道：“静王殿下此次真是立了大功，臣妾虽不敢过问朝政，只是这也是家事，还想恳请皇上，给静王一个赏赐。”

元祈听着，见她貌似不经意地望着自己，心下一动，正要答应，只听太后道：“罢了，祉儿不过是个孩子，生为帝胄皇室，又会缺了什么。”

元祈听了这话，并不欣喜，脸色更加难看。

第十一章 静王

轰动一时的太后中毒案，终于在两日后，烟消云散。在静王引荐的郎中诊治下，太后凤体终于大安。朝臣们纷纷上了表章，以示庆贺。当今天子元祈更是大喜，御笔一批之下，竟宽免了京畿的一成赋税和钱粮。一时之间，人人称颂，个个喜笑颜开。

这喜悦之下，却也潜藏着暗流。谣言，如同冰封之下的河水，缓缓地、不易为人察觉地奔腾四方，一旦时机成熟，便会破冰而出，肆虐世间。

宫人和宦官们在私下嘀咕时，总不免津津乐道起皇后那日的“失言”。

这些微贱的小人物，以极大的好奇心谈论着主子们的秘密。这几日中，因着口舌犯忌，被执事太监杖责的已有五六个。

这样的刑罚，也只是在明面上震慑了他们，私底下，传言被添油加醋，越发变得绘声绘色。

碧月宫中，晨露坐在窗下，捧着一卷《水经》正读得津津有味，瞿云在室内来回踱步。

“师兄何必如此烦躁？”她轻轻抬起头，微笑问道。

清风拂过她晶莹容颜，那冰雪寒玉一般的黑眸，顾盼流转之间，很是悠然自若。

“我们忙碌了两天，竟是这样一个局面！”

瞿云想起太后安然下榻的身影，心中怒火更炽。他吸了口气，看着晨露一派自若闲情，惊讶道：“小宸，莫非你看出了个中玄机？”

晨露摇头，“这次，我没有找到任何蛛丝马迹。不过……”

她放下手中书卷，望着窗外烟柳青翠，黄鹂清鸣，叹道：“在这场混乱中，只需看看，谁得到了最多利益，就隐约明白了。”

瞿云也不是笨人，他脑中灵光一闪，想起皇后疯癫的神情、元祈烦躁的表情以及众嫔妃惊慌的啜泣，就一一将他们排除。

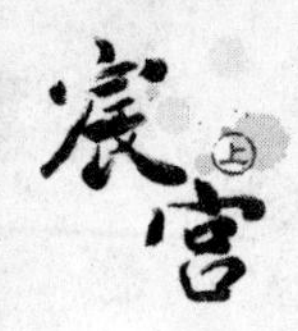

“难道是……”

“从最后结果来看，真正从此事中，掌握了先机，取得最大利益的，是林媛。”晨露淡淡说道。

晨露看着瞿云不敢置信的神情，笑了笑，道：“一开始，我也以为是她使的苦肉计，目的是为了给皇帝套上‘弑母’的罪名。可是，当我看到解药时，就大约想到，我的分析也许是错的。”

她摆弄着桌上那挖掘而出的白胖根茎，说道：“这是毒物中最猛烈的一种，即使找到了根部相邻的红果，解了它的毒性，也会极大损害人的寿数。林媛这一下，其实已经元气大伤，她再狠毒，也不会拿自己的寿命来开玩笑。”

瞿云思索着，脑中闪过一个身影，他悚然一惊，“若不是太后，难道是……他？”

晨露点头，叹息道：“平日里看他一副纨绔子弟的模样，没想到下起手来，却是如此的雷霆万钧。”

“静王元祉，真是个人物！”

少女冷笑着，揭开了真凶的神秘面纱。

“我们竟被个毛头小子骗过了！”

瞿云剑眉皱起，想起个中关节，冷笑道：“林家好似专出这等伪善狠毒的禽兽，真可算是青出于蓝而胜于蓝！”

晨露并不激动，微微一笑，端起温热的茶盏小口地喝下，这才道：“静王的母妃林惠，是个寡言温和的大家闺秀，林家诸人之中，还数她较为良善，却没想到，竟生出了这样的儿子。”

她放下茶盏，取过案前那株白胖根茎，细细端详了一会儿，才道：“看这痕迹，他早于我们四五个时辰就把红果掘走了，真是好手段！”她由衷赞叹道，既是在叹他料事精准，也是在赞他的心狠手辣。

“静王此人，真是个角色，这一出‘孝子救母’的戏，要演好不难，只是要抓准时机，趁着太后和皇帝生出怨隙时，一举行事，这样的快、准、狠，加上嘴甜心黑，也算是异数了。”

她瞧了瞧窗外，道：“现在，宫城内外，定是谣言纷纷了……这天，马上要变了吧？”

仿佛在响应她的话，满是阴云的天空，轰隆隆一声雷，更是乌云密布。

驸马都尉孙铭听着屋外的隆隆雷声，觉得满身燥热，喃喃道：“夏日到了吗？”

他一边自语，一边脱下了身上的朝服。

他想起在后堂等候的娇妻，不由心中一荡，再想起她丽颜含嗔的眉间威煞，不禁又爱又怕。

“也罢，我就有这季常之患[①]，又有何妨？”

他从不在外酗酒赌钱，至于青楼妓馆一类，更是避之唯恐不及。同僚笑他畏妻如虎，他却毫不在乎。

他出身亦是显赫，只是家中老父早逝，亲族又很是单薄，仕途上便没什么人提携，虽然在军中屡立战功，却总也不得大的升迁。

谁知道，有一天洪福天降，先帝念及他父亲的救命之恩，力排众议，竟把自己的长女——仪馨公主下嫁于他。

他当时几乎被这飞来艳福砸晕，再想时，便很是惶恐，怕是齐大非偶。公主是天之骄女，两人根本不合。

这般的惶恐，直到入了洞房，揭开头巾那一刻，才宣告终结。

他，堂堂男子汉孙铭，从此，成了公主永久的裙下之臣。

他想着初见时的甜蜜，正微微笑着，仆役前来报告：“二驸马前来拜见。”

他来做什么？

孙铭有些反感，想起这位连襟油滑势利的笑容——二驸马钱熙，乃是先帝重臣的独子，在吏部任职，仕途也是青云直上，对自己这驻防京畿的军官武夫，很是看轻。

他无奈道：“请他进客厅，我马上就到。”

多日不见，钱熙的笑容很是灿烂，他语气亲热地和孙铭寒暄道：“多日不见，大哥更见英武了。”

孙铭却不受他这迷汤，心下暗忖，他一向鄙夷我这赳赳武夫，今天夜猫入宅，定是没什么好事。

“二弟，好久不见。最近听闻你升了侍郎，真是可喜可贺啊！”

两人聊些朝中逸事，转眼便到了饭时，二人对桌而饮，酒过三巡，钱熙脸上微红，得意地将朝中秘闻胡吹一番，故作神秘道：“有一桩好事，我可要成全大哥了。”

他带着酒气，凑近道：“太后凤体总算是转危为安了，此番静王立了大功，却

---

① 季常是指“河东狮吼”典故中的陈季常，后世以“季常之患”代指畏妻如虎的毛病。

没得什么赏赐……”

孙铭一听，心中一紧，他虽是长年驻扎军中，对朝中大事却也有所耳闻，便口中打着哈哈道：“静王是皇家子弟，什么赏赐也不算稀罕啊！”

“大哥此言差矣。其实啊，小弟早就听宫中传出消息，道是太后娘娘一直想厚赐静王，只是怕人非议，所以才沉吟未决。”

他继续笑着，声音变大，得意道：“我们也是皇家亲眷，几个兄弟就决定联名上书，给静王殿下讨一份赏赐。这既不干涉朝政，又成全了太后一片慈心，她老人家一高兴，大哥您的升迁也就指日可待了。”

孙铭听着这阿谀奉承的点子，心头一阵光火，正想一口回绝，只听回廊之外，一声清脆咳嗽，顿时心中一震——

“这……这个，二弟且容我想想。”

好不容易把口若悬河的钱熙送走，他立即走回内室，对着妻子道：“仪儿，你怎么在外面偷听？”

仪馨冷哼一声，“怎么，有什么见不得人的事，我不能听？”

“哪有这回事。”

孙铭叫屈道：“钱熙这家伙想升官想疯了，变着法子讨太后欢心，居然要扯上我，我正要回绝呢。”

仪馨眼中波光一闪，“若不是我示意，你就拒绝了，是吗？”

她冷笑一声道：“你以为这是钱熙自己的主意？”

“难道是……”

孙铭暗暗吃惊，心下揣测着，却迟疑不敢说出。

“哼，上有所好，下必从焉，他们这些人，狗鼻子比什么都灵，消息一按全身就动，若不是上头有这个意思，又怎会想出这等升官发财的点子？”

仪馨双唇抿起，秀丽如玉的脸上，闪过一个极为刻薄的冷笑，“林家人素来如此，想要什么都是大张旗鼓地做，偏偏还有人代劳奔忙，到头来什么都得了，还像神仙一样洁净无垢。”

孙铭听她意有所指，却也不知是在说太后，还是静王，只得摸摸鼻子，静静听着。

仪馨也不起身，半靠在榻上，双脚搁在碧绿晶莹的玉石脚踏之上，更显得莹润美丽。她凝视着腕间九凤金丝猫眼彩镯，悠悠说道：“可惜，他们把今上看得太简单了……哼，‘一个赏赐’！”

她微微抬头，对着一头雾水的孙铭说道：“大约钱熙也不过是给人当枪使了，若真是赏赐，任凭是什么罕见珍奇，圣上都会赐下，还用得着外臣操心？就怕是，这赏赐很不一般啊！”

孙铭大感意外，只见仪馨以扇掩面，轻笑道：“想疯了他们的心……他们以为圣上是纸糊的傀儡木偶吗？你且瞧着，这‘一个赏赐’必是封地无疑！”

孙铭惊得目瞪口呆，“静王他，在江南可是有封地千里，他还贪心不足吗？”

“江南？那是鱼米之乡，可即使得了整个江南，也不过做一个富家翁而已。”

仪馨冷笑着，眉宇间一片犀利睿智，“静王从小就非同一般，后来耽于玩乐，也不过是韬光养晦，他想要的始终是——”

她伸出玉指，朝着窗外，指了指阴云密布的天宇。

“这、这是谋逆的大罪！”

孙铭大惊失色，有些迟疑道：“这……不至于吧？”

“静王想要的是九州之中的要地，进可觊觎天下，退可雄踞一方。江南，始终太过清丽，不是他理想的封地，所以……”

仪馨侃侃而谈。孙铭毕竟知兵，一点便透，他立即明白了妻子的意思，不由得又惊又怒。

仪馨拨弄着手上宝镯，听着金玉相击的清脆声响，问了一个突兀的问题：“夫君，你说这世上，是锦上添花好，还是雪中送炭更妙？”

孙铭毫不犹豫地说道：“当然是后者！我辈生于世间，若不能扶危济困，又算什么大好男儿？”

他此时说话，铿锵有声，若是让那些讥讽他的人看了，定是目瞪口呆。

仪馨凝望着她，眼中露出极为温柔的神色，“人家说你鲁莽无知，我却最爱你的男子气概——大约天下那些男人，都以为你畏妻如虎，却不知，你才是男子汉大丈夫——难道非要把威风撒在女人小孩身上，才算是英雄豪杰？”

孙铭摸摸鼻子，笑道：“你本就比我聪明，多听你的意见，也是应该。那些人爱嚼舌根，随他们好了。”

仪馨叹道：“依你的性子，给太后和静王锦上添花的事，是决计不肯做的……这次，我也支持你！”

孙铭大感意外，只听妻子继续说道：“世人都是趋炎附势，这番，若我们为皇兄雪中送炭，岂不比去讨太后欢心更好？”

提到“太后”二字，她脸上浮过一丝不易察觉的森冷，旋即笑道：“皇上是我亲生兄弟，他的秉性我最是了解——静王，不会是他的对手。”

她顷刻下了决心，从榻上起身，扬声唤入贴身侍女，“给我和驸马换装，备轿，即刻入宫！”

“殿下，马上就要下起倾盆大雨了啊！”

仪馨斩钉截铁道：“下刀子也不管——快去！”

她声音不大，却透着刚毅和要强。孙铭扶住了她，两人对视一笑。驸马又吩咐了一句：“你再带件绿雀羽衣，那个保暖。”

暴雨将至，雷声阵阵轰鸣，墨染似的乌云遮天蔽日，把这朗朗乾坤变就了昏夜一般。白亮闪电划过苍穹，把世间照得惨白，明灭之间却更现暗霾。

乾清宫中，今上元祈正在练字。他凝神静思，外界传来的轰隆巨响，仿佛全然无觉，只在这宣纸酽墨之中，挥洒自如。

廊下，太监们垂手侍立，他们的脸在电光中若隐若现，显出青白之色，仿佛一群行走阳间的妖魔鬼怪。

此时，就听殿外一阵轻微人声，随着杯盘碗盏的清脆响动，一道丽影出现在门前。

“皇上，臣妾给您送来了凉茶，还有一些薄荷糕点，都是您爱用的。”

齐妃娉婷行来，她今日一身鹅黄纱衣，显得二八佳人一般妩媚动人。元祈放下手中湖笔，端详着她，笑道：“真是一株出水芙蓉啊！”

齐妃得了夸奖，脸上飞起一抹嫣红，更添丽色，撒娇道：“妾身已经老了，哪还是什么芙蓉，梅妹妹才似一朵月下幽兰呢！”

元祈听出了她话里的酸意，笑道：“春兰秋菊，各擅胜场，你年长几岁，却是比她懂事多了。”

齐妃一时受宠若惊，仔细一想，凑到元祈耳边道：“臣妾知道皇上难为，有好些事能替皇上分担一二，就很是开心了。可惜，我太过愚钝……”

她想起前日，在太后那边探病的情形，惋惜道：“妾身还是嘴笨，既说到了话头上，就很应该劝住太后，让静王受了赏赐，省得又有闲话。”

“只怕你是一片好心，人家要的赏赐，却是别个……”

皇帝悠悠答道，眼中一片高深莫测。齐妃无意看入，手中竟沁出汗来。

平素宽和仁厚的皇帝，眼中竟是如无底深渊一般的冥黑，似乎……要把人吸入，落入粉身碎骨之地！

不知怎的，她想起，太后夜宴那晚，尚仪那诡谲如同鬼魂般的神情，只觉得两者是惊人的相似。

“皇上……”她试探着唤道，声音有些颤抖。

元祈转过头来，握了握她的手，道："你双手如此冰凉，可是受了寒？"

他此时眼神明朗，又哪有刚才的半分悚然情态？

难道又是我的幻觉？

齐妃心下惊疑，讷讷不成言。

元祈看着她笑了，"你对朕一片忠心，朕很是明白……太后和静王那边，你不用管了，倒是你父亲寿诞将至，他是先帝时候的老臣，服侍了皇家一辈子，真可算是劳苦功高，你这个做女儿的长居深宫，一年也不能见他几回……"

他唏嘘着，说道："这么着吧，这次大寿，朕特准你回家归宁三日。你是朕的爱妃也不能太寒酸了……特赐你鸾驾卤簿，一切仪仗比照中宫，只稍稍精减便是。你且安心住着，寿宴那日，朕也会遣人把礼物送到。"

齐妃听了这一连串的厚赐，心绪激动，浑身血脉都在急流。

她在宫中时日长久，知道这"鸾驾卤簿"并不是如戏文里那样，随便一个妃子都能使用的，而是只有中宫，或是"摄六宫职责"的皇贵妃，才能使用。

鸾驾卤簿，虽然是稍稍缩减，却也俨然有中宫正室的气象了，这样的殊荣竟然赐给了自己！

至于归宁，那也是了不得的特旨。一般妃子，连见父母也很是难得，更别提什么归宁三日了！

齐妃眼中含泪，一时不敢相信这是真的，她颤着声，哽咽道："皇上……"

元祈扶住她肩头，温言安慰道："你是朕的爱妃，虽然爱使个小性儿，朕最爱重的还是你，这阵子太后凤体不安，难免慢待了你。"

"皇上……"

齐妃觉得微微晕眩，无边的幸福，宛如天边的五彩霓霞，冉冉落下。她投入元祈怀抱，喜极而泣。

大雨终于瓢泼而下，天空中乌云深重，很有"黑云压城城欲摧"的味道。

在这喧嚣雨声中，仿佛一切都归为安静。整个宫城中，唯有那高悬的宫灯，在屋檐之下，竭力发散着微光，几番明灭之下，有的终也熄去，只留下外罩，在风雨飘摇中，微微颤动。

时近傍晚，天色越发暝暗，齐妃刚刚离去，元祈才抄了几句《庄子》里的语句，便听廊下有清脆语声。

他几乎不用细辨，便知晓了来者的身份。他闭起眼，想象着她的冰雪之姿，清冽风华，不由心旷神怡，生出无限思慕来。她忙于追查毒物来源，两人已是两

三日没有照面。

一日不见，如隔三秋……

这古人痴情写就的语句，原先被他视作“英雄气短”，真换了自己，却仍如毛头小子一般，思念不已。

平生不会相思，才会相思，便害相思……

他不由沉吟，听着窗外雨声哗哗，只觉得莫名惆怅，心下不由苦笑。

他放下手中湖笔，抬起头，看着那梦中佳人，一身清健飒爽，由外而入，渐行渐近。

她身上微湿，一头青丝有几绺散落额前，如同黑玉，点缀着晶莹雪颜，那一双清冽之极的眸子，因着大雨，更增添了几分莹润朦胧，静静看着，却似要把人的魂魄摄入。

“怎么淋成这样？”

他起身，亲自取过洁净绸巾，递给晨露，示意她擦拭一下。

晨露也不推辞，稍稍整过仪容，开口道：“仪馨公主协同驸马正在隆盛门外，道是有紧要之事求见您。”

元祈有些疑惑，笑道：“莫不是孙铭终于鼓起勇气，来了一出‘醉打金枝’，朕的皇姐来告状了？”

他自己在脑中想象着这一幕，忍不住大笑，笑容之间，居然有几分少年的顽皮。

晨露也听闻过这位公主，都道她性情刚毅，很是要强，还有人绘声绘色地谈起驸马畏妻的逸闻。

她看着皇帝有些恶作剧的顽皮神情，觉得实在有趣，忍住笑，道：“皇上这般编派自己的姐姐，当心公主来个胭脂虎啸，让您也遭上池鱼之殃。”

说完，她有些诧异——自己居然也说笑起来了？

似乎是，被元祈少年人的笑容感染，自己阴霾的心，居然也染上了一丝亮色……

她低下头，有些尴尬地转移了话题，“您还是快宣他们进来吧，虽然隆盛门有遮蔽的地儿，毕竟是风雨交加呢。”

元祈如梦初醒，一边大笑，一边命秦喜：“快请皇姐和驸马进来。”

他想起晨露这冷冷的笑话，更觉有趣，直到公主和驸马行到门外，仍是不可抑制。

晨露冷眼怒瞪着他，很是懊恼，恨不能把自己的话吞回去。好不容易等两人入内，元祈这才勉强敛容，恢复了平时的庄重仪态。

“这么晚了，皇姐和驸马有什么要紧的事要禀？”

仪馨敛衽行礼，笑道：“也没什么大事，只是许久没来觐见皇上，实在是心中不安。”

她盈盈美目直视皇帝，元祈一看便知，她是有紧要的话说。他示意左右退下，唯独留下晨露，道：“皇姐可有什么话要说？”

仪馨深深看了眼晨露，知道这是皇帝心腹，于是不再避讳，将今日之事说了一遍，又轻轻道：“依我之见，二弟也确是劳苦功高，给什么赏赐也不过分，只是总有些趋炎附势的小人从中怂恿，若是让静王生出了什么妄想，反是害了他。”

元祈静静听完，并不动怒，他走下御座，来到仪馨身前，亲自将她扶至座前，又给驸马赐了座，才深深叹道：“朕终究还有骨肉同胞！”

仪馨听着这一声叹息，眼中泛红，险些流下泪来，“我知道，皇上实在为难，做姐姐的帮不了你什么，可驸马也不是外人，他率军驻守京畿，只要皇上一个手谕，任凭怎样艰险，也会勤王阙下。”

“何至于如此严重？”

元祈不禁失笑，他看着仪馨那微微焦虑的神情，心下感动，道：“皇姐不必担忧，朕身在这九重帝阙，却是心如明镜，哪些人在兴风作浪，哪些人是墙头草，这次便可一一识得。”

仪馨听他如此说来，心中一块石头落地，笑道：“也是我思虑过甚，皇上乃是真龙天子，目光如炬，那些奸佞小人的把戏，还有看不穿的道理？”

她侧过头，对着驸马微笑，示意自己所料不谬，皇帝妙算如神，已经有所防备。

孙铭回以宠溺一笑，他仿佛想到了什么，起身禀道：“皇上，还有一件事，臣也要禀报于您。”

他犹豫了一下，斟酌着说道：“这几日，朝臣亲贵中谣言纷纷，有一些话，实是丧心病狂，欺君犯上，想必您也有所耳闻。”

仪馨听他这么直接就提到这禁忌话题，不由心中大急。

孙铭用坚定的眼神看了看妻子，才继续道：“这些狂悖离奇的谣言，臣实在不信，可看这势头却是越传越烈，微臣实在担心，这样下去，民间舆论将对皇上生出不利来。”

他是武人出身，说话向来直接，这么一口气说完，才端起茶盏，喝了一大口。

元祈听了，眼中波光一闪，不怒自威，“驸马果然耿直。京中谣言，朕早已有

所耳闻。圣人有言，王德如风，民气似草。朕即位以来，抚远靖民也算是广修德政，百姓们不会如此糊涂的。”

年轻的天子，望着窗外大雨微笑起来，他一派悠闲，好似整个天下都在他掌握之中。

此时风雨正急，晨露凝视着皇帝，但觉他少年得意，却又不失沉稳，知道这一局他是有备无患。

她轻轻叹息一声，眼睛微微眯起，一时觉得，窗前站的是那前世冤孽，负心薄幸之人，一时却又被皇帝眉宇间的森冷笑意唤醒。

元旭，一向是如沐春风，他不会有这样的神情……

“尚仪……”

元祈呼唤了好几声，晨露才从沉思中惊醒，“皇上有什么吩咐？”

元祈细细看去，只见她仿佛不能适应这暗暝阴晦的天色，眼睛如猫一般眯起，只余那清冽流光从眸间闪过。

“你怎么了，竟是这般心神不安？”他关切地问道。

“微臣有些恍惚了……”

她的声音，有些缥缈，在雨声的轰鸣之下，宛如天外传来，“这雨，真让人难受……”

夜已经深了，雷声仍是轰鸣，仿佛九天之上，雷公电母正在不停敲击，雪亮的闪电也不时划过夜空，胆小的宫娥吓得花容失色，却捂着嘴不敢发声。

晨露候在廊下，耳边满是喧哗雨声。她倚着白玉栏杆，百无聊赖地凝望着雨幕，凝望着远处的宫阙楼台。

这雨声喧嚣，却让天地都为之安静，在这轰然巨响之下，世间的人和事都淡漠烟渺，不复想起。

瞿云正在和元祈议事，她却无心去听，告退而出。

大约，也就是谣言的事吧。

她轻轻拂去发间水滴，想起元祈那抹森冷笑意，不由微笑。

他生于这诡谲宫闱中，伸手不见五指的黑暗，对他来说已是家常便饭。他，不会轻易相信任何人，亦不会，把自己的弱点示之于人。

他凉薄的微笑下，是不可见底的深渊，以及身至高处的帝王心术。

她的微笑加深，仿佛很是欢愉。

“你在笑什么？”瞿云从宫中退出，来到她身边，好奇地问道。

“我在笑……林媛怎么生了这样的儿子。”

她笑靥晶莹，在雨中看来，朦胧绝美，只那眉宇间的一分苦涩，挥之不去。

“生出这样出色的儿子，自己又想要擅权，结果落得个母子相残——老天给林媛的真是奇妙……”

她叹息着，最终吐出一句：“不过，她要真是全寿善终，这世上，还有天理吗？”

话中的怨毒，清晰刻骨。

瞿云看着她，伸手替她拂去雨珠。他深深了解她的心境，却不由仍是心疼。

她最恨的，是那负心薄幸的元旭。然而，他已经盖棺入墓，成了所谓的先帝，供奉于宗庙之上，永受祭祀。

他这一死，这刻骨仇恨，上穷碧落下黄泉，又由谁来承受？

只有林媛！

在这世上，她总要抓住些什么，比如憎恨，比如复仇，她才能继续活着，继续在这前世寂灭的宫阙之间，从容行走。

这般寂寞惨痛的人生，值得吗？

“你，也恨着今上吗？”不自觉地，瞿云问道。

“我不知道……”

少女的眉间，一片怅惘。

“看着他，我便想起了元旭，可事实上，他们完全不像……”

她想起了元祈的笑容，冷冷的，沉稳庄重之下，隐隐含着讥诮，仿佛在灵魂深处，有着无穷的锋刃尖冰。

而元旭，他永远是如沐春风，温暖和煦，让每一个人都心仪景从。

他们并不相似。

她轻轻摇头，将这莫名的念头甩去，接过侍者递上的丝绢绘伞，与瞿云漫步而出。

宫中的大道宽阔齐整，此时却寂无人声。

两人并肩而行，一边轻语闲谈，可内容却非关风月，若有人听了去，难免吓晕过去。

“皇帝让你那些秘密手下去做什么？”晨露轻声问道，语音在浩大雨声中，却清晰可闻。

瞿云笑道：“任谣言传得满城风雨，也确对他不利，一些血腥手段，也在所难免。”

晨露却不罢休，微笑着看他，道：“光是霹雳手段，恐怕还是不够吧？”

瞿云苦笑，只得缴械投降，“皇帝还有一句话——”

“要想隐藏一颗珍珠，只有让它湮没于无数珠粒之中。”

晨露是何等冰雪聪明，微一沉吟，便明白了元祈的意思。她畅快大笑，眉宇间的抑郁，一扫而空。

“真是……不像那两人的儿子……”她笑着说道。

两三日，便有风闻奏事的御史上书，道是城中谣言驳杂，恐有碍圣听，奏请圣上予以阻止。

晨露抑不住好奇，趁着当值的空闲，将奏折一一读完，险些笑出声来。

她和瞿云说起时，仍是笑不可抑。

“那上面简直是神魔话本，目连救母的桥段、邪道作法的传说、前朝冤魂的作祟，还有鞑靼刺客的暗杀，真是绘声绘色。听完这些，再去听什么皇帝弑母，简直是黯然失色——谣言混在谣言之间，根本掀不起什么风浪来。”

瞿云微笑着，第一次看她微微眯眼，却不是因为杀意。他心下欣慰，也开起了玩笑，“过几日，京城还要热闹些呢！”

晨露莞尔笑道：“我等着看，皇帝于暗杀一道有什么创新。”

京城此时真是热闹，太后遇险的种种离奇传言，尚未落下帷幕，京中便又出了怪事。

好几位大臣，被暗杀于家中，死状极为离奇。

当今圣上听完奏报，极是恼怒，把京兆尹狠狠斥责了一顿，限期破案。

可怜的京兆尹跑断了腿，愁白了头发，却在一日后，又接到奏报。

太后的亲弟弟、当今国丈、靖安公林源于二更时分，被刺客击伤。

这一消息如晴天霹雳一般，让他目瞪口呆，满心里全是绝望。

真是流年不吉，今番不仅乌纱不保，怕是连身家性命也要搭上了！

当他听衙役报来，现场有些蛛丝马迹时，真是如获至宝，亲自赶到了现场。

拜望过受了惊吓的靖安公，京兆尹马不停蹄地到了事发的卧房之中。他仔细察看过物证，觉得一头雾水。

现场聚集了六扇门中的好手，其中不乏昔年的军中精英。总捕头神色凝重，凑在他耳边一阵低语。京兆尹听完，不禁大惊失色。

“赶……赶快备轿，我要面奏皇上！”

他紧急觐见之后，皇帝第二日破了惯例，行了大朝，这是极罕见的行为。

大臣们都暗地揣测，窃窃私语，等到皇帝驾临，才歇了下去。

“诸臣工——”

元祈开口很是慎重，他扫视着阶下大臣，道："此番，有鞑靼高手潜入，诸位怕是要小心自己的安全了。"

众臣本是惴惴，听这突兀一句，心头震颤，有胆小的手心已是汗湿。

皇帝扫视着众臣，并不言语，半晌，才继续说道："鞑靼大可汗生性狡诈，他们十二部族目前正在会盟，生怕天朝前去征伐，便派出摩诃教中高手，前来京城狙杀我朝中重臣，已经有多名亲贵遇害。诸位都是社稷栋梁，若是被贼子暗算，实不值得。"

这些鞑靼族中的秘辛，众臣在上次使者来时，便略知一二，原本也就当作天方奇谈一般，此时听来，却是如刀刃划过咽喉，沁凉森寒，想到自己身处不测，心里又惊又怒，把个天杀的鞑靼可汗早就骂过千万遍。有人更是耐不得，振臂高呼，与那贼子势不两立，更有人对同僚之死生出兔死狐悲之意，想起使者至时，自己那般息事宁人的想法，不由羞愧得面红耳赤。

元祈瞧着火候够了，以目示意，侍立御座之后的秦喜轻扬拂尘，早有太监从殿外行来，呈上一只彩绘漆盘，上面覆有白绫，隐约有血迹洇出，看来很是触目惊心。

秦喜上前接过，掀开白绫，向众人展示。

一柄奇形蛇剑，通体发出幽蓝暗芒，约有三寸大小，正静静躺在盘间。那淋漓的鲜血，正是从剑中血槽流出，沾染了半幅白绫。

"这是从靖安公身上拔出的，他身为国之勋戚，居然遇到如此暗袭，莫非是欺我天朝无人？"皇帝闭目，沉声道，语气满是肃杀与痛心。

京兆尹一见，心中咯噔一沉。

果然，皇帝下一刻便点了他的名。

"你越发长进了，堂堂京师，天子脚下，竟出了这等大事！"

京兆尹惶恐无辩，只有频频叩首。

"此物有什么稀罕？"

他听得皇帝问话，如蒙大赦，连忙抬头答道："据微臣手下捕头禀报，这是摩诃教中最为险毒的'十步一杀'，十步之内，可随意取人性命，就算侥幸逃过，其上淬的剧毒，也是……"

他偷眼看看皇帝神色，壮着胆子道："据说……是药石无灵，无法挽救。"

众臣听得此言，一片哗然。司礼监以鞭击空，才止住他们。

元祈已是勃然大怒，"好！好！先是太后，接着是朝中重臣，忽律这贼酋，真是欺我中原无人了吗？"

他大步流星走下阶来，抽出侍者手中的太阿剑，一剑出鞘，风雷之声乍起，竟是将帷幕都生生斩断。

“主危臣辱，主辱臣死，你们就看着君父受此奇耻大辱？”他厉声喝道。

阶下青年臣子，在凛冽目光的扫视之下，不禁热血沸腾。武将更是起身请战，誓要扫平北疆，以献帝阙。

晨露侍立于隐处，听着这激昂之声，心下却是暗笑，更是微微惊叹于皇帝的权术计谋。

他让瞿云辖下的暗使出动，如前次一般，摘下有异心的臣子首级，又演了这出“国丈遇刺”的好戏，竟是将祸水北移，将谣言中的弑母罪名全数嫁祸给了鞑靼可汗。

金銮宝殿之中，只听得皇帝的声音清晰沉稳，“诸臣工，朕今日破例大朝，不是为了惊吓你们，而是想让汝等惊醒，这般和平安逸的日子，不过是一时矫饰。鞑靼大军，亡我中原之心不死，有他们一日，众卿想过上诗酒风流的写意生活，终是不能，只有居安思危才是保全自己，保全朝廷的万全之道。”

他侃侃而谈，将那些苟且图安宁，不愿重启战端的大臣，不动声色地训诫了一番。大约这次受了性命威胁，这些人会同仇敌忾一阵子，不再轻言和谈。

他目视京兆尹，“此次事出有因，朕且恕你一次，革去你的官职，留在任上将功赎罪，你要将京师治理得铁桶一般，不能任由贼人作乱。”

他皱眉，继续问道：“国丈目前状况如何？”

“仍是昏迷不醒，连太医也查不出什么。”京兆尹愁眉苦脸地答道。

却见皇帝微一沉吟，霁颜笑道：“静王前日找了个郎中，太后的凤体因此大安，既然都是摩诃教中剧毒，他应该也有救治之法。”

他命秦喜道：“速去静王府上，请那位大夫赶去靖安公那里，救人要紧。”

晨露看着他焦急真挚的神情，再也忍不住笑，肩膀微微颤动，只觉得现下情况真是妙不可言。

以靖安公的伤势，静王那位“神医”若能派上用场，才是神奇。

皇帝回到寝宫，晨露仍是忍俊不禁。元祈凝望着她，只觉风华清越，一笑竟能摄人心神。他正目眩神迷，从人禀道：“皇后娘娘驾到。”

她来做什么？

皇帝只觉得厌憎不已，他收敛了笑容，淡淡道：“请她进来吧。”

皇后进了寝宫，晨露一眼望去，只觉得她瘦了不少，神色也很是憔悴，只那薄唇紧紧抿着，仿佛来者不善。

“皇上万安，臣妾有事向您禀报。”

皇后进来后，也不寒暄，就突兀来了一句。

元祈吩咐赐座，也不看她，只站在窗前，遥望着远处镜湖，“你身体见好了？太医说你思虑过甚，要好好休息才是。”

皇后一口回绝，“臣妾没什么不妥，只是最近听到一些传言，不得不来向皇上问个清楚。”

她迎着元祈微愕的目光，继续说道：“听云庆宫中的人说，齐妃要归宁三日，可有此事？”

“齐妃的父亲大寿，他是国之勋旧，朝中元老，朕决定让他们父女团聚，一享天伦。”

“皇上这话错了！”

皇后冷若冰霜，一口便顶了回来。周围从人听她居然敢毫不留情地说皇帝“错了”，心中都是一阵战栗。

“宫中后妃，一言一行，都有法度。若说天伦之乐，谁没有父母？都像她一般回家归宁，还有什么宫规可言？更何况……”

她蹙眉冷笑，“齐妃居然扬言要用鸾驾卤簿，这是什么道理？！臣妾还是您的中宫，只要有我一日，此事断然不能！”

她瘦削的脸上满是怨毒，咬牙切齿地说完，竟是倔强无比，毫不顾及帝王的颜面。

元祈并不动怒，只是声音越发冷然，“这是你跟朕说话的规矩吗？”

“规矩也分大小！”

皇后又顶了一句：“既然皇上连祖宗家法都不顾了，臣妾还用顾及什么规矩！”

元祈咬牙道：“你是连身份体统都不顾了，到朕这里来拈酸吃醋，还攀咬什么祖宗家法！”

“我不妒忌……一个小小妃妾，有什么好吃醋的？倒是皇上宠妾灭妻，犯了糊涂！”皇后完全豁了出去，尖声喊道。

宫中诸人听着这话，两股战战，几乎要晕死过去。

“宠妾灭妻？”

元祈的脸上浮现出一道森峻笑容，浓若点漆的眸子闪着怒光。有胆小的御侍，看着他的样子，已经惊得快晕厥过去。

“全数给朕退下！”皇帝低喝道。

从人们巴不得这一声，慌忙离开。晨露也要退下，却被皇帝止住了，“你给朕磨墨。”

他转过头，对着皇后道：“你倒还记得自己是中宫，且瞧瞧你这样子，疯癫张狂，靖安公平日里就这么教养你的？”

皇帝瞧着她瘦削憔悴却满是怨毒的面容，冷笑着说道，词锋刁毒狠厉，毫不留情。

“臣妾的父亲……哼，他老人家为国尽忠，受了鞑靼刺客的暗袭，正是生死不知呢！”

皇后笑声中带着嘲讽，她扶了扶身上嫣红氤氲的镶金丝半臂，在珠玉璀璨间，笑得哀怨沉痛，那双黑而大的眼，因着笑容，仿佛一池深潭被惊起波纹，支离破碎。

晨露在旁看得真切，一时心口仿佛被什么尖锐之物抓过，疼痛如绞。

那笑容，何其相似？不正是自己气绝之时，在妆镜之中看见的最后光景？

那样决绝的、痛入骨髓的、杜鹃啼血一般的无音之伤……

这一瞬间，她恍惚看到了自己。

她环住肩，拼力抑制自己的颤抖，只听皇帝稍稍放缓了语气道：“靖安公负伤在床，你若是愿意回去侍奉左右，朕也必定允你归宁。若是论到全套的鸾驾卤簿，又有谁能越过你的位分去？”

这本是中肯之言，皇后若是善罢甘休，趁着台阶下场，则是皆大欢喜，可她偏不领情，却道：“皇上不是说了吗？家父是‘因公负伤’，那也算是我一门忠烈，没什么好担忧的。臣妾只怕自己会走了前朝王皇后的老路！”

这话一说，气氛又是一僵。前朝王皇后本是景乐帝的正宫，却被宠妃中伤，结果被打入冷宫，赐下鸩酒。据说她死状惨烈，口中流血，诅咒着皇帝和那“小妖精”。不久，景乐帝就死于鞑靼刀下，倒是应验了她的咒誓。

元祈见她仍是桀骜不驯，言辞之间，甚至对父亲的被刺很有疑虑，他再也不能容忍，怒喝道：“你竟是这般的无父无君！”

皇后凝眸望着他，一时之间，迷离恍惚，“皇上，我并非是在诅咒。你莫非忘记了，新婚燕尔对我说的话了？”

她仿佛沉浸在往事之中，“那时，我听说昭阳宫的旧址，乃是前朝的冷宫，王皇后就是殒命于此……你安慰我说，你绝不会如景乐帝一般负心薄幸。如今，言犹在耳，你却做了如此令人寒心之事，你让我情何以堪？”

她说到此处，声音激越嘶哑，不能自已。

“我早已失去了你的心，如今，连唯一的中宫荣耀，这鸾驾卤簿的尊贵，你也要赏赐给别人，这样的事，我绝不容许！”

皇后的眼中耀眼闪亮，如同两簇鬼火，幽幽骇人。

那莹亮眼眸之中，是身处绝境的疯狂、绝望以及沉郁心痛。

元祈望着她，半晌，才开口道：“你竟是在怪朕薄幸？”

他仿佛听见了天大的笑话，皱眉冷笑道：“朕的誓言，是对着那个温婉喜人、纯净如水的女子许下的，不是你这等蛇蝎毒妇！你扪心自问，这三四年间，你为了防止后宫女子诞下皇子，使了多少见不得人的手段，你的手上沾了这些血腥，还有脸说朕负心？”

他余怒不止，指着宫门道：“朕不想见你，趁着朕还有耐心，你快快离去！”

晨露看着皇后，她已是失魂落魄，茫然听着皇帝的斥责，面容都有些扭曲，却无言辩解。她蹒跚着，走到紧闭的宫门前。晨露一时鬼使神差，上前替她推开了门。

皇后跨出宫门的刹那，晨露听她低喃道：“从今以后，我不再是你的妻子，只是你的皇后。”

她语音低沉，却一字一声，清晰入耳，仿佛下定了什么决心。

第十二章 绝杀

靖安公的伤势，虽然凶险，却很快就痊愈了。静王延请的郎中，一到他的府邸，就获得了瞿云的“亲密接见”。他本来也是一介江湖医士，救治太后的药，完全是静王从何姑姑那里偷挖的红果。这一番恫吓，就很是乖觉地继续扮作高人，一帖药下去，靖安公就清醒过来了。

晨露在事毕后，有些疑惑地问起瞿云：“你我同在师父门下时，你的毒药医理总是不通，这番却是在剑上淬了什么毒，弄得林源昏迷了好几天？”

瞿云素来在毒药医理一道不甚精通，常颠三倒四地练习，不知让山上多少飞禽走兽遭殃，听得有天才之名的师妹问起，不禁得意扬扬道：“这是我独门研发的药，胜在症状骇人，又安全可靠。林源要真死了，那妖妇必不会善罢甘休。”

“那解药又是什么？”晨露更是怀疑，紧逼着问道。

“呵呵……今天真是风和日丽啊！”瞿云有些不自在，顾左右而言他。

“小云……”

他看着眼前少女磨牙冷笑的神情，立即投降道：“好了，说就说，只是有点儿丢人……”

“解药是巴豆二两，研成粉末，搓成丸子即可。”

这惊天地、泣鬼神的答案，让少女再也忍不住，畅快地大笑起来。

微风拂过她的发丝，她清丽剔透的笑容，初绽于这初夏之时，绝美不可方物。

仿佛，那些阴晦怨愤的往事都消逝无踪，从来也不曾发生过。

“鞑靼刺客”的暗杀，在六扇门高手的严密防卫下，终于逐渐减少。正当人们松了一口气的时候，一件绝大的惨案发生了。

当时宫门已经下锁，京兆尹气喘吁吁地入宫，却被告知，皇帝已经就寝。

“请把皇上叫醒！”他脸色惨白，却无比坚定地道。

西华门管事愁眉苦脸地道：“皇上身边的秦喜大总管定会把奴才的狗腿打

断的。”

“打不打断你的腿我不知道，我只知道，若是你再不去禀报，你我二人的小命，绝对不会留到后天！”京兆尹斩钉截铁道，一脸青白，也不知是吓的，还是气的。

元祈接到禀报起身时，已是子夜时分。他一听之下，睡意全无，只是用冰冷凛然的眼神凝望着京兆尹。

“朕很奇怪，你居然还有脸活着回来见朕！”他低低说道。

寝殿里灯火忽现，飘忽渺然，却是火烛刚刚点起，尚觉昏暗。帘后，有重重叠叠的裙裾边角在不安地颤动，就那一股幽寒淡香，有经验的宫人已然知晓，今夜乃是梅贵嫔侍寝。

皇帝却毫不怜香惜玉，他凝眸看着满头大汗的京兆尹，瞳孔深处如万丈深渊，冥黑幽深，不可见底。

“想不到一员大将，没有战死沙场，竟是折损于刺客手中！”

元祈拿起太阿剑，深深地吸了一口气，京兆尹惊得一颤。

“放心，朕不要你的命。即便把你杀了，柳膺也不能复活。”

皇帝微微嘲讽，在一瞬的沉默后，他将剑交于秦喜，“封剑！”

秦喜手脚利落，以黄绫赤带包裹剑身。元祈看也不看他，站起身来，踱到窗前，烦躁不已。

京营将军柳膺，乃是少壮军人之中最为知兵善谋的一位，皇帝让他执掌重兵，卫护天子，实在是信重至极。这样一位得力臂膀，昔年鏖战沙场，以奇兵击退鞑靼，是何等的风光，今日，竟是死于刺客之手！

京兆尹斟酌着说道："鞑靼刺客今日行此大险，击杀柳将军于京中，绝不能任由他们逃出。微臣已经通知九门提督，派兵警戒。趁着此时夜黑，臣斗胆请皇上谕旨，等天一亮，就封锁城门，大搜城中。鞑靼刺客与我中原之人相貌殊多不同，若是仔细搜索，定会露出蛛丝马迹。”

他说的本是老成中肯之言，却见皇帝并不回答，脸色反而更加阴沉，不由更是惊异。

元祈想说什么，终究还是沉默了。他望着面露疑惑的臣子，听着他一口一个“鞑靼刺客”，满腔都是愤怒，却又无法言说。

元祉！

皇帝咬牙冷笑，想起静王那无辜、潇洒的笑容，恨不能一剑刺去，结果了这心头大患。

他终究城府深重，片刻之后，便强自冷静下来。

“将朕的太阿剑封了，于柳将军灵前祭奠三日。天明之后，你不能大肆搜捕，而要秘密追查……”

元祈看了眼垂手肃立的京兆尹，继续道：“鞑靼可汗素来狡诈，他的手下也必定喜欢故布疑阵。他们面临着全城搜捕，定会躲入官兵的死角，因此，城中权贵的宅邸别馆，你要特别注意。”

京兆尹一听之下，头皮发麻，想到要得罪那么多高官同僚，心中一沉，然而，事到临头，显然是皇帝的雷霆之怒更为可怕，只得唯唯连声称是。

元祈看着他，无声叹息。他何尝不知道，以静王的狡诈如狐，根本不会留下太多破绽，这般布置，也只是亡羊补牢、拾遗补阙罢了。

他低声说了几句，便让京兆尹退下。后者未及喘息，急急出宫布置。

元祈站在窗边，尤是余怒未消。他前次运筹帷幄，将漫天谣言扼杀于萌芽之中，更是借着鞑靼刺客的名义铲除了好些贰臣奸邪。没想到，静王的反击这么快便来了，且是以其人之道，还治其人之身。

此时，帘后传来压抑的低吟，仿佛呼吸有些滞碍，元祈愣了一下，才想起美人尚在床榻之上，他有些诧异地问道：“你怎么了？”

梅贵嫔的声音有些微弱，“臣妾有些胸闷，大约是听了这等血腥之事，有些惊着了。”

元祈命人扶她起来，在从人的簇拥之下，梅贵嫔来到了前堂，只见她脸色苍白，几乎血色全无，一副病弱无力的样子。

元祈让她先行在西边暖阁中歇息，又派了人去请太医至乾清宫急诊，自己仍在殿内踱步。

寂静的殿中，只有他焦躁的脚步声，最后猛地停在门前，再无动静。

更声，在沉默的夜色中显得惊心动魄。这深宫之夜，宛如被墨染就一般，越发浓黑深沉。

已是三更天了。

宫外侍者前来禀报：“尚仪大人来了。”

由宫外缓缓而入的少女，面容如冰雪寒玉一般，眸光流转间，清冽惑人。

“皇上，这边人声喧哗，出了什么大事？”她轻轻问道。

元祈叹了口气，“朕这番，真是搬起石头砸了自己的脚。”

他将事情说了，却见眼前少女，竟露出微笑来。

“静王这招，也算是精妙。不过，皇上也可以如法炮制，让他有苦说不出。”晨露款款笑道。

听了她的话，元祈眼中放出异彩，微微动容道："此计大善！"

他仔细想想，又有些迟疑，"这些让瞿卿去做便可，朕在暗中也有些人手，一向受他统带，你若是亲自参与，总不免凶险。"

"皇上莫不是忘了？我也是江湖草莽出身，这些凶险原也是家常便饭。"

元祈凝望着她，看入那清冽冰寒的眼中，一句"朕总是担心你"到了嘴边，还是咽了回去。

他压下心中惆怅，笑着说道："朕这番作茧自缚，却真是害你受累了。"

"皇上莫要如此想……"

晨露凝望着他，夜色中，她不似平日里的凛然，眼中浮现几分担忧，却让元祈心中大畅。

"这并非是您的失策，而是静王太过嚣张。在天子脚下，他却如此肆无忌惮，实在有些蹊跷……"

少女的声音幽幽传来，"微臣思量着，莫非……他是有什么倚靠，才敢如此作为，丝毫不顾及您的雷霆之怒？"

晨露在"有什么倚靠"这一句上微微加重，然后低下头，掩下唇边的冷笑。

猜忌的种子，早已发芽成长，现在，只差让它开花，就能结出果实来……

元祈思索着她的话，好似想到了什么，眸中波光一闪，如同闪电一般，惊心动魄，"难道是……母后？"

他有些不敢置信，摇头道："母后疼爱元祉，又念他救命之恩，想要赐予他更好的封地，这些朕都知道，但要说有进一步的想头……"

他悚然而惊，自己也被这"进一步的想头"吓了一跳。

"皇上别忘了，古时的书上，也有郑庄公的母亲偏爱小儿子……"

少女的声音，如冷玉一般，清脆入耳。

元祈听她比起"郑伯克段于鄢"这一史实，心中更是咯噔一声。他看着窗外黑沉沉的无边夜色，心中满是惊疑。

"难道真是母后？"

他一时心绪烦乱，这时殿外有人禀报："太医已经看诊完毕……"

元祈正是烦躁欲狂，闻言怒道："看诊完了就让梅贵嫔回去休息，却来禀朕做什么！"

殿外侍人更是惊慌，"可……可太医说……"

"说什么？"

"梅娘娘她，有喜了！"

这短短一句，如惊天霹雳一般，响彻于寝殿之中。

第二日早朝时分，百官正鱼贯而入正阳门，却被当值的侍卫统领阻止道："今日早朝取消，万岁一早便吩咐下来，各位大人还是请回吧！"

"今日是大朝，这般悄无声息便取消了，难道是出了什么事？"

众人纷纷议论着，有消息灵通的，已经神秘地向同僚卖弄："各位回到家中，最好闭门谢客，今日实在不吉。"

"为什么？"

这人笑道："回家的路上，看看各处街口就知道了。"

这一日，京城的百姓和官宦都沉浸在惊恐与好奇之中，神出鬼没的鞑靼刺客将京中大将暗杀的消息如长了翅膀一般，在人群中扩散。

到了夜间，各处街市一片萧条，即便是庶民，也怕这刺客发起狂兴，看见了天朝人就大开杀戒，再不敢在外盘桓。

礼部侍郎贺飞的宅子在圆盘街的深处，这里不是什么贵宦居住之地。这一间府邸，小小的，隐没在街角，里面却是花香馥郁。此间正是"红杏枝头春意闹"，虽然已经初夏，也毫无凋谢，只是被风一吹，便飞红片片。

一群黑衣人正静静等在墙根儿，毫无声息。

瞿云与晨露亦是一身黑衣，进了街角，虽是伸手不见五指的黑夜，他们凭着眸中神光，一眼便看见了暗使们的身影。

他们是隶属瞿云统带的，并不属于侍卫编制，所以没有任何身份，却是在暗处替皇帝奔走的影子。

前朝有厂卫酷烈，本朝太祖曾下旨，永不组建"缇骑厂卫"这一类，暗中却也是换汤不换药。

"清敏那边传来消息，辰楼的眼线已经确定人在这里。"晨露低低说道。

瞿云闻言，精神一振。

"饶是静王他做得天衣无缝，也难逃辰楼之中'干将'与'莫邪'的无边罗网！"瞿云微笑道，言语之间，想起自己多年经营，不禁颇为自豪。

辰楼之中，"干将"负责所有明面事务，上次的四方首领就是他们的管事；而"莫邪"则是直属清敏的暗杀小队，他们人数虽然不多，这些年来也未曾有过大的任务，自身实力却是不容小觑。

可惜……比起眼前这些"暗使"，却仍是欠缺些经验……

瞿云心中微微遗憾，同样是自己调教出来的，皇帝手下的暗使，历年来多次执行任务，论起经验和老辣，两者不可同日而语。

此时月上树梢，明亮皎洁，微微驱散了这街角黑暗。有两人走到黑衣人身前，瞿云一个眼色，黑衣人纷纷拔出兵刃，轻轻跃过墙头。

夜已经深了，贺家人都已入睡，四下一片寂静，只有一个小院子里，还发出微弱灯光。

就是这里了！

瞿云压低声音，对着众人道："清理干净！"

黑衣人冲了进去，下一刻，宁静便被打破，只听得杀声震天，慌乱中，刀剑入肉的惨叫声，混杂着兵刃交加的清脆声响，将这平静小院变成了修罗杀场。

瞿云在外细细观察，随着时间的流逝，他的眉头微皱，眼中逐渐浮出杀气。他示意身边亲信，"速战速决！"

一道火折子从窗口丢了进去，也不知上面淋了什么，一触及实物，就熊熊燃烧开来。

里面的惨号更盛，只见冷芒一闪，一道锯齿形的短刃飞出，一连铰过几名暗使的咽喉，才回到主人腕间。

晨露眼尖，一眼便看出这是上次在街边见过的诡异兵器，那短刃在腕间吞吐，光芒一闪，便要夺去一人的性命。

她冷冷一笑，右手轻轻一抚，长剑锵然出鞘，如闪电一般直直射向那人面门。

这一招快无可快，那人大惊失色，却无法闪避，只听得身后一阵嗡嗡声，一个圆形器物飞旋而过，将飞来之剑堪堪撞开，却也损了一个边角。

晨露微微动容，她自从服食了元祈的绝妙丹丸之后，内力很是充盈，这一招虽是随意，普天之下，能挡得下的还真是不多。

她仔细看去，只见那圆形器物大如头盔，内有飞刃旋动，于嗡嗡之中，飞于人头之上，开合剪除几下，竟是齐齐将头颅切下，又飞回主人手中。

这两件器物的主人都是今晚的目标，从服饰举止看来，颇有大将之风，看样子是这群人中的头目。

她瞧着这两件奇形器物，脑海中甚是熟悉，却也一时无暇去想，掠身接过自己的长剑。剑芒暴涨之下，只听得一声脆响，那圆形器物，竟被她切成两半，萎靡在地。

那两人大惊之下，身影加快，靠着手中的锯齿短刃，从另一边杀开一条血路。他们见对手高强，蓄意在人群里穿插，企图让人投鼠忌器，不再进行追杀。

晨露微笑着，并不追赶，眼中冰雪之色更为凛冽。

她静静站在墙头，无视身边的厮杀声，在火光映射之下，遥望着那两人逃遁的身影。

“给我弓箭！”

她接过暗使递来的弓，却看也不看那箭筒，只抽了两支，同时置于弦上。

两支箭，在下一瞬间便发出疾风的呜咽，直直飞去，却逐渐偏离，神准无比地分别射中两人的后背，然后爆裂开来。

晨露也不去看，径自收起弓，正欲让瞿云留几个活口，或许有什么线索，可以指证静王，却听得街口一阵人马奔驰嘶鸣，好像是有百多人的队伍，正朝着这边而来。

“是哪位高人射的箭？”

队伍中，遥遥传来问话，声音洪亮，听着已有些苍老，却自有一种千军夺帅的凛然威风。

晨露微微一愕。

是谁？

相比街角的喧闹和惨烈，畅春宫中却是一片欢欣，个个都是喜气洋洋。

此时已是深夜，梅贵嫔寝殿却是灯火通明，她还没有入睡，正在和贴身亲信岳姑姑低声谈话。

梅贵嫔身着一件幽紫色寒绢宽袍，手中一柄五福登喜金簪，正轻轻挑着灯芯。在她的拨弄下，灯烛之光颤动，将人的身影投在墙上，不时晃动，如同鬼魅一般。

她看了看桌上琳琅满目的珍宝赏赐，满盘满架的猫眼、碧玉簪环佩饰，并名贵绫罗绸缎，连同一旁的玉架屏风，真是无所不有。

这些赏赐，又有什么意思？

她冷笑着，看着太后送来的百子屏风，心中满是恶毒的讽刺，又想起皇后那日的疯癫之态，不由头皮发麻。

“如今……我们的日子，可又要担惊受怕了……”她低低说道。

岳姑姑垂泪道：“这本是天大的喜事，可看着宫里的气象，却是如此凶险。”

“姑姑，这番真是生受你了。”梅贵嫔略带歉意地说道。

“娘娘真是折杀老奴了，老奴无能，想不出什么办法来渡过这难关。”

梅贵嫔狠狠地戳着灯芯，冷笑道：“这后宫里，都是那两个女人的天下，最有势力的二妃，也巴不得本宫倒霉，你们且等着……”

她面容微微扭曲，好似下定了什么决心，“明日一早，我们去皇后那里。”

第二日一早，正是小朝之时，皇帝却是早早唤人通知，让各部司官、勋贵公卿，都齐齐上朝，一时之间，却是比大朝之日更加热闹。

百官们仍沉浸在鞑靼刺客的恐怖气氛之中，上朝路上，不免严阵以待，遣了好几个护卫，仍是战战兢兢，生怕小巷里蹿出个大汉，把自己的大好首级取去。

他们来到西华门外，却见戒备森严、阵仗森然，不由心中又是揣测，这次，又出了什么事？

众臣在阶下窃窃私语，直到元祈登上御座，才归于寂静。

“诸位也许都在猜测，昨夜发生了什么事，逼得朕匆匆把你们唤来。”

元祈扫视着所有人，面沉似水，看不出什么表情。几个亲信大臣知道他的秉性，心中暗暗叫苦。

“我朝自先帝开创基业以来，众臣公上下一心，鞠躬尽瘁，死而后已者有之，勤勉有为、抚爱一方的更是处处可见……”

他一开口，居然是褒奖。

“可是，却也有一等枭獍禽兽，居然丧心病狂，为虎作伥！”

皇帝话锋一转，变得格外犀利，他微一示意，“将他带上来！”

两位御前侍卫听命，从殿外拖着一人入内，有眼尖的，已经认出，正是昔日同僚，为人低调谦恭的礼部侍郎——贺飞。

他满身都是血污和烟熏火燎的痕迹，看着实在狼狈，显是受了惊吓，正惊魂未定，脸色苍白。

“这位就是朕的好臣子，天朝的好子民——贺飞大人！昨晚的鞑靼刺客，就是在他府上剿灭抓捕的。”

元祈以轻讽的口吻说完，殿中已是大哗。有些臣子这几日满耳听着“鞑靼刺客”四字，担惊受怕了好一阵子，平时更是寝食难安，如今听完这话，怒火中烧，恨不能上去掌掴脚踢几下。

贺飞抬头，却并不惧怕，只是喃喃道：“白日不照吾精诚，奈何……”

元祈冷笑，“老天有眼，怎会眷顾你这等乱臣贼子！”

“我不是乱臣贼子！”贺飞高声叫道，声音极为凄厉，“我辅佐的才是真命天子！”

他素来遵从孔孟之道，听到这“乱臣贼子”的诛心之语，忍不得这侮辱，才不顾一切地喊了出来。

话才出口，他已经觉得不对，脸色更加苍白。

皇帝好像没听出他话里的意思，径自冷笑道：“鞑靼人是你的真命天子？你难道没听过圣人之语，狄夷之有君，不如华夏之无君？你也算是圣人门徒？”

底下的群臣不是傻子，个个都是久浸官场的人精，一听贺飞这话，就觉着有莫大的蹊跷，只是皇帝往“狄夷”方向想了，他们也不敢作声，心中却是惊疑不定。

贺飞的眼睛却是直直地看着地，一言不发。

元祈词锋越发锐利狠毒，“你对君不忠，对友也是无信。静王素来爱重你的才华，去年秋日亲身去你家中求《秋菊赋》，把你引为莫逆，你是怎么报答他的？”

他转头看向阶下众臣，“也罢，就让你们见识见识这禽兽的手段。他家中暗藏刺客，几日来连连袭击朝中重臣，下一步的目标，却是向来与他以知己相称的静王！”

这一声如同晴天霹雳，连贺飞都被惊得目瞪口呆，他猛地抬头，突然感觉到，自己已陷入一个极大的陷阱之中。

元祈只是冷笑，不再开口。他身边的秦喜示意从人端来盘中被烟熏成黄褐色的地形图，出示给众臣观看。

只见上面，虽图形模糊，仍能隐隐辨出是静王府的地形图，亭台楼阁、房屋区间，都画得清清楚楚。静王的寝居之上，还画了个鲜红淋漓的叉，显然是清除之意。

众臣争相上前观看，一时熙熙攘攘、热闹不已。

晨露站在殿外，和瞿云一起观赏着这浩大场面，唇边掠过一丝微笑。

“这些人中，也有心思深沉之辈，也未尝不会对眼前一幕有所怀疑，但，不会有人敢于说出。”

只听得大殿之中，皇帝继续说道：“刺客已经伏诛，可也有活口留下，他们得知朕要将幽州册封给静王，便生出了这般不轨之心。”

群臣又是一阵哗然。前几日，有十几位亲贵联名上书，恳请今上将九州之中的重镇封给静王作为封地，理由很是冠冕堂皇，道静王恭谨忠诚，实为国之柱石。皇帝当时留中不发，到头来竟还是采纳了他们的意见？

元祈继续道：“幽州若是有亲王前去坐镇，对鞑靼的扩张大为不利，所以他们就联合了贺飞这败类，想要致吾弟于死地！”

他语气微微颤抖，显然是悲愤已极。众臣知道他与静王素来交好，也不禁黯然。

晨露看着他精彩的表演，不禁微笑道：“元祈这一招真是天外妙招。”

她目光如炬，一眼便看出那贺飞乃是静王暗中的心腹，所以静王私蓄的刺客才会在他府中。

这些人杀了京营将军柳膺，已经触碰了皇帝的逆鳞，于是让暗使将他们全数清除，给静王一个重击，却又将此事再次栽到鞑靼人头上，最后更是画龙点睛，将此事和前日里沸沸扬扬的“赏赐封地”联系，让静王有苦说不出。

此时，大殿之中已是群情激奋。天朝自建立以来，虽然也有战败，可是在天子脚下，朗朗乾坤，竟任由鞑靼刺客横行，甚至还有朝廷命官参与其中，这实在是天朝之耻。

“看看你们奏的好建议，险些让朕的爱弟命丧刺客之手！”

元祈扫视着十数个前几日联名闹腾封地的亲贵，任由他们两股战战，汗流浃背。

这些人，要么是静王夹袋里的人物，本来就是一气，趋炎附势，看着太后亲重静王，于是想预先示恩在这位当朝亲王身上，谋得升官加爵的资本。这一下，拍马正中蹄子，却是暗中叫苦不迭。

“钱熙，你这几日最为积极，串联着亲贵子弟上书给朕，要让静王多多历练，是想让他历练到鬼门关不成？”

皇帝点了二驸马的名，怒气仍是不消，“你自己部里的事放着不管，却胡乱言说国事，这几日给我回家闭门思过，下去！”

他的眼睛扫过大驸马孙铭，轻轻地点了点头，表示嘉许，又继续道：“这件事也给了朕好大教训。传旨！”

他唇边露出一丝近乎顽皮的冷笑，“幽州仍然赐给静王作为封地，只是此地位置险要，乃是中原的门户所在，所谓怀璧其罪，朕不能让弟弟置身凶险，所以由朝廷派出长史代管，静王只需在京中遥领便是。”

晨露听了这一番冠冕堂皇的话，几乎要大笑出来。

这世上，怎会有这般狡猾、又将事情演绎得如此流畅之人？

她站在殿外，遥望着英挺潇洒的皇帝，笑容慢慢收敛。在日光下，她微微眯起眼睛，想起半夜时分，那突然而至的队伍以及领头之人。

昨夜，众人烧杀将尽，正要撤离，却听得街道另一头有整齐的脚步声，大约有百人。

瞿云脸色微变，“难道是九门提督的手下？”

晨露当时就摇头，“这般整齐一致的脚步声，仔细听去，竟带着军中的肃杀之气，断然不是城中驻军。”

那队伍来到墙边，领头之人扬声喊道：“是哪位高人射了这一箭？”

晨露听着，异常熟悉。瞿云掠至墙头，细细看去，心中一惊，“是上柱国大将军，已经荣休在家的王沛之。”

晨露的脑中，闪过一个嬉皮笑脸的少年。

那时，他与元旭情同手足，她如约下山，加入义军之中，他先时还不屑地道：“女人这么娇弱，在家绣花多好！”

直到她九战九胜，奠定了军中威名，大会天下英雄于潼关，他才心悦诚服道："嫂子，你真是厉害，大哥真有眼光！"

"谁是你嫂子……再胡说八道，小心嘴巴被缝！"

那时候的她，仍不脱少女的骄纵，羞恼之下，撂下了狠话。

在这幽深夜里，她站在墙的另一边，未见其人，却想起很久以前的笑语。

嫂子，你真是厉害……

"你们是什么人，竟敢在朝廷命官家中烧杀屠戮？"王沛之又问道。

瞿云觉得不是事，知道再不能躲避不出，只得朗朗一笑，登上墙头，"大将军，多时不见，您的虎威不减啊！"

只听王沛之轻轻咦了一声，奇道："竟会是你？"

他细细打量着瞿云，问道："大统领你不戍卫宫中，却是在此做甚？"

"末将乃是奉了圣上的旨意，前来剿灭不法凶徒，惊扰了大将军，是末将失职。"

王沛之哈哈大笑，"怪不得火光冲天，杀声四起，想来，必定和这几日喧嚣尘上的刺客有关吧？只是……"他沉吟着，"这里是官员宅邸，你们侍卫的职司并不及于此处吧。"

他语气不重，但说话间，叱咤沙场的威势却让人不敢辩驳。

晨露心明如镜，也感同身受。这些昔年军中的厮杀将领，对缇骑厂卫这些诡谲势力向来没有好感，以王沛之的经验，又怎会看不出这是宫中的黑暗势力？

他这话占了全理，瞿云一时无话可说。晨露眼看一夜将过，一旦拖过了早朝，皇帝就会陷入被动，她微一思索，也飞身掠上墙头。

王沛之只觉得眼前一凛，在冲天火光的映照下，一位素裳少女居高向下望去，正和他四目相对。

仿佛是不能承受那眼中的冰雪之色，他微微转头，心中暗自惊诧，"姑娘是……"

少女凝眸一笑，仿佛万古寒冰都灿然裂溶。

"妾身忝为圣上御侍，区区名号，不足挂齿。"

王沛之有些惊异，他在家修身养性，远离庙堂，竟不知皇帝身边出了这等人物。

"瞿统领奉了诏令，来捉拿这行凶京中的刺客，其间更有朝廷命官涉案，为免物议，所以秘密进行，还请大将军谅解一二。"

她声音清脆，话也说得滴水不漏，合乎情理。只是王沛之似乎有些心神不宁，也无心去深究这职权问题，他径自问道："这两支箭是你射出的？"

他接过从人递上的染血羽箭，这是刚刚从逃遁的两人身上拔出的，他袍袖一拂，就直直射向少女。

晨露从袖中伸出手，在火光之下，那花瓣一般的柔荑莹润如玉，却轻轻拈起闪着寒光的箭头，毫不为难。

她微笑着，端详着已过不惑的王沛之，但见当年调皮精灵的少年，已然两鬓染霜，面目刚毅。

这岁月风尘，到底将多少人事改变？

她暗自嗟叹，面上却毫无异样，“妾身本领粗陋，让您见笑了。”

王沛之双手不易察觉地微颤，全身血液几乎都要逆流，但他终于忍了下来，含笑道：“哪里，这两箭真是不凡……”

双方寒暄了几句，王沛之破天荒地率领这一百多家中兵丁，给了瞿云许多协助。

天边隐隐有了鱼肚白，晨露和瞿云率领一干人等起程回宫，仍能感受到身后那炯炯的目光。

“小云，难道我射的箭，有什么特别？”

瞿云闻言，郑重地看着她，晨露更觉蹊跷。半晌，他才面无表情地道：“是很特别……”

“是什么？”晨露更感好奇。

“特别之处在于……能一箭杀掉两人。”

瞿云的笑话还是同平时一般，十分无趣，晨露却在冥冥中，感觉到一种异样。

她没有深究，于是，和那个埋葬于深渊的秘密再次擦肩而过。

一行人朝着宫中进发时，第一缕晨曦已经露出，今天是个晴朗明媚的日子……

“小宸！”

瞿云的低喊打断了她的回忆，她凝神看去，只见早朝已毕，皇帝已经起身，朝着殿外走来。

“朕瞧着你在发呆。”

年轻的皇帝走到她身前，凝眸望着她，言语之间，满是真挚的关切。

“微臣只是觉得……今日，定是个晴天。”

第十三章 凤阙

在前廷大朝之时，幽幽后宫里，也有两位身份高贵的女子在闲适地品茗、轻谈。

她们起得都很早，两人端着茶盏，互相寒暄闲谈着，却并不涉及正题。

梅贵嫔瞧着窗外天色，曼声问道："娘娘仍是睡眠不佳吗？"

"花香熏得我头疼。"皇后淡淡道。

梅贵嫔不顾她的冷淡，笑道："臣妾却能解娘娘这头疼的症状呢。"

皇后微微疑惑，却已看出梅贵嫔的示意，她屏退了从人，有些厌烦地道："你可以说了。"

梅贵嫔站起身，娉婷婉约，她将手抚在自己腹上，悠然笑道："臣妾已经怀上了皇上的龙裔。"

皇后猛地睁眼，满是掩饰不住的怨毒和恨意，声音也略见嘶哑，"你是来向本宫示威的？"

梅贵嫔有些瑟缩，但很快镇定下来，"臣妾岂是那等样人？"

她恭顺地跪下，眼中满是清澈，"臣妾是想，如果娘娘不嫌弃，这孩儿不管是男是女，都拜在您的膝下。"

这突兀一句，让皇后猛然一颤，仿佛从没见过她，细细打量着。

"你知道自己在说什么吗？"

皇后有点儿不敢相信。天朝历史上，不乏庶出之子算在中宫膝下，但他们的生母，大都出身卑贱，不受宠爱。

梅贵嫔蒙受皇帝的深深眷爱，又离妃位仅一步，诞下皇裔，便算是对社稷有功，可以再上一阶，晋位为妃。她正是风头盛时，却又如何甘心把腹中骨肉献于皇后？

"臣妾岂敢有妄言？还求娘娘成全……"

梅贵嫔长跪不起，皇后心中料定，她必是怕后宫倾轧，蒙受不测，才佯装恭顺，带着孩子投靠自己。她想到此处，不由冷笑道："你想必是有求于本宫，本宫只怕自己力薄，不能如你所愿啊！"

梅贵嫔直挺挺地跪着，脸上却丝毫没有怯懦之色，“娘娘心中，必然以为我巧言令色，是为了保全这孩子，才如此委曲求全。”

“哼……”

皇后冷笑，再不说话，她以为梅贵嫔必然会知难而退，谁知，对方竟是嫣然一笑，“娘娘，您可知道，皇上他，并不想让您受孕呢。”

皇后一听这话，悚然一惊，“你怎么会知道……”

梅贵嫔笑得婉约，“这地上太凉，若是伤了我腹中的龙裔，却是不好呢。”

皇后深深皱眉，实在看不惯她故弄玄虚，冷声道：“起来吧。”

梅贵嫔盈盈站起，轻声笑道：“看您的神情，便知此话不假，若是如此，您真要为自己好好打算啊！”

皇后闻言，怒道：“本宫的事，自己会料理，无须他人过问！”

“如今有太后在，您当然能料理。说句不恭敬的，若是她有个万一，您难道想如汉时废后一般，退守长门冷宫吗？”

此话一出，皇后的脸色蓦然苍白，她欲要狂怒，却又露出欲哭的凄然神情。

梅贵嫔见火候到了，趋前道：“太后是林家的支柱，将来，您会如她一样，成为天朝真正的女主人，您所需要的，”她轻轻抚摸着小腹，“只是这一个皇子，他将成为未来的天子！”

皇后正要反驳，却被她眼中的郑重光芒刺中，她细细想了一会儿，道：“你未免一厢情愿了，本宫若是需要，多的是嫔妃可以选择。”

“只是她们都没能生子，娘娘，您只有我可以选择。”

“当然，您可以选择一两个可靠忠心的，让她们怀上龙裔，比如，前头的云萝云贵人。可是，您连她也不甚信任。在这个后宫里，忠心这种东西，实在是缥缈无稽。”

皇后被她说中了心事，不再讥讽，只听梅贵嫔继续道：“云萝实在是八面玲珑，皇上的宠爱也并不很盛，您虽然想用她，却是心存疑虑，也没逢上时机，才蹉跎到了如今。”

皇后听到此处，冷笑道：“本宫若是对她有疑虑，难道会对你放心？”

“您确实应该对我放心。”

梅贵嫔款款道：“我所要的，不过是天子之母的无上荣光，而您想要的，是母仪天下的玉座权柄，我们可以如前朝一般，两后并尊！”

这近乎狂妄的话，却让皇后眼中放出光芒。

前朝，曾有两位太后并肩临朝，一为皇帝生母，一为先帝中宫，她们齐心协力，创出了一时盛世，被后世称誉。

在这口蜜腹剑的宫中，皇后早已学会不把任何人的承诺当真，可是梅贵嫔的诺言，因为狂妄才更显真实——

她不过出生小户殷实之家，若真是两后并尊，便是把玉座珠帘分去一半，那至高权柄，却也仍归于林家！

皇后想象着，太后薨后，自己成为林家的实权者，那份不受拘束的威权，不禁怦然心动。

她望着窗外初升的朝阳，不由心中唏嘘。

天可怜见！她要求的，不过是如普通女人一样，有夫君眷爱，有儿女绕膝。可是，在这琼楼玉宇的深宫之中，这却是最可笑的梦幻！

她想起那日，她满心怨愤，离开乾清宫之时发下的誓言：从今以后，我不再是你的妻子，只是你的皇后！

那日的心死绝望，仍萦绕不去，皇后露出一抹冷戾的微笑，若是无爱，那只有执掌权柄，才能告慰于己！

她优雅起身，对着梅贵嫔问道："你让本宫如何相信你呢？"

梅贵嫔早有预料，沉稳答道："这孩子一出生，我就奏请皇上，道是我八字与他有冲克，把他寄予您抚养。若我有叛离的举动，您尽管将这孩子千刀万剐便是。"

"要是个公主呢？"

"我预感，这胎是个男儿。"

梅贵嫔眼中放出狂热的光芒，"若是个公主，我自己养着便是，也不劳烦您费心了。"

两人又闲谈了几句，梅贵嫔才袅娜离去。望着她的身影，皇后意甚踌躇，思量半天，仍是决断不下，于是吩咐道："摆驾慈宁宫。"

她乘着辇舆，不多时便来到慈宁宫，穿过庭院，来到廊下，却只有几个面生的侍女，原先一干人等，都被皇帝以侍奉不力的罪名，贬到了宫外。

经过"毒药事件"，叶姑姑仍是身体虚弱，而皇后身边的鄂姑姑，也不宜再待在御苑之中，只得回到靖安公那里。好在靖安公也中了"鞑靼刺客"的毒，虽然经过郎中救治，却也需要懂得医理的人照料。

她走到廊下，几个侍女见是皇后亲至，正要入内禀报，却被皇后制止了。

皇后此时很有些杯弓蛇影的样子，见殿门紧闭，心中又起疑窦，她笑着对侍女说道："太后好似有什么事，我也不急着进去，想去殿后小院里看看今年的桃花。"

她径自来到殿后，见无人经过，才绕到殿后的窗棂之下，以指甲上的镶套划破窗上纱绢，弄出一个小洞来一窥究竟。

殿内仍是昏暗一片，一个熟悉的身影倚坐在榻上，正摩挲着掌中翡翠双球。皇后一眼便认了出来，正是太后无疑。

太后一边调理气血，一边和对面一人低谈。皇后耐不住好奇，又将洞开得大了些，才勉强听见。

“欲加之罪，何患无辞？只是皇兄的所作所为，也太让人寒心了！”那人轻轻叹道。

皇后在小洞的微光中，依稀看到他腰间珠玉闪烁的五彩幽光。

这样一位浊世佳公子，即使是在叹息，仍是俊美如同画中人一般。

平日里，皇后一直视他为谦谦君子，此刻撞见这一幕，心中悚然一惊。

她屏息凝神，静静地由这指甲大小的洞中继续窥视着。

太后将手中翡翠双球置于檀木盒中，听罢此言，也不回答，只是端起几上的玫瑰冰露，慢慢啜饮。

半晌，她才开口道：“皇帝这么做，也是为你好。真要是把幽州赐封于你，怕是你性命有碍。”

静王苦笑道：“母后，您不用宽慰我了。皇兄他这般处理，天下人都道他担忧手足，却不知我是有口难言。早知如此，我就不该妄想什么幽州。”

太后闻言，将琉璃茶盏重重置于案间，眉宇间生出冷怒，“让你去幽州，是我的主张，哪个小人敢生出口舌！”

皇后闻言一惊。她在后宫之中，也颇是听了一些朝中传闻，有说静王勇担重任，险些被鞑靼刺客暗算，也有说几个皇亲联名上书，为静王讨这赏赐，才惹来这无妄之灾，如今听来，这竟是太后的授意！

只听太后舒缓了口气，道：“我本想你坐镇幽州，既可以在朝廷和襄王之间协调处事，又可提点襄王一二，他也是你的舅舅，素来高傲森峻，除了你和皇帝，这世上又有谁能抑制他？”

太后说得诚挚恳切，皇后却是一听便知，她既怕皇帝对襄王不利，在某个节骨眼上，让他“沙场捐躯”，又怕襄王生出谋逆之心，将朝廷视若无物。

皇后细细想着，对太后的深谋远虑不由心中暗赞，想起自己将来，也要如她一般殚精竭虑，心下生出恻然。

这就是林家掌权人的宿命？

静王叹道：“可惜皇兄疑我太深，早知如此，我便早早南下，到江南去享受苏杭美景，于二十四桥上，共玉人吹箫，岂不快哉？”

太后笑着睨了他一眼，“你仍是如此胡闹……早些时候，便有御史参你放荡不羁，与京中闺秀私通款曲，这毛病不改改，却让天下人如何称你贤良？”

静王微微一笑，满不在乎道：“是真名士自风流，我又不是皇兄，整日里庄重沉稳，要有天子的气象，我自做我的风流王爷便是。”

太后听了这话，眸中目光闪动，却是笑道：“你们两兄弟，真是两副秉性，一个心思沉稳细密，任谁也看不出端倪，另一个却是潇洒不羁，率性而为。”

她好似想到了别的，神情有些怅惘，“说来，皇帝是我的亲生孩儿，可从小我就不明白他在想什么，倒是你，整日与我调皮撒娇，别人不知，还以为你也是我怀胎十月生下的。”

静王仿佛抑制不住内心的激动，他走下座位，在殿中来回踱步。

灯烛的火焰此时一跳，光芒暴涨，皇后从那指甲大小的洞中，正正看见他的眼。

静王的眼眸中，竟是炽烈欲狂的冰冷怨恨！

她惊得一颤，手脚冰凉麻木，想要退开，却不听使唤。

只见静王回过头来，正对着太后，郑重跪下。

“你这是做什么？”太后奇道。

静王眼眶有些泛红，“我自小便没了母妃，全仰仗您将我抚养长大，只要母后一声令下，我便是赴汤蹈火，也心甘情愿。可是现在，皇兄对我猜忌已深，其间有种种不忍言之事，我实在不能为您分忧了。”

“什么不忍言之事？”

太后一听，大出意料，她本以为皇帝听了几句闲话才生出疑忌，现在听这意思，难道别有内情？

“母后，您可知道，那日朝堂之上，有一位原本与我莫逆的礼部侍郎，家中窝藏了刺客，意欲取我性命？”

见太后点头，他继续道：“贺飞当廷出言不逊，道他辅佐的乃是真命天子，并非乱臣贼子。母后您细想，这话是不是太过骇人听闻？他所指的……”

他激动得说不下去，太后静静听着，接着说道：“是在影射于你？”

“儿臣听了这句话，惊得魂飞天外，当时就觉得事有蹊跷，事后我细细调查，才得到了这个。”

他从袖中抽出一样物事，一柄锯齿短刃，以莹亮丝线缠绕，锋芒凛然。

“这是从大臣遇刺的现场找到的。”

太后接过短刃，凝神一看，脸色变得惨白，“这是先帝时……”

她不愿再说下去了，声音有些哽咽。

“这是先帝时候，秘密缇骑的制式武器。”静王沉声道。

“所谓的刺客，根本不是什么鞑靼人派来的，而是出自天朝之内。能够指使他们的，只有……”

他仿佛不胜唏嘘，再也说不下去。

“你不用说了！”

太后脸色铁青，眼睛微微眯起。

“我生了个好儿子！”她咬牙冷笑道，再也抑制不住心中狂怒，将盛着翡翠双球的檀木盒掼于地上。

“这一系列刺客事件的最初，就是我中毒垂危。我真是生了个好儿子！”

只听得一道清脆裂声，那翡翠摔落在地，裂为数瓣。

这翡翠双球，通体浑圆剔透，一汪如碧，瞧着便很是名贵，即使化为碎片，上面的凤凰雕纹，也清晰可见。

太后俯身，轻轻地拈起一片，放在眼前，静静凝视着。

殿中，陷入了良久的沉默。

蜜蜡蟠龙烛的灯芯微微颤动，光影飘摇，投射在她的脸上，是如此的混沌不明。

“这也是你皇兄进献的……”半晌，太后才幽幽说道。

“他一向是个孝顺的孩子。”

她的声音从幽暗中迸出，显得诡谲深远。

静王端坐听着，并不答话。

“他一直是个孝顺的孩子……可是，我从来不懂他的想法，这次也不例外。”

太后的声音，既非狂怒，也不是伤心，而是一种微微的疲倦和黯然。

“那日，我中毒醒来后，便隐隐生出不安。那药丸，只经过两人之手，一个是玉虚真人，另一个，却是太医院的医正——他本是一介医士，乃是皇帝亲自提携的。”

太后冷笑道：“玉虚是个识时务的道士，他龙虎山一脉，素来不为皇帝所喜，若是没有我的庇护，定然不能在京城立足，所以凶手不会是他。”

皇后从孔中窥探，此时听着，整颗心都沉了下去。

她那日失控癫狂，言语之中，也是对皇帝颇多疑虑，此刻噩梦成真，她再也抑制不住战栗，脑中只有梅贵嫔的那句话，在反复回响。

您难道想如汉时废后一般，退守长门冷宫吗？

不！

她从心底发出尖叫：决不！

皇后的蔻丹指甲深深陷入窗棂的栏木之间，几欲折断。

她强迫自己冷静，颤巍巍地起身，一不小心，险些踢到碎石，她及时抓住桃树才没有跌倒，却是将鸾凤朝天的墨绿绸裙染上了大片污泥。

她越发慌张，只觉得背后似乎有两道犀利目光，如火烧一般地注视着。

朱墙那一端，有数只黑鸦飞过，发出嘶哑不吉的叫声。这殿后桃林，人烟全无，别有一种阴森死寂。

皇后心生害怕，不敢久留，只得挽起裙幅，蹒跚离去。

她向前疾奔，没敢回头，却不知身后有两道人影，从殿上屋脊处跃身而下。

“连皇后这等人，都有了自己的打算，这盘棋，怕真会乱成一团。”

晨露微微蹙眉，仰望着空中的成群乌鸦，仿佛感受到了那蕴含死亡和不祥的气息。

“不管如何混乱，我们定会是最终赢家！”瞿云在旁安慰道。

夜已经深了，天空中却是电闪雷鸣，雨迟迟不来。

乾清宫中，皇帝来回踱步，有些疲倦地问道：“母后和静王说了些什么？”

晨露递了个眼色给瞿云，示意他别开口，敛眉道：“太后和静王，谈了幽州封地的事，说来很是惋惜。”

“他们是该惋惜！”皇帝冷冷一笑，握着茶盏极力忍耐，“还有什么？”

“微臣不敢启奏……”

少女的声音，清冽幽远，仿佛从天外传来。

“连你也欺瞒朕？”

皇帝惊愕生怒，却在两眼相对之时，寒意灌顶，再也发不出火来。

晨露素来清冷的双眸，此时晶莹剔透，竟含着微微的润泽。

“皇上……”她低低唤道，声如蚊蚋。

“您连日来，真是好生为难了……”

这一句，从肺腑中迸出，诚挚恳切之极。

“到底，他们说了什么？你告诉朕。”

元祈放缓了口气，几乎要沉溺于这一泓幽寒秋水。

“静王很肯定地道，‘那些人’的奇形兵器，是无人认得的，都是先帝时期，秘密缇骑们所用的制式武器。”少女轻轻说道，语气很是艰涩，仿佛不忍目睹年轻天子的神情。

瞿云在旁看得真切，只见皇帝双唇微颤，所有的血色都在瞬间退去。

“原来如此！”他痛切地恍然大悟道，面上露出极为诡异的微笑。

“怪不得！怪不得！”他喃喃说道，那笑容越发耀眼。

晨露静静看着，只觉得凄凉，她心中莫名一痛。

“这才是朕的好兄弟！好母后呢！”

皇帝几乎是疯狂地，朝着漆黑天穹望去。

一道闪电将他映得明亮，俊逸沉稳的容颜，却透出一种石像般的惨白僵硬。

“父皇！”

他猛地一掌落在书案上，笑得声嘶力竭。晨露心中一动，止住了脚步，静观其变。

“父皇！连您……都是这样偏袒二弟！”

皇帝继续笑着，几乎直不起腰来。晨露看到，有一滴水从他的脸庞滑落。

她有些困惑，又有些焦虑，正要往外退走，却见皇帝上前一步，伸出手一带，竟是将她抱了个满怀！

瞿云大惊，正要上前阻止，却听得皇帝的声音斩钉截铁道："你退下！"

元祈如同疯魔一般，将晨露紧紧抱住，他看也不看瞿云，继续道："退下……朕，不会对她如何的！"

窗外雷声隆隆，几乎要将他这句话淹没。晨露抬起头，却并不挣扎，对着瞿云道："您先行一步吧，这里不碍事的。"

瞿云不掩忧虑地看了她一眼，终是没说什么，转身离开了。

闪电继续将寝殿照得通明，这一对心思迥异的男女紧紧相靠，没有任何香艳和旖旎的气氛，只有无边无际的凝重。

“你知道吗……”元祈埋首在她发间，低低开腔。

“父皇临终前，曾经把我唤去，叹息良久，却终无一言，只是把他的秘密缇骑悉数交代于我——这便是‘暗使’的前身。一直以来，我都认为自己身担大任，父皇虽然对我不假辞色，却也是严之爱之，没曾想，今日才见了真相。”

他苦笑着，继续道："暗使们的修为，并不如传闻中那般出众，我也不以为意，只是让瞿卿继续训练教导，这几年经历得多了，也查知了不少蛛丝马迹，今日一句，却是让我心中敞亮——父皇真正的班底，竟是在二弟手中啊！"

晨露微微一颤，低低道："怎会如此……"

“幼时，我不止一次看到，父皇携了二弟游湖，当时我心里不快，却也安慰自己，我是国储，不能如此嬉戏，却没想到，父皇真正信重的，并不是我。”

元祈毫无顾忌地述说着，此时，他不是那日理万机、英气勃发的当朝天子，只是一个知道了真相而痛苦不已的儿子。

晨露只觉得一阵痛意深入骨髓，耳边回荡的却是那句“并不是我”。

他爱的人，是林媛，并不是我……

他所疼爱的儿子，也并非眼前这嫡子国储……

这一认知，让她从心中涌起一种“同是天涯沦落人”的感觉，眼前这相似的面貌，也不再让她切齿痛恨。

她端详着皇帝，这有些煞白的脸，只觉得再也找不出半分让她怀恨的面相。

元祈和元旭，就算相似，也是两个全然不同的人啊！

她继续端详着，年轻的天子有着两道剑眉，却不似元旭那般浓，而是飞扬入鬓，细长精致。

她觉得有些眼熟，却实在想不起来，什么时候有这般相似的感觉。

皇帝紧抱着她，毫无半点色欲，仿佛要从这单薄躯体上汲取温暖。他沉醉地呼吸着她发间的幽冷芳香，然后慢慢松开，一刹那却又紧紧握住那一双白皙莹润的柔荑。

“你说得对，朕真是难……”

他深深叹息着，回首望向身后的御座龙椅以及案上的金龙镇纸。

“这普天之下，都以为皇帝过的是神仙似的生活，可谁知道，这高墙深宫之中，根本是鬼魅横行，什么母子、兄弟、夫妻，都是假的，任何人都不可相信。”

元祈的声音，在殿中回响，应和着隆隆惊雷，沉痛悲郁，几乎道尽了他一生的为难。

晨露不语，只是任他握着。她知道，明日，眼前这个人就又会变作无所不能、庙谟独运的上天之子，这些悲苦、这些为难，他也只能在雷电中，对着自己倾诉。

“朕在这宫里，从来没法对任何人说这些……今天不知怎的，看着你的眼就失了常性。”他缓缓说道。

他伸出手，替她整理被自己拂乱的发髻和钗环，对那乌黑亮泽的如云青丝，爱不释手。

“真是滑润……”

他满意地咕哝着。晨露对这般轻薄，本要投以白眼，听见这一句，怒极生笑。

“您真是没有鉴赏力！”

皇帝听着这无礼的言论，并不为忤，只是微笑着，答了一句：“这叫爱屋及乌！朕爱它的主人，也只好试着爱它了。”

他说得光明磊落，毫不羞愧，却不料，眼前的清冽少女，仿佛听见了什么可怕的话，浑身轻颤，眼睛微微眯起，仿佛是一只受惊的幼猫。

下一瞬，她转身冲出了寝宫，那小小的身影，投入外面的无边雨幕，很快消失不见了。

元祈凝望着她消失的方向，只觉得心头一阵苦涩，比幼时喝的黄连汤还重。

大雨滂沱，打得人隐隐生痛，夜晚的阴云，依稀可见翻滚横涌的凶险，一道道白亮闪电，默默降临大地，随之而来的，就是轰隆怒雷。

雷电轰鸣声中，昭阳宫中却是一片平静，宫女们垂手肃立于廊下，静静等待着主子的召唤。

紫檀木的窗棂被风振得格格作响，梅贵嫔担忧地望了一眼，心中寻思，这样的风雨，却要如何回自己的畅春宫？早知如此，倒不如明日再来听消息。

皇后正中居坐，正悠闲地品茗，她含笑望着梅贵嫔道："此刻风疾雨狂，妹妹不如宿在这里，你我姐妹同殿而眠，也算是佳话一桩。"

她身着一件水红碎金的绸衣，映得肌肤如雪。一反这几日晦暗老气的装束，皇后今日穿得鲜亮，脸上也恢复了平日里温柔宁静的微笑。

梅贵嫔细细地凝望着她，仿佛要从她的脸上寻得一些蛛丝马迹。

何以才过了半日，就如此大相径庭？

她想起手下宫女曾经密报，皇后今日去了太后的慈宁宫。

难道是太后给了她什么锦囊妙计？

梅贵嫔心中正在惊疑，皇后清柔一笑，宛若佛前玉女。

"你有孕的消息，我还没有禀报太后呢。"皇后仿佛猜到了梅贵嫔所想，主动说道。

梅贵嫔悚然一惊，看着皇后自若悠闲的姿态，忽然觉得，两人之间的气势高下，已经发生了逆转。

如果说，今日晨间，梅贵嫔破釜沉舟的决心，正中了皇后的软肋，那么现在，皇后于悠然浅笑之中，已经反守为攻，扳回了局势。

"娘娘这么说，是应允了臣妾的建议？"梅贵嫔终于打破了沉寂，开口问道。

皇后笑得越发温婉，"妹妹这话错了。我身为中宫，广纳妃妾，替万岁开枝散叶，乃是本分职责。你现在身怀龙裔，我自会好好照料。怎么说，这孩子也要称我一声母后呢。"

梅贵嫔静静听着，眉头轻蹙，只觉得皇后一下子又恢复到原先的沉静虚伪，前几日那狂热疯癫、气急焦虑的神情，仿佛从未在她身上出现过。

皇后这一番话，说得冠冕堂皇，又是诚挚真切，言语之中，好似答应了她的条件，细细一品，却又没有任何实质内容。

她心下冷笑，口中却道："娘娘的贤德，臣妾一向仰慕，只是万岁，怕是对您很不谅解呢。"

她最后语气加重，显然是不愿意与皇后继续绕弯，单刀直入地说了这话，语气之中隐隐含了威胁。

皇后却不为所动，径自盈盈笑道："俗话说，路遥知马力，日久见人心。皇上虽然对本宫有所误会，也终究会开解冰释。妹妹且放开怀，今晚便在我昭阳宫中歇下，若是不愿意和我同住一殿，那便住在西侧暖阁好了。"

她扬声命侍婢进来，又让她们去收拾了暖阁，从自己的库存里，捡了崭新上好的被褥锦衾并鲛纱帐一应物事，让梅贵嫔歇下。

皇后遣散了宫女，对着梅贵嫔微笑道："妹妹尽管放心，你要是在我宫中出了一点差池，圣上定会下诏废后。"

她这般笃定，却是让梅贵嫔在万分疑惑之下吃了颗定心丸。她望着窗前晃动摇曳的树影，知道皇后说得有理，于是颔首答应，"那就打扰娘娘了。"

皇后十分殷勤，亲自将她送到了暖阁之中，看着宫人伺候清理完毕，才端详着梅贵嫔的小腹道："你所怀的龙裔十分珍贵，乃是万岁盼望已久的……就连本宫，也盼着他早点出世，叫我一声母后。"

她的目光，牢牢锁在那腹间，那是毫不掩饰的期盼与急切。

那期盼急切的目光在眸中大盛，简直要将那莫须有的婴儿摄住、取出，紧紧地抱在怀中。

梅贵嫔接触了这一目光，不知怎的，却激灵灵打了个冷战。

一夜暴风骤雨，天亮之后，却是渐渐停歇，待到日出晴暖，昨夜的残花落叶，早早就被役者扫清，一眼望去，但见金光耀眼，哪还能看到半点风雨之象？

元祈今日起得很早，他眼圈有些发青，任由近侍们摆弄着衣饰，却心事重重，很是踌躇。

他抬起头，望了眼殿外等候的从人，却不见那熟悉的清丽面容，不由心中慌张，正要开口询问，忽然想起，佳人今日并不当值。

他暗笑自己虚惊一场，心下却仍有些患得患失，意兴阑珊地望着殿外龙辇，破天荒地，他今日提不起兴趣去早朝。

一阵微微的喧哗声传来，只见秦喜面色古怪，进来禀道："皇后娘娘求见。"

她来做什么？难道还没闹够？

元祈一时厌憎得无以复加，想也不想，摆手道："朕急着去早朝，有什么事回来再说！"

秦喜面带难色，却仍是出去回复，半晌，他回到殿中，"皇后娘娘跪在宫门前，说是……”

他嗫嚅着，在皇帝森冷的目光下，终于说了下去：“说是万岁您要是不能宽恕她，她就一直跪着。”

元祈闻言，深深皱眉，心下暗忖，她又想玩什么花样？

但无论如何，皇后乃是中宫正位，不能任由她将天家威严抖落干净，元祈深深吸了一口气，说道：“让她进来。”

皇后款款走入寝宫，所有人都觉得眼前一亮。

她身着碧色云霓宫裙，脑后六柄金钗绾住青丝，很是精巧细致。

她舍弃了平日用的雍容步摇和凤冠，也不复前几日那僵硬灰暗的穿着，反而显出青春韶龄。她与皇帝同龄，本也年少，这一番用心思，脸上也少了前阵子的悍怒，瞧着真是秀美娇艳。

“皇上，昨晚梅妹妹来访，却突然下起大雨，不得已才留宿在我宫中，臣妾这才知道，原来她怀了龙裔。”

皇后一开口，就把众人吓了一跳。

秦喜之流，乃是皇帝的心腹，那日太医诊出喜脉，他们得了诏令，早早堵了在场人等的口，严词命令他们不准外传，没曾想，还是被皇后得知了。

元祈听了这话，脸上一片漠然，看不出喜怒，只淡淡嗯了一声，有知道他秉性的，不由暗暗叫苦。

果然，他听完皇后的话，咬牙冷笑道：“你的消息真是灵通！”

皇后听着这简短而恶毒的话，脸上一片煞白，在晨光的照耀下，她身形娇小孱弱，竟有些摇摇欲坠。

皇后的脸上，涌起了病态的苍白，她哀怨的眼神攫着皇帝不放，悲郁似乎哽塞了她的咽喉，她嘶哑着嗓子道：“皇上，你竟是，这样看待臣妾吗？”

“都给朕出去。”

元祈阴郁地低喝，等到殿中只剩下两人相对而视，才恨恨道：“朕还能相信你吗？前头梅贵嫔的胎儿是怎样莫名地没了？你还敢到朕跟前鸣冤？”

他压抑地怒喝，如千钧系于一丝，那般紧绷和颤抖，“若不是看在结发夫妻的情分上，朕早该废了你！”

皇后静静听着，也不申辩，只是听到“结发夫妻”这四字时，眼眶里蓄满了泪水。

“祈哥哥！”她深情、沉痛地喊道，黑而大的眼睛里，满是晶莹泪水。

“我知道错了……”

她哽咽着，一双盈盈美眸一眨不眨地看着皇帝，宛如，很久以前，那个温婉

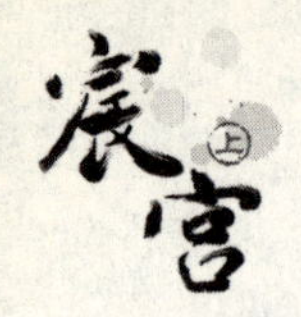

恬静的女子。

皇帝望着她，想起之前，他们曾经是青梅竹马，结发盟誓。那时候，她盛装升座于宫中，接受百官命妇的朝拜时，他总是会心地微笑着，远远望着她头上那凤冠之下的朴素宫花，每次，她都会嗔怪于他，可他却是依然故我。

“臣妾才不要那些金玉呢——戴着怪沉的。”

她抿唇浅笑，一派纯真无邪，整个人，都笼罩在一种恬静高华的光晕之中。

一个人，怎会变成这样呢？

皇帝痛到了极点，他目光如炬，一眼便看出了皇后眼角并没弯下。他太熟悉她了，这不是真正的悲伤，真正的哭泣。

为什么会这样呢？你从前，可不是这般的工于心计，乖谬狠毒。

皇帝的伤心和憎恶交织着，一时之间，竟说不出话来。

皇后看他不语，又开口道：“臣妾没有别的意思，只是想好好照顾梅妹妹，将功补过。”

她咬咬牙，撂下了狠话，“皇上……若是这次梅妹妹和她腹中的胎儿再有任何差池，您废了臣妾便是！”

元祈闻言，微微吃了一惊，看她说得如此斩钉截铁，心中惊疑，面上却丝毫不露。

“臣妾自执掌后宫以来，毫无建树，又失去您的眷爱，这番，还有什么指望……”

皇后笑得哀婉，晨风吹拂着她的长袖和裙缦，整个人笼罩在碧色之中，显得弱不胜衣。

“我不过是，希望能为你分忧一二——一个健康的皇子，正是你所需要的……祈哥哥，为了你，我什么都愿意！”皇后颤抖着说道，眼角因着痛楚，而微微弯下。

元祈凝望着她，因着这一份再真实不过的诚挚，心中愕然。

“从今日起，我会照料梅妹妹，直到她生产为止，我会将这孩子视若己出，皇上您尽管看着吧！”

皇后说到此处，带着些赌气，声音哽咽。元祈看着她满面泪水，似乎找到了旧日的影子，伸出手，抹去她脸上的泪水。

皇后握住了他的手，感觉这温热沉稳的男子气息，就势一声低泣，倒入他怀中。

元祈接住了她，任由她在胸前啜泣，心中却是一片空茫。

他不知是该相信她，静观其变，还是……

此时，一阵轻微的说话声打断了殿中寂静，只听门外有人轻声说了什么，一道清冽而熟悉的声音急问道：“多久了？”

下一刻，殿门被猛地撞开，元祈惊愕抬头，却见大门旁边，正亭亭站着自己魂牵梦萦的人儿。

晨露眼中带着冰雪一般的凛然，她猛地推开殿门，满面都是摄人肝胆的狂怒，杀气将她的眉宇染就一片飒爽，如寒玉坠地，凉沁碎毁。

她凝眸一望，正见帝后相拥，几乎是愣在当场。

元祈几乎能感觉到，她周身的紧绷，都在瞬间放松下来，只是下一瞬，她的眼中，比平日里更加清冷无绪。

“出了什么事？”皇帝有些明白，却仍是问道。

晨露深深欠身，“请恕微臣无礼……”

却不肯明言，元祈微一思索，不禁哑然失笑，心中却是暖流涌动：她见里面殿门紧闭，久久无声，以为皇后对我有所不利了！

他深深望着佳人，见她眨也不眨地凝视着自己，只觉得周身不自在，不自觉地，手下用力，推开了皇后。

“是来催朕早朝的吗？”

不待回答，他起身朝外行去，少女在门槛边等着，在他耳边低低说了几句。

“怎会如此？！”

元祈不悦道，看着少女平静无波的眸子，满腔懊恼只在瞬间化为乌有。

“算了，这是天意……”

他还想说什么，却见侍卫们神情焦急，情知时辰已到，便匆匆上了辇舆，对着晨露道：“继续搜查，不能放纵了一个！”

殿中，恢复了寂静，皇后无力地跪跌在地，半晌，才慢慢起身。她从珐琅大琉璃宝瓶上端详着自己的容颜，突然，发出了一声毛骨悚然的冷笑，“你心里的……竟然是她！”

她想起方才，那暗潮汹涌的一幕，想起晨露那清冽出尘的姿态，又想起皇帝关切爱恋的神情，心中终于雪亮，一时嫉妒欲狂。

她笑得森然狰狞，面容微微扭曲，“你放心，我说到做到，不会动那孩子一根寒毛……我要的是你的心头肉！”

她低喃着，再一次重复，“我是你的皇后，不是你的妻子……将来，我会是整个天朝真正的女主人！”

那笑声，在殿中回响，清脆悦耳，却如妖魔降临。

第十四章 亲征

晨露急急前来，所要禀报的，乃是一个人的生死。

那位御花园的何姑姑，在惊觉红果被掘，又听到太后已经无恙，一声凄厉之下，就势撞了墙，生命垂危，昏迷了半月多，仍是气息奄奄。

皇帝指示太医，必要用最好的药，尽心救治，原因无他，只是想从她身上寻得缝隙，让静王无法从“太后中毒案”中脱身，彻底洗清自己的嫌疑。

晨露和瞿云，虽然嘴上不说，也深恶静王的伪君子之态。皇家祸起萧墙，兄弟反目，正是他们乐见的，可任凭晨露医术如神，也救不回这头负重伤的妇人。

今日晨间，侍人急急来报，道那位姑姑已醒。两人顾不得用膳，就匆匆前去，结果，却看到了这样一幕。

“小萱……嘻嘻，你的衣服都是红艳艳的……”

“不要拿刀……我怕，啊——”

看着缩在墙角、神情疯癫的何姑姑，晨露眉头微皱，望着太医，等待答案。

“她可能是头部受了重击，损伤了心智……”太医有些嗫嚅，很是尴尬。

晨露无奈地望着这疯癫妇人，亲自去把了脉，不得不承认，已经回天乏术。

她转身离开，准备去告知皇帝，却没曾想，撞见了那样一幕……

“皇帝说，要把从犯一齐擒拿，我们不妨将何姑姑苏醒的消息放出，静王在宫中的耳目害怕消息外泄，定会有所行动。”晨露回到自己的碧月宫，微微冷笑着说道，语气之中，锋芒冷厉。

“你对静王，为何会如此仇视？”瞿云很是疑惑。

“因为那晚，我从皇帝那里得知，原来，元旭最偏宠的，竟是这个静王元祉！”晨露的语气，低沉而肃杀。

夜已经深了，御花园中一片寂静，只有树梢的鸟雀轻轻飞动，更显得清幽。

一道人影，悄无声息地，从墙角飘忽一闪。

那是一个中等相貌的宫女，看来很不起眼。

她手中拿着一只活物，正在扑棱着翅膀，仔细看去，竟是一只灰鸽。

她朝着天空，手腕轻扬，那鸽子好似训练有素，盘旋着升高，向东边飞去。

只听得一声尖厉啸声，一颗圆丸直直射去，把鸽子正面击中。它无力地哀鸣一声，坠落下来，灰白羽毛上，染满血迹。

“姑娘，你好兴致啊，深更半夜出来，竟是为了这只鸽子。”瞿云收起手中弹弩，微笑着调侃。

晨露一把擒住她的咽喉，“你的主子是谁？”

幽幽月色下，树影婆娑，发出沙沙的声音，这本是宁静安谧的夜，因着一只鸽子，染上了血腥。

那宫女惊慌得浑身战栗，但很快平静下来，她紧紧抿着唇，一字不吐。

树的阴影遮蔽着三人，在这宁静的深夜，又有谁知道，这边正关系着一场惊天动地的大阴谋?

晨露手下微微用力，那女子咽喉发出咯咯声响，脸憋得血红，却仍是咬紧了牙关。

瞿云捡起地上的鸽子，熟练地从鸽子腿上取下一张纸卷，展开瞥了几眼，便把它递给晨露。

上面只有寥寥数字，没有称呼，也没有具名：枯木逢春，君当早归。

晨露是何等的冰雪聪明，微一咀嚼，便明了其中的意思。她又端详了几眼纸上的字迹，才将它重新卷好，收入袖中。

“果然……才将何姑姑苏醒的消息放出，便有人耐不住，跳出来通风报信了。”

瞿云看了眼晨露，继续问道：“这纸上有什么蹊跷吗？”

晨露眸中闪着奇异的光芒，答道：“这字迹，是用左手写的。一般人为了掩饰字迹，总是刻意用左手写字，很是歪斜，而这纸上的字，如此工整平板，毫无半点端倪……这是个狡猾万分的对手！”

她把掌中的宫女扔下，任由她跌倒在地，不停地咳嗽着。

“是谁写了这字条，又派你前来传递？”她冷冷逼问道，声音如同寒冰碎裂，凛然沁骨。

宫女瑟缩了一下，眼中露出畏惧，最终，却被一种决然遮盖。

她口中微动，下一刻，她的唇边滑下一缕黑血，气绝身亡。

晨露伸出纤纤玉指，在她唇边一探，一瞬间，她的晶莹面容上，浮现出狂烈如炽的怨怒，一眼看来，竟带上了一层柔腻的绯红。

“这是当年我配给元旭的‘夜昙’，毒性剧烈，瞬间可致人死命……所以，取昙花一现之意……”

她的声音，在幽暗中听来，有几许幻梦，几许怅然。

“元旭连这等秘药都赐予了——静王元祉……你才是元旭最珍视的儿子！”

她的声音，最后变为诡谲森然。

乾清宫中，阵阵檀香清幽，元祈听完了禀报，若有所思地点头，又开始负手踱步。

“这么说，这条线也算是断了？”

皇帝微微叹息，“朕也从未指望过，能毕其功于一役，只是静王麾下的死士竟是如此悍勇忠诚！”

他语气之中，颇有感叹，大约是想起先帝的那批真正“暗使”还在静王手中。

晨露静静听着，眼眸微微闪动，淡定笑道：“其实也不然……那字条的主人，还在宫中潜伏着，伺机而动呢！”

元祈听她分析了其中奥妙，想起宫中竟有这等深藏不露的大敌，心下唏嘘。

“这么多奇人异士，都尽归静王的麾下，难道朕真的不如他？”

言语之中，满是痛恨和失望，年轻的天子，一时陷于自己的感叹之中。

“皇上这话错了……”

少女站在阶下，盈盈凝望着他，款款道：“您万不可妄自菲薄！静王不过是占了阴谋与先机之力，一时看着凶险，其实也不过尔尔。比如弈棋之道，最重实地，静王就是再擅长截杀，也不过暂时得意，比不得您根基深厚。”

皇帝听着，双眼炯炯放光，“果然如你所说……朕的棋道，最是注重水到渠成，去跟静王争强斗狠，确非吾之所长。”

“你真是一语惊醒梦中人啊！”

此时一阵凉风吹来，晨露衣袂飘飞，元祈见了，大步走到她跟前，伸出手，坚决而又不失温情地替她裹紧了坎肩。

“你的衣服，太单薄了。”

晨露正要自己系上领间的丝绦，却被一双大掌接了过去，“我来！”

元祈微微笑着，目若朗星，仿佛从未有过这般沉醉欢畅的笑容，他轻轻地将丝绦利落地打了个蝴蝶结。

晨露望着那俏丽飘逸的蝴蝶结，眉间微蹙，有些不习惯，可终究什么都没说。

“朕的手艺，可是比一般宫女都要巧呢！”

简直是老王卖瓜，自卖自夸……

少女在心底，毫不留情地、刻薄地想，面上想笑，却还是敛住了。

第二日，慈宁宫中迎来了一位娇客。

皇后踏入寝殿，却听得里面一阵欢声笑语，那清脆娇媚的声音，正说着时下流行的笑话巷语，逗得太后轻笑不止。

皇后心中诧异，娉婷入内，却见是云萝正坐在小杌子上，口齿伶俐地说着。

皇后见太后正听得欢畅，也不打扰，坐在一旁，静静听着。

她静静听着云萝连说带笑不露痕迹的奉承，眼角划过一道不易察觉的不悦——献殷勤献到这里来了！

太后看见她来，笑着调侃道："今日终于想起我这老太婆来了？"

阳光照在她的面容上，虽然仍是雍容华贵，却隐隐透出几分青白。

你也没几年可活了……

皇后心中冷笑，面上却极是委屈地嗔道："母后真是冤死我了，这几日，实在是……"

她说着，眼圈就红了，再也说不下去。

太后一见，知道事有蹊跷，见皇后目视云贵人，于是笑道："云萝这孩子有孝心，这几日都来陪我解闷，也生受她了。"

云贵人是何等的人精，察言观色之下，立即起身告辞。

太后让贴身女官包裹了几件首饰，笑着赐给云贵人，道："几件小玩意儿，我这个老太婆也用不上了，你不嫌弃就好。"

云贵人很是惊喜，拜谢后，起身离去。

"又出了什么事？"太后有些不耐烦地问道。

皇后拿起锦帕，哽咽着，说不下去，"有件事情，母后你千万别恼……"

"怎么了？"

"梅贵嫔……她，又有孕了！"

满是龙涎香氤氲的殿中，太后正在把玩七层百宝盒，刚刚赐给云贵人的，不过是最上一层的凡俗饰物，看来金玉璀璨，不过是凡品而已。

她正在端详第七层中的百鸟朝凤额珠，闻听此言，不禁手下一滞——原以为，皇后又来哭诉夫妻间的口角嫌隙，却不料，竟是这等大事。

她感觉有些棘手，青黛柳眉微微皱起，眼角几道细微的纹路显得异常清晰。

毕竟是四十多岁的人了！

皇后心中不无恶意地想着，面上却仍是哽咽着，正襟危坐，以期盼的目光看着自己的姑母。

太后略一思索，掐算了下时日，面上便冷笑不止。

“你今日今时才想到来找我？这显是你那日下了药，却让这丫头得了个便宜！”

她扫视着皇后泛红发肿的眼睛，从唇中迸出一句：“自作孽，不可活！”

皇后心中大为光火，却只得俯身称是，半点也不敢反驳。

“皇帝的反应如何？定是欣喜若狂了吧。”

太后的声音，平静，却透出淡淡森然诡谲。

皇后垂下头，不去看她眼中的惊涛骇浪。

“皇上很是欢欣……”

她心下飞快思索着，咬了咬唇，拼尽全身气力抬起头来，正视着自己的姑母，这辉煌天朝，执政多年的太后。

“儿臣听了这消息，难受得不得了……夜里辗转反侧，都在思量这事。”

皇后擦拭着自己的泪水，凭空生出一种勇气，语句也流畅了好些，“儿臣反复想来，倒是有一个绝境逢生的办法，母后若是不嫌儿臣愚昧，能否听我一言？”

太后微微嗯了一声，示意她继续说，神色之间，却明显不把这当一回事。

皇后心中暗恨，口中却越发轻快，“儿臣思量着，皇上到如今也没有任何子嗣，若是……”她偷看了一眼太后的脸色，继续道，“若是……圣驾有个万一，却是置天朝亿万子民于何地？”

太后听得这关键一句，猛地抬起头来，用犀利莹灿的目光全新打量着皇后，直到她冒出冷汗，浑身酥软，才淡淡赞许道：“多日不见，你思虑周全了许多……”

皇后听着这句，也不知她是真心还是反语，挺了挺背脊，又道：“若是梅贵嫔生出皇子，则天下人心大定，即使皇上有个万一，母后也能以太上之尊，继续教导这孩子，再造一任圣君——这是天下之福，也是我们林家之福，所以儿臣斗胆，请问母后，是否能考虑下，把这孩子留下？”

太后静静听着，听出了皇后的言下之意，深深震撼于她言语中的隐晦暗示，她沉思着，也在考虑这可行性。

皇后敛眉，恭敬地等待她的决定，却已经紧张得手心微湿。

“这可不像你的性子啊，淑菁……”太后缓缓唤着她的闺名，犀利的目光，让人无所遁形。

“你平日里，对这些嫔妃和她们的胎儿可没这么慈悲啊，今日怎会如此言语呢？”

皇后早有准备，闻言，眼中又氤氲生出雾气，“母后明鉴，我心中已是恨得麻木，这般心灰意冷之下，也犯不着去争什么宠爱，这余下半生，只管照拂我们林家千秋万代，也就罢了。”

她目光哀绝沉痛，却是无比清澈，朝着太后盈盈下拜，“母后，皇上倒行逆施，难免不生意外，若有这一日，请母后以天下为重，再次临朝——您立这幼儿为帝，则天下再无非议！”

太后深深叹息着，也不回答她的请求，只是踌躇道：“你让我想想……”

皇后试探道：“那这胎儿……”

太后无力地挥挥手，“先留着，是男是女还不知道呢。”

皇后见目的达到，心中一阵轻松，又服侍了太后一阵，在慈宁宫中用过膳，才告退而去。

她没有发觉，太后正倚在锦榻之上，静静望着她离去的背影。

午后的阳光，将皇后身上的七彩鸾凤照得熠熠生辉，有如神物，她苗条青春的身躯包裹其中，仿佛蓬勃的生命正在源源不断地流淌着。

太后眯着眼睛，脸上露出一丝微妙的表情——那是不甘、妒忌、混合着冷笑的表情。

“年轻真是好啊，像这样愚昧暗弱的孩子，也百炼成钢了！”

她的语气，似褒似贬，感慨万千。

“不过也罢，棋子，总是越多越好……”

阳光照在另一端的乾清宫里，却毫无慈宁宫那种安静流淌的晦暗。皇帝与晨露，沐浴在金色朝阳之下，容貌气度皆是不凡，宛如天人降临。

“梅贵嫔有孕，真是棘手……皇后也不知在打什么主意，居然主动提出替朕去太后那里斡旋。”

元祈说来，觉得不可思议，却仍是松了口气，“虽然不能高枕无忧，不过母后那边，暂时不会有什么举动了。”

他顺口说着，突然明悟自己是在对谁说话，连忙止住了。

他凝视着清冽有如寒玉的佳人，不再去提那些话题，关于中宫，关于怀孕的妃子，关于皇帝的职责，这一刻，他都不愿去想、去谈。

晨露却恍若未觉，她那浓密纤长的眼睫，被阳光投下淡淡阴影，晶莹面容仿佛是半透明一般。

“看着您如此安逸，微臣实在不想打断……不过，这是北疆之上，周大将军的紧急奏报……”

她递上自己此行的目的物，轻轻说道："看这封面，估计事情不小。"

皇帝连忙接过，明黄的奏折封面上，粘了三道赤色标签，将他的眼眸都染红了，"竟是这般紧急吗？"

他急急拆开，一目数行地扫过，脸色逐渐沉重，呼吸急促。

"岂有此理！襄王竟敢如此作为……真是渎职罔上！"

皇帝的眼中，森然怒火暴涨，殿中的光线似乎都随之一暗。

他将黄绫封面的加急奏折放下，心中已是怒极，声音却毫无波澜，"他将半壁江山都置于鞑靼铁骑之下，是想让朕做亡国之君吗？"

晨露接过奏折，略略瞥了几眼，也不由心头一震。

奏折之上，但见周浚浓墨淋漓，将襄王林邝肆意纵敌，以致敌寇流窜千里的事实，满满道出，语气之中，皆是辛辣调侃。

她亦是知兵之人，微一沉吟，便明白了其中诀窍。

皇帝不紧不慢地来回踱步，声音淡淡传来，"你且看着，襄王的大捷折子马上就会呈上来，朕还得给他嘉赏褒奖。"

他轩眉冷笑，"老天怎会生出这等禽兽，他枉披了一张人皮！"

原来，前些时日，自从得知鞑靼正在进行"弥突"会盟，兵力空虚，元祈便下了诏命给周浚，先是严词训诫，既而又温言勉励，言辞切切，最后在密诏中写道："中原父老不下亿兆，一旦有失，即为飞灰，望卿善自珍重。"

他对周浚也算是略有知悉，此人对朝廷极是倨傲不屑，对庶民父老却极是悲悯怜惜，大抵是他出身寒微，所以如此。

皇帝责他知情不报，却是把中原江山置身不测，一旦有个万一，如画江山都将灰飞烟灭，此间百姓父老也难逃此劫。

周浚接信后，立即上表称罪，他亦是老谋深算，只字不提鞑靼的"弥突"会盟，只是反复强调，将会鞠躬尽瘁，听从朝廷号令。

这些慷慨激昂的话，能有一二成兑现，就已然不错！

皇帝心中雪亮，但不管如何，周浚此次总算能及时认错，又与朝中元老齐融关系缓和，反对他的声浪也大大减小。于是在上月末，他便正式下诏，授他"隆武大将军"之号，会同领有云、燕二州的襄王，相机行事。

天朝这等作为，却是敲在了鞑靼的软肋之上。镇北军和襄王府兵联手，虽不算和睦，却也很是灵活善战。巧取蚕食之下，在鞑靼边陲骚扰不休，牵制了不少兵力，又都是小打小闹，没有引起鞑靼上层的注意，他们仍是继续着旷日持久的会盟，把天朝军队视如胆小鼠辈。

前几日，天朝大军一举突进，意欲夺回有天堑之称的凉川，从此，彻底阻断鞑靼入内掠劫的通道。

这番打算，出自皇帝谋算，就连论人过苛的周大将军也颔首称道，却不料，到了最后，竟是功败垂成！

“据周浚的奏报，襄王的兵士在最后合围之时，不知为何竟茫然散开，去追截鞑靼的散兵游勇，虽然剿首千余，却断送了最佳时机，鞑靼军如潮水般突进，已越过凉川，漫山遍野地向西北内地而去……”

皇帝冷冷说着，已是怒不可遏，一掌击于案上，发出巨大的声响。

“朕这个舅舅，狼子野心，却是比外人更甚！”

少女掩下唇边的冷笑，一双眸子中，染上了几分悲凉深邃。

“微臣对山川地理也略有涉猎，凉川乃是北疆与鞑靼的唯一分界，皇上原本是想将它纳入天朝管辖，却不料功亏一篑，反让襄王坏了大事。”

她凝眉说道，不知不觉间，言辞中透出怒意，如雪亮剑锋，锐不可当——这万里中原、锦绣山河，竟是被这些小人一一败坏……

她微微咬牙，想起前世军旅的几重艰辛，心中也是杀意勃发，冰雪黑瞳之中，竟隐隐透出幽蓝。

皇帝踱步越来越快，终于，他止住了步伐，望着西面无限山峦，遥遥出神。

“西北若是失陷，中原便是门户大开，先帝传下的江山，难道到朕手里就要剩下半幅？”

他声音阴郁莫测，却没有丝毫惊慌，而是一种破釜沉舟的锐气。

阳光照在他的辉煌冕袍之上，金碧璀璨，竟是让人无法正视。

“朕意已决……舅舅，你莫要高兴得太早！”

清晨，西华门大开，今日并不是大朝，皇帝却在例行朝会之后，将几个心腹得力的臣子留下，在侧殿之中接见了他们。

侧殿颇为阴暗，皇帝侧坐榻上，静静看着他们。

“今日朕接到了消息。”

众人屏息细听，下一刻，却惊得面色惨白。

“突袭凉川的计划功亏一篑，不仅如此，鞑靼骑兵还侵入了西北内地。”皇帝缓缓说道，声音平淡，却让人惊出一身冷汗。

在座几人都是他手下得用的，亦是朝中精英，深谙时局，听了这话，如晴天霹雳一般。

他们面面相觑，半晌，才有老臣齐融壮着胆子道："这真是骇人听闻……皇上本有良策，却是谁将此事弄成这般田地？"

他真是人老成精，一句话，便不露痕迹地替皇帝开脱，把事情归罪于主事者。

皇帝头也不抬，冷哼道："襄王麾下的兵士，贪功冒进……"

他仿佛懒得纠缠这话题，坐直了身子，道："一个两个，总是不让朕省心……难道真要朕御驾亲征？"

众臣一听这话，吓得魂飞天外，齐齐跪倒，请求皇帝收回成命。

战场上凶险万分，元祈虽然弓马娴熟，却从未真正身临其间，皇帝又未曾立嗣，一旦有个万一，便是国体动摇、山河倾颓——怎能让他如此作为？

齐融急道："皇上，老臣向来憎恶鞑靼，恨不能食其肉而后快，可皇上亲涉险地，却是万万不可。西北乱局，可派一名钦差前去，居中调停即可。"

齐融越说越激动，"老臣没几年好活了，却是盼着陛下平平安安。上月我生辰，您送来一幅斗大寿字……寿者，必先居安，皇上若是身处险地，老臣还有什么脸面受这一字？"

元祈正想回答，只见殿外裙裾飘动，耀眼阳光下，看那宫装样式，竟是……

元祈心中纳罕，轻轻站起，行到门口，却见晨露站于门外，脸色郑重。

"皇上，这宫中的奸细，怕是又出动了。"

晨露以白绫裹手，此上静静躺着一颗蜡丸。

"请恕微臣逾越，即便这颗蜡丸被我截获，宫中仍不太平。"

她静静站于阶下，声音有如寒玉轻击，"静王正是蠢蠢欲动，此时此刻，您不宜离京。"

皇帝双目闪着怒光，宛如雷霆凝聚。晨露毫不避让，直直看着他。两人互不相让，对峙了良久，元祈才开口道："这是国家大事，你不要过问。"

他话一出口，就觉得太过生硬，正觉得过意不去，待要语时，晨露却微微一笑，轻叹道："果然无法……"

元祈望着她这一笑，只觉得有如繁花星绽，美而炫目，竟呆在当场，半晌，才回过神来。

他敛了笑容，亦是叹息一声，"朕也是无奈，西北门户大开，半壁江山就在铁蹄下任由蹂躏，从此，京城都要在那些蛮夷阴影笼罩下——强敌环伺，中原再无宁日！"

他望着漫天蔚蓝，阳光普照，只觉得周身热血都在沸腾，拔出佩剑太阿，白刃一闪，将檐下松枝齐干而断。

“人生自古谁无死？朕宁可血染沙场，也不愿让子孙后代都在蛮夷窥视下苟延残喘！”

他微笑着，眉宇间一片爽朗豪迈，再无平日的沉稳寡言，朝着晨露深深看了一眼，他柔声说了句：“你不必担心。”便大步入内，继续商议。

晨露望着他离去，又回首看了看那轰然倒地的松枝，却没有生气，唇边微微勾起，满是赞赏和畅快，眸中的冰雪之色，也消退不少，但见一片清柔。

午时，元祈才回到乾清宫中，他正要径自进入御书房，却见廊下三四个小太监，正在秦喜的督导下，做着针线活计。

元祈看着他们笨拙的手脚，觉得很是好笑，“这是做什么？”

秦喜抬头见是皇上，连忙跪下，“是尚仪大人吩咐的，道是皇上有用。”

元祈接过一看，却是一片片的犀皮，已经细细硝过，剪裁拼接开来，依稀是一件甲衣，上面用针络了无数小孔，他微一思索，明白这是散热用的，不禁心中一热。

那个清冷有如冰雪的女子，竟会有这样的玲珑心思……

元祈神思不属地踱到书房，却见佳人盈盈伫立，正在等候。

“那件皮甲……看着有些大……”

元祈对上她清冽眼眸，心中一片炽热，鬼使神差之下，居然胡乱找了个话题，待发现自己说了什么，很是懊恼。

人家一片好心，自己言下之意，不是在嫌弃吗？

谁知，晨露并无不悦，点头答道：“那就让他们稍微改下吧。”

元祈有些惊诧，“那针线络子，不是你打的？”

话一出口，他便又后悔了。

少女的眸中光波微颤，眉间微蹙，好似正在忍耐着什么，“微臣并不会针线活计。”

元祈察言观色，知道自己捅了马蜂窝，摸摸鼻子，再不敢开口。

良久的沉默后，晨露打破了寂静，“皇上若要御驾亲征，须要防范京城生乱。首要一点，就是要从速料理完军中事务，十几日内返回京城，可以无碍。”

这是题中应有之意，元祈知道她还有下文，于是凝神细听。

“若要让静王安分些许，您可以找两个人帮忙。”

不知怎的，少女的声音，很有些诡谲神秘。

“哪两个人？”

皇帝的好奇心被彻底勾起。

“一位是驸马都尉孙铭，另一位……”

晨露的声音，不易察觉地带上了几分阴森，“却是当今的太后，您的亲生母亲！”

永嘉十二年六月初一，朱雀大街上，黄土垫道，净水泼街，明黄帷绸将两旁围个密不透风。一万禁军仪容整齐，三呼万岁。辰时，圣驾自宫中而出。

皇帝竟没有乘坐辇舆，而是与众将官一般，骑在马上。他身着窄袖箭衣，外罩轻巧皮甲，精致合身，却是重新改过了的，神采飞扬，英气勃发，宛如天中烈日一般。随侍一旁的，有军中俊彦及负责文书的翰林学士，个个都是人才不凡，可是比起常服平饰的皇帝来，却是差了一大截。

随着三声炮响，皇帝饮下一杯，辞别了前来送行的太后和中宫，领军起程。

皇帝望着身后精锐的一万禁卫和两万京营将士，并无半点骄矜。他只带这些兵马，是有缘故的。

这次事起仓促，并不是兵力多少的问题，而是襄王对周浚丝毫没有心服之意，他怀着鬼胎，有意无意地纵容士兵违令追击，致使皇帝的谋算一一落空。

这次前去，能让那两个同样桀骜，一为狷介，一为恶意的将帅，心仪景从吗？

元祈很有些不确定，但这世上的事，便是再无把握，也得去做。

身后传来一声清脆的禀报声：“微臣在此随驾！”

晨露一身男装，很是潇洒倜傥，策马而上。不知是因为忙碌还是兴奋，她的晶莹容颜，焕发出一种淡淡的绯红。

元祈凝望着她，叹气道：“你不应该跟来！”

晨露不答，只是轻轻抚摸着麾下良驹的鬣鬃，重温着这熟悉而久违的触感。

他们都沉浸在自己的情绪之中，在人声喧闹之下，完全没有发觉两道尖锐的目光。

太后偕同皇后并后宫诸妃，凤冠朝服，有一列帷幕遮掩，她们站在城楼之上，目送皇帝御驾远去。

皇后侍立于太后身后，不无伤感地抱怨道：“仓促之间，皇上就决定亲征，也太过随心所欲了。”

太后端详着这人山人海的场面，头也不回道：“这全是你伯父做的孽！”

皇后听着愤愤，暗道，他难道不是你的骨肉至亲？口中却若有若无道：“虽说伯父处置不当，皇上却也不必如此匆忙……也难怪，有人在旁怂恿着，他为博佳人一笑，什么也不顾了。”

她的声音越发尖锐，想起那日，在乾清宫中，那个小小女官在殿前一出现，皇帝便硬生生将她从怀中推开的窘境，恨意满盈心胸。

“怎么，还有这等事？”

太后柳眉一挑，眉宇之间，威仪毕露。

“是哪个嫔妃这么大胆，竟敢干涉朝政？”

她立在凤凰罗伞之下，在漫天欢呼声中，声音不大，却是一字一句，清晰入耳。

皇后露出一丝幸灾乐祸似的嘲讽，“就是您那日夸赞过的尚仪……”

她恨恨地咬唇，冷笑道：“瘦瘦小小的女孩儿，居然魅惑得皇帝不知天南地北，竟要御驾亲征，这可不是戏文上的事！”

太后闻言，微微一愣，秋水一般的美目中，凛然生灿。

“是那个孩子……”她沉吟着。

想起那日阶下，沉稳大方的少女朝服素面，应对谦恭，却有一双清澈如水的眼。

不知不觉间，她的心绞痛又开始犯了……太后有些晕眩，望着城下人潮如海的欢呼，她心中隐隐生出不祥来。

“她怎么魅惑皇帝了？”她问道，语音森然，却又微见疲倦。

皇后咬了咬唇，却是怎么也说不出个所以然，只得恨恨道：“一个女儿家，成日里舞刀弄棒的，皇上这般妄为，必定是她教唆的！”

“哦？依你所说，皇上原来是个受女子蛊惑的无能傀儡？”

太后曼声冷笑，皇后一听，便知话意不善，连忙敛容噤声。

太后遥望着出征的队伍，只见明黄辇舆高敞，皇帝骑在马上，很是英气勃发，他身后半丈，好似有个纤瘦身影跟随，却在人潮晃动下，看不真切。

她心头不安更甚，却强打起精神来，扫了一眼皇后，直到她后背沁出冷汗，才徐徐道：“你刚才的话，不仅犯了妒忌，有损中宫的颜面，传将出去，也是大大不利。你也不是三岁孩童了，口舌之上，还要我来调教吗？”

她声音轻柔，并不疾言厉色，一字一句，却如巨鼓擂在皇后心头。

皇后垂下眼，安静聆听训示，心中咬牙切齿，却不敢说。

“皇帝此番亲征，政务由几位阁臣暂领，但他们毕竟是外人，这锦绣江山，政务繁冗，我这老婆子，说不得也只得替他料理几日。”

皇后一听便心中雪亮，太后这话，是预备把朝政大权都抓在手中了。

她心中飞快思量着……皇帝亲征，那大漠草原，雪峰激流，却是有无穷险峻，强敌环伺，若是有个万一……

她仿佛被这阴暗血腥的念头一惊，再也控制不住自己的心，开始浮想联翩。

若真是如此……那未成形的胎儿，便能派上大用场了……

可是有母后在，那玉座珠帘，仍是她的风光威仪，又怎会轮到我？

她心思越发阴晦，偷眼去窥太后，却见太后似是毫无所觉，抚了抚身上朝服，继续道："唯其如此，你执掌后宫，却更要夙勤克俭、小心谨慎，像刚才那般言语，简直是有辱中宫的令名。皇帝远征在外，你要替他当好这个家，他才能安心！"

皇后听她娓娓道来，言辞之间，居然颇为维护元祈，心中大惊。她目视自己的姑母，一时竟寻不出词来。

"我知道……皇帝对你凉薄无情，可此时非常，一个不慎，便是蛮夷侵入，你须以大局为重。"太后仿佛看穿了她的心思，淡淡说道。

太后柳眉微蹙，显然是忆起了年少岁月。

景乐之变时，她才十二岁，却已貌动京城。那些身披裘袍、粗鲁肮脏的蛮夷，大呼小叫着冲入林家，要将她献给鞑靼王子。

那时的惊怖惶恐，她一生一世也难以忘记！

直到她临朝执政，仍是心有余悸，对鞑靼也是词厚礼丰，可这些茹毛饮血的蛮子，却是得寸进尺，如今，居然要侵袭西北半壁！

她想起皇帝临走时，诚挚恳切的请求，心下暗叹：此次，真要以大局为重了……真要弄得巢覆卵破，什么尊贵显荣、母仪天下，也是镜花水月！

她想起少时的躲藏，仍是心有余悸，暗忖道：那些蛮子真是太过无礼……幸亏有"她"抵挡……

太后想到"她"，脸色瞬间变为惨白，仿佛是……青天白日里，窥见了鬼神一般，嘴唇都咬出了血。

皇后正等她细说，却见太后猛然转身，不顾大群侍人的惊愕，回头就走。

"起驾回宫！"

她的声音，尖锐瘆人，皇后都被吓了个踉跄。

出了玉门，道旁原本繁盛的树木人家便逐渐稀少，向前便是无边草原，郁郁葱葱，碧翠明丽，映着远处苍穹的蔚蓝，只觉得心旷神怡、辽远开阔。

军中将士顶着烈日，初还不觉，三天下来，都已是汗流浃背、热不可耐，唯独皇帝安坐马上，神色沉稳。

两万京营将士，并不经常得窥圣颜，很是拘谨恭敬。一万禁军之中，只有之前外派的侍卫们跟皇帝本是极熟的，其中有个叫郭升的，诨名"花生"，极是诙谐精灵，仗着几分圣眷，凑到元祈跟前，打趣道："万岁是真龙天子，有满天神灵庇佑，却是遍体清凉。"

元祈素来知他贫嘴，性子却极是忠贞，闻言也不以为忤，只是微微一笑，略敞斗篷，露出其下的护身皮甲。

"花生"打量着这精巧绝伦的甲衣，正在啧啧称赞，眼睛瞥见那细密有致的络孔，咦了一声，很是诧异。

"这么大惊小怪做什么？"皇帝笑骂道。

"花生"却又细细看了一遍，才郑重道："看这针脚排列，竟是出自军中老人之手，没有多年的浸润，位置绝不能如此恰当！"

他又恋恋不舍地抚摩了下，更为坚定地道："看这式样，是当年从龙御虏的老将中风行的，家父就有一件，从不许我乱摸乱动。"

元祈听他说得天花乱坠，只当是在胡吹乱侃，待见他脸色崇敬肃穆，才敛了笑容，微诧道："这是出自内监之手，乃是尚仪设定的……"

他还未说完，只听得前方微微骚动，俄尔有人惊呼："有蛮子兵在此埋伏！"

喊声未尽，便见前方坡下涌出好些身着皮裘的汉子，高鼻深目，肤色黄黑，全是鞑靼人装束，嗷嗷怒吼着，正漫山遍野地冲上来。

军中顿时一片混乱。这些禁军均是京营将士，虽然装备精良，也不乏武艺精湛的好手，却只是戍守京畿，从不曾真刀真枪地搏斗，乍一遇敌，一时半刻，也是反应不过来。

此时大道虽宽，却也被人马横纵堵住。有人慌忙拿起武器，有人急着策马，却意外惊了同伴的坐骑，一片人喊马嘶，场面极是混乱。

只听得空中咻咻之声连续，黑色羽箭闪着寒光，密密朝着大队飞来。

元祈纵身下马，及时以盾格挡，心中却只有一个念头："这是圈套！"

此时人喊马嘶，所有人都在忙着闪躲，只听得铁制箭头重重击在盾上，发出阵阵清脆响声，间或有人被射中，一声凄厉之后，便魂归黄泉，再不能回到中原故土。

元祈大怒，再也忍耐不住，从盾后起身，不顾身旁如飞蝗一般的箭矢，扬声喝道："军中将官何在？各自统领好自己的队伍！"

他刚说完，只见当空一支巨大黑箭，带着羽翎的飕飕声，疾如闪电，已经到了面门。他来不及躲闪，手中"太阿"迎上，就听得当的一声，那支巨箭被格挡开来，却仍是斜斜飞开，并不落地。元祈却觉得手臂酸麻，一时无法动弹。

一只晶莹洁白的柔荑，从旁伸过，看来并不甚快，却将那支残箭轻轻拈住，拿在手中端详。

晨露一身便装，不着甲胄，就这般遗世独立，站在这混乱血腥的大道中央，仿若闲庭信步一般，细细把玩着手中的羽翎。

元祈又惊又怒，想起刀剑无眼，她武艺再是高强，也是血肉之躯，便一把将她拉过，不由分说，递给她一面大盾，“你拿着这个，朕要去前方看看！”

他纵身而起，策动缰绳，向着行伍最前方、搏杀最激烈的地方疾驰而去。身旁侍卫们慌忙跟上，却不及他坐骑神俊，一转眼就落后了好几丈。

晨露却不管他，只是站在原地，端详着手中的黑色大箭，心中疑窦更深。

她曾在北疆多时，对鞑靼十二部的徽记和兵刃很是熟悉，看这黑色大箭，却像是出自赤勒部，而并非是王帐勇士所为。

她凝神望去，只见前方烟尘蔽日，搏杀声不断，什么也看不清楚，于是再不迟疑，也掠上马背，朝着那边而去。

战斗仍在继续，可胜利的天平已经向着天朝这边倾斜。三万甲胄之士，本是兵强马壮，兵器精良，要胜眼前这几千鞑靼大汉，也是理所应当。只是初一开战，都没见过这种阵势，所以才惊慌失措。

皇帝亲自督战，自上而下，都已忘却了开始的畏惧，一时士气如虹，将这些蛮族分切包围，各个歼灭。

晨露站在前方，已经看得真切，心中一片雪亮，见元祈微有兴奋，却偏偏泼了他一盆冷水，“皇上，这些鞑靼人不是预先埋伏好的。他们是为了躲避追兵，暂时藏身于山间，我们大军路过，惊动了他们。这不过是一群残兵败将，赢了也没什么稀奇。”

元祈正觉振奋，听了这话，如同雪水淋下，诧异道：“你怎会知道？”

晨露把玩着手中箭翎，将缘由说了，又道:“鞑靼人最重狼旗，每战必擎于阵前，可是您看那面旗帜，何等的千疮百孔，这必是之前就经过了激烈搏杀。”

元祈抬眼遥望，果然如她所说，再细看敌将的皮甲战袭，也是破烂不堪，有的还挂着彩。

“是镇北军前番勇战，才让他们伤残至此的……可惜，林邝一个‘失误’，让这群负伤饿狼流窜进了我天朝内地。”皇帝咬牙恨恨道，想起自己的舅舅，竟气得面色煞白。

远征军遇此惊袭，京中却颇是安宁。

皇帝远征之前，与太后有一番长谈。从此之后，太后居于内廷，不时将几位阁臣唤入商议，竟是将个朝政处理得井井有条。

皇后嘴上不说，心里却极是纳罕：她自从那日窥见太后与静王密晤，便知她对元祈颇有猜忌，母子之间，已如冰炭一般不同炉，这番怎么态度全变？

她几次旁敲侧击，才得到太后一句意味深长的话：“覆巢之下，岂有完卵——皇帝在前方与鞑靼鏖战，若有人在后方牵扯，却是将这万里江山，便宜了那些蛮夷。”

皇后隐隐听过，太后年少之时，险些被鞑靼人劫持，从此便对他们有了心障，听着这话，也觉得有理。

今日她又去慈宁宫中请安，两人谈了些家中旧事并后宫逸事，皇后便愤愤道：“母后，我遵照您的旨意，兢兢业业地执掌后宫，那两个女人，却干站河岸看笑话，一点儿也没帮上我的忙。皇上不是让她们协理六宫事务吗？现在一个也不见！”

太后微倚榻上，一身月白凉绸，鬓间只压一朵石榴红珠花，显得姣美无比。

她听着侄女的抱怨，只款款道：“这也难怪……周贵妃的父亲刚刚打了这败仗，她素来心高气傲，也不愿抛头露面。至于齐氏，她父亲刚刚去云庆宫探视过，这孩子得了咳喘，一点儿也起不来床呢。”

她望了望皇后尴尬的神情，缓缓道：“你身为六宫之主，不要这么尖酸刻薄，要多照看底下的人，这样才有好人缘，才会得人心。你别瞧这些人都口称奴婢、臣妾，对景儿起来，就能诋毁得你声名扫地。”

皇后唯唯称是，心中冷笑，怪不得人家道你贤德，口蜜腹剑的一套，想必是炉火纯青了。

她想起周、齐二妃，这阵子必不能指手画脚，而皇帝又不在宫中，这辉赫后宫之中，第一次可以随心所欲，不由心头雀跃，眉眼间也浮上几分笑靥。

两人正在闲谈，久病初愈的何姑姑上前禀道：“几位阁部大人到了。”

皇后察言观色，连忙辞了出去。不多时，在宦官的唱名下，几位阁臣鱼贯而入。

太后对他们很是客气，赐下了座位，才开始议起政事。

“皇帝目前已然到了玉门附近……”

她看着底下大臣，笑得和蔼，“这次亲征，也不过是在镇北军与襄王间居中协调，皇帝作为天下兵马的统帅，定能旗开得胜。”

“我一个老婆子，也不过在京中替他当几天家，大家不必拘束。”

她很是诙谐地说笑着，却目视齐融道：“齐卿家，京中治安如何？百姓可有什么议论？”

齐融正在焦心女儿的病，冷不防被点名，沉吟片刻，才道：“京中一切平静，百姓都在畅谈圣上那日的英姿，没有畏惧避战的情绪……至于京城治安，本来是京兆尹和九门提督协同管理……”

他沉吟着，垂下了眼。

“万岁怕有奸细作祟，离京前，已经下旨给新上任的京营将军，让他以军制管理，

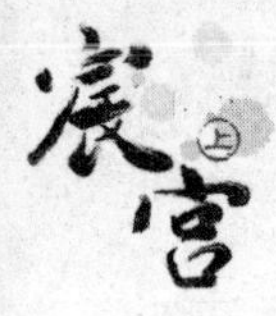

一切治安大权暂时移交于他。”

太后一听，面色立即阴沉下来，心中冷哼一声，却是再不肯说话，只是用画扇轻摇，仿佛要将初夏的暑气涤荡。

太后想起前些时日，皇帝跟她提起仪馨公主的驸马孙铭，在武略上很是了得，尽忠职守，这么多年却是不上不下，欲要将他提升为京营将军。

“京营将军人选空缺，有几位老将军，朕又不忍让他们劳心劳力……孙铭毕竟是天家亲眷，稍稍提拔一下，皇姐面上也好看些。”

当时，太后只道要让他上战场，真刀真枪拼个功勋，却不料，皇帝此次亲征，只带走了两万京营将士，剩下的五万多人，拱卫京师，竟还不动声色地将治安大权也夺了过去。

元祈这一着棋，真可算是狠辣，无声无息地就把太后架空于琐碎民政之上。母子之间的疑忌，已是深如鸿沟。

太后毕竟是老谋深算，虽然心中已是大怒，却竭力不形之于外，只轻摇画扇，发间那簪珠花，在窗下映得嫣红欲滴。

沉重的气氛在殿中蔓延，几位阁臣眼观鼻，鼻观口，口观心，心中明白了几分，都是垂手端坐。

太后轻笑着，打断了僵局，她的脸色温和，好似什么事也没发生，只是笑道：“可怜见的，孙铭这孩子我见过，确是忠诚可靠，只是木讷了些，能降伏那些兵痞少爷吗？”

齐融咳了一声，抬起头，终于直视太后，因酒色而微微浮肿的眼中，满是精光。“还请太后放心，孙铭为人，虽然质朴勤恳，也是出过兵放过马的人，臣料定他必能统领京营四镇，卫护京畿。”

太后听着，微微一笑，脸色隐在阴影里，什么也看不清。

“我不过白担心一番罢了，既如此，卿等暂且跪安吧。”

她端坐着，冷冷看着阁臣们大礼朝拜后，恭谨地鱼贯而出，唇中只迸出三个字：“老匹夫！”

叶姑姑蹒跚上前，递给她一盏参茶，宽慰道：“主子别去和这等小人计较，气坏了凤体，可就如了他们的意。”

太后默默接过，啜了一口，感受着其中的醇香苦涩，精神也为之一振，叹了口气，道：“若是早几年，我临朝之时，有什么人敢如此跟我说话？齐融不过是在效‘犬马之劳’，替皇帝‘汪汪’两声，以示忠勇。”

她坐在昏暗之中，冷冷一笑，“皇帝对我如此防范，真是煞费苦心……”

她的声音幽邃，仿佛从遥远的地方传来，叶姑姑听着，不禁打了个寒战。

叶姑姑上前一步，附在太后耳边，悄声说了几句。

“都造反了？他真想死吗？”

太后勃然大怒，一口气没喘上来，心口又是一阵绞痛。

叶姑姑慌忙上前揉搓，小心翼翼道：“或许静王殿下只是和三五至交来往……”

太后缓缓摇头，那簪石榴红珠花在黑暗中颤颤巍巍，炫目生辉。

“这孩子做事太急……不吃些苦头，是不会知道收敛的。”

元祈正在扫视着战场，只见胜局已定，只几个散兵游勇兀自拼命抵抗。本是碧草繁茂的山坡之上，红黑血迹遍地，倒卧的战马、尸体、辎重兵器将安谧祥和的四周渲染，简直成了修罗地狱。

他深吸一口气，只觉得那股血腥挥之不去。

元祈觉得有些刺鼻，却不像一些新丁，脸色苍白欲呕，他摸摸身上的甲衣，感受着刀剑的划痕和血渍，从心底生出兴奋来。

恨不生成汉唐人物……

元祈心中的热血都为之沸腾，他从幼时便遵循为君之道，讲究雍容肃穆，却无人知晓，他沉稳内敛的外表下，仍是渴望征战的浩烈热血！

他转过身，对着晨露说道：“你似是见惯这等杀戮场面了……”

晨露把玩着手中羽翎，淡淡道：“在江湖之上，也有酷烈的搏杀……”

她微微眯眼，遥望着天中的烈日，但觉无边蔚蓝之上，金芒极尽绚丽。

“人世间，无论何时何地，皆是如此……万事的缘由可以被时光磨灭，无数的生命只化为丹青笔墨，可人与人的争斗，却是永远不会歇止的……”

她莫名生出怅然，遥望着苍穹深处，“佛家说回头是岸，可我等凡人，又哪里有岸可返？”

皇帝静静地望着她，只觉得炫目阳光下，少女的周身似有无穷的暗霾，如丝絮般缠绕。

她整个人却是透明苍白的……

元祈正在诧异，却听打扫战场的兵士惊呼：“好棘手的胡蛮！”

他抬头望去，只见东北道边，一个鞑靼大汉，看着像是个将领，左手擎着奇形大弓，右手持一柄黑亮短刀，于厉吼声中，又一连斩伤了两人。

他满身都是鲜血，一些创口已是深可见骨，白森森的，煞是可怕。

这大汉勇悍不减，气力却已竭尽，他喘着粗气，虽能连连伤人，却已是强弩之末。

晨露也凝神看去，元祈只听她口中喃喃道："果然如此……"

那大汉身法越发沉滞，又受了几刀，无力倒地。周围兵士齐声欢呼，便要上前捆绑。

只见这大汉大声念了一句什么，硬生生撞开对手，抽出铁箭，竟是朝着自己咽喉戳下。

说时迟，那时快，只见一道金芒倏地一闪，众人只觉得眼前一花，再看时，那大汉的铁箭，竟被一柄小小的金钗从中穿透，断为两截。

晨露向皇帝微微敛衽，"请恕微臣唐突，实在是还有一些疑惑，要着落在这人身上。"

那大汉浑身浴血，瞧着极是骇人，却仍是凶狠蛮强，血红双目狠狠地瞪人。晨露毅然不惧，缓缓走到他身边。

大风将她的衣袂吹拂飘飞，眉目间，自有一种凛然出尘。

初夏的山坡上，一片金光余韵，茂密碧翠的牧草，在风中匍匐摇曳。她一身素裳，在这金戈血肉的杀戮中间，宛如天人。

"你是赤勒部的人？"

那人被她话音的独特音韵一震，费力地抬起头，却被眼前人的冰雪风姿所慑，一时头晕，几乎跌倒在地。

"你……是谁？"

晨露并不答话，只是指了指身后玄黑蟠龙旗帜。

"原来是天朝皇帝的走狗……"

大汉不屑地哼了一声，吐出一口带血的唾沫。他浑身上下十余处创口，鲜血横流，皮开肉绽，看着就像修罗恶鬼一般。

元祈也走到他身前，听着这话，也不恼怒，只是冷冷道："你不过是我们的阶下囚，做此败犬狂吠，不觉得丢人吗？"

那人呸了一声，终于坚持不住，倚坐在僵卧的战马旁边，笑得惨淡，却仍不失豪迈，"要不是忽律背信弃义，就凭你们这些南蛮子，也想让我五千儿郎葬身于此？"

他大笑着，豪迈中却有凄厉，两道血痕从眼中流出，却是痛极无泪。铮铮男儿，豪气烈烈，却已是英雄末路。

晨露端详着手中铁箭羽翎，郑重问道："你便是赤勒族这一代的哲别勇士？"

哲别在鞑靼语中，乃是神箭手之意，赤勒部本就擅长骑射，在族中，只有千里挑一的勇士，才有资格承当这称呼。

那大汉面有惊异，却痛苦摇头道："我已经没有这等资格了……族中的五千精锐，已然伤亡殆尽……忽律那贼寇的计谋，竟是要得逞了……"

他说得痛切，朝着苍穹低吼："长生天……你睁开眼看看！"

一道血箭从他喉中喷出，他颓然倒下。

晨露俯下身，从他掌中取出玄铁大弓，深深慨叹道："赤勒部的铁弓，曾经让各部族都闻风丧胆……"

黄昏的落日，终于从西边落下，那金亮的余晖，也逐渐消逝。

兵士们打扫着战场，将敌我双方分开，尽数掩埋后，立木做记，留待回程之时，再作区处。

晨露背负长弓，纵身上马。那一瞬，不知是夕阳绚染，还是自己的错觉，元祈瞥见，她的眸中，满是清婉悲悯。

第十五章 无明

塞外正是夏风高爽，京城之中，却已是微有燥热。

静王漫步在荷塘之畔，静静凝望着月下芙蕖，但觉菡萏宛如谪仙，亭亭玉立之外，更觉凛然高华，不可亵玩。

他深深吸了一口荷叶清香，耳边蛙鸣阵阵，更显幽静，月影在水波中淡淡荡漾，微有支离。

此情此景，宛如仙境，却丝毫不能疏解他心中烦闷。

不期然地，他又想起白日里和太后的对谈……

午后正是燥热，静王正和几个清客在府中对弈，宫中传来太后的懿旨，让他速速觐见。

这般紧要，却是出了什么事？

静王微微纳罕，通过重重宫门，才进得慈宁宫。

太后手中轻执一物，却不是她惯用的苏杭画扇，而是一道请安折子。

她见得静王，也不言语，只是把那道折子扔到他面前。

静王接过，略略看了几行，却是潇洒笑道："这些官员着实琐碎，连这些事都往上奏报，改明日，却是宫中用几个烛台，也得具折上报了……"

太后却不搭腔，只是以手托颐，冷冷道："你且看仔细了。"

静王细细看了两行，悚然动容，冷汗几乎要从背脊上滑落。

太后瞧他毫无异状，心中却暗自诧异——莫非错疑了他？

静王再抬头，已是一脸怒色，目光如电，"母后是疑心，这事是我做下的？"

太后淡淡道："前几日，你家门人可是拜访了兵部和户部的诸位？真是好伶俐、好热闹！"

静王静静听完，不禁哑然失笑，"母后容禀，您真是错怪孩儿了。这抵御外侵的当口，我有再大的胆子，也不敢动什么歪心思。不过……"他的笑容，在午后炽烈的阳光下，竟显得邪魅森然，"那些军需之物，无论粮食辎重，都是从京城万里迢迢运往北边，若是有个延迟耽误，也只能怪天意弄人了……”

太后被他言外之意一惊，随即便是勃然大怒，“皇帝在前线奋战，你竟是如此使了绊子……”

“母后息怒……”

静王上前，小心扶住了太后，“我断不会要了皇兄性命的……不过是希望他经此挫败，不要穷兵黩武，多些休养生息罢了。”

太后微微冷笑，心中却是雪亮。静王在军需上动手脚，即便不让皇帝葬身北疆，也要让他大败而归，从此圣明无光。

她轻轻推开静王有力的臂膀，款款笑道：“可怜见的……你还真是个孩子！”

迎着静王愕然的目光，她道：“你也不看看，这奏折后面是谁在策划指使？”

她的声音，一如往常温文轻柔，静王却只觉得雷霆万钧，从头顶轰下。

“你皇兄早就防了一手，如今，你的一切作为，怕是早就被某些人具书一封，正在送往北疆的途中呢。”

……

月影在风拂之下，摇曳破碎，静王从沉思中醒来，只觉得郁怒心中，恨不得发。

且等着瞧吧……

月光照在他的脸上，一片朦胧之下，仿佛有无数阴霾，被深深压入地底，连这清塘荷韵，也为之黯然一瞬。

明月隐入云中，大地一片黑暗。夜，已经深了。

临夏是个不大的镇子，素来胡汉杂处，镇后仍是牧草清碧，前方却越见荒疏，翘首遥望，便能见到四周军帐重重，鏖战肃杀之气，直冲云霄。

正中的帅帐中，已经蒙上了明黄绸绫，其中诸般器皿，都是极尽精巧，一一瞧来，竟有柔丽江南的错觉。

元祈瞥了一眼，眼中闪过不满，但很快掩住了。他解下腰间玉玺丝绦，置于手中把玩着，一时，竟也不急着宣两人觐见。

他率京营与禁军来此，一路之上，但见仪容齐整，三军肃然，不仅周浚手下的镇北军极为勇猛剽悍，就是一直被认为是“乌合之众”的襄王府兵，也很是进退有度。

元祈想到此处，脸色越发阴沉，一道凛然冰冷的怒气从他眉宇间透出。

襄王！

他想起这位舅舅的封号，心中冷笑，将手中的五彩丝绦一顿，放于金丝楠木案上，微微示意，便有侍从扬声宣两人入帐觐见。

最先揭开帐帘的，却是一双白皙修长的手。

来人年过四旬，生就剑眉星目，双瞳中透出深邃光芒，凝神看时，却有一重威仪，凛然难犯。

他并不穿任何甲胄，只着一袭黑袍，却无人可以忽视。

这就是让鞑靼人闻名生畏，可以令小儿止啼的周大将军。

元祈端坐正中，两人目光相碰，只电光石火间，便各自转开。

周浚身后，生得雄壮威武的中年男子，眉目也有几分像太后，只那一双狭长凤目，精光四射，就让人心生不安。

这便是皇帝的嫡亲舅舅，天朝第一位外姓藩王——襄王林邝。

元祈对这位舅舅，虽见面不多，也算是熟悉，今日见他，只是冷冷凝视，别无一言。

两人口颂万岁，三跪九叩参拜之后，元祈命人赐座。周浚剑眉一扬，毫不客气地坐下。襄王却仍旧跪地，谢罪道："臣辜负万岁宏恩，实不敢受此厚待。"

元祈温和笑道："舅舅，你这话从何说起？"

襄王眼中光芒一闪，竟是晶莹不可逼视，他固辞不起，语气微有呜咽，"臣御下无方，那些兵痞贪功冒进，延误了决胜良机……臣万死莫赎……"

元祈听着他"情真意切"的请罪，恨不能一脚踹去，口中却"安慰"道："舅舅不必妄自菲薄……朕进镇之时，瞧着你府中兵士，进退得宜，显然舅舅平日里调教得当。"

襄王听这"褒奖"，声音更急，带出嘶哑来，"总之是臣罪该万死，耽误了大事，还请皇上重重惩戒，臣决无二话。"

周浚在旁冷眼瞧着，只是不住冷笑，他唇边轻讽，勾起一道迷人弧度，若是在京城街头，不知要迷死多少闺中少女。

皇帝看着不是事儿，微觉棘手，他满心恼怒而来，却遇着襄王先发制人，在阶下"声情并茂"，若真要依律问罪，天下人少不得骂他凉薄，这一腔怒火，却似被寒冰泼个正着，沁凉入骨。

他正沉吟着，却一眼瞥见周浚的冷笑，沉声问道："大将军，你在笑什么？"

"启奏万岁。"

周浚神色从容，听到皇帝问及，朗声答道："微臣是在赞叹，圣上您天威自成，在御驾之前，襄王殿下这般形容……臣只想起一个成语，叫作判若两人。"

他声音不高，可言语中的调侃讽刺，却极是辛辣。

元祈听着，眉头高挑，从人知道这是他大怒的前兆，不禁心下一沉。

只见帐帘微动，一位素裳佳人手中托着八宝镶螂螺漆盘，上有一个玉瓷茶盏，正缓缓行至御前。

周浚内功深厚，几乎可以听见有人徐徐而来。侍卫们见那少女入内，都大大松了口气。

他以眼角余光瞥去，却倒抽了口冷气——那万载冰雪般的清冽风华，竟是平生仅见！

晨露将茶盏置于御案之上，轻轻开口道："皇上……这玉玺，要微臣收起来吗？"

元祈被她一语惊醒，才发现自己心中烦闷，已经把五彩丝绦扭缠成一团。他自嘲地笑了笑，望着案前神态各异的两名重臣，将怒火敛下，又将玉玺解下，示意晨露收起。

"微臣不敢领受。此乃天子御器，非人臣可以染指。"

少女的声音，凛然出尘，似乎是在就事论事，又似乎意有所指。

新任京营将军、驸马都尉孙铭目视窗外，只见乌云深重，压得很低，心知即将有雨。

他负起双手，却并不想归家，只是微敞衣襟，享受这片刻的清凉畅快。

他从窗中窥见营中正门外，仍有好些车轿，载着五花八门的礼物，不死心地和守卫在纠缠着，心中一阵厌憎。

这些都是各位权贵的家人纲纪，每个都不能得罪，却也不能接见——这些人身后有主人撑腰，都是谄笑拍马，然后便是"家主人有要事，请大人前去一晤"。

孙铭浓眉拧成一"川"字，显然对这群说客牛皮糖无可奈何，他星夜搬出家中，以公务繁忙为由住入军营，也是为这缘故。

亲兵又上前禀报，他厌烦地一摆手，"什么人也不见！"

"包括我吗？"

声音清柔温婉，却自有他熟悉的刚强，孙铭惊喜地回头，"你怎么来了？"

门口盈盈站着的，正是他的娇妻、先帝的长女——仪馨公主。

"你火气真大，连自己的结发妻子都要往外赶吗？"

仪馨身着瑞兽葡萄纹缎裙，发髻富丽雍容，娥眉淡扫，正含笑凝望着他，身后侍女小心翼翼地捧着一个食盒，隐约透出奇香。

"你真是出息了，竟是看都不看，便把人往外撵！"

仪馨粉面含嗔，劈头便对着孙铭埋怨。孙铭也不回嘴，只是望着她，笑得宠溺。

仪馨从侍女手中夺过食盒，轻轻摔进他怀里。

“你这人，说声搬至军营，就狠心地昼夜不回……这地方的伙食，却是如石块一般，怎么下咽？”她嗔怒着，却掩不住亲昵关切。

孙铭欣喜接过，打开一看，盒中四层，皆是平日里他喜爱的素雅菜品，不由心中一暖。

仪馨看他狼吞虎咽，目视左右。从人知道他夫妻相聚，有闺中私密要说，都识趣地退出老远。

仪馨从袖中掏出一样物事，馨香扑鼻之下，竟是一张叠成方形的信笺，“这是宫中瞿大统领送来的。”

孙铭展开读了两行，不禁勃然色变。

“他们竟敢……”

“有什么不敢的？”

仪馨冷笑道：“你没听说吗？舍得一身剐，敢把皇帝拉下马，这些人都被银子喂肥了，即使是杀身灭族的危险，也顾不得了。”

“可他们是我朝的命官啊！”

孙铭几乎是痛心疾首了，“天子远征在外，为的是江山社稷，这些人居然敢在军需辎重上动手脚，难道真想做鞑靼人的臣虏吗？”

他说着，已是面色惨白，蓦然立起，“我要进宫见瞿云一面！”

“早就给你准备好了。”

仪馨轻轻击掌，便有侍婢由外而入，手中捧着一个包裹，打开看时，却是全套侍卫服装，中间一道掐金玄铁腰牌，乃是西华门的通行凭证。

“你这般气势汹汹入内，满宫里都是人家的耳目，还是人家瞿统领想得周到。”

孙铭也不答话，只微微点头，就要疾奔而出，却被仪馨一把扯住，“穿了油衣再去！”

外面轰隆一声，大雨已是倾盆。

帅帐之中，蜜蜡制成的巨烛高燃，将帐中照得如同白昼。元祈俯身书案，正用红夷国进贡的水晶镜片，仔细察看着羊皮图卷。

那皮卷已很是黯淡，上面线条文字都如同蛛网，红褐斑驳，却是整个北疆最齐善的地图了。

元祈凝视半晌，心中已有分晓，只是关键一处仍是百思不得其解。他干脆放下镜片，起身踱步。

想起白日里的一幕，年轻天子的心中又是一簇簇的光火。

襄王如滚刀肉一般，一味地痛哭请罪，周浚却只顾冷笑，一副桀骜不驯的样子，最后，干脆在御前讥讽襄王“判若两人”。襄王“悲愤勃然”之下，竟作势要自刎御前。两边的亲兵在帐外听得分明，粗声喝骂之下，竟动起了手。

一时之间，只见兵刃相交，镇北军与襄王府的矛盾在此刻呈现白热之态。

眼看内讧将起，元祈忍无可忍，凛然起身，“两位不如各自率军，排列阵前，做一番殊死拼杀。”

他语声淡淡，却是阴沉空幽，案前两人听了，竟有心惊肉跳之感。

他们见天子震怒，本也未想真的搏杀，于是各自约束部下，一场闹剧才宣告落幕。

“混账！真是丢人现眼！”

元祈想起那一幕，咬牙低喃，却见帐帘一掀，那宛如高岭冰雪一般的佳人，正拿着一颗蜡丸入内。

他接过一看，冷笑着，悠然道：“他果然耐不住了，在军需上打主意。罢了，瞿卿和驸马会料理好的。”

他转头一望，只见晨露竟是身着一件凉缎长袍，不由皱眉道：“为何不多加一件衣裳？”

此时虽是初夏，却因塞外高爽，夜凉沁骨，与京城的燥热憋闷，却是不可同日而语。

他虽语带责怪，却是爱意切切，满是关切担忧。

晨露眼波一闪，仍平静地答道：“练武之人，原也没这许多讲究。我回帐时，加一件坎肩就是。”

元祈听着，拿她无法，叹息着，竟拿自己的披风，披在她的肩头。

“回京后再还给我。”

晨露微微一颤，肩头的披风，好似一块红热炭木，能将人燃炽殆尽。她踌躇了片刻，却终于没有取下。

元祈也有些不自在，看着地图，把话题转移到正事上，“你觉得，目前局势如何？”

晨露迎上他的目光，毫不犹豫地道：“我们中了忽律的圈套。”

她沉吟着，反问皇帝：“陛下也已经看穿了吗？”

元祈微微颔首，“朕虽然没在军中历练，却也看出了一二。”

他指着地图，侃侃道：“我军两路夹击，本想趁忽律可汗在会盟时期，兵力空虚，

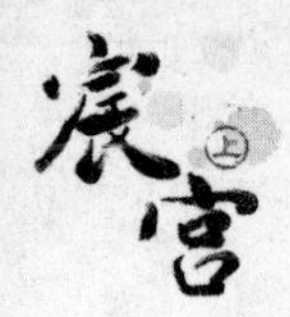

把凉川夺回，却不料‘有人’已经把绝密军情泄露。”

他语气加重，说到“有人”的时候，满是森然阴沉。

“忽律此人，如狐类一般狡诈，他行了一石二鸟之计——事先，便用他的夙敌赤勒部的精锐来戍卫凉川。”

“合围之时，襄王的府兵贪功之下，将这些赤勒骑兵放入我中原腹地，一、可以扰乱中原；二、却是借我们的手来将他们尽数除去。天可怜见，除了我们歼灭的那一支，不知还有多少零散的赤勒骑兵在西北腹地游荡。这些溃兵一日不除，西北一日不得安宁！”

风从帐篷缝隙吹过，烛光一片飘摇，明灭之间，少女清冽的笑声，在帐中漾出奇妙的乐响。

“你笑什么？”

元祈困惑不解。

柔华烛光之下，少女的容颜越发剔透晶莹，如冰雪寒玉，顾盼之间，神光流转。元祈只觉得一阵目眩。平日里见惯的，又何至如此呢？

他微微自嘲，却听得晨露淡淡笑道：“陛下真是目光如炬。只是有一桩，您未免有所疏漏。”

她花瓣一般的柔荑轻拂，将案间的羊皮图卷收起，“世上有好些难题，归根结底，仍要着落在人的身上。陛下您忘记了整个事件中，最为关键的一个人。”

“是谁？”

“鞑靼的忽律可汗。”

少女轻轻叹息着，从唇边划过那个熟悉的名字。

时光荏苒，那些恍如隔世的人和事，在她的眼中染上黯然风霜，除了怅然，别无可说。

“忽律其人，的确如皇上所说，狡诈如狐，可是，他亦是草原孕育的苍狼之子，本性中的剽悍强勇，是无法去除的。眼前这一绝好机会，他会忍住不出手？”晨露款款说道，眼中越见深邃，方才的惆怅，如这草原的夜风一般，来去无影。

元祈悚然一惊，“他意欲何为……”

他也是天分极高的人，电光石火间，已然想到了一项可怕的现实，“他竟是在图谋整个北疆！”

皇帝怒极，振衣拍案而起，有几支蜡烛受不得猛击，终于熄灭，光影重重之间，帐中一片死寂。

“也不尽然。若是陛下反应及时，他便取了几个重镇，也就罢了。朝廷经此挫折，断不能对他再行征伐。”

晨露仍是一片平静，她广袖轻舒，将颓倒的蜡烛扶起，眼中一片淡定。

“朕誓杀此獠贼——他难道真已经带兵潜入这西北内地？”

皇帝觉得有些不可思议，为对手的疯狂大胆而暗自心惊。

“忽律酷爱险中求胜，一则，他有自信不被发现，二则嘛，我们这里少不得有他的‘友人’，有什么事，一只信鸽，便可高枕无忧了。”

她眼中波光一闪，刹那间，凛然不可逼视，“微臣不才，愿亲自去一探究竟。”

“你知道忽律的人马驻扎在哪儿？”

元祈先是一惊，接着便怒气横生，“忽律那边，正是龙潭虎穴，你如此孤身涉险，想白白丢了性命不成？”

“忽律可汗还取不了我的性命。”

少女声音轻微，却带着不可逆转的固执。

“你把地点告诉朕，朕帐下高手如云，用不着你。”

……

晨露垂目无言，元祈又急又怒，却也拿她无法。

两人对峙了良久，晨露裣衽一礼，竟转身而出。元祈一愣之下，欲要伸手挽留，却只扯了一个空。

转眼间，帐中又是寂静无声，唯有佳人的淡淡冷香，在昏暗中，若有若无地萦绕不去。

夜色苍茫，草原上仍是微有凉意，天边繁星闪烁，只听得四下里，小虫鸣叫不绝。

此时三更已过，一个不起眼的山坡之下，有一人黑衣蒙面，正倏然飞奔。

她身法极快，持剑而去，如云间飘摇，煞是好看。

到得山后，只见一朵朵大小营帐，在黑暗中悄无声息，黑黢黢一片，宛如猛兽伺伏。

营帐虽不起眼，岗哨却暗中严密，这一路极是难行。到得帅帐之前，她俯身而过，身法如同鬼魅。

帐中仍是灯火通明，门口有守卫肃立，只得绕到侧面，将帐幕划开一条缝隙，才听得轻轻人声。

一道声音，威仪天成，却又很是熟悉，“先生，我此番是否太过行险？”

是忽律！

晨露心中微微激动，却听那谋士样的人答道：“可汗此次也是无奈之下的妙招，

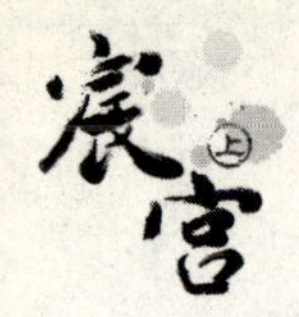

只是天朝皇帝虽然年轻，却素有英明果敢之名，此番御驾亲征，却是不得不防啊。”

“倒是比他父亲有出息……”

忽律可汗哼了一声，道：“穆那上次，就是被他识穿了身份——我这个儿子，勇猛有余，在智谋方面，却实在不肖。”

晨露在外窥探，只得他背立于灯下，面目模糊，渊渟岳峙的气度，让人生出莫名的压力。

那谋士恨恨道：“天朝一向对我卑词厚礼，这番竟敢设计夺我凉川，非让他们吃点苦头不可！”

忽律可汗却无半点欣喜之意，他叹息着，意态阑珊，“有人陪我交手也好，我实在是寂寞太久了……二十六年前，我依先生之言，使那反间计，致使林宸殒命宫中，自那以后，天下之大，再无一人可与我一较高下……”

他语意萧索，满是寂寞如雪的惆怅。

晨露在帐外，耳边嗡嗡作响，四肢百骸的血液都似乎散失开来，她双手紧握帐幕，掐得指间发白，仍是浑然不觉。

她耳边回响的，只有那短短一句：使反间计……

她勉强维持灵台一点清明，又听忽律道：“想想真是可叹，如此惊才绝艳的佳人，竟是落得如此下场。天朝人，总是喜欢这般自毁长城。”

那谋士也叹道：“也是这位林小姐太过孤傲偏激，中原的朝廷里，也有人欲置她于死地，几边勾起手来，证据确凿之下，也由不得天朝皇帝不信。”

“你错了！”

忽律断然摇头道：“他们乃是结发夫妻，便是妻子有万般不是，也应该召回京中，徐徐劝导。元旭迫不及待地动手，只因为，他满心里都是自己的江山宝座！”

皎月在云影中缓缓穿行，时而银华泻地，时而朦胧绰约，草原上的点点野花，在幽静中散发着沁人心脾的暖香。

这暖香直入肺腑，在月华荧荧照拂之下，让人生出醺然宁静之意。

晨露嗅着这氤氲清香，却什么也感觉不到，她胸中气血激荡，双手握着帐幕，任由手中的厚布在不动声色间支离破碎。天地间的清爽宁谧，仿佛与她毫无干系，只那一道醇厚男音在冥冥中继续着，如惊雷一般——那是无可回避的宿命和真相！

“我虽不杀伊人，伊人却因我而死……元旭听信他人的离间，竟下得了这般狠手……”

忽律深深叹息着，语音中，满是无法排遣的苦涩意味。

"人心之间，但凡有了缝隙，才会有外人的离间——林宸当时气势如虹，誓要将天下归一，可这种悍勇却一直被中原士子视为野心和叛乱的源泉——如此三人成虎，众口铄金之下，她又迟迟不肯回京，皇帝心中当然会生出猜忌——所以，主上您不必如此感慨。"

那谋士也很是唏嘘，却仍是以巧言安慰。

只听忽律道："这道理我也懂，只是多年以来，夙夜梦寐，总是念念不忘……"

他声音满含憾恨，仿佛想起了多年前，在城墙顶端，那缥缈犹如天人的绝世风华。

"我们初见时，她还只有十三岁，就已是美得惊心动魄。那一幕，我永生永世也无法忘记……"

那谋士见他沉郁更甚，又道："可汗不必如此，论起此事的罪愆，当今太后，还有那位……"

他话没说完，只听忽律怒斥一声："什么人？"

一泓幽光，冷酷而又霸道，在静夜花香中带出风雷之声，在瞬间穿透帐幕，直直袭去。

晨露于浑噩茫然之中，纵身一颤，如天涯飞落的雪莲花瓣，随风飘摇。那刀中杀气却是幕天席地卷来，将她的衣袖生生截去一段。只见寒光一闪，却是她手中长剑破空，才堪堪没有伤及筋骨。

那长剑如陨星一般妖异炫美，晨露眼中光芒狂乱，所使的招数与平日截然不同，剑气吞吐间，竟似将天地都刺了个支离破碎。

竟是如此凄厉的杀气！

忽律心中微惊，手中弯刀已回归严谨稳实，密如天幕，水泼不进。

只见那黑衣人丝毫没有气馁，剑光开合中，竟隐隐有幽华绽放，白刃挥尽处，诡异缓慢，却无法闪避。忽律一声闷哼，臂间已是受创不浅。

此时帐外喧哗大起，此间的搏杀不过几瞬，外间的守卫已经被惊起。

忽律有些狼狈地点穴止血，他冷眼看去，只见那黑衣人听得喧嚣，眼中狂乱略微收敛，只那凄厉激昂之气越见高涨。

怎么竟会有这般窒息的感觉……

他暗自纳罕，胸中涌起一道荒谬而轻微的熟悉感。

她到底是谁？

黑衣人微微沉吟着，收剑入鞘。忽律看见她的眼里，那是无法掩饰的冰冷怨毒，他不由得激灵灵打了个冷战。

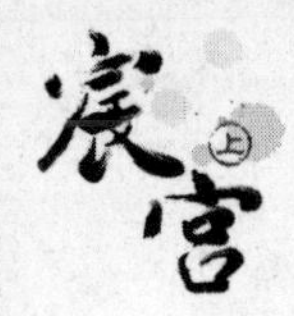

下一刻，那种强烈而森冷的压迫力就倏然消失了——黑衣人纵身而起，如飞鸟孤鸾一般，轻功已达出神入化的境地。

忽律有些惊魂未定，他扯下衣襟，包裹着染血的臂膀，心中疑云重重，却一句也说不出来。

元祈在灯下批了几本奏章，又读了会儿《世说新语》，却仍是没有丝毫倦意。

晨露离开已经有两个多时辰了，他初时愤然，转念一想，豁然大惊，急急遣人去找，却是整个军营也不见她的人影。

她果然是去一探敌营了……

他焦急恼恨，却丝毫没有办法，此时在灯火之下，担忧起了她的安危，心潮澎湃，于是久久不能入眠。

帐外有飒飒风声掠过，发出含混阴冷的声响，一道轻不可闻的金戈声在帐外轻鸣。皇帝左右无眠，于是好奇心起，孤身出帐一窥究竟。

他甫一出帐，便见明月皎洁，银华如织，将帐外河滩照得纤毫毕现，一颗颗鹅卵石，被涂上了一层朦胧莹润的微光。

岸边有一道人影，茕茕孑立，瘦弱的身影，在月光的皎洁中，仿佛被融成一潭清影，随时都会消失殆尽。

那样熟悉的身影让他暗吃一惊，脚下加快，三两步跑到跟前，却被眼前一幕惊得呆滞。

那平素清冽无绪的眼中，满是狂乱与冰冷的光芒，如同，琉璃冰玉做成的眸子，美则美矣，却自有一种非人的剔透妖惑。

她的情绪，如无边岩浆，被牢牢封在那边，一旦挣脱，便要变成恶鬼修罗。

"你怎么了？"元祈走近问道。

少女紧紧地咬着唇，直到鲜血沁出，仍是浑然不觉。

鲜红的血迹，一点一滴地淌落在鹅卵石上，白的更加晶莹，红的更加瑰艳。

"到底怎么了？"

元祈心中隐隐知道不对劲，他用力摇晃着晨露的肩膀，"说出来！"

少女的面容，在月光辉映下，晶莹如雪，透出一种虚幻的光晕。元祈紧紧摇晃着她的肩，却觉得手下沁冷，宛如握了一团寒冰。

草原的花香中，混染了一道淡淡的血腥，在这月下幽幽传来，更觉诡谲莫名。

元祈凝视着她，却见晨露缓缓抬起头，眼中燃炽的，是不可错认的冰焰杀意。

那眸子甫一接触他的眼，便从凝滞中惊醒，波光一闪，不似平日的清冷，竟是幽蓝暗冥得深不见底。

少女的眼眸如猫一般眯成一线，那幽蓝诡异却更见高涨，她直直凝视着皇帝，不复平日里的恭谨守礼。

元祈只觉得那妖惑光芒之下，自有一种看不见的东西，让他的心微微生疼——那是钝刀子一下一下划割时的疼痛。

“你到底怎么了？”

他又问了一句，俊逸面容上，那份沉稳自若，终于被撕裂。

少女手持长剑，静静站在河边，并无一言回答。她胸中的激荡怨毒，如冰河破堤一般，汹涌直贯，她凝视着这熟悉而陌生的面容，已是杀心大起，只那灵台处的一点清明，让她强自压抑。

元祈并不知晓自己已在鬼门关前逛了一回，见她袖中有一缕鲜红滴落，急怒着拉开一看，却是一道刀创，入口不深，却因为她强自剧烈活动，已然崩裂开来。

他四顾之下，别无他物，只得撕下自己的广袖一角，草草包扎了一下，仍是以一个漂亮的蝴蝶结收尾。

他想起上次晨露的调侃，满心希望这次也能解颐一笑。

伊人的玉臂从他手下猛然抽回，渲染成洁白冰凉的凄楚。晨露不顾他的焦急呼喊，亦不顾创口再次崩裂流血，纵身几个起落，来到了河的另一边，那一望无际的翠碧草原。

月光的淡淡清辉，将天地照成荧荧一片。她长剑在手，寒光闪烁，多少年来的沉郁悲凉，无边恨意，在这月下渲染发酵，只化成手中吞吐日月的精绝招式。

这苍穹月下，一人一剑随意而舞，月随影移，人随心动。一时之间，天地都被席卷其中，风雷为之激荡，草木为之战栗。

在这皓月星空之下，晨露心中的块垒，在撞击中，如浮冰坠星一般，在岁月长河中逝去如斯。

秦时明月汉时关……这些万古长存的物事，又怎识得人间的千回百转？

不破楼兰终不回……这本是她当年的夙愿，却只化为镜花水月，一枕黄粱熟透，只剩下她一人，在这天地之间，茫茫噩噩。

元旭！

她从胸中无声地呐喊这切齿仇恨的名字。

竟是因为这样可笑的原因，你才给了我一杯“牵机”？

你我相知相许，到头来，竟落得这般猜忌！

你明明知道，我所看重的，不是什么如画江山，而是海清河晏之后，能与你携手花间，白首不离。

你贪恋自己的宝座，对我如此猜忌防范……

她手中剑气如虹，轰然之下，竟将周围草木尽数斩断。

也罢，既然如此，我便夺了这天下，灭尽你家子嗣……

你且在九泉之下，好好看着！

……

直到天之将明，河岸边终于恢复了平静，水波盈盈之后，一道身影掠回这一岸边。

晨露一身凛然，平静之下，如一团烈焰，要将这天地间的一切，都燃烧殆尽。

“好点了吗？”

一声清朗的男音，在身后突兀响起。

元祈静静伫立着，一身的露水濡湿，显示了他一夜等待的事实。

他深深地凝视着，仿佛有万千疑问，最终，却什么也没说。

“天快亮了，回帐休息吧。”半晌，他才说出了这样一句。

清澄的露水，将他的鬓发打湿，英挺的眉微微皱着，满是沉郁的隐忧，却终究，只化为这平淡一句。

莫名地，晨露打了个冷战。世界在这昏暗混沌的黎明里，瞬间失去了华彩。皇帝眼中的温暖，此时看来，只觉得刺目无比。

京城

孙铭以侍卫服混过西华门后，早有接应之人，将他一直带到瞿云跟前。

“瞿统领，圣意如何？”孙铭虽然木讷，但并不呆傻，张口便急急问起了关键。

“皇上的意思是，让我等放手去做。”瞿云静静望着窗外的大雨，漫然说道。

“既然如此，我就要大动干戈了。”

孙铭眼中波光闪动，面上带出几分森然狂怒，与他平日里截然不同，“这群老爷们向来敲骨吸髓，如今既然触动了龙之逆鳞，少不得要一一清理。”

瞿云瞧着他偶露峥嵘，知道这位军旅出身的驸马已然动了真怒。

孙铭继续道：“然后便是静王，他若是在家安分，我敬他是亲王之尊；他若仍有什么异样的心思，那便要宗人府请他过府一叙了。”

瞿云静静听完，接口道：“将军如此作为，若是静王反噬，又该如何？”

孙铭看他神情，知道他亦有保留，于是问道：“瞿统领，你的意思是……”

“此时主君出征在外，若是多生事端，恐怕变生肘腋。静王，他可不是善类啊！”

瞿云胸有成竹，看着孙铭眼中闪过怒意，知道他心有不甘，于是笑道："当然，我等虽然不才，也要让静王知道一下，什么是切肤之痛。"

孙铭因这一句，豁然开朗，眼前一亮，接着便畅快大笑，"妙哉，当浮一大白！"

"可惜宫中规制，不得饮酒，否则定要和将军一醉方休！"

瞿云眉间微有倦意，却更显儒雅自在。这些日子，他一人承担大梁，虽然游刃有余，却终是有千钧重压之感。

他的目光，越过巍峨宫墙，飞向遥远的西北。

在那寒苦纷乱的战场上，那两人，现在究竟如何了呢？

他不禁有些担忧，心下却暗笑，果然老了啊！

"瞿统领？"孙铭见他有些出神，疑惑道。

"我在想，皇上他们，究竟如何了……前线的节略一天天地报上来，却是僵持不进，真让人担心。"

孙铭凝神一想，也不无忧虑，他再也无心闲谈，起身告辞。

他安然混出了西华门，一路疾驰回到大营，点了得用的亲信将士，一路浩荡，来到了静王府前。

他让将士们原地待命，自己入内求见。

静王纶巾儒袍，一派士子的安然飘逸。他见了孙铭，并不惊慌，只是笑着调侃："驸马今日夫威大盛啊！"

"王爷说笑了。"

孙铭并不跟他过多兜搭，肃然道："末将接到密报，那些鞑靼刺客又蠢蠢欲动，要对王爷有所不利。末将身负京畿治安重责，不得不慎重。即日起，会有麾下精锐将士驻守于您府上，不便之处，请王爷多多包涵。"

静王含笑听完，并没有如他想象的大怒，只是轻松地挥了挥折扇，"这些刺客既然想要孤王脑袋，少不得请将军多费心了。"

孙铭一时张口结舌，他本以为会遭到斥责抗拒，却不料静王甘之若饴，居然接受了他的安排。

难道他愿意自缚手脚？

孙铭凝视着静王的沉静笑容，百思不得其解。

西北的清晨，仍有些清冷，淡淡的露华飘散在空中，落于草叶间，晶莹剔透，宛如传说中，暗夜悲泣的鲛人之泪。

这般晶莹皎美，不过几刻，便会再度化为虚空，仿佛从未在这世上存在过。

天边仍有淡淡雾气，却不能遮蔽旭日，它冉冉升起，万物在这一刻，蓦然苏醒过来。

皇帝虽然一夜未眠，却从幼时骑射打熬得好筋骨，在榻上小憩片刻，便又是神采奕奕。

他正欲击鼓升帐，一道苍白缥缈的身影出现在帘前。

晨露一身白衣，长剑高悬，飒爽清雅，昨晚的狂乱妖惑，仿佛是幻梦一场。

“微臣一点私人恩怨，却是让皇上担心了。”

她低低说完，眼中波光一闪，璀璨晶莹，不可逼视，“不过，昨晚一探鞑靼大营，也算是确定了我心中所想。”

“你果然去了忽律可汗的大营！”元祈急怒不已，却偏说不出任何重话来。

“皇上不想知道忽律藏身何处吗？”

“比起这惊天秘密，朕更希望你不要去涉险。可惜，朕的话，对你从没有任何用处。”

元祈一时微微气愤，说出了这等赌气话。

晨露却半点不恼，她盈盈一笑，眸子微微眯合，无邪而又妩媚。

“皇上这是怪我了呢……”

她玉腕轻舒，将羊皮图卷摊开，指点着，一一示意给皇帝看。

“这是凉川，上次我军与鞑靼的赤勒部，就在此间鏖战。由此向西，有一个山谷，外间看来，冰雪封盖，飞鸟不过，其实，这谷中却是四季如春。”

不等皇帝回应，她放下皮卷，掀开帐帘，转身离去，只留下一句清晰的话语——

“夜间是最佳时机……您若是出其不意，反而会激起他们的悍勇。”

第十六章 大捷

夜色渐渐笼罩了草原，皇帝点齐兵马，请过襄王和周浚，在帐中对着图卷指点江山，一派激昂意气，最后道："两位不如在我帐中静候小儿辈破敌。"

周浚端详着地图，神色中的闲适已然消隐，他的面上浮现敬佩，"皇上居然对兵略地理也如此精通，这片谷地，末将略有耳闻，却不料内藏乾坤。"

元祈并不矜喜，微微一笑，如实说道："这是朕身边之人禀报的，朕长于深宫，哪会知道这些山川之奇。"

周浚闻言，终于霍然动容，他起身，郑重地一揖到底，"不意圣上诚挚若此，真是天子胸怀！"

元祈本不喜他狂狷倨傲，见他如此，忙双手扶起，真心诚意道："军略之事，还请大将军多多教我。"

"这些征伐之术，军阵中学来最快。"

周浚大笑，指点着图卷道："皇上今晚便要动手了吧？"

见皇帝赞许点头，他回过身，看着目光微闪的襄王，不无揶揄地笑道："王爷，您可有点神思不属呢……今晚，不如就留在营中，不要上阵了。"

襄王暗喜，刚要答应，看着他冰冷残酷的眼神，心头生出警兆，连忙笑着改口道："只是有些小小不适，忠于王事，也顾不得了。"

夜色已深，静谧的山谷里郁郁葱葱，毫无半点炊烟，仿佛一切都停止了呼吸，沉睡不醒。

凉川在不远处静静流淌，月光下，水波潋滟，宛如梦境。

打头的一万骑兵，逐渐逼近山谷，仍是听不见半点人声。鹧鸪的叫声从林中传出，让人背上升起战栗。

"噤声。"皇帝命令道，清俊面容上，英气飞扬。

众将士早有准备，坐骑的四足都裹了布帛，悄无声息地前行入谷。

晨露微微皱眉，策马上前，与元祈并驾齐驱，轻声道:“皇上还是坚持要急袭？”

皇帝点头道:“夜袭一事，重在出其不意，若是对方有所准备，定会功亏一篑。”

晨露知道他心意已决，也不再劝，只是凝视着眼前兵士，心中无声叹息。

兵书上夜袭胜出的例子，都是敌军没有防备，因而溃灭，可那只是相对一般军队而言。

忽律的大营，看似松散，其实却最是严密，就算有人半夜劫营，他们也会在最短时间内集合，将进犯者击败。

所以，夜袭虽然可行，却反而会激起他们的悍勇。

若是自己领军……

她摇摇头，将这种无稽的念头挥去，专注于前方的动静。

将士们已然入谷，眼前那些鞑靼式样的帐篷，在暗夜里默默伫立着。

仇人相见，分外眼红，老兵们念及前次死伤的袍泽，兵刃在掌中闪着雪光，杀气冲天而起；京中来的新人们，也摩拳擦掌，跃跃欲试。

随着一声令下，他们如嗜血的猛兽一般，冲入敌营，肆意践踏。

杀戮与号叫，成为这个夜里的最强音。

“我军势如破竹，真是可喜可贺啊！”几位年轻侍从在皇帝身边兴致高昂地说道。

只怕未必……

晨露冷眼瞧着，场上的鞑靼人从营帐中奔出，虽然被攻了个措手不及，却仍是沉着万分，只是跃上马背，朝着凉川疾驰。

追逐与被追逐，不过几刻，便告一段落。

悠长的号角声，在水边响起，初时寂寥，随着散兵聚集到一处，却发出激昂狂肆的音调。

水边的蓬蒿长草中，有无数人影从中站起，口中吆喝着，手中满是闪着寒光的弯刀，将半边夜色都染成银白。

这声势将天地笼罩，一道别样的悍勇杀气，遮天蔽日。

天朝将士一片哗然，他们谁也没想到，鞑靼人竟在水边埋下了重兵！

“是谁将军情泄密？”

皇帝的目光有如利刃，声音清晰阴沉，蓦然回望，身后一众将领，都承受不住他的霹雳怒火。

襄王此时却是镇定自若，“皇上明鉴，臣等在皇帐中议事，并无一人离开。”

晨露以袖拂面，掩下了一个阴冷的微笑——今夜，他确实是清白无瑕的。

忽律其人，一向狡诈如狐，他此次亲自涉险，又怎会毫无防备？

鞑靼的战马，在凉川边恢复了平静，人人眼中露出杀气，如修罗地狱一般。

大地在颤动呻吟，鞑靼将士粗野地笑着，嘴里吆喝着听不懂的调侃，就要渡过凉川。

天朝军上下皆是大怒，调整队形后，毫不迟疑地追了过去。

兵刃的相交声，在暗夜里响彻，帐篷被点火焚烧，燃炽了半天的红茫。

人的头颅，如雨点一般纷飞，鞑靼骑士们想起家中的妻儿，归心似箭之下，唱起了低沉的歌谣：

亡我祁连山，
使我六畜不蕃息；
失我燕支山，
使我妇女无颜色。
……

歌声苍茫辽远，洪亮中，含着无数痛楚。

他们生于游牧，此番，却不想再随草而居，凉川是他们心头的锁，而西北，是他们眼中的黄金之地。

月光照着粼粼的水面，月色融入凉川，暗流却在其下汹涌起伏。

有人居于骑兵中央，大声喝道："击退敌人，我们才能回到家乡！"

士兵们欢声雷动，如岩浆一般在岸边汹涌。

却不知，是谁先来掠劫别人的家乡！

晨露唇边露出嘲讽的笑容，看着月光照耀下，那如神祇一般的身影，极为低沉、怨毒地喃喃道："忽律！"

她再也忍耐不住，拔出鞘中长剑，策马冲入头阵，一阵风似的杀入敌军之中。

夜风之下，她衣袂飘飞恍若天人，在漫天烟尘中，杀戮无数，白刃既出，便有一人性命上天。

顷刻间，忽律可汗置身的前锋，便被她生生撕开一个口子。

她长驱直入之下，立时便有人挺身卫护可汗，她剑下又多了几个亡魂，两人之间的距离，却再不得寸进。

热血沸腾之下，她的耳边，只回响着一句话："反间计……"

她胸中怒意满盈，收起长剑，任由箭矢在自己身边纷飞，丝毫不再闪避。

她从背上取下那柄赤勒族的玄铁大弓，娴熟地上箭，拉满，遥指着狼旗之下的王者。

时间，在这一瞬近乎停止。

她手下用力，近乎安详地一放，那箭矢，带着铁制的尖利以及白色羽翎的呼啸声，如闪电一般飞起。

月光，都被这一箭吞噬了光华。

这是倾尽她所有信念和才华的，决绝一箭。

下一刻，她胸口一阵剧痛，全身的力气，都在这一刻丧失……

元祈在右后方看得真切，已是睚眦俱裂。

可汗的近身勇士，将手中长枪投出，从她后背穿透，鲜血如雾蓬一般，洒满水边。

这强大而可怕的冲力，将她全身带起，几个跌落之下，竟被带入凉川之中。水流淙淙，几个暗流起落，已将她带入下游。

元祈只觉得心中一阵剧痛，他丝毫没有多想，扯下身上明黄甲胄，纵身跳入水中。

两边阵前，一片混乱，却是两位主君，都身陷险境。

忽律可汗，仍是没能挡住那一箭，右胸受创，落于马下，生死不知。

凉川呜咽，河水千载万年，奔流向前，永不复回。

夜色悲凉，银白月光下，下游水流激涌，无数险滩涡回，仿佛是妖物狰狞的血盆大口。

水雾氤氲升起，皎月的光辉，在河面上渲染成一幅绝美的画面。

晨露觉得胸口一阵剧痛，四肢百骸的精力似乎都被抽离，仿佛有千万重的绳索，将她拖向不知名的黑暗之中。

黄泉的埃土在脚下浮动，遥远处的那一线白光中，隐约有一道长桥，不见首尾。

又要落入那幽冥之中吗？

想起那忘川水下，嫣红绚烂的彼岸花，她心头一阵冰冷。

难道又要回到那不见天日的所在，被那术士的符咒，封镇燃炽于业火之中？

决不！

她眼中几乎要流出血来，却无法阻止自己的脚步。

一道强人的力量，在瞬间将她拉离。

白光从眼前消失，下一刻，胸口的剧痛又让她险些昏厥过去。

勉强睁开眼，只见眼前光波颤颤、水浪滔天，自己沉溺在水中，载浮载沉，已呛入不少河水。

一只有力的手将她拉住，奋力游回岸边，无奈河水湍急，暗流诡谲，却丝毫不得寸进。

她回身去看，却是一张熟悉已极的面容。

“元旭……”

她近乎呻吟地，从心中喊出这一句，却被波涛汹涌的水波咆哮淹没。

不，这不是元旭！

元旭，永远是爽朗从容的，他不会有这般阴郁凶狠的眼神，不会……在这般险恶的浊水中，仍死死不肯放手。

元旭，他早已经舍弃我了！

他是谁？

晨露脑中一片昏沉，由眩晕中，终于想起，掉落河中时，皇帝那一声撕心裂肺的低喊。

那一声，穿透了千军万马，即便是金戈硝烟，也无法淹没！

是他跳下凉川，一直在救我？

晨露浑身都痛得颤抖，她想挣脱那只手，却被牢牢拉住，手腕间一阵刺痛。

怕是青肿一片了吧？

她诧异自己此时仍有调侃的心思，沁凉的水流入眼中，火辣辣地疼。她微微抬头，却在朦胧中，看入了元祈的眼中。

如火一般的，近乎阴戾暴怒的……

如火一般的，爱怜珍惜的……

如火一般的，战胜一切危难的无畏和决然……

她已无力思考，任由那只大手拉着，彻底地陷入昏迷之中，耳边隐约听到那焦急的呼唤声。

凉川奔流着，逝者如斯，在月光下，闪成一幅晶莹的银缎，流向不知名的天边。

京城中，远征军已是断了好几日的消息，宫中的贵人们知悉了，心中越发不安，几大寺院的香火，却因此鼎盛不少。

太后与皇后却不曾与这些内外命妇一道，只是发下懿旨，在慈宁宫中，为那尊玉佛建了个神龛，太后亲自斋戒诵经，早晚供奉。

慈宁宫的晨间如平日一般安谧，皇后请安后，留在太后身边，在她身边说笑解乏。几个有脸面的大宫女也间或插个几句，一时之间，满殿都是娇媚欢笑。

“娘娘，早课的时间到了。”叶姑姑上前禀道。

太后捧起佛珠，让众宫女退散，在佛前蒲团上盘膝，默诵经文，一个多时辰后，才在侍女的服侍下，蹒跚起身。

皇后睨了一眼殿侧的玉佛，只见它宝光流转间，光洁莹润，天生的一块美玉，却雕琢成这等神像，简直是暴殄天物。

她不以为然地笑道："这等西域来的神像，我们林家素来不信，母后又何必将它供奉于此？"

太后扫了她一眼，却没有发火，只是轻轻道："人老了，无论信或是不信，都有个敬畏心……"

她见皇后仍是懵懂，轻叹道："如今京中百姓都信这个，你不妨也请一尊回去，为皇帝祈福——好歹不要让那群嫔妃议论，说你无情无义。"

皇后听着大为头疼，支吾了几句，正要搪塞过去，只听外边有人急急报道："前线周大将军处派来了加急信使！"

"快宣！"太后一迭声说道。

来者是一个年轻英俊的偏将，几日几夜的奔驰，让他全身上下都湿透了，脸色也异常苍白，只一双眼睛，仍是炯然有神。

他强撑着行礼，递上周大将军的奏报，才坐倒在一旁。

宫人们给他递上清茶，在一旁偷眼看着，都被他的英姿勃发深深吸引。

"赐座。"

太后漫不经心地挥手，展开手中奏折，刚看了几行，便喜上眉梢。

"皇帝大获全胜……忽律可汗中箭，生死不知！"

她一时快意，想起当年，就是这个忽律，把自己逼得东躲西藏，又几次三番在书信中语出不恭，此刻只觉得一阵扬眉吐气——也让这蛮子知道我中原的厉害！

她稍稍稳定了心神，继续往下看，眉头却渐渐蹙起。

"怎么了，母后？"皇后瞧着真切，上前问道。

太后眉头松了下来，将奏折收起，轻描淡写道："没什么，只是皇帝受了些伤，一路安养，要慢慢回京。"

她刚要询问使者，却听得外间有人来报："周贵妃求见。"

皇后笑得婉约，"这倒奇了，前几日不见她的人影，我正纳罕，这不是可可儿地来了？"

她望了眼太后，口中若有若无道："周妹妹的消息可真快啊……"

太后仿佛充耳不闻，稍微沉吟了片刻，便笑道："如此大捷，也是普天同庆的喜事。请周贵妃在前殿稍坐。叶儿，你速速遣人去请各位阁部大人进宫，我要当众宣布这好消息！”

叶姑姑领命而去，皇后在旁察言观色，只见太后似乎另有心事，端着茶盏的雪白手掌，将杯壁握得紧紧的。

“母后……您怎么了？”

此时殿内只剩下两人独处，皇后近前，为她轻轻捶着肩膀，轻轻问道。

“我在想……”

太后盯着杯缘的麻姑献寿图案，若有所思，缓缓说道：“皇帝这一胜，从此之后，必定更听不得我这老婆子啰唆了。”

皇后瞧着她阴郁衰老的神态，心中既苦又甜，犹如打破了五味罐，再想及自己，却是心中咯噔一沉，强笑道：“怎么会呢？皇上他不至于如此的。”

太后微微冷笑，“皇帝是天子，处在那至高独尊的位置，不会愿意任何人对他指手画脚，更何况，你大伯犯下滔天大罪，把柄正攥在他手里。我还没死呢，他尚且如此，待我百年后，林家的下场，不问可知。”

皇后想起那位素少谋面的大伯，那鹰鸷一般的目光，心下一阵骇然，面色变得惨白。

“你今后代替我坐于这玉座之上，也要时时面临这双重的煎熬——皇帝是你的夫君，而襄王，是你的血脉至亲。男人的争斗，是这世上永不歇止的天道，而我们女人，总是夹在其中……”

太后似乎有些黯然，眼中闪过深深的悲哀，却在下一瞬，重又晶莹生灿。她的手紧紧握着杯盏，仿佛在虚无中，牢牢抓住那至尊权柄。

“只有能平衡、超越这两者的女子，才算是后宫的真正主人。”

她的声音，平淡中自有惊心动魄的激越和自豪，皇后静静听着，在嫉妒之外，只剩下一种自惭形秽。她咬了唇，逼出一道温柔微笑，恭谨道：“母后这是在提点我呢，淑菁记下了。”

太后瞧了她一眼，叹息着还想说什么，只见叶姑姑前来禀报道：“几位阁部大人早早来到了前廷，遵娘娘的诏令，已经请他们过来了。”

“请他们在前殿奉茶，我和皇后这就到。”太后款款说道。

她整了整额前鬓发，对镜顾盼，仍觉得有什么不中意，便从匣中取出一支百宝凤凰扇钗，往髻后一抿，颤巍巍定住了，一片光华，将她的面容映照得如月姣美，又添自然威仪。

皇后在旁瞧着，心下一阵酸意，忙敛住了，上前扶过太后，贴心地放慢了脚步。

前殿之中，几位阁臣早已敛容恭候，右侧有一列座位，以鲛珠纱朦胧分割，

周贵妃端坐其间，神色面容都瞧不真切。

左侧稍上的位置，也有相同的纱帐，显然是为皇后准备的。

太后在正中玉座坐定，环视众人，眉眼中蕴含笑意。周浚的奏章由侍从展读，殿中一片喜气，逐渐弥漫。

众臣接着宫人紧急誊写的抄件，急急读来，口中满是称颂圣德深广。

周贵妃从纱幕中伸出一只手，接过抄件，一目十行地看完，竟挑开了纱帐，面对太后问道：“娘娘，臣妾有一事不明——为何是我父亲上这大捷的奏章？”

太后见她一眼看出了其中的奥秘，笑得越发高华和蔼。她微微沉吟着，说道：“奏章里说，皇帝受了些伤……”

周贵妃听她言辞闪烁，正要再问，只见太后继续道:“皇帝受伤，虽然已无大碍，我总是心里不安，还是宣那使者前来一问为好。”

使者再一次被宣至殿前，他稍事休息，面色已微见红润，更显得英俊轩昂。

太后捏着腕间佛珠，问道：“皇帝的伤到底如何？”

那青年偏将单膝跪地，声音清脆无惧，“陛下身先士卒，与鞑靼人搏杀时，虽然大胜，却意外落入凉川之中。”

“淹到河里只会呛水，可大将军的奏章中，附有随驾御医的诊断，却说皇帝是‘身有十几处创口，犹以臂膀为重’，这是什么缘故？”太后毫不放松，继续逼问道。

那青年摇首，“此乃军中机密，末将不知。”

太后冷笑，刚说了句“你也算是大将军的亲信”，便一时胸口发闷，说不出话来。一旁一个侍女眼尖，立刻递上了茗茶，让太后饮下，这才缓了过来。

太后让那侍女帮自己捶背，待胸中憋闷消尽，才继续说道：“皇帝在军中经此大难，周大将军难道一无所知？他将皇帝的安全视若儿戏吗？”

她最后这一句，虽然语气不重，却已是带出斥责来，那青年将领面色苍白，只能闭口不言。

一阵僵持中，只听得纱幕轻舒，周贵妃不顾众人诧异的目光，朝着这边深深看来。

她的目光，与那青年将领甫一接触，便凝结纠缠，不忍分离。

军国大事在这一刻都化为乌有，他们彼此凝视着，深深溺陷于对方的眼中，几乎可以听见彼此的心跳。

当年朝夕笑对、青梅竹马的少年少女，在多年后的今日，终于相见。

原来……是你吗？

一阵凉风吹来，庭院里的枝叶婆娑摇晃，花瓣在窗前飘舞飞扬，翩然若仙，终究落入泥尘之中。

他们眼中的热望与美梦，在瞬间如花瓣坠落，烟火熄灭，一阵风刮过，便了无痕迹。

两人四目相对，碰撞间火花晶莹缠绵，却在下一瞬，归为平静暗涌。

那短短的一瞬，却被太后尽扫眼中，她不动声色地轻咳一声，端起茶盏啜了一小口，若无其事地看向周贵妃，“你这孩子，心中也在担忧皇上和父亲吧……”

她深深叹息着，不胜唏嘘，“可怜见的，男人们出征在外，母亲妻儿们，始终悬着一颗心啊……”

她挥了挥手，示意那青年退下，“既然你一无所知，我且信你，不过，皇帝的安危非同小可——告诉你家将军，让他谨记莫忘。”

青年将领恭谨行礼道：“请太后娘娘宽心，皇上的辇驾正在回京路上，只是伤势未愈，一路上会慢些行进。”

太后听了，不置可否，目视他退下后，深不见底的目光在周贵妃的脸上停留片刻，才淡淡道：“我也乏了，大家请回吧。”

皇后跟着她回到后堂，便迫不及待地道：“母后，周贵妃和这偏将之间，怕是很有些瓜葛吧？”

她抿唇冷笑，美目中已带上了鄙夷的神气，“好一个将军虎女，哼！”

太后端坐如仪，苍白的脸上露出一丝安详的笑意，“我已经让人盯紧他们了，若有苟且不轨，可就地擒拿。我倒要看看，周浚的脸往哪里放！”

皇后听得心花怒放，满是幸灾乐祸的神情，想起周贵妃平日里的孤傲跋扈，心中快意无限。

她又和太后说了些闲话，才辞了出来，出宫门时，却见一个宫女的身影急急朝外而去，皇后依稀记得，这是今日为太后伺奉茶水的那个。

怎么这么匆忙？真是没规矩……

她漫不经心地想着，跨入了自己的宫轿之中。

齐妃拈着手中素雅凝香的信笺，一时沉吟未觉。

她身上披着一件秋色湘绣外袍，本来艳丽威仪的面容，很有几分苍白。

她这一阵身体欠佳，受了些风寒，几位老御医都请来诊过，却始终不见好转。

前几日，稍稍有了些精神，却正赶上嫔妃们去寺院为皇帝祈福，她素来要强，也挣扎着去了一趟，回来又发了一夜高烧。

如此往复，总也不见大好，今日身上爽利，正要出去走走，却在廊下木柱上捡到了这样一封信笺。

信笺以飞棱深深扎入柱身，展开一看，那刚毅清秀的字迹，隐约是周贵妃的手笔。

她约我今晚亥时初分在飞烟阁相会——会是什么事呢？

齐贵妃很有些疑惑，她托着香腮沉吟着，心中疑惑丛生。

虽然目前两家关系缓和，却也是各有门墙。周贵妃生性高峻，如今却这般鬼祟，约她夜晚相见，究竟是为了什么呢？

她心中飞快揣度，想起今日午后，有别的嫔妃来探她，道是周大将军派来了使者，传来了大捷的消息。

难道是和使者有关？

她百思不得其解，终于还是决定赴约。

晚饭后，她的精神很好，和侍女们玩了会儿绕绳开解，便带着贴身侍女香盈，出门散步去了。

飞烟阁在云庆宫的南右方向，共有七层，一向是嫔妃们登高赏景的地方，四壁有历代传奇人物的画像，都是栩栩如生，如见真人。

齐妃让香盈在外等着，自己轻挽裙裾，袅娜而上。

狭窄的楼梯，由乌木拼合，在昏暗中闪着近乎幽蓝的光芒。几座宫灯在夜风中飘摇明灭，将整座楼阁映得诡谲幽静。

楼梯回环，仿佛高耸临天，永无尽头。齐妃才走了一小会儿，就几乎可以听到自己的心跳——一种战栗的恐惧，从她心中升起。

她手脚微微颤抖，好不容易才登上阁顶。

银白微红的圆月，带着妖异的冷光，刺得她眼睛生疼。

齐妃只觉得身后一阵剧痛，利刃生生破开胸骨的声音，在体内清晰爆裂。

她无力地跌倒在地，映入眼帘的，是檀木地板上的一方玄色丝帕，上绣点点紫蕾……

玄色幕天席地卷来，紫色弥漫成血，肆意汪洋。

这是她在人世间，最后见到的瑰丽光景。

晨露只觉得自己一直在黑暗中徘徊，水淹没了她的头顶，她如胎儿一般，在水中载浮载沉……

有一阵，她有些清醒，眼前晃动的，是一个个人影，而不是水波，但也许，这也是幻觉。

仿佛有人在耳边低喊，她努力想睁开眼，却丝毫使不上劲。

整个人好像又在水中上下翻腾，又好像不是，那颠簸震晃的，也许是马车……

许多离奇的幻景从眼前划过，却终究是浮光掠影，昙花惊梦。

不知道过了多久，她感觉喉咙一阵刺痛，颤抖着唇，终于发出了第一声呻吟。

“醒了吗？”

惊喜的男音在耳边响起，她的眼睛艰难睁开，眼前模糊浮现的，是瞿云担忧狂喜的神情。

他端起一杯热茶，从她唇边小心喂入。两口下去，晨露才觉得身上有了一丝力气。

她浑身筋骨都在剧痛，声音嘶哑得有如乌鸦，“这是哪里？”

“你已经回到宫里了。”瞿云道。

下一刻，外间传来隐约的喧哗声，听着虽小，却越发激越。

“宫里为何如此吵闹？”晨露嘶哑着声音问道。

瞿云看着她，露出了一道无可奈何的苦笑，“此时此刻，宫里比街市还要热闹万分！”

晨露有些吃力地坐起身，不过轻微动作，冷汗已一颗颗滴落，寒绢裁成的中衣在灯下闪烁生辉，片刻之间，已被濡湿了一片。

瞿云慌忙扶她坐好，咬着牙又怒又急，“出趟门就弄成这般模样，你仍是如此任性妄为！”

此时两位侍女入内，也不多言语，便在床前竖起小小的四幅水墨屏风，帮晨露宽衣换药。瞿云隔着屏风，声音有些沉闷，“你这次被长枪贯胸而过，受创颇重，幸好避开了心脉要害，却仍要休养好几个月才能痊愈。”

晨露低头查看着自己的伤势，她精通岐黄之术，一眼便知瞿云所言非虚，于是笑道：“你明知我在医道上头不输于人，略加调理，还怕不能完好如初？”

瞿云已怒不可遏，满腔的担忧只化为长长一叹。

侍女们换过药，收起屏风，跪拜而出。

晨露觉得胸口一阵清凉，疼痛也减轻不少。她听着宫外喧哗声仍是不减，想起瞿云方才的言语，不由好奇道：“宫里出了什么事？”

瞿云却不就答，长叹过后，反而问道：“你猜猜，皇帝为何没来你榻前探视？”

晨露一愣，想起那湍急诡谲的暗流里，那双如钢铁般强握着的手掌，看着瞿云沉重的神情，心中蓦然一惊，“难道他……”

“你想到哪里去了。”

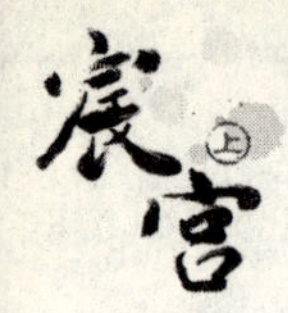

瞿云不禁失笑，“皇帝对你，真是痴情万分，居然在众目睽睽之下，跳入涼川救你。他全身被乱石碰伤十余处，怕也要月余不能批阅奏章。”

他调侃地看了眼晨露，却见后者眼中阴郁沉冥，全身都沐浴在几重阴霾之中，不由一惊，后面的调笑，却再也说不下去了。

“宫里都知道了这件事吗？”

晨露眼中凛然淡漠，映着窗边投射的璀璨日光，冰寒之色，比起从前，竟是更盛了许多。瞿云望着她，瞬间竟有微微刺痛的感觉。

他苦笑着，答道：“本来太后那边，无论如何也是瞒不过去的，不过，宫中上下，已经无心纠缠这等话题了。目前的乱子，就让所有人头大如斗了。”

他看了看窗外，“你道那些喧哗声是什么，那是齐妃的父亲，率着一干臣子正在御苑之前跪谏，要皇帝给他女儿一个公道。”

“齐妃？她怎么了……”

“她死了……在飞烟阁顶端，尸体胸口有道剑伤，胸骨几乎全数碎裂，凶手定然是位剑道高手。”

瞿云很是懊恼，眉间隐见怒色。宫中戍卫安禁，本在他的职责之内，如今在他的眼皮底下出了这等大事，简直是在向他挑衅！

“有凶手的线索吗？”

“要是没有，也就天下太平了……”

瞿云无奈道：“当时夜色昏暗，她的贴身侍女香盈站在远处，什么也不曾看见。我们在现场找到了一方玄色丝帕，上绣有精巧的紫蕾。”

“玄色……”

晨露凛然一惊，“是周贵妃？”

宫中，只有她喜着一身玄黑宽袍，古意盎然。

“看那绣样式纹，必是出自她宫里无疑。”

瞿云听着远处模糊的喧哗声，继续道：“她宫中有人受不住逼问，招供说出，那日下午，周贵妃身边的侍女偷偷去了趟驿舍，探了会儿军中的使者。”

“使者？”

瞿云见晨露愕然，解释道：“是周浚派出的使者。那时你和皇帝都受了伤，御驾一路慢行，周大将军特地遣使，来宫中告知一二。”

瞿云说着，颇为头疼地揉了揉眉心，“在飞烟阁附近，我们仔细搜索，又找到了一枚军靴上的铜钉，经兵部辨认，那是特制给镇北军中使用的。”

晨露仔细听着，开口说出了瞿云的未尽之意，“你的意思是，周贵妃与那使者在飞烟阁中暗通款曲？”

瞿云点头道：“不仅我如此作想，林媛那边也觉察出不对，已经把西华门侍卫都盘问了一遍。结果，有人证实，那日傍晚，确实有一个太监服色的人手持周贵妃宫中的腰牌入宫。侍卫以为他是新来的，并没有多问。”

“大晚上的，齐妃去飞烟阁做什么？”

晨露听得目光炯炯，浑然忘记了胸口的疼痛，她抬起头，轻轻问道，似乎是在自语。

“我也在想这个问题……她的贴身侍女吓得什么都记不清楚，只一口咬定是主子这几日身体大好，想在宫中散心。”

瞿云想起那个一味哭嚷的侍女香盈，又觉一阵头疼。

“去散心的齐妃，不小心撞到了周贵妃与使者的幽会，于是死于非命，真有这么巧吗？”晨露思索着，低喃道。

“有没有这么巧，也只有老天知道了。只是目下，齐融平白死了女儿，不肯善罢甘休，已经在早朝堂上闹将开来。他要皇帝严惩凶手，以慰齐妃在天之灵。”

“周贵妃目前如何？”晨露看着瞿云，问道。

瞿云再一次无奈苦笑，“林媛也真是神通广大，居然从知情人口中，查到这使者的身份来历。他和周贵妃，乃是青梅竹马的玩伴，两人感情甚笃，直到贵妃被选入宫中，才天各一方，断了联系。”

他继续道：“铁证如山，周贵妃已被打入冷宫，等着皇帝发落呢。”

晨露眉间一蹙，断然冷冷道：“此事无论真假，都很是棘手。若是处置了周贵妃，周浚一怒之下，难保不会有什么过激行为。”

瞿云点头赞同，“所以皇帝被夹在两大重臣之间，简直是左右为难，他已经两昼夜没合眼了。”

两人正说着，只听得廊外有人通报：“皇上驾到！”

他怎么来了？

两人对视一眼，都是惊愕不解。

元祈逆着日光而来，眼中带着淡淡的倦意，冠上的玉藻十二旒悬于额前，映得风华如神，却颇有些憔悴。

他凝望着晨露，眼中闪过喜悦而复杂的光芒，久久不语。

瞿云看两人僵持，识趣地起身，告辞。

“你……恢复得怎样？”

元祈并不坐下，只是静静看着她，踌躇着，开口问道。

“这伤只是看着凶险，其实并无大碍……”

晨露低下头，端详着床边的九蔓缠枝莲云纹方盘，声音淡漠有礼。

元祈走到床边，竟是一把拉住她的手腕，“那日，你为何如此冲动？”

他的手掌用力，眼中闪着暴怒可怕的光芒。晨露并不挣扎，看着自己腕间青肿一片，只是浅浅一笑。

那笑容凄婉清柔，却偏偏闪耀着不可动摇的刚强。

“血海深仇，不能不报。”

元祈一愣，这才恍然大悟道：“你家中也有人在景乐变乱中亡故吗？”

他想起史书中所说，那般万人恸哭、满城缟素的情景，不由心中一痛，他缓缓地松开了手，“你为何不跟朕直说，却要做这等凶险之事？”

“于千军前，取那人的首级，这才是我心中所想……”

晨露低低答道，仿佛想到了什么，眼中波光一闪，她不想再纠缠这话题，于是反问道：“皇上很是烦恼，是为了齐妃娘娘的事吗？”

元祈眉间涩意更深，目光森冷，如万丈深渊一般，让人生出战栗，他微微冷笑，“好不容易从凉川中死里逃生，没曾想一回京，却有这般‘惊喜’等着朕呢！”

“皇上真以为，这是周贵妃做下的吗？”

晨露声若冷泉，沁入心中，元祈只觉得一阵清凉，满身的燥热都在不知不觉间，消散殆尽。

“朕当然知道事有蹊跷，但目前铁证如山，若是不加处理，便会寒了朝中诸臣的心……”

他苦笑着，继续道：“幕后那人，真是有能耐，竟能将朕逼到这等地步。”

“皇上且放宽心……”

晨露双眼微微眯起，笑得婉约自信，黑眸深处，露出一丝诡谲。

“让我来为您分忧吧。”

“你？”

皇帝一愣，眼中放出不可思议的喜悦，他欢畅笑道：“你必是有什么好主意了！”

晨露正要答话，只觉得胸口一阵疼痛，咳意上涌，竟一时喘不过气来。

“你先躺下休息。”

皇帝 见，急怒道：“你这般不珍惜自己的身体……”

他哽住了，凝视着晨露苍白的脸，再不忍责怪，只是轻声道：“先睡一觉吧。”

“我睡不着……”

晨露静静躺着，声音幽邃，仿佛从天边传来，空灵缥缈。

"朕给你念几段中正平雅的文章，一会儿就能安然入睡了。"

皇帝命人取来一本《庄子》，曼声吟道："北冥有鱼，其名为鲲。鲲之大，不知其几千里也。化而为鸟，其名为鹏……"

他声音清雅中正，不疾不徐，直到念到"藐姑射之山，有神人居焉；肌肤若冰雪，绰约若处子；不食五谷，吸风饮露；乘云气，御飞龙……"这一段时，忍不住偷眼身旁，但见晨露已轻轻睡去，晶莹玉颜上，乌黑的长发顽皮缠绕着，宛如书中的仙子天人。

他凝视着这无邪的睡颜，但觉心中喜乐安稳，什么也不需去想，只想长伴佳人身旁，就此醺然甜睡。

一阵困意涌上，他放下书卷，倚在榻边，也沉沉睡去。

晨露听着耳边均匀的呼吸声，长而浓密的眼睫如蝶翅一般微微颤动，她睁开了眼。

侧过头去，望着元祈毫无防备的睡颜，她眼中露出一丝笑容。

这是一道诡谲、妖异、满含着怨毒的微笑。

这晶莹剔透的容颜上，这一道森然冷笑，将无穷阴霾卷起，生生让室内发出寒意。

她伸出手，在日光下，端详着自己玉一般的十指。

宛如水晶的十个指甲，并不很长，却已被侍女修得尖细有度。

她伸出手，指尖精准地划过皇帝的咽喉。

那青色血脉，在白皙肌肤之下隐隐可见，她微微用力，感觉着皮肤的微凉和弹性，却悬在空中，再不向下。

虚空中，她无声低喃道："元旭……我会把你所珍惜的，统统毁灭……"

她回过头，看了一眼元祈的睡颜，不知怎的，心中隐隐作痛。

要怪，就怪你的父母吧……

她在心中说着，收起了尖利的、可以轻易弑杀人命的指甲，重新躺回榻上。

满室寂静，再无任何声响，只有两个身心皆疲的人，在沉沉睡着。

齐妃之死，使得各种传言甚嚣尘上，朝中大臣大都是齐融的故交旧友，即便从无往来，也有多年的同僚情分，于是纷纷上书，要求严惩凶手。

皇帝的答复，一律是留中不发，他神情沉稳，泰然自若，仿佛丝毫不为此事而担忧，一切皆在他掌握之中。

正当前廷舆论大哗之际，冷宫的一角，却如一潭死水般，没有丝毫波澜。

周贵妃坐在阴暗的小室里，借着铁栏处传来的微弱光线，静静地梳着头。

她的脸，因多日的幽禁而毫无血色，却仍是美丽飒爽。

她森冷平静的表情，没有丝毫的改变，即使身陷囹圄，她仍是以一贯的仪态，傲视世间。

“娘娘，有一位大人前来探视您……”

宫监的声音从门外传来，周贵妃微微诧异，沉吟了片刻，道：“请她进来吧。”

来人的脚步很轻，却又有着奇特的滞重，周贵妃听出，此人必是身上带伤。

随着铁门的打开，她眯着眼，好不容易才看清了对方。

“是你啊！”

她微微叹息着，似乎并不意外。

此时夕阳西斜，由那细小窗中，泻下点点金霞，温暖，然而哀伤。

周贵妃静静坐在角落，凝望着那一缕缕暖光，似沉思，似桀骜。

“你来做什么？”她淡淡开口问道。玄色裙裾边，翠碧鸾凤飞舞，皆是珠玉妆点，在黑暗中熠熠生辉。

晨露想象着，她被一纸诏书幽禁时，定是泰然自若，微扬着头，孤傲而决然。

“是皇上的旨意吗？”周贵妃接着问道，仍是那般满不在乎，仿佛将生死看淡，别无牵挂。

“是显戮还是自尽？”

晨露微微一笑，“你想得偏了，我只是奉皇上的旨意，前来探视你。”

周贵妃闻言，不喜反忧，叹息道：“不过一条白绫就了结了……”

晨露见她静坐角落，了无生趣的模样，一道无名怒火从心中升起，“你就这样认输了吗？”

周贵妃蓦然见她疾言厉色，诧异地看了她一眼，“如今人证物证俱在，我也没有什么好说……”

她深深望了一眼窗外，仿佛要看尽那咫尺天涯。

“况且，我与他，本就是彼此爱慕……”

“这么说，那晚，齐妃确实窥见了你们的幽会？”

晨露一针见血地触及了问题的实质。

周贵妃苦笑着摇了摇头，“此中玄奥，我也说不清楚，如今想来，那一夜，竟恍如梦中。”

在晨露的倾听中，她娓娓道来……

“那日，我们相约于飞烟阁见面，刚说了几句，却有一道镖影闪过，我伸手一接，却是一封短笺，似是左手写就的歪斜字体。

“那是两个大字：速离！

“我们知道被人窥破了行藏，匆忙离去，一路上却是毫无阻碍。在西华门处分手后，我便回了自己宫中，再也没离开。半个多时辰后，宫中便沸反盈天地闹了起来。齐妃的侍女发现时，齐妃早已绝命于阁上。”

她长叹着，总结道：“想不到我竟是败在这等嫁祸之下。”

晨露静静听完，终于开口，却是提了个很突兀的问题，“你不后悔吗？”

迎着周贵妃微微迷惑的目光，她道：“在这后宫中，你地位尊贵，几乎是一人之下，却为什么要与那人夜半幽会，弄得这般田地？”

“沙场多变，我放心不下……这么多年了，我与他天各一方，如今造化弄人，缘吝一面……”

周贵妃轻轻说着，到最后，已是低不可闻。

金光逐渐变暗，角落中，她纤美刚毅的面容，几乎化为虚幻，只听得轻轻叹息，从虚无中传来，“就如同你所说的，这世上，谁又懂得谁的挣扎呢？”

晨露沉默着，亦是无话可说。她想起最初见面时，那冷漠飒爽的女子，那艳冠群芳的气韵，只觉得心中不忍。

“你且宽心，我必会找到证据，来还你清白。”

鬼使神差地，她说了一句，却被自己吓了一跳，她起身欲走。

“你且等一下！”

周贵妃疾声喊住，迎着晨露的疑惑目光，她轻咬贝齿，一字一句道：“告诉你两件事，谋害梅贵嫔腹中皇裔，实非我本意。”

“还有……千万小心——我父亲。”

她一气说完，坐回角落之中，再无一言。

夕阳的余晖，终于消失殆尽，那铁铸栏杆中的小小陋室，越发幽暗。

这世上，谁又懂得谁的挣扎呢？

第十七章 册妃

夜色如墨，御书房中仍是亮如白昼，蜜蜡制成的两排华烛下，皇帝正在奋笔疾书，手中却不知不觉慢了下来。

齐妃的事情一出，后宫尽皆哗然，更有无数朝臣上奏，要求严惩周贵妃，匡正宫中秩序。

想起周贵妃，他眉间一皱，忍不住就躁火上升。

这事情本身透着蹊跷，周贵妃身怀上乘武功，怎会被齐妃撞见而不自觉？

她若真是杀人灭口，又何必将尸体遗留原地，而不加任何处置？

元祈静静地瞧着点点滴落的蜡泪，只觉得室内虽然明亮爽心，这幽幽深宫中，却是包裹着重重迷雾，仿佛有一张巨大的网，安静而诡异地朝着帝座而来。

来者不善啊……

他心下冷笑，却不无忧虑。

后宫中，周、齐二妃一去，便再无人可以制衡太后的势力了！

他心中烦忧，手下朱笔一顿，竟是落下一滴硕大的朱砂嫣红，看来惊心动魄。

晨露今日当值，在旁瞧得真切，连忙伸手，以丝巾小心擦拭，又撒上些许玉屑，才将就弥补过去。

"皇上，您此刻心神不宁，不如，明日再阅？"

"无妨……"

元祈回以极尽温柔的一笑，看伊人忙个不停，连忙阻止道："你别做这些杂事……"

"能为您分忧一二，我心里快慰，伤自然也好得快……"

晨露眼中闪过浅浅笑意，素来清冷的黑眸中，也染上了一重欢畅。

她笑得真挚，话中却若有若无地，道出了一个"忧"字。

果然，皇帝听后，眉宇间又生出一道隐忧。

“你如此冰雪聪明，怎会猜不出朕的心思……”

他放下手中奏折，回味着慈宁宫中的一幕。

后宫诸嫔妃，都是群情激奋，纷纷在太后跟前哭诉，就连身怀有孕的梅贵嫔，都趁着这当口，哭得梨花带雨，说出了周贵妃害她第一胎惊吓流产的“真相”。

想起太后、皇后以及梅贵嫔彼此默契地一唱一和，他心中一阵烦躁，只觉得后宫之中，从此荆棘遍生，再也插脚不得。

此时，夜已深了，他却不愿去嫔妃宫中就寝，想起那群各怀鬼胎的女子，只觉得一阵厌恶。

他抬起头，深深凝视着身侧佳人，想起那次夜袭，她决然冲入敌阵，无人是她一合之敌，于箭雨中欲取敌酋首级，那般的飒爽英姿，那般的刚烈真实！

他几乎想伸出手，将她紧紧拥在怀里，却实在不忍，亦不敢亵渎这冰雪一般的高华。

晨露收拾完毕，站在元祈案前，郑重地看着他，良久，才决然道出一句石破天惊的话来：“微臣愿意，替您解这燃眉之忧！”

瞿云最近帝侧，听到皇帝的只字片语，简直不敢相信自己的耳朵。

他迅速来到晨露的碧月宫中，盛气而坐，并不开口，只是直直看着她。

“你那样瞧我做什么？怪吓人的。”晨露好整以暇地问道，自己已是禁不住笑了起来。

那笑意，带着两分狡黠，三分阴冷，以及五分悲凉。

那悲凉如昙花轻颤，一时璀璨盛放，下一刻，便湮灭于尘世，不复得见。

“我简直不敢相信，这是你的意思。”

瞿云的满腔怒火，被这一笑当头浇灭，他只觉得浑身发冷，懊恼如蛛网一般丛生。

晨露收敛了笑容，目光竟是从未有过的阴冷。

“他如此温柔体贴，情真意切，我若是恋上他，也不足为怪。”

她几乎是冷笑嘲讽地，轻咬着唇，几乎是喜悦地怨毒着，说出了这样一句。

“这不可能……如果你爱上了他，你只会释然远遁，而不是……”

瞿云痛切地看着她，几乎可以听到，那冰玉一般洁净无瑕的灵魂，在这样的躯体中哀鸣着，最终，破碎一地。

“到底怎么了……”他几乎是恐惧地问着。

“你从战场回来，就很不对劲……”

“发生了什么事？”

晨露笑得绚烂绝美，凛然一眼，竟将瞿云钉于当地。

她柔声细语地，一字一句道：“你不是，一直盼望我能报仇雪恨吗？”

“我已经厌倦了，在暗中搬弄这些棋子……如今，索性大家刀枪剑戟，拼个你死我活罢了……”

她的声音，妖异而蛊惑，如同鬼神的谕言一般，让人悚然生惊。

瞿云只觉得，胸中有一只巨爪在抓挠，让他近乎窒息。

“这是违背伦常的！”他近乎惊骇地低喊。

此时夜凉如水，漫天的星辰在窗边闪烁，天上的银河满溢晶亮，几乎要将这尘世洗净。

窗边独自倚坐的少女，曾几何时，笑得清雅飒然，与他一同在山间畅游，雪夜烹茶，雨夜对弈。

那般晶莹剔透的人，如今清冽依旧，眼中如汪洋漫过的，却是冥蓝幽邃的恨意。

“你知道吗？小云……”

“不过是一个反间计，就让元旭和我反目成仇。”

“既然他心中只有这江山和宝座，那我就偏要灭尽他的子嗣，让他在九泉之下，眼睁睁地看着我，将这天下易姓！”

晨露的声音，清冷而淡漠，却是刻骨铭心的怨恨。

“以你之能，便是要将这江山更迭，也并非难事，为何要用这般决绝的法子？”

瞿云心痛，却无法赞同她的做法。

“让这王朝在兵戈中消亡？”

少女微微讶然，继而一笑，在静夜中，如夜昙盛放，下一瞬，便化为森然怨毒。

“不，这样的轰轰烈烈，反而便宜了他们身后盛名……林媛平生，最是得意她的阴谋权术，既然如此，我偏让她死于此道！”

“你若真做了宫妃，却是如何与皇帝相处……”

瞿云又急又怒，说到此处，顿觉难言，只得顿住。

晨露漫然道：“我与皇帝早有约定，彼此之间，并无私情瓜葛。”

瞿云一惊，想起元祈这几日阴晴不定，既不招嫔妃侍寝，平日的对弈夜读，也一应无心，心下立刻豁然明朗，却又是一痛。

无可挽回了……

他看着明月照耀下，那飘然如仙、却笑得凄然妖异的少女，只觉得这一瞬，便是天开地裂，也不过如此。

宫中流言迅疾，如同生了羽翼一般，飞入太后耳中。

她柳眉微蹙，想起饯行那日，皇后略带酸意的言语，不由得和谣言一一印证。

那样谦逊守礼的少女，竟有这等魅惑人心的力量？

她想起那双清澈含笑的眼，不知怎的，心下莫名地一冷，鬼使神差地，取出当日周浚的奏表，重又细细看了一遍。

读毕，她脸色越发不善，正要唤过叶姑姑，却听廊下从人禀道："皇上来了。"

太后凤眸微闪，泰然安坐着，捻动腕间佛珠，等待她的儿子入内。

廊下的宫人待皇帝入内后，便恭候在外，只听得殿内母子言笑晏晏，一派和睦亲热。

叶姑姑想起方才揭帘时，太后那阴沉的脸色，有些放心不下，凑得近了些，贴着门听着动静。

初时仍是谈笑，接着，也不知皇帝低声说了什么，殿中一时静滞，竟是僵在了那里。

半晌，太后才开口道："你要立谁封谁，我原也不想管，只是宫中刚出了这等惨事，我正满心犯愁，你却有闲心宠幸新人！"

却听皇帝仍是平心静气，言辞中，却是不容违拗的坚决，"正是因为宫中愁云惨淡，儿臣才想着，以喜庆来冲淡这凶戾不祥。"

"这倒是个好主意……"

太后沉吟了一下，问道："你准备封她做什么？"

"她虽然出身草莽，却是温雅诚挚。此次亲征，又在乱军之中，救了我一命……儿臣想，赐她妃位，以彰天下。"

叶姑姑在外听着，倒抽了一口冷气。梅贵嫔深蒙圣眷，亦没有被晋升为妃，这一个微贱女官，竟能一跃登天，成为四妃之一？

只听殿中，太后也似大吃一惊，却仍不失沉稳，"这也太骇人了吧，一下子跃升为妃，却是怎样让后宫嫔妃心服？"

"她救朕一命，便是对社稷有功，后宫诸人，谁能不服？"皇帝淡淡答道。

太后见状，也不再劝说。皇帝请安闲谈完毕，便退了出来。

叶姑姑目送他离去后，才急急进了内室，只见太后脸色如常，只是那紧握铁青的十指，显示了她的愤怒。

“好一个谦恭知礼的尚仪……”

她轻声细语说着，将手中茶盏一掷，当啷一声脆响，立即碎成几瓣。

“娘娘请息怒，皇上不过是见后宫无人可用，这才提拔了这一棋子。”叶姑姑安慰道。

太后摇了摇头，“这世上，我最是了解他……你且去看那边周浚的奏折。”

她阴郁地、洞察一切地笑了，“好一个救命之恩啊！”

六月初一，天子下诏，乾清宫尚仪晨露，温良贤德，忠于王事，册封为妃。

这消息如惊雷一般传遍后宫，确实了消息的嫔妃，都是又惊又妒，私下议论个不停。无形之中，前几日惨死的齐妃与幽禁冷宫的周贵妃，已在不知不觉间，被人遗忘。

内务府接到皇帝的诏谕后，便上下忙乱起来，预备册妃的各项事宜。

总管是人老成精的，瞧着字里行间的意思，便知道皇帝要隆重其事，于是愈加勤勉，督促着手下人等操办。

短短几日间，一应绣房、乐坊、銮仪、会计、营造等各司，都有条不紊地运转起来。

六月初五，是钦天监定下的吉日，皇帝斋戒三日后，便是祭告天地宗庙。其后，朝服盛隆，驾临太和殿，于满朝文武之前，诏告天下。

承制官奏发皇妃的金册印宝，朗声宣道：“今日册封晨妃，命卿等持节观礼。”

礼部鸿胪寺官以伞仗为前导，銮仪卫将采亭抬至新妃宫中，由内阁大学士为正副二使，持节前往迎接。

碧月宫本是一座狭小的偏殿，如今却被装点得金尊玉贵，内监设节案、香案于宫内，正中东西分置册案和宝案。殿室中央，新妃身着礼服，正在十几位宫女的服侍下，静坐镜前。

海棠并蒂莲纹的铜镜，冰雪寒玉一般的容颜，清冽素雅，不染凡尘。

她接过侍女手中的玉梳，轻道：“我自己来吧。”

在旁的姑姑正觉不合礼仪，却见她微瞥一眼，竟被那眸中的威仪震住，一时噤若寒蝉。

她略瞥了一眼九凤漆盘中的钗簪环佩，只挑了一支银镶琥珀步摇。

"就这支吧……"

姑姑听着这漫不经心的话音，更是心急如焚，正要开口，只听外间轻轻喧哗。

"秦公公来了！"

秦喜带来了皇帝亲赐之物，一个镶银包缎的小匣。

打开一看，宝光四溢，竟是将室内照得通亮。

以碧玉为钗，珊瑚镶嵌成鸾凤婉鸣，凤首中衔着一枚皎洁明珠，光华流转间，高华不可方物。

"这是前朝珍藏，皇上着人翻遍了内库，才觅得。"

晨露静静坐着，任由身边的宫人低声羡赞，她微微一笑，"替我谢过皇上。"

她端详着手中的宝钗，不期然地，想起很久以前，那尊凤冠。

那清冷冰寒的南海大珠，和眼前这颗，几乎重合……

世事无常，父子俩的眼光喜好，却是出奇地一致。

她有些恍惚地摇了摇头，将无数唏嘘藏于胸中，将这一柄宝钗，插入髻中。

廊下铃音连鸣，身旁宫女欣喜道："使者来了！"

太和殿中，朝臣鱼贯列于阶下，心中都在纳罕，这位令皇帝破例晋升，并隆重册封的妃子究竟是何等人物。

宫乐丝竹款款响起，那般庄重肃穆之中，一道身影，在侍女的扶持下，款款而入。

那少女具六龙双凤冠，服纬衣，重染华缎之下，肌肤晶莹剔透，在午间的绚日照耀下，有着半透明的不真实感。

她不过十几岁的年纪，清秀稚嫩的面容上，一片沉稳淡定。有好奇者，偷眼望去，却被那凛然高华所震慑，暗自心惊。

元祈居于御座，深深凝望着阶下参拜的佳人，不过匆匆一刻，新妃便被女官们簇拥而出，前往后宫拜谒太后、皇后。

此时封妃已毕，皇帝传宴，大臣们尽自欢饮。

后宫之中，亦是一片祥和喜气。太后泰然安坐殿中，温言抚慰后，又赐下无数首饰珍玩，让众嫔妃更生酸意。

皇后这几日病重，强撑着升座见礼，勉励几句，便又回到自己的昭阳宫中。

此时又是命妇朝贺，一番繁文缛节之后，才算告一段落。

太后瞧着窗外宫轿陆续离去，微觉疲倦。她摩挲着腕间佛珠，随口问叶姑姑："皇帝给她的封号是什么？"

“皇上封她‘晨妃’。”

叶姑姑答道，却见太后的脸在瞬间失了血色。

她周身轻颤，仿佛深陷于一种巨大的惊怖之中，雪白的纤指微微痉挛着。

“宸……”

昏暗的大殿中，太后倚坐着，因这一道音调，眸中染生狂乱。

一群黑鸦从窗边掠过，发出刺耳而瘆人的叫声。太后如见鬼魅一般，口中只是念叨着一个“宸”字。

叶姑姑见不是事，爹着胆上前轻摇太后，“娘娘……娘娘……”

太后眼神迷离，喃喃问道：“我在哪里……”

“启禀娘娘，这是您的慈宁宫。”叶姑姑一头雾水，仍是恭敬答道。

“哦……”

太后逐渐清明，如梦初醒地问道：“我不在御花园吗？”

叶姑姑简直摸不着头脑，她小心翼翼地问：“您想起驾御花园吗？”

“不……我只是想起了当年，我住在御花园的陋室之中，那里，可真小真暗啊……”

她端坐在黑暗中，回忆当年，正觉得那一个“宸”字，听来如晴天霹雳一般。

“你刚才说……皇帝封她什么？”

“回禀娘娘，是晨妃……取她原本的名字，定下了这个封号。”

“原来如此。”太后长嘘一口气，仿佛如释重负。

宫中经过这一整天的忙乱，不知不觉就到了掌灯时分。

碧月宫中，已是红烛高照，瑞兽炉中的龙涎香馥郁绵长，将寝殿熏染成迷离幻境。

晨露将凤冠取下，任由青丝如飞瀑一般散落身后，一应的珠玉钗环，皆已被置之一旁。

她独对镜台，却丝毫没有梳妆之意，只是从一旁的匣中取了一册书卷，半倚在案边，细细嚼读。

教习姑姑小声提醒道：“娘娘，请更衣……皇上马上就过来了。”

晨露抬头，以那双清冽幽寒的眸子看了她一眼，才道：“这重罗祎衣，穿着确实累赘……”

她示意自己的婢女将平日里穿的绢衣取来，于四扇鸾凤和鸣玉屏之后，换过了衣装。

这般的素颜常服，更引得姑姑大诧："娘娘……"

她正待苦口婆心地劝说，却听外间朗声通报，一重重传来。

皇帝到了。

元祈迈步进入殿中，宫人们为他宽下外袍，便鱼贯退下。

远处更漏声响，这繁华若梦的寝殿中，层层纱帷在夜风吹拂下，翩然而舞，仿佛与外界隔绝，自成天地。

夜风沁凉，鹤顶双花蟠枝烛台中，两道烛火飘摇不定，在少女清寒如潭的眼眸中，映成双辉流光。

元祈深深地看着她，眷恋的目光奇异而温暖。

大约是饮了酒的缘故，他的声音格外醇厚，"这次真是委屈你了。"

晨露微微一笑，并无小儿女的羞怯之意，"能为皇上分忧，我已经很是欣慰了……不过是担个虚名，于我而言，并无妨害。"

元祈听着这"虚名"二字，目光一黯，那抹温暖笑意，也很快隐匿不见。

"劳累一天，我们还是早点儿歇息吧。"

他不待晨露回答，趋前提起那四扇玉屏，一拢一架之间，已将它横亘于帐帘与锦榻之间。

"朕素来怜香惜玉，你睡在床上，朕只好在这小榻之上委屈将就一夜了。"他笑着说道，半带调侃，半含苦笑。

晨露微微一惊，觉得过意不去，"皇上怎可如此？我是女子，身形较小，睡榻上就好了。"

她利落地在榻上铺好薄衾小毯，毫无半点拘泥地和衣而卧。

两道红烛被她指风弹灭，寝殿中陷入了昏暗，只那一抹新月清辉，从窗中遥遥照入，让一切都归为朦胧。

挽帐的珊瑚金钩在微风的吹拂下，轻盈晃动，发出清冷声响，更显得四下里寂静无声。

两人隔屏而眠，却都睁着眼，想着自己的心事。

元祈有些醉意的声音响起，"你这一生中，最为欣悦、最为苦痛的时刻是何时？"

晨露闻言一愣，想了想，清冷的声音在殿中响起，缥缈一如天边星光。

"是今年二月的某一日。"

那一日，她于幽冥中重生，二十六载业火焚烧，一朝得脱，岂不快哉？

那一日，她蓦然惊觉，物是人非，前尘难追。

如今，想起那一日，她似悲似喜，有万千感慨，却空余块垒于心中。

她又想起这躯体原本的主人，那可怜柔弱的小宫女，死于齐妃的杖责之下，如今两人黄泉相见，岂非也是既痛且快？

……

她正在浮想联翩，元祈的声音，带着倦懒的醉意，若有若无地飘荡在夜风中，“我这一生，最为欣悦、最为苦痛的，是今日……”

他话没说完，酒意上涌，便陷入酣睡之中。

夜色如墨，无声息地逼染上来，这一殿静谧，仿佛便是永恒。

晨露醒来时，天色已然大亮。一个时辰之前，她感觉屏风那端，元祈已悄然起身，不及细想，便自顾睡去。

她微一动作，便有守在殿外的一行宫女捧着梳洗用具和新衣，盈盈入内拜见。

她的侍婢宝儿也匆匆跑入，急得涨红了脸，却是手足无措。

她是在最初的时候拨在晨露名下的，仍是一团孩子气，并不是手脚多麻利的人，见着这场面，自己先心怯手颤，欲要伸手去接，却也不知道如何行事。

“把洗漱用具留下便罢。”

晨露淡淡吩咐了，看了一眼这众多的宫人，问道：“是内务府把你们拨到这里来的？”

为首的是一位低阶女官，已有二十七八岁，并不很年轻，却别有一种婉约端正，她上前参拜道：“娘娘宫中的人手太少，所以总管大人特地让奴婢们前来服侍。”

晨露略瞥了一眼，就不再关心。仔细端详也没什么用，这中间不知道有多少人是他人的奸细，先让她们安生下来再说。

按例，新妃要在清晨朝见帝后，她到得乾清宫的时候，却见太后的御座空着，皇后亦是脸色苍白。六月的天，她却包裹得严严实实，仍在微微颤抖。

林家的女子，不知为何，心脉都有所缺陷，所以不时会有疾患发作。这般体弱多病，瞧来却别有一种娇弱的楚楚风致。

元祈一身玄色绣金的皇袍，端坐正中，神色之间，仍是一贯的镇定自若。

“太后的旧疾又发作了，所以不能前来。”他淡淡地解释了一句，便不再说话，只是深深地凝视着晨露。

皇后正被病痛折磨的脸上，一道冷戾一闪即逝，她勉强笑道：“晨妹妹不必拘礼，我今日身子不爽，一些虚礼就不说了。妹妹明慧通达，今后盼着你能助我一臂之力呢。”

她本来是寻常的客套，皇帝听着她这话，偏偏就着话音道：“皇后所言极是。如今你晋升为妃，少不得协助她管理这六宫事务。皇后素来体弱，一些琐碎的事，由你料理了便是。”

晨露闻弦歌而知雅意，嫣然笑道：“皇上有旨，我必当尽绵薄之力。”

皇后见他们言语默契，知道早有预谋，正要反驳，却想起周、齐二妃襄助宫务的先例，不由得一时气馁。

元祈继续道：“齐妃一案，的确离奇，事出宫闱，却又牵涉两家大臣，实在非同小可……既然晨妃愿意协理宫务，这件事还是要着落在你身上。”

“皇上，这等大事，我怕是办不来……”

晨露微笑着，轻声拒绝。皇帝一愣之下，明晓了她的言下之意。

他唤过秉笔太监，缓缓说道：“传旨……将御用之太阿剑，赐予晨妃，见者如朕亲临！”

这一句说来轻描淡写，却如平地巨雷一般，将漠然旁坐的皇后惊得微微变色。

太阿剑乃是上古神匠所铸，元祈一向视若拱璧，轻易不得见，今日竟要将之赐予新妃！

“君子不夺人所好。”晨露婉言谢绝。她看了看皇帝腰间的白玉九龙佩，示意用它充作信物即可。

“无妨。所谓宝剑酬知己，红粉赠佳人，它在你手中，才能真正用上。”

皇帝想起眼前的危机，声音中也透出了犀利锋芒。

晨露接手此案后，先传来了周、齐二妃的侍女们。

看着堂下垂手肃立的一列宫人，她并不仔细端详，而是径直问道：“谁是采衣？”

一个身量小巧的宫女怯怯而出，有些轻颤的紧张，“奴婢就是。”

“你在周贵妃宫中多久了？”

“两年有余。”

“是你看到周贵妃身边的璃儿偷偷去驿舍，探了军中使者？”

“是……”

“你长居宫中，如何能看到这些？”

采衣苍白着脸，哑口无言，良久，才嘤嘤地哭了起来。

“求娘娘饶恕……那日，我偷偷去探望在驿舍做粗役的‘对食’……”

晨露一听便心中雪亮。所谓对食，是宫中宦官与宫女因寂寞难耐所结成的假夫妻，其中淫亵之事甚多，这小宫女私下与人幽会，却不料窥得了其中秘密。

她微一沉吟，吩咐特来听遣的秦喜道："那位使者现在何处？"

"回禀娘娘，他死也不肯招供，已被下在诏狱之中。"

"把他提过来，我有话要问。"

秦喜面露难色，有些迟疑道："这是太后的懿旨……"

晨露微微一笑，悠然道："太后当初将他下狱，也是为了将案子审个水落石出。你且去提来，不必顾虑。"

一刻之后，一个手脚戴着铁镣的年轻男子便被两位侍卫押了来。

他一副憔悴不堪的样子，身上衣衫破烂，隐隐有血迹渗出，显然是受了严刑拷问。

"把他的铁镣取下。"晨露道。

侍卫为难道："此人身怀武艺，若是惊了凤驾……"

"就凭他的修为，还奈何不了我。"晨露淡淡说道，示意他照做。

她命其余人等都退下，只剩下两人独对。

殿中一片寂静，只听得窗外鸟鸣声声，清风徐来，让人心旷神怡。

"娘娘，你想问什么呢？"那男子声音微弱，却仍是神光内敛，他不看上首，只是微带嘲讽地问道。

"所有内情，我都听周贵妃说了。"

晨露淡淡说道，不顾他诧异的神情，继续道："你们坠入别人的圈套亦不自知，就算真的被当了替死鬼，也没什么好怨的。"

她眼眸微闪，清冽幽寒之下，又增添了一重诡谲。

"我们来做个交易如何？"

"……"

"我可以救你们这一对鸳鸯，条件是，"她看了看男子，轻启嫣唇道，"我要知道周浚的所有秘密。"

男子勃然色变，怒道："你要我出卖自己的主帅？"

晨露冷冷一笑，"我对你家主帅并无敌意，只是想知道，他究竟图谋何为。"

"你这是痴心妄想！"

"胡言乱语之前，你最好想想周贵妃，她还在冷宫里呢。"晨露并不动怒，只是悠然道出了周贵妃的惨境。

男子一时沮丧，想起被幽禁的伊人，无力地垂下了头。

"我凭什么相信你？"

"除了信我，你别无选择。想来你也知道，皇帝并不欲置周贵妃于死地，他派我来审理此案，就是给你们一线生机。"

男子犹豫着，半晌，才以轻不可闻的声音，喃喃道："她……还好吗？"

"担负着不贞与杀人的罪名，在那冷宫之中消磨岁月，你说她好是不好？"晨露端起茶盏，凝视着微动的水纹，轻轻说道。

午间的阳光火辣，青年颓然坐倒，半晌，才从牙缝中挣扎出一句："你想知道什么？"

"周大将军对朝廷别有怀恨，这是为什么？"

"你从何得知？"青年不敢置信地低喊。

"那日阵前，我窥见他的眼，桀骜，然而其中藏着暗流，简直要将皇上噬灭。若没有极大的仇怨，又怎会如此？"

青年笑得苦涩，倚着柱角坐下，"你所料不差，周大将军确实是对帝室怀恨已久。"

他声音缥缈深远，仿佛回到了那个烽火连天的年代。

"周大将军早年与一位女子有白首之盟。景乐年间，京城失陷，再打听她的踪迹，却是被鞑靼人掳去了。从此他性情大变，一心想要率铁骑长驱草原，救回爱人。可先帝在时，对他大力压制。到了太后临朝之时，鞑靼人又蠢蠢欲动，将军以奇兵夺下天门关，却又接到宫中诏令，严责他不可妄开边衅！"

青年越说越是不平，想起主帅对自己恩重如山，自小栽培，如今却对着外人陈说他的秘辛，恼恨无奈之下，将下唇都咬出血来。

"京中大人们的歌舞升平，还不是由我等武夫一刀一枪拼杀出来的？明明是鞑靼人先怀了狼子野心，却道是我等妄开边衅！"

晨露静静听着，并不言语，心中却怒涛汹涌，不可抑制。

"我家将军苦盼恋人无望，激愤欲狂之下，早已对朝廷恨之入骨……"

青年说着，沉痛闭目，缓缓道："他将女儿送入宫中，就是为了败乱本朝江山，只是周贵妃生性刚直，并不曾真做出什么来，父女俩为此还有了嫌隙。"

晨露听得心神一沉，眼中晶莹灿然，良久，才说出一句："痴情之人，可恨可怜。"

阳光从窗中照入，将她的身影映得透明一般，几乎要化为虚空。

香盈被传入内殿时，心中惴惴。她敛衣而入，却见主位之上，端坐着一位素

裳女子。

重染裁就的宫衣下，月色鸾纹在日光映照中，凛然出尘，仿若仙人。

这就是从前那个在廊下粗使的小丫头吗？

香盈目不转睛地看着，心中又羡又惊，直到上首的目光投来，才恭谨地低下头去。

“你一直是齐妃最看重的身边人……”

幽寒清冷的声音，从座上传来。

“是，娘娘。”

“那晚你陪她去飞烟阁，一直在不远处等候？”

香盈已经被无数人问过，她压下心中的不耐，垂首答道：“我在那里等了一个多时辰，也不敢走开，觉得阁上丝毫没有动静，才上去一探究竟，就看到我家娘娘她……”

此事已过去多日，她想起那日的惨景，仍是心有余悸。

“你在阁下等候，真的什么也没听见？”

“娘娘，请你千万要相信我！我真是离得远远的，什么也不知道啊！”

香盈几乎要哭出声来。

她这几日被无数人盘问反诘，问的最多的就是这句，所有人都以怀疑的眼光看着她，以为她知晓些什么。

晨露微微一笑，轻声问道：“你想不想从这一团乱麻中脱身？”

香盈诧异地抬头看她，眼中满是不解。

“你父亲本是齐府的家奴，蒙齐大人开恩，放出去收账经商，日子本来也是殷富，只是齐妃自小就看中了你，带在身边做了婢女。真是可惜，你没有做小姐的命呢！”

香盈眼中闪过一道不甘，勉强笑道：“娘娘对我恩重如山……”

“是吗？”

晨露仿佛不胜惊讶，笑道：“我听说你父亲曾经向齐大人求情，想让你出宫婚嫁，这难道是谣言吗？”

“你怎么会知道……”

香盈有些失态，对上座间那凛然轻笑的眸子，才深深低下头去。

“我父亲想让我有个归宿，可齐妃娘娘不许……”

她声音微弱，却带出幽怨和不甘。

“我有个办法，保管你能顺利出宫，又不受齐大人的责难……”

香盈闻言，惊得抬起头来，却正看入一片诡谲笑意之中。

她如处冰窖，激灵灵打了个冷战。

“你不想试试吗？”

淡然而清雅的声音，带着巨大的诱惑，仿佛从天上传下。

“愿听娘娘吩咐……”

她听到自己回答，声若蚊蚋，却异常清晰。

乾清宫的大殿中，此时灯烛高照，将殿堂照得亮如白昼。

帝后端坐正中，上首座位上，太后面色苍白，很是憔悴。

“母后凤体仍是违和，这些太医太不经心了！”皇后蹙眉道，自己也咳嗽了两声，把久病的戾气全撒在了太医身上。

“我这几日噩梦缠身，太医已经给我配了汤剂……”

太后并不欲多谈自己的身体，对着皇帝道：“你让晨妃去审理齐妃的命案，如今可有结果了？”

皇帝躬身道：“她年纪还轻，做事仍有疏漏，所以今晚我们一起听审，也好鉴别一二。”

晨露此时已到了殿外，经人通传后，她款款而入，为皇帝呈上了一本供词。

“总算不辱使命，没有让您失望。”

皇帝翻看了几页，先是皱眉，接着深深赞叹道：“好个忠心为主的奴婢！且将她宣来。”

香盈颤巍巍地进殿，朝上参拜，举止极为恭谨。

“你先起来。”

皇帝温言道：“你为了替齐妃申冤，冒险藏下这等重要证据，实在是忠心可嘉。”

“奴婢当不起皇上如此称赞，只希望我家娘娘在天之灵，可以安息……”香盈低泣着叩头，听来更觉哀婉凄凉。

她从贴身小衣中，抽出一道叠成方形的小笺，双手呈了上去。

“这就是娘娘那日接到的信笺，她习惯将这些重要书信藏在八宝盒的夹层里。”

果然，信笺上犹有齐妃惯用的馨香。香盈继续道：“娘娘就是看了这封信笺，才决定去飞烟阁的。”

皇帝展开一看，上书寥寥几字：“今晚亥时初分，飞烟阁相会。”

字迹刚毅中不失娟秀，瞧着很是熟悉，乃是周贵妃的手笔。

他目光连闪，电光石火间，已然窥得了其中奥秘。

“周贵妃并不是真凶！”皇帝决然说道。

皇后仍在懵懂，太后已经瞧出了其中蹊跷，淡淡道：“周贵妃与那使者既然定在阁中幽会，就不可能邀他人前来。”

皇后也反应过来，她稍一思索，惊疑道：“是有人模仿周贵妃的字，投信笺邀齐妃前来，这两边一撞上，周贵妃就起了杀心……”

她有意无意地，仍是将凶案朝周贵妃身上拉。这盆污水，不泼到她身上，是决不甘心了。

皇帝皱起眉，正要反驳，却被晨露轻拉衣袖示意。

她从侧下的座位起身，敛衽道：“我接手此案后，唯恐有碍视听，传唤了多名宫中杂役，最后在瞿统领的帮助下，才找到了一位巡更之人。”

在皇帝的示意下，她又传来一位巡更的宦官。此人证明，那夜在西华门前的甬道上，窥见周贵妃与一位青年牵手相挽，极是亲密地从远处疾奔而来，仿佛受了什么惊吓似的。

皇后一听，更是得意，“和本宫说的一样。”

皇帝却听出了话音，问道：“那是什么时候的事？”

宦官哆嗦着，却极为肯定，那是戌时过了大半。

皇帝静静听着，良久，才缓缓吐出一句：“这是嫁祸。”

殿中一片死寂，半晌，都没有人说话。

皇帝冷怒已极，将信笺掷向御案，冷笑道：“宫中出了这等贼子，真是让朕心生惊骇！”

皇后瞧得目眩神迷，心下略一思索，仍是一阵轻松。

至少，周贵妃与人通奸的罪名，是跑不了了！

在戌时已经奔至西华门的周贵妃，被她宫中之人证明，是在亥时之前返回的，这样，她杀死齐妃的嫌疑，便不攻自破了。

皇帝看了太后一眼，缓缓道：“母后，无论周贵妃做了何等失德之事，这桩杀人大案，却是与她毫无干系了。”

太后目光微闪，叹道：“看样子，她是招惹了什么人，有意将她设计入局。”

皇后在旁接口道：“周贵妃素来性子刚直，宫中众人，都对她颇有怨言呢。”

晨露冷眼瞧着，知道他们有话要说，于是起身辞去。

外间淅淅沥沥地下起了雨，一片暗色昏暝中，她谢绝了廊下侍女奉上的纸伞，独自一人在雨中漫行。

长而深的甬道，仿佛永无尽头。她瞥了眼西北角上那破败的屋檐，想起那幽禁于冷宫的女子，心下一片茫然。

自己替她昭雪了杀人的冤屈，可失德淫乱的罪名，却足够让她万劫不复。

她可曾后悔？

雨声潇潇，逐渐变大，重重的琉璃宫墙，于千回百转间，光华暗淡，几乎要被夜色湮没。

一柄竹伞拢于头上，她悠然回首，正见瞿云手持伞柄，立于身旁。

“你终于肯来见我了？”

她抿了下唇，扯出一道皮笑肉不笑的表情，近乎负气地扭着头。

“你太过胡闹了……”

瞿云凝视着她，半晌，才无奈长叹。

“三十年前你就说过这句，不新鲜了。”

话虽如此，晨露仍是接过他手中的伞，两人一路并行。听着耳边喧嚣变大的雨声，多日的芥蒂，一扫而空。

“真是清爽！此刻，我竟是有点羡慕周贵妃了呢……”

栀子花的香味，由道旁花圃中幽幽传来，晨露提起裙裾，竟有些恍惚迷离。

“我羡慕她，无论何等凄惨，总有一人，在为她担心、等待……易求无价宝，难得有情郎，这话真是不假。”

她的声音清冷漠然，在这暗夜听来，却是掩藏不住的寂寥。

翌日，皇帝颁下诏令，追封齐妃为“懿昭贵妃”，极尽隆重地厚葬了这位宫中宠妃。

周贵妃被遣回自己宫中，只是仍不能自由出入。

齐融对此很是耿耿于怀，皇帝亲自把盏，与他夜宴私叙，道尽了其中蹊跷，他才霁颜而回。

临出宫前，他望着京城南面，露出了极为愤怒的神情。

南面乃是皇帝宗裔聚居之地，静王的府邸也在其中。

瞿云瞧着内苑全无动静，不禁心生疑惑，向晨露问道：“皇帝准备如何处置周贵妃？”

“一般君王，得知自己的嫔妃与人私通款曲，必定是雷霆大怒，诛其九族也不在话下……”

瞿云皱眉道：“周大将军镇守前线，如果处理过苛，怕是会生出大乱……”

他想了想，揣测道：“难道是私下赐她自尽？”

晨露凝望着窗外，意味深长地道：“你这次却是想错了……”

她轻轻地道：“皇帝令周贵妃去京郊月心庵中带发修持，非召不得回宫。”

“这么轻的处罚？！”瞿云惊讶道，“他是顾及周浚？”

晨露摇头道：“我也如此作想，可元祈只说了一句。”

她迎着瞿云询问的目光，一字一句地道：“他说‘一日夫妻百日恩’。”

什么？！

瞿云僵在当场，良久，才从齿中迸出一句：“他与元旭，当真不同……”

周贵妃离宫那日，并无一人相送，她却并不感叹世态炎凉，只是回首望了眼身后重重宫阙，便毫不留恋地上了车。

车行至京郊的长亭，却有一行人正等候在那里。

有身着青衣的侍人，上前将车驾拦下。

“晨妃娘娘来给您饯行。”

周贵妃从车上跃下，只见炽热日光下，飞檐高耸的长亭中，正有一位素衣女子坐在桌边等候。

“你有什么事吗？”她走到桌前，径直问道。她并不认为，对方是单纯前来饯行的。

“古人说，千里送鹅毛，礼轻情义重……”

晨露递上一只紫檀小盒，内有一只小小香袋。

“唐传奇中，有一则故事说得很妙……”晨露不理她疑惑的目光，悠然品茗说道。

“一人有离魂之症，一旦发作，便僵硬无息，三日之后，才会恢复原状……”

周贵妃凤眸一闪，瞬间明白了她的意思。

“你让我假死遁走？”

“莫非你想在那庵堂之中，青灯古佛过一辈子？”

晨露微微一笑，将她的所有惊疑，都冰熄殆尽。

“为何要帮我？”明炽的日光从亭外照入，晃得人眼前发花，周贵妃只觉得一阵晕眩，她低声问道。

晨露不答，只是轻声道：“你收起来，用时口服一匙即可。”

周贵妃心下感激，却仍是微有疑惑。她登上车驾，驶出很远，才听到身后隐隐有琴音传来，伴着缥缈女音，宛如天籁。

朝闻游子唱高歌，昨夜微霜初渡河。
鸿雁不堪愁里听，云山况是客中过。
关城树色催寒近，御苑砧声向晚多。
莫见长安行乐处，空令岁月易蹉跎。

歌声不伴一韵丝竹，清洌纯净，有如高山冷泉，碧波水色一般晶莹，让人生出无限怅然。

“莫见长安行乐处，空令岁月易蹉跎……”

周贵妃咀嚼着词中之意，心中思绪万千，不由得竟坠下两行热泪。

她由窗中望出，只见天空高碧晴朗、万里无云，只觉心中一片喜乐，仿佛久羁的鸟雀，回到了故林之中。

三日后，周贵妃仙逝于庵堂之中，宫中传下旨意，加谥号为“纯敏”，以后礼葬之。

短短一月，威权最盛的两位妃子香消玉殒，后宫格局，为之一变。

六月十五，皇帝于赏月家宴上，亲赐晨妃黄玉如意一柄，并准其在宫中佩剑行走，一切禁卫戍务皆可相机处置，不必先奏。

此言一出，众皆哗然。朝中便有言官奏上，言及前朝嬖幸擅权，牝鸡司晨，如此这般地弹劾了一番。

出乎众人意料，素来雅言纳谏的皇帝，此次却是勃然大怒，将奏折掷于地上，责曰：“汝视朕为纣桀之流耶？”

至此，朝中皆明了，那位圣眷正隆的娘娘，乃是龙之逆鳞，不可招惹。

乾清宫中，元祈与晨露谈及此事，摇头叹道：“这般腐儒食古不化，倒是让你受委屈了。”

“皇上说的哪里话，这些人不过逞些口舌之能，伤不了我分毫。”

晨露微笑着，漫不经心地扫视着御案上的奏折。

一封明黄缎面的折本吸引了她的注意，上有一行端正的小楷：臣弟望阙遥拜……

她未及看完，皇帝便问道：“有一件事，我百思不得其解……”

他有些疑惑地问道："那张信笺，真是周贵妃所写？"

晨露莞尔一笑，"本来不是，后来却是了。"

她笑着解释道："原本，那是某人模仿着她的笔迹，用来引诱齐妃去飞烟阁，随即杀人嫁祸，如果真能找到，便能洗刷周贵妃的冤屈。可惜，齐妃做事一向谨慎，她看完信笺，便将之焚尽了。"

"于是，我到得狱中，让周贵妃亲手照写了一封。"她轻描淡写地解释完毕。

元祈听得目光闪动，"原来如此，怪不得那字迹相似，原来是本人所写。你这一招李代桃僵实在是闻所未闻！"

晨露含笑不答，低头又朝那奏折看去，只觉得鼻间一道氤氲奇香，由那折本上淡淡散开。

元祈见她注目于那一折本，便叹道："你也闻见了是不？这是四弟从封地上送来的奏折。"

他语带怒意，显然很是不满。

晨露一愣，旋即想起，本月末时，便是各方藩王入京的日子。

这些人齐聚京城，不知又要掀起多大风浪来。

第十八章 玉碎

夏日炎炎，没有一丝风，街面上空荡荡的，叫卖的声音在蝉鸣之间，也显得沉滞沙哑。

酒楼中，有咿呀作响的琴声，和着小二如乐声一般的唱菜，遥遥传入耳中。

“裴世兄今日随兴而吟，却已是夺了满席的风采，来日必将高中传捷！”一位头戴银丝进梁冠的青年举人，一边以箸夹着鳜鱼腹侧的嫩肉，一边兴奋地大声赞道。

“陈贤弟谬赞了，兄虽一时侥幸，却也不过诗词小技。如今天子圣明，以国策甄选天下贤才，以我萤烛之华，又何敢在天下英杰面前夸耀？”

裴桢此时不过双十年华，生得白面端秀，他一边谦逊地回答，一边望了望空旷的街间。

“听说安、平两位藩王，今日便会入京。”

旁边的陈豫见他若有所思，便想起一事来，趁着酒兴提了起来。

“根据先帝的例规，藩王的护卫兵士须在京城外十里扎营，所率从人，不得超过百骑。”

陈豫乃是京城人士，此次在其余入京的举人面前侃侃而谈。

裴桢听到此处，眉心不为人察觉地一蹙，想起家门数里外那连绵突兀的营帐，又想起独留家中的妻子，心中隐隐生出不祥来。

但愿这些兵士，勿要滋扰四方……

他默念道，想起自己与娇妻一路行来，艰险无数，不由得胸中发酸，悲从中来。

他与妻子尹氏，本是青梅竹马，两小无猜，家中也订下了婚约，不料，当今国丈倚仗权势，竟要强娶尹氏为妾。

他一介书生，手无缚鸡之力，激愤之下，仗着酒意去劫轿，险些命丧黄泉。

危急时刻，有气度不凡的一男一女出手相救，并未留下姓名，就飘然而去。

唯一记得的是那神秘女子如冰雪般清冽的眼眸……

“世兄……世兄？”

陈豫轻轻摇晃，才将他从沉思中唤醒。

瞧着他大梦初醒的样子，在座的另一位举人笑着调侃道："裴兄必是惦念家中娇妻了！"

在众人的大笑声中，裴桢正要反唇相讥，却听街上一阵鼓乐肃穆，巨大的喧嚣声由远及近而来。

但见仪仗如云，冕伞器皿迤逦而来，一行车驾辚辚而过，中央最为华盛的两座，便是二王的所在了。

众人瞧着这旌旗蔽天、冠盖如云的盛况，正在啧啧称赞，裴桢心细，一眼便看到了车后的浩荡队伍。

"那是平王的随从吗？他竟敢逾越规制？"他低声喝道，语带惊怒。

陈豫伸颈一看，但见那些金玉器皿，有意无意间，在数量和色彩上，已经超出一个藩王所应有的程度了。

"周礼云，天子九，诸侯七……那八道金榍是怎么回事？"

裴桢冷笑道："看来平王殿下也不甚安分呢。"

陈豫大惊失色，连忙阻止道："世兄不可妄议朝政！"

裴桢毫无惧色，笑道："我辈学圣贤书，正是为了扫平宇内妖氛！"

几人正是年少气盛，值此大事，不免七嘴八舌地议论开来，说到激昂处，个个热血上涌。

此时小二叩门而入，送上了一道上八珍里的炙烤鱼唇，笑着哈腰道："这是隔壁雅间的客人送给诸位的。"

众人一时惊讶，满腹疑惑间，终于发现这雅间虽然独成一体，却板壁甚薄，大约是刚才说得尽兴，声音不免大了些，让隔壁客人听了个真切。

他们面面相觑，惊疑之中，刚才的一腔热血，都似被一盆冰水浇熄。

举座之中，唯有裴桢面色如常，"大家不必担忧，对方既然赠以珍馐，便断然不会有恶意的。"

晨露与瞿云悄然下楼，已无心再看这满街盛况。

两人朝着翠色楼的方向直行，烈日当头，一路上也未见多少行人。

走到那条青楼粉街之上，但见门户冷清，一派萧条，与平日的华灯香氛、艳帜高张相较，简直是天壤之别。

一问才知，原来两位藩王部下精兵驻扎于城外十里，实在百无聊赖，竟花巨资包下了几家青楼中的大半姑娘。

"这也算是入京朝见？"

瞿云不可置信地怒笑，“这是上京享福来了！”

晨露却眉头微蹙，她熟知兵法，心中却不无忧虑。

这样的治军路数，是想锻造死士不成？

一入翠色楼中，但见清敏的侍女迎了上来，仍将他们领至那雅致小楼中。

清敏一身纱裙，发髻以一道玲珑珍珠簪绾住，一颦一笑间，仿佛二十余年的岁月，都不曾流逝。

“早就等着你来了……你要的人，都挑选好了。”

三人进入后院，早有三五个少年男女在翘首等待。

“这些孩子是我多年栽培的，武艺、头脑，皆是不弱。”

“我身边确实少些得心应手的，不过，这边几个……”

晨露见他们一副跃跃欲试的模样，不忍扫兴，于是对清敏低语道：“宫中都是宦官，这些少年……”

清敏故意笑道：“那也好办，一起净身便是。”

晨露急道：“这要害人一生的！”

她何等伶俐，话一出口，就知道不对，瞧着清敏笑得喘不过气来，只得兀自气闷。

清敏瞧着她尴尬的神情，敛了笑容，叹道：“历经如此劫难，你仍是外冷内热，偏有一副菩萨心肠……”

晨露听着，幽幽笑道：“你看错我了……什么菩萨心肠，也早已经黑透了。”

两人对着满庭花香，想起多年际遇，但觉风霜染遍，无从话当年。

清敏为了缓和这压抑气氛，故意调笑道：“你看这些孩子，一个个都等不及，要跟你去做一番事业呢。”

晨露扫视这几个少年男女，眸中金光一盛。众人乍一撞上，但觉如一片混沌暗暝，心神都要为之丧失，强自忍耐，却都倒退了两三步。

“心性还算坚韧，很不错。”晨露低低说道，抽出佩剑太阿，雪莹剑刃在炽日下，光华流转，不可逼视。

众人都以为她要考究剑术，却不料她开口问道：“使剑之人，首要的觉悟是什么？”

无人应答，良久，才有一个肌肤黧黑的少女试探着轻道：“是仁义？”

晨露微微一笑，朝她深深凝望道：“你叫什么名字？”

“涧清。”

“好名字！独具清幽。”

“你说仁义，这确实是习武之人必知的，但说到底，要由你手施行仁义，却也

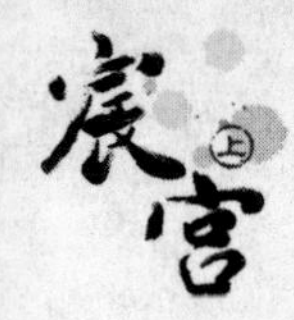

要学成以后了……"

晨露微微眯眼，一片清冽流光之下，宛如雪峰之高凛。

"你手中持剑，便要从心中认知，有一日，或许会丧命于剑下。"

她的声音淡漠轻微，却有如巨雷从人心中滚过。

"这话说来不吉，却再实在不过，你们现在后悔还来得及。有人要退出吗？"无人应答。

清风吹过庭院，片片花瓣飘落，恍惚迷离中，众人眼中茫然渐退，但见决然。

那黧肤女孩，仰起头，一字一句，虽有些羞怯，却仍是异常清晰，"我没有什么后悔的，真有那一日，唯死而已。"

晨露无声地叹息，环视着这些热血激昂的孩子，又是高兴，又是伤感。

他们中，究竟有多少人能通过重重艰险，笑到最后呢？

一入江湖催人老……

她心中滑过这样一句，无限怅然，随着日光淡淡挥散。

六月二十四，皇帝于太和殿接见了一位不速之客。

此人由侍从引入，头戴帷帽，分明不欲以真面目见人。

"你为何擅离职守，到京城来见朕？"元祈冷道。

"皇上说得好轻巧，好好一个女儿，悄无声息地死了，我要是不来，还称得上是人父吗？"

那人冷笑着，声音让人心中生颤。

"朕转给你的口供，难道你半页没看？"

"哼！三木之下，有何等证言不可得？"

周浚轻轻摘了帷帽，眼中阴谲深邃，殿中本是燥热，他一眼望来，却是平添了一重清寒。

"你麾下大将，仍是羁押在诏狱之中。"皇帝淡淡道，言语间点到为止，并不欲使人颜面丧尽。

周浚并不领情，回以冷笑道："这等叛主求荣的小人，依着我的军法，该是以铁笼炙烤而死。"

他谈起这等悚人的话题，仍是一派儒雅，仿佛正在微笑着谈诗品茗，丝毫不以爱将的性命为意。

皇帝心中大怒，立时便要将那人推出午门，话到嘴边，他眼前浮现了那双魂牵梦萦的清冷眼眸。

想起那晶莹黑眸中微微恳求的别致妩媚，皇帝心中一软，胸间戾气生生被压了下去。

“大将军威仪如此深重，朕今日算是见识到了，只是你乔装使者来京，总不会只是为了向朕兴师问罪吧？”皇帝悠然问道，不欲再纠缠细枝末节，转而问起他的真实来意。

“微臣岂敢，雷霆雨露皆是君恩，诸般总总，也只怪我女儿命苦罢了。”周浚低低说道，话音莫测，好似全无喜怒，仔细听来，却让人不由战栗。

那墨色眼眸中，在日光下，染上一重悲郁，让满室气氛都为之凝滞。

直到他再度开口，这冰封暗潮，方才缓缓流动。

“这几日间，各路藩王便会到齐，微臣心中，不无担忧……”

皇帝一听，大为惊愕，刚要斥他居心叵测，蓦然对视，却见他眼中似笑非笑，十分诡谲。

他心中灵光乍现，低喝道：“你知道了什么？”

“微臣只知道，有人近在帝侧，欲要图谋社稷。”

周浚口气阴冷，殿中烛火闪烁，似乎都被他惊得一颤。

“是谁？”

皇帝端坐中央，并不焦急失措，只那瞳孔中生出一道摄人锋芒。

“韩非有语，疏不间亲……皇上慎宜珍重，臣也会暂留京中，以防不测。”

周浚此时的语气满是关切诚挚，皇帝老于世故，一听便知，他要坐山观虎斗，以便从中渔利。

他怒盈胸间，却仍不愿失态，只咬牙笑道：“大将军长居京城，亦是无妨。”

安、平二王到达后两日，襄王也抵达京中，他是戴罪之身，并不似平日那般招摇，只轻身简从，在礼部官员的迎候下，入住特设的驿馆之中。

几日之间，其余远途跋涉而来的皇室藩王也一一抵京。

六月二十八，皇帝升座太和殿，百官分列于丹墀之下，行大礼参拜，三呼万岁声中，皇帝微笑示意，眼中沉稳凝然。

宦官朗声宣道：“各位藩王进殿觐见——”

一时鼓乐肃穆，七八位藩王冠冕齐整，依次而入。但见御苑大殿之前，有铜鹤振翅，口中缕缕烟云，氤氲馥郁之下，更有檐庭如宇，高可齐天，九重御座，森然不知所在。

领头的几位，乃是先帝的手足，素来本分老实，率先跪下行拜礼。后面安、平二王，交换了个若有若无的眼色，也随即跪下，最后才是襄王。

皇帝含笑看着，微微欠身道："叔父们远途跋涉，实在是辛苦了！"

他一一示意平身，耳边听着例行的颂词，心中却是若有所思。

直到华丽的骈四俪六文章道完，他才回过神来，对这几位骨肉亲眷免不了又是一番温言抚慰。

一会儿便赐下宴席，如此雍睦和乐，欢聚一堂，自不必说。

碧月宫中，晨露正在重新挑选宫人宦者。

她如今手握权柄，一声吩咐下去，内务府便急急地将刚选的宫娥送上，供她挑选。

她佯作细细观察，将清敏辰楼中训练渗透的人手一一选出，又掺杂了些不相干之人，才满意而归。

她将宫中原先众人大半调至其他宫室，许以清闲丰厚的职位，临行亦对他们温言切切。这些人面上都是感激涕零，一团欢喜。

原先在她身边服侍的宝儿，被她以琐碎理由遣出宫去，小姑娘先是泫然欲泣，听闻可以跟父母团聚，又是破涕为笑。

她另选了那日在翠色楼见过的黧肤少女——名唤涧清的，作为贴身侍婢。

刚将诸般事务交接清楚，便听廊下宫女进来禀道："梅娘娘到了。"

晨露略一思索，便知晓她所为何来。

"姐姐晋升之喜，我都未及拜望，实在是万分惭愧！"

梅贵嫔身怀有孕，才二月有余，小腹便微微凸起。她在侍女搀扶下，竟要盈盈下拜。

晨露一使眼色，涧清连忙将她扶住。

"你这是做什么？"

"姐姐位分高贵，小妹这一礼，乃是发自内心的敬慕。"

梅贵嫔笑靥如花，言辞也甚是亲热。

但见她寒暄几句后，神色一变，眼圈微红，几乎要坠下泪来。

"姐姐对我有再生之恩，如今大难将至，姐姐你可知道？"

晨露做出惊讶的神情，问道："什么大难？"

梅贵嫔并不作答，只是目视涧清。后者见状很是善解人意，借口去调制几样蜜饯，离开了内室。

梅贵嫔以手掩口，轻轻在晨露耳边说了几句。

“太后和皇后……”

晨露心中冷笑，面上却显出莫名惊诧，“我与两位娘娘素无冤仇，怎会设计构陷于我？”

梅贵嫔急得珠泪盈盈，顿足道：“姐姐你真是聪明一世，糊涂一时啊，你独得皇上宠爱，又破了悬案，还了周贵妃清白，她们岂能饶你？”

她发间步摇轻晃，炫出迷离光华，梨花带雨之下，愁眉轻蹙，映得面容分外娇媚。

“皇后素来当我是个懵懂之人，有什么话也不太避讳，所以才隐隐得知。姐姐，你一定要早做防范啊！”

她匆匆说完，便起身离去。

晨露并不焦急，只是一派悠然，任由涧清替她换下待客的盛装。

“你觉得如何？”

涧清想了想，利落地答道：“孔子曰，貌忠诚而实伪，说的就是她这类人。”

她身怀内力，隔着门板，早将梅贵嫔夸张的低语听入耳内。

“娘娘，您如今独得圣眷，她一心卖好固然是真，更重要的是，无论您和太后她们谁能获胜，她都能得渔翁之利。”涧清奉上清茗，知道是在考量自己，于是胸有成竹地说道。

“你明白就好……宫闱之中，没有哪个人是等闲之辈，她们的一颦一笑、一语一泪，都不过是一层面具。”晨露斩钉截铁道，面上一片冷肃。

很久之前，她和元旭，仍是举案齐眉、琴瑟和鸣之时，日渐衰微的林家将掌上明珠送入宫中为质。

那时的林媛，无复孩提时的骄纵倨傲，就连眉眼间也漾着凄惶轻颤，仿佛受了惊吓，随时都要跳起身来。

她本是满腔恨意，遇见这般的怯弱幽怨，也在瞬间冰消融解。

不经意地挥挥手，任由从人将她安置于宫中某一角落，她立即将此事抛之脑后。鞑靼如百足之虫，死而不僵;天下未及晏平，宇内尚未一统，这些个闺中琐事，又怎能占去她分毫的心神?

那时的她，四顾天下，又何曾回身凝视，这幽深宫闱中，一个小小女子的珠泪盈盈?

却又怎会料到，这几滴珠泪将会在元旭心中惹起几重涟漪，最终，将远在北疆的她，置于万劫不复之地?

她想起前世的最后情形：呼吸仿佛被扼住，似有无数小蚁在四肢百骸间游移，颤抖的双腕把持不住，将琉璃盏跌落于地，光华迷离间，碎裂清脆决绝。

那浓香四溢、凝若琥珀的一盏“牵机”，漾起圈圈涟漪，旋即汪洋漫地，凝成最后的魅惑。林媛的浅笑低泣，在其中若隐若现，直至瞳孔中，一切虚无。

她双眸犹如受了蛊惑，仍沉浸于那一幕之中，声音轻微，几不可闻，“从此之后，不要相信任何人的笑靥和热泪……人若是真能达到‘无一物’的境界，便是身处阿鼻地狱，也能安如磐石。”她郑重而缓慢地说道，似乎在告诫润清，也像是在喃喃自语。

清风从窗外吹入，润清看入她的眼中，只觉一片幽寒凛冽，直直刺痛人眼。

翌日清晨，慈宁宫中果然遣人来请，道是太后想寻她讲个古记，一道品茗消夏。

午间的慈宁宫，一揭开帘子，便是一阵清爽凉意，沁人心脾，糅合着莲藕的淡淡甜香，如同人间仙境一般。

后殿中，太后坐于榻上，正在细细听着皇帝亲征时的逸闻趣事。她手中摩挲着佛珠，神情端华高贵，听到有趣处，不时展颜一笑。

下首两人，梅贵嫔正支颐听得入神，云贵人却甚是乖巧，正在替太后轻轻捶腿。

晨露坐在圆凳之上，正娓娓讲述着那日的惊险。她落落大方，言语间不枝不蔓，却引得宫女们也听得入了神，手中羽扇也缓缓停下，一时竟无人发觉。

“你这孩子真是好口才，我都听得入了神呢。”

太后由衷叹道，接过叶姑姑呈上的冰冷酸梅羹，饮了一口，才吩咐道：“再加些糖……她们几个女儿家，还是喜欢甜物。”

叶姑姑答应一声，又支使着宫人连连送上三碗，给几位娘娘饮用。

三人谢恩后，便也啜抿了几口。梅贵嫔和云萝仍是有所拘束，唯有晨露将整碗都喝了个干净。

太后瞧着，笑意更浓，只是一抹锐利直透眼底。

“你们都不喜酸梅羹……还是怕我这老太婆下什么毒药？”她几乎是忍俊不禁地调侃，善意中不乏揶揄老辣。

梅贵嫔强笑着正要回答，云萝巧舌如簧，笑道：“太后娘娘可冤死我们了，实在是您慈恩深重，我们不忍囫囵吞下，所以才浅饮慢用。”

晨露听出她语带暗讽，索性笑着挑明，“我就是那囫囵吞枣的。”

太后闻言笑得几乎面色莹红，轻喘着说道：“你若是囫囵吞枣，我就是个老饕餮了。”

叶姑姑也笑了，凑趣道：“太后尤爱酸梅羹，昨日喝了三小碗，进得香。”

“听听，连我的老底都兜出来了。”

太后又是大笑。

晨露却微微蹙眉，委婉说道："酸梅羹多饮伤脾，您还是浅尝辄止为好。"

太后点头，道："太医也如此说过，只是人生苦短，若是被这炎夏折磨三个月，我宁可折寿一二。"

此时殿中凉意丝丝渗入，众人但觉心旷神怡，不由得啧啧称奇。梅贵嫔有孕在身，最是燥热难当，于是问道："太后殿中真是夺天地之造化，生生把暑气避了开去，竟是怎么办到的？"

太后笑而不答，叶姑姑指了指上空的天井。但见一片潋滟光华笼罩其上，再看，却又是剔透毕现。

"是铺了琉璃？"云萝猜想道。

"云贵人只说对了一半。此乃安王封地特产的'冰琅'，采矿千斤，才得指甲大的一块，由能工巧匠鎏成薄片，有琉璃之透彻，却可以隔绝暑寒之气，真正做到冬暖夏凉。"叶姑姑在旁介绍着。

众人盯着天井细看，正议论着，忽然一阵光华飞散，直落而下。

只听得一阵清脆巨响，无数碎裂之声此起彼伏，有如琴鸣。下一刻，云萝躲闪不及，被扎中手腕，顿时血流如注，痛不可抑。

她睁眼一看，只觉魂飞天外：一些细而锋利的透明碎片，扎入肉中寸许，带出无数血沫，一片模糊。

她正要大喊，却见几块较大的碎片有如利刃一般，密密扎入晨露身躯，她所在的四周，落满了锋利残渣，让人触目惊心。

这一番变生肘腋，谁都没有料到，竟是如梦呓一般惊在当场。

太后只觉得一阵目眩，怒不可遏，推开了叶姑姑的护持，低喝道："这是怎么回事？"

梅贵嫔惊呼一声，几乎要晕厥在地。此时，只见晨露缓缓起身，轻抖云裳，那些晶莹碎片，便有如冰块敲击似的，纷纷落下。

她瞥了眼身上的细痕，不在意地道："只是浅浅创伤，并无大碍。"

变生非常，一时无人反应过来，宫人们如梦初醒，连忙取来绢带伤药，将娘娘们一一扶至榻上，先细细敷上，又一迭声地遣人去唤太医。

晨露抖落衣间的碎屑，以纱绢将细微伤处轻轻擦拭。不过几道浅痕，片刻之间，便止住了血。

她目光闪动，仔细凝视着那几道细微的血痕，半刻之后，才收起手中纱绢。

一旁的云贵人正在低低啜泣，御医从她的玉臂之中夹出一片利刃似的碎片，鲜血顿时又喷涌而出。

太后面色铁青，厉声唤来叶姑姑，“将锻鎏这冰琅的工匠给我拿下！”

半刻后，锻工局的掌事太监便急急赶了过来，他未及擦拭额头的汗珠，就颤巍巍地跪下，“太后容禀……”

“还要禀什么？！”

太后气得心间又是一阵发闷，勉强忍住了，才冷笑道：“你们越发胆大了，是想我这老太婆早早归天吗？”

“娘娘……这实在与我锻工局无关啊……”

掌事太监再也顾不得忌讳，一气说道：“我们平日里进献的珍品，都是局中师傅再三试验过的，绝不能有丝毫差池。”

“那这是什么？”叶姑姑在一旁冷冷喝道。

掌事太监趋前跪下，捡起几片碎渣，用手轻轻捻动，浑然不顾被扎得鲜血淋漓，眼中露出不可思议的惊愕。

“这……这冰琅，锻鎏之前，就被加入了矽砂！”他失措喊道，面色如死灰一般。

“你仔细说来。”太后微微平静下来，示意他起来回话。

“这冰琅珍贵异常，乃是安王殿下此次朝见的贡品之一，我等丝毫不敢怠慢，自迎回当日起，就单独存库，由手艺精湛的师傅精心打造，等闲之人，想见一眼也难……怎么会……会有矽沙？”

他微微痉挛着，再也承受不住这滔天大祸的打击，喃喃道：“加了矽砂，冰琅就极易松垮，碎成一瓣瓣的……”

“且慢。”

太后听出了端倪，问道：“若是这冰琅是完整的一块，能否看出其中有矽砂？”

“这……恐怕不能。”

“你局中的师傅是否可靠？”

“正要启奏娘娘，这位大师傅，正是当年为先帝锻造兵刃的那位，绝对是忠心耿耿。”

众人面面相觑。

良久，叶姑姑才嗫嚅道：“娘娘，怕是在安王殿下那边，就已经……”

太后凤眸一闪，断然道：“不可妄言！”

在座几人口中不言，心中都有如明镜。

这是御用之物，锻工局上下敢不经心？如今出了这等变故，确是安王那边的嫌疑最大。

梅贵嫔看着眼前的混乱场景，脸色越发苍白起来，她觉得腹中隐隐作痛，禁不住轻轻呻吟起来。

太后一眼瞧见，连忙喝道："快让御医再回来！"

于是殿中再次陷入忙乱惊慌之中。

乾清宫中，皇帝正在和阁臣们议事。

"藩王们久离封地，总是不妥，诚王殿下若真是病体难支，可以让太医院院正随侍在旁，回封地后慢慢调养。"

齐融干瘪的面容上，皱纹有如蛛网密布，随着他的动作越发深刻。

老年丧女的惨痛，让他几乎要大病一场，虽然勉强撑住，但也是元气大伤，乍一看，犹如老了十岁。

看着侍从送上的奏章节略，他肃容而谈，眉宇间只见严峻。

皇帝微微皱眉，"这恐怕不妥。论辈分，诚王是朕的叔父，如今他既然甚感不适，怎能急于赶他回去？"

孙铭在旁听着，也甚觉头痛。

这些藩王各自带了数百随侍，安、平二王甚至在城外都留有驻军，这些人狐假虎威，已在京中惹出不少事端。

他身为京营将军，本不用兼顾民政，但皇帝亲征前，将京畿治安交付于他，如今虽然大捷而回，紧接着却是藩王入京，有意无意间，皇帝并未将大权收回。

孙铭隐约猜到了皇帝的用意，却越发头痛。

只听齐融继续道："皇上万万不可！诚王殿下年老体衰，又素来恭谨安分，若只是他一人滞留京中，莫说是一月，就是一年半载，也没什么了不得。"

皇帝若有所思地点头，"齐卿的意思，我已经明白——是另外有人作耗！"

孙铭觉得自己再不能无动于衷，于是躬身道："微臣负责京中治安，这几日，手下的巡捕听到了一些风声……"

他见大家齐齐望着自己，斟酌了下言语，才继续道："安王和平王麾下的将士，频频将青楼中的女子全数包下……"

下面的话，实在污秽淫亵，恐有碍圣听。皇帝一挥手，示意他继续。

"有几个人喝醉了酒，便趾高气扬地跟粉头吹嘘，道是他们长年劳苦，今次便要在京城多待些时日，好好享受一下这花花世界。"

"那些粉头上边，都是有地头蛇护着的，他们听得多了，不免惊骇，于是便悄悄报了巡捕。"

众人凝神一听，不免暗暗吃惊，各自和心中的揣测印证，一时无人言语。

大禹治水的瓷炉中，香烟袅袅，氤氲飘散间，皇帝只觉得眼前诸人似乎都隐没于缥缈之中，只余他一人，居中而坐，俯视着天下苍生，孤独，而又警惕。

他轻轻叹息了一声，一种前所未有的疲倦席卷全身。

这些叔伯兄弟，真要闹个鱼死网破吗？

瞿云见他怔怔，凑在他耳边低语几句，皇帝剑眉一扬，目光犀利炯然，“有这等事？”

瞿云迎着他的目光，不避不让，“千真万确。”

“好得很……朕的弟弟们越发长进了！”

皇帝脸色阴郁，缓缓道：“敢情朕是纣桀之君，弟弟们个个噤若寒蝉，连探望也要偷偷摸摸。”

众臣听他话音不善，无人再敢开口，一时殿中气氛沉抑。

此时殿外脚步凌乱，微微有人的低语声。秦喜探过头来，望了一眼，便又速速退了下去。

“做什么如此慌张？”皇帝沉声问道。

秦喜蹑足而进，跪禀道：“太后娘娘的慈宁宫里，不知出了什么事，急急宣了太医过去。”

皇帝心念一闪，蓦然想起，晨露曾道，要往慈宁宫中觐见，一时心乱如麻，什么军国大事，也入不了脑中。

瞿云察言观色，宽慰道：“皇上且慢心焦，娘娘们命格贵重，不会有什么危险的。”

话虽如此，他心中仍是惴惴。

皇帝再无心商议，由御座中站起，对众阁臣道：“卿等暂且归去，把部中事务料理妥当，就是朕躬之福了。内政修明，还有什么人能掀起大浪来？”

他微微冷笑着，清俊面容上一片宁静，只那瞳孔之中，足见刚毅。

皇帝赶到慈宁宫时，已是风平浪静。太后见了他，只略略说了几句，便让他先去探望受惊的嫔妃们。

“后宫雨露均沾，才是社稷之福。她们有些人，平日里见你一面也难，你且去小意温存一二，她们便欢喜不尽了。”

皇帝一听便知，这是在说云萝。他压住心头火气，从慈宁宫辞出后，便上了肩舆，朝着碧月宫方向而去。

秦喜在旁随侍，善解人意地道：“皇上，云贵人那边……”

皇帝微一沉吟，道："也罢，赐云萝云锦五匹，取一罐上好的白药给她。"

碧月宫中，丝毫不曾有香氛馥郁，只是将重重帷幕卷起，任由清风吹入。

皇帝一进殿中，便觉心旷神怡。

十六扇落地雕花檀木门，被齐齐打开，日光淡淡照入，毫无晦涩昏暗之感，重染的纱幔高高悬起，只有缥缈尾端在风中飞舞。

"这是做什么？"皇帝又是惊奇，又是疑惑。

晨露一身宫装未褪，鬓间步摇莹华迷离，她半倚在窗边，飘然出尘，宛如姑射仙人。

"我受了一点儿小伤……"她静静说道。

"就是那块冰琅惹的祸？"

元祈心疼不已，怒道："安王将这等邪物贡上？"

晨露苦笑一声，"他并非是冲我而来。"

她由绢衣中扯出一角非帛非金的料子，道："前日我接到警示，便早有防备，穿了这金丝软胄，没曾想，那冰琅穿透之力，竟会如此厉害。"

"是母后？"元祈悚然问道。

"她早已安排好座次，那冰琅碎裂的时间，也早就被计算好了。"

晨露轻轻叹道："她终是不能容我于世上，也难怪，皇后是她嫡亲的侄女……"

她素来刚烈，如今幽幽道来，竟平添了几分凄冷抑郁。

难道她……竟也是对我有意？

皇帝又惊又喜，心中但觉如饮甘霖，几疑是在梦中。

"你不要担心……有朕在一日，决不容她们伤害于你！"他对着倾心的佳人郑重说道，目光炯炯。

晨露凝视着他，良久，悠然一笑，眸子在瞬间晶莹一灿，旋即黯熄。

"多谢皇上……"她低低说道，仿佛喜不自胜，眼波微微荡漾着，有如一潭深水。

"皇上莫要为了我，与太后伤了和气……其实今日之变，也不全是她的授意。"

她秀丽的眼睫毛微微颤动，有如蝶翅一般。

"还有谁参与其中？"

"安王殿下。"

晨露语声清冷，在整个殿中轻轻回响，"其实，他进献这冰琅，本欲图谋的，是您，或者太后。这样的珍奇，只有您两位配用。太后大概瞧出了其中端倪，所以……"

元祈这才恍然大悟，他几乎要冷笑出声，"这才是朕的骨肉至亲呢！"

他的笑声中含着讥讽，更有空茫而寂寥的无力。

晨露静静地凝视着他，眼中光芒幽深，踌躇、隐忍、决绝……都在一瞬间，化为天外流光。

“朕的这些弟弟们，没有一个是良善之辈……今日，暗使那边报来，静王又不甚安分，竟然深夜密会平王！真真不可思议，朕还没跟他计较扣滞军需、延误时机之罪，他居然越发猖狂起来！”

晨露见元祈恼怒更甚，不动声色地，又加了把火，“还有齐妃娘娘的事……我到现在还心有疑惑呢。”

元祈森然一笑，“朕也很纳闷，后宫争宠，断然不会用这等明刀明枪。齐妃这一死，朕的两大重臣生出嫌隙，又是便宜了谁？”

他望着遥远的苍穹，思绪已飞到宫墙之外。

晨露黛眉微蹙，轻轻道：“但愿……本朝莫要出了共叔段之事。”

元祈听她比出郑伯共叔段，心中生出另一重惊兆——

“你的意思是……”

“皇上，您一日没有诞下麟儿，静王便会有恃无恐。”

“因为太后会一直将他视作东宫！”

皇帝怀着满腹心事而去，晨露凝望着他俊逸的身影，深刻地明晓，一场惨烈的政争，终于要进入高潮了。

她没有任何喜悦，只是凝视着自己的手臂，微微蹙眉。

那白皙如玉的肌肤上，有几道细微的血痕，几乎要结痂淡退。

“取把小刀来。”她吩咐润清。

手持这把精巧的凤翼裁纸刀，她朝着伤口，用力划下。

一时鲜血飞溅！

她对喷涌而出的殷红视而不见，径自盘膝运气，功行三十六周天后，才微微睁眼。

“真是歹毒……”她微微低语，凝视着深深的伤口。

鲜红之中，但见点点莹辉，在血肉中发出幽微光芒。

她微微有些疲倦，全身都松弛下来，对着满眼惊疑的润清，淡淡道：“太后真是用心良苦，安王加了矽砂，她又加了酥涛，使得冰琅落下时，略微松软，不至于当时便致人死命——可这一味酥涛，一旦进入习武之人的血脉中，便会游走全身，阻断心脉而死。”

“那现在……”

“已经无妨了。这几日，宫中大小事务，你要小心照看。”

润清微微一惊，“您这是要……”

晨露正要回答，只见瞿云不及通报就匆匆而入，军靴上的铜钉碰撞出清脆响声。

“这是怎么了？”

瞿云一眼瞥见她血如泉涌，片刻间染红了臂上的雪绡，顿足怒道：“那妖妇……”

“小云，你少安毋躁，林媛欠我之深，也不在这一两桩，如今，便要让她一一偿还。”

晨露凤眸微微上挑，浓密修长的睫毛，如夜色一般轻颤。

她起身，望了眼天边金红落日，低低道：“等天黑了，我要出去一趟。”

夜色已深，树间的蝉鸣，在一片寂静中，也变得嘶哑无力。

深重肃穆的高墙之上，有几道黑色人影如清风吹拂，一闪而过。

他们经过三重院落，终于到得主人的书房檐下。

房中仍是灯火通明，主人自从经过丧女之痛，这些时日都独眠于此，并不宣召姬妾。

他们伏于廊下，窥视着书房中的动静，正要拔出兵刃，但闻耳边嗖的一声，一道箭影擦身而过，风声拂得面容生疼。

一弯浅月照得满院清幽，梨树之下，但见一支雪白羽翎微微颤动，竟是深深扎入树干之中。

这一番声响，虽说不大，却已将房中的主人惊动。

齐融蓦然起身，警惕地听着外间，厉声喝道：“什么人？”

黑衣人中的一位扬声笑道：“久闻大人府中金银堆积如山，我们弟兄几个特来发财。”

他一副黑道绿林的腔调，手下却深得快、准、狠三昧，朝着箭射来的方向疾飞而去。

但见剑光一闪，他手中长剑直取来人面门，却被两根白皙晶莹的纤指捏住，再也动弹不得。

来人亦是蒙面束发，静静立于黑暗中，一语不发，唯有那鬓间一支珠钗，神光迷离，一看便知非是凡品。

齐融隔着门缝看去，见这宝光炫目，微有诧异。他老于世故，略一想及宫中传言，惊道：“难道是……”

另几人见势不妙，纷纷急舞兵刃，呈犄角状围了上去。

但见剑风一转，急如银蛇狂舞，先前那人一声惊呼，长剑已被夺过。瓦砾间几声尖啸，却是那几人的兵刃被一一格挡，竟纷纷断为两截。

蒙面人冷笑一声，将长剑掷于地上，手中黝黑长弓拉满，雪白羽箭有如索命无常一般，让所有人脖颈处生出寒意。

有人再也忍受不住，大喊一声。众人仓皇逃窜，几个起落，便在屋檐间消散不见。

齐融颤巍巍起身，到得蒙面人跟前，试探着问道："请问尊驾是……"

蒙面人解开纱巾。四目相对，齐融但觉冰雪一般的凛然，刺入眼中。

她脂粉未施，却别有一种凛然高华，让这满庭月光，都为之黯然失色。

"老臣见过娘娘……"

晨露挥手制止了齐融的大礼，轻笑道："大人府中还真是热闹啊。"

"几个蟊贼，竟敢如此大胆……"齐融的老脸阴晴不定，强撑道。

"这可不是一般的飞贼大盗，太后娘娘还真是放心不下您啊。"

晨露轻轻一笑，顾盼之间，竟似将满院暑气荡涤。

"太后娘娘？"

齐融悚然而惊，被她一语点破，只觉得周身汗毛都竖了起来。这幽静院中，竟似杀机密布。

"大人不必惊慌，这些人被我打发了，估计是回主子那里了。想来真是后怕，您差点步了齐妃的后尘呢。"

她一提齐妃，齐融的眼圈就红了，他咬牙不语，良久，才下定了决心似的，毅然抬头。

"娘娘深夜驾临，恐怕不只是为了我这把老骨头吧？"

晨露微微一笑，"大人不请我屋中一叙吗？"

已过三更，街上半个行人也无，清风席卷过街面，只有客栈前的一盏残灯有气无力地在地上投下孤单长影。

晨露静静走过，心中想起刚才与齐融的一席谈话，唇边挑起一道讥讽。

齐融与太后一党素来不睦，此时齐妃薨去，他本来对周家满怀怒火，不料皇帝与他把盏夜话，言谈间，竟隐隐透露出，真凶另有其人——十有八九是静王所为。

静王深得太后宠爱，齐融并无把握将他一举扳倒，唯有暗中怀恨。如今晨露前来援救，两人一拍即合，决定互相奥援，将后党一举攘除。

“林媛，你陷害他人无数，这次倒要让你尝尝有口难辩的滋味！”她斩钉截铁道，转身正要离去，但闻陋巷之中，隐隐有打斗呻吟之声。

她心念一转，闪身而入，但见一群兵痞模样的人正在殴打一人。

“住手！”

她本不欲管闲事，正要离去，却见那面目青肿的男子好似有些熟悉，便改了主意。

“谁敢管我们的闲事？”

“你们不过是藩王麾下，按例不许进城，如果我大嚷出来，立马便是斩首之刑。”晨露冷冷说道，双眼微微一瞥，竟让这些沙场鏖战的兵痞们心生惧意。

领头的有所顾忌，看了眼地上青肿蜷缩的青年，啐了一口，这才悻悻而去。

晨露凝神细看，还在想此人在哪儿见过，只听这青年呻吟着，勉力道：“恩人又救我一次！”

是他？那个当街劫轿的书生。

晨露终于恍然，一时又好气又好笑，问道：“你这次又是劫了谁家新娘？”

“恩人请勿取笑……”

青年面上露出痛不欲生的神情。

“我家娘子，被这些禽兽给劫入营中了！”

他恨恨地捶打地面，伤口迸裂开来，又是一片血肉模糊。

晨露双眸一冷，“你且细说。”

偌大的营帐中，荡漾着酒香和淫靡的气息，兵士横七竖八地躺了一地，几只酒坛被扔于一边，帐外的篝火，也在灰烬中隐约欲灭。

但见一道人影，乘月华而来，顷刻已近了数丈。

她纵身掠过几间营帐，轻轻挑开，缓缓一瞥，复又放下。

扫视着眼前淫亵不堪的场景，她眸光越发冷冽，扯起一个校尉模样的人，以地上半瓮美酒尽数淋下。

清凉而浓郁的酒香在瞬间弥漫开来，那人迷糊着睁眼，但见三尺雪锋，如蛇芯一般架在颈项间。

“你们抢来的民女在哪儿？”

清冽的女音，宛如来自幽冥。

他正要大喊，脖间利刃一紧，鲜血沁出一片，吓得他酒意全醒。

很识时务地，他颤着手指，指了指正中大营。

中军大营中。

鲜红的血，先是细细一线，下一瞬，便如瀑布一般喷薄而出，不多时，便汪洋一地。

微弱的烛火，在昏暗的帐中摇曳，啪的一声，爆了个灯花，灼灼生灿。

那鲜血浸润了虎皮软铺，在静夜中，滴答之声清晰可闻。

那女子洁白修长的胴体也沾染了点点殷红，在这血腥阴霾中，宛如玉树琼枝。她眼眸空茫，几乎连魂魄也消失殆尽。

晨露端详着她，眉间剑意也不禁柔和下来。

与四个多月前相比，少女的青涩已逐渐淡褪。当初靖安公欲强娶她为妾，如今，她又被强掳入军营，真真是命运多舛。

晨露的眼中，闪动着悲悯。

“你先穿衣吧……”

仿佛被她的声音惊醒，那女子眼眸微动，漾出非一般的凄冷微笑。

那眸光，几乎要将人的心都刺痛，冥冥中，似乎有什么破碎了，发出清脆一声。

裴桢在茂密的林间焦急等待，几只鹳雀从他头顶飞过，发出瘆人的嘶哑鸣叫。一弯凄凉的浅月，皎如清霜，由树的间隙中隐约映出。

他深深地吸了口气，压下心头的焦躁，正在翘首期盼，却见一道人影，挟着另一人，如疾风一般，瞬息便到了眼前。

他惊喜交加，疾步上前，正要扶住妻子，却听晨露冷喝道：“别动她！”

清冷的月辉，被树枝映得支离破碎，投入他的眼中。

这一刻，他睚眦欲裂！

妻子胸间插了一道短匕，鲜血蜿蜒而下，染尽了衣衫。

他颤抖着，伸手去拔，却被制止，“不能拔！”

仿佛听到了他的哽咽，那女子微微睁眼，轻笑着，有如万树梨花齐绽。

“好痛……”她近乎撒娇地微微抱怨。

“你的书上有一句……”她的声音，越发微渺。

“宁为玉碎，不为……”

声音逐渐微弱，终不可闻。

皎月透过枝丫，重重叠叠地染遍银辉，凄凉，然而温柔，宛如她最后隽永的微笑。

晨露在返回宫里的路上，已近四更，京城几乎仍在酣睡之中，无尽的黑暗中，只有她漫步向前。

隔着重重高墙，可以听见宅院中的更漏残响……

幽暗中，有点点花瓣随风而落，于无声中掩面低泣。

她的耳边，回响起方才那一声……

裴桢抱着尸身，久久发怔，“怎样……才能让这些禽兽付出代价？”

她取下面纱，任由发间那支珠钗在月下光华流转，不可逼视。

“与我合作，我能让你报了此仇。”

“你到底是谁？”

“你且去参加殿试，以此钗为记，我们会再见的。”

……

她想起自己斩钉截铁的允诺，不由得，在黑暗中止住脚步，微微苦笑。

这世上，从此又多了个心死之人，吞噬着仇恨，如行尸走肉般存活着……

第十九章 立威

碧月宫中，静谧有如幻梦。

晨露进得寝宫，便有所感应，她微微一笑，对着珠帘后说道："皇上是在赏月吗？"

皇帝醇厚清朗的笑声从帘后传来，"朕在这儿等了你大半夜，你一开口，却是这般气人。"

晨露笑道："真真是我以小人之心，度君子之腹。"

她说笑着，已经走入后堂之中。

"你此去，齐卿便是无恙了。"元祈靠坐榻上，欣慰道。

晨露站于窗下，却不走近，清婉月色照拂了一身，凝出冷肃幽寒。

"皇上……"

"嗯？"

"其实，没有人要齐大人的性命。"

"嗯？"

元祈双目一凝，很是疑惑。

下一刻，晨露口中，说出让他惊骇异常的答案，"所谓后党派出的刺客，其实，不过是瞿统领的属下。"

"什么？！"

元祈剑眉挑起，怒道："你们俩背着朕，竟敢如此！"

晨露与他静静对视，毫无惧色，也不请罪。

"皇上，这是最能见效的法子。齐融虽然与太后斗法多年，却也一直舍不下身家性命，我们演了这出戏，才能让他破釜沉舟，死而后已。"

两人目光相对，元祈对上那双清冽黑眸，只觉得其中一片坦荡。

他不由得歉疚，温言道："罢了，下次不可如此胡来。"

晨露凝望着他，仍是那般坦荡不加伪饰，心中却是一片轻松。

她今夜作为，本就是试探，元祈既然如此信任，下面的事便好办多了。

她微微一笑，将话题转移开去，“今夜还遇到一件奇事……”

她将裴桢的事简要说了，皇帝听得入神，待听到那女子刚烈自刎，不由得又敬又怒。

“这些藩属将士，竟敢如此放肆！”

他抑制不住内心的愤怒，手中把玩的镇纸也在急怒中砰然落地。

“藩王们纵容属下，竟敢在天子脚下犯律，此事很不寻常。”

“朕知道他们别有谋图！”

元祈阴郁地冷笑道：“周大将军潜居京城，正是想看这出戏呢！”

晨露听他提到周浚，略一思量，道：“这位周大将军，还有位贴身心腹囚在诏狱之中呢。”

“是那个跟周贵妃有苟且之事的……”元祈有些恼怒地皱起了眉头。

“木已成舟，老把他关着也不是事儿，皇上不妨给他个恩典，让他去边塞将功赎罪。”晨露瞧着他的神情，口里若有若无地劝说着。

元祈叹了口气，走近她身边，微带无奈地将她发间的钗钿一一取下，顿时青丝如瀑，垂落而下。

“你在替他说情？”

“人死如灯灭，周贵妃已经仙逝，再跟他计较，也没什么意义了。”

元祈摇头，断然道：“你不知道为君者的忌讳……”

迎着晨露的目光，他叹息道：“为君者，其实最在意的，是自己的威权受到冒犯。”

他语意森然，道：“朕对此人，其实并无怀恨，只是他触犯了禁忌，若所有人都群起效仿，天子还有什么威仪可言？”

晨露听着，身体禁不住微微颤抖，暗夜中，一个最可怕的念头浮上心头，莫非，元旭也是因为天子的威权，才……

想起前世，她杀伐决断，大权在握，此刻想来，竟是悚然心惊。

元旭，你真是忌惮我权威势重，才对我起了猜忌？

她微微垂眼，良久，才幽幽问道：“这样的行为……绝对不能宽恕吗？”

元祈见她语声渺渺，仿佛有无穷幽怨，心下大为不快，“为何如此关心此人？”

晨露心中一片混乱，正在茫然间，发间但觉轻颤，随之而来的，是一阵清香迷离。

“朕守候一夜，其实是想给你这枝花……”

雪莹亭亭的玉兰花，在发间系了个如意结，挽起无穷缱绻。

元祈叹息着，近乎负气地拂袖而去。拂晓的黎明中，只留下一殿馥郁。

翌日早朝过后，元祈隐隐有些后悔，自己负气而去，未免有些小肚鸡肠了。晨露与那人根本毫无瓜葛，自己没来由地，却是吃什么醋？

他正在懊恼，却听御书房外，秦喜趋近禀道："晨妃娘娘来探视皇上了！"

元祈心中一喜，"宣她进来吧……"

晨露款款而入，竟是一身明红氤染的曳地长裙，在日光下，隐隐透出月色花瓣纹，额前垂下累珠流苏，更映得肌肤似雪。

她平日里只着素裳，这一番精心装扮，竟生生将清秀容颜映得出色娇媚。

"你这一身……"

元祈只觉得心在怦怦乱跳，他有些不自在地顾左右而言他。

"这是为今日晚宴准备的，那几个丫头撺掇着我穿上，就弄成这模样了。"

晨露一扬柳眉，很不适应地凝视着这繁丽绸衣。

元祈看着她轻提裙幅，很是无奈的样子，再也撑不住，大笑出声。

此举换来佳人凌厉白眼，半晌，元祈才止笑，问道："今日是什么晚宴，朕怎么没听说？"

"不过是个消夏晚宴……"

晨露笑得婉约，道："是我发出的邀请。"

元祈这一惊非同小可，一时之间，很难将这些闺阁琐事与眼前盛装华容，却仍不失飒爽英姿的女子想到一处。

"这次又有什么惊喜等着朕？"

晨露瞧着皇帝如临大敌状，几乎笑出声来。什么时候，她成洪水猛兽了？

"皇上不会忘记册我为妃的初衷吧？"

"是为朕制衡后宫势力……这确实太为难你了！"

元祈想起后宫中，林氏只手遮天的状况，又觉一阵头疼。

"来而不往非礼也。太后既然给了我那般隆重的招待，我不回敬一二，也未免单调。"

各宫接到请柬，私下都是诧异，这位娘娘甫一册封，就敢于亲邀众嫔妃前往，这架子也未免太大了！

正在她们踌躇时，一道消息让所有人瞠目结舌。

从不出席后宫会宴的皇帝，破天荒地将会驾临碧月宫中！

皇帝驾临之时，夜宴才刚刚开始。

除去皇后卧病在床，其余嫔妃，皆是华衣盛妆，高髻如云，如此争奇斗艳，皆是为了一窥皇帝龙颜。

皇帝素来勤于政事，于女色上头很是有限，除去几个略微受宠的，等闲嫔妃一年也难得面圣几回。

元祈入得殿中，但觉与平日截然不同，处处流转着明丽雍华之象。

他以眼搜寻着，却见正下略右的主位空荡无人，一眼望去，只见美眸巧笑的嫔妃们，一齐起身行礼。

晨露由后堂走出时，暮色已然暗淡下来，殿中点起了两排蜜烛，却仍是昏暗幽深。

人们抬眼望去，但见紫裳曼卷，通明绚丽，如流光般轻舒直下，青鸾凤冠古雅高华。她不着平日的素服，盛装之下，威仪天成，淡淡清漠笼罩了整座大殿。

元祈正自诧异，但见她行至上首偏右，却不就座，只是淡淡道："今日会宴寒陋，还望各位海涵。"

众嫔妃纷纷逊谢，连道娘娘过谦。晨露抬头，正看见皇帝驾临。

"你来了？"

她的声音清脆婉转，仿佛有无限惊喜和甜蜜。元祈看着这迥异于常的景象，一时愣在那里。他想起今晨的话，心中一亮，隐隐有些明白，试探着上前挽了她的手，柔声道："朕来迟了吗？"

他状似亲密，贴在耳边，悄声问道："你这是演的哪一出？"

"为您制衡目前的局面啊！"晨露略带调侃，同样悄声说道。

"稍后，请千万配合我说的。"

两人这一阵低语，仿佛耳鬓厮磨，亲昵而不避讳。众嫔妃吃味之余，却着实吓了一跳。皇帝在女色上很是淡漠，哪曾有过这等神情？

宾主落座后，宫中的乐伎们慢捻细挑，雅音悦耳肃穆，珍馐便源源不断呈了上来。

"这也罢了，不过是宫中制式宏音……"晨露似乎颇有感叹，淡淡说道。

她目视一旁花团锦簇一般的嫔妃们，笑着对皇帝道："此乃家宴，不若我等击鼓传花为戏，轮到哪位，便表演才艺，如何？"

她慧黠一笑，接过侍女手中的花球，正在手中拨弄，鼓声已阵阵低擂。

她将球轻轻上抛，丝毫不差地落于元祈手中。此时鼓声一停，皇帝方才愕然，已全然醒转，无奈地瞪了她一眼，却站起身来。

“今日大家尽兴，朕却是半点才艺也无，怎么办呢？”

他做出一副苦相，惹得众人掩面莞尔，对天子的战栗畏惧，也不由得少了很多。

“所以只好勉为其难了，好在朕是个五音不全的。”

他笑着命秦喜取出随身小匣中的翠玉笛，凑到唇边，微一沉吟，便有乐声传出。

晨露眸光一闪，竟是最初的“玉玲珑”事件中，他于郁郁之中，弹奏的那曲。

曲调依稀，以笛代琴，多了几分清脆婉转，却不似上次那般悲郁沉痛，而是如清风拂面一般轻柔明爽。

为何会有这等变化呢？

晨露被自己的疑问吓了一跳，她不禁对上了他的眼——

那含笑凝视的深情隽永的眼。

答案在瞬间浮上心头。

她的脸色白了又白，在虚无的最深处询问自己：若是他知道，自己眷爱之人，不过是个聊斋画皮一般，满心怨毒的复仇鬼魅……

尖锐的疼痛在瞬间刺中了她的心，她一时茫然，连乐声渺然收尾，也未曾察觉。

“娘娘……”

润清在旁扶了她一把。

“实在是天籁之音，我听得入了神呢！”她恢复了常态，笑着说道。

皇帝捡起那花球，再传下去，鼓声再停时，却是在一个名不见经传的湘贵人手中。

湘贵人素来胆小口拙，见到众人齐齐看向自己，顿时汗湿重衣，嗫嚅道：“妾……妾身不会什么才艺。”

她又急又羞，竟忘了席上的仪礼，僵坐着不动，全场一片寂静。

晨露笑着解围道：“你实在过谦了，谁也不是天生的诗琴歌赋样样精通，随便挑一两样拿手的，也就是了。”

她见湘贵人仍是懵懂，于是提醒道：“贵人是由江南而来的吧，有些风雅的民间小曲，我也一直想听呢！”

湘贵人这才缓过气来，她羞得面飞红霞，一边起身，一边声若蚊蚋道：“不如我唱首《采莲歌》？”

底下众嫔妃忍俊不禁，有刻薄的，已是低声嗤笑。

晨露也笑，一个眼风扫去，但见那些掩嘴讥笑的，都如见了神鬼一般低下头去。

《采莲歌》清婉悠扬，柔丽中带着旖旎，虽然词句俚俗，软糯的苏白却更有江南风情。

殿中众人这才微微动容，聚精会神地听了下去。

一曲完毕，湘贵人满面羞怯，正要退回下首的座位上，却闻上首有人叹道："江南可采莲，莲叶何田田……一曲之间，便可见旖旎风光。"正是皇帝，坐于中央，温言赞叹道。

底下有细细的诧异声，众嫔妃大都出自世族名门，即使是寒庶的小家碧玉，也都久浸宫中。先帝和太后，皆是名门簪缨之后，素来只赏识那些雅趣古乐，哪曾见到在宫中唱起民间小调？

却见皇帝侧过身去，跟晨露轻声笑道："却是比教司坊中的新乐要强了许多。"

晨露微微一笑，道："湘贵人的父亲，好似刚调入京中吧？"

湘贵人从席末而出，在阶下诚惶道："家父才入京中，忝为翰林院检讨……"

席中嫔妃不敢再窃窃私语，却各自交换了个讥笑的神情。

翰林院检讨不过是从七品，在这冠盖如云的京城之中，实在是微末小员，蝼蚁一般的存在。

"可怜见的，就差了些品阶，父女俩却不得相见。"晨露皱眉唏嘘道。

六品以上的朝臣之女，才被视为官宦之后，依宫中律例，隔两个月，让其家人入宫拜谒。

湘贵人的父亲官阶微贱，父女俩近在咫尺，却不得相见，实在是人间惨事一桩。

湘贵人听着，眼圈都红了，只是强忍着，声音也带上了哽咽，"这也是妾身福薄……"

晨露带着求恳，看向元祈道："皇上，您看这……"

元祈略想了下，问道："你父亲是翰林院中的哪位？"

他一时想不起来，湘贵人低声说了名字，他才略有些印象——那是个埋首书案的老学究。

"是上次给朕讲解《孟子集注》的那位吧……他学问很是严谨，可晋为翰林院修撰。"

后半句，是对在后随侍的秉笔太监说的，金口玉言之下，湘贵人的父亲连升了两级。

众嫔妃大惊，看着上首在帝侧嫣然浅笑的晨妃，简直不敢置信。

皇帝虽然温和，但后宫女子干政，却是他最为忌讳的，如今晨妃轻轻一嗔，湘贵人的父亲就得以晋升了。

这个出身微贱的女子，竟有如斯魔力吗？

她们的眼中，闪着又妒又畏的光芒，虽然又回到说笑嬉戏中去，心下却都在思量今日一幕的意义。

接下来的几次击鼓为戏，中彩之人不过说了几段笑话，也算宾主尽欢。

夏夜逐渐清冷下来，窗外的弯月将淡淡清辉洒拂大地，殿中的青金石地砖，在众人眼前幽然生华，是到该归去的时辰了。

众嫔妃纷纷起身告辞，言语之谦恭，与初到时的慵懒随兴，有天壤之别。

皇帝挽着晨露，竟以主人翁的姿态辞别众人。这一不合规矩的行为，又一次让人惊叹，这碧月宫主人圣眷之盛。

云贵人起身，率先而出，走过廊下的时候，她微微冷笑着，低声道："不过是微贱出身……"

"云贵人此言差矣，您莫不是忘了自个儿……"

居于云庆宫南侧殿的杨宝林早就看她不顺眼，如今趁机以扇掩唇，轻笑着讽刺道。

她本是齐妃一党的，自从云庆宫没了主人，她们这些人失了主心骨，免不了被云萝排揎几句，如今逮到这千载难逢的好机会，还不扬眉吐气？

云萝听她细声笑讽自己的出身，气得俏脸煞白，咬牙正要回敬几句，却听廊下有人低声道："奴婢奉娘娘之命，来服侍各位主子回宫。"

只见一位黧肤宫女，衣裙光鲜，气度从容，细看袖上绣了青碧祥云，大约是晨妃身边的亲信。

"此处夜深苔滑，各位娘娘小心。"她淡淡说道，在旁撑起一盏宫灯，随着众人而行。

云萝不知方才的言语被她听去多少，也自尴尬不语。一片沉寂下，众嫔妃走到了大门之外，各自登上车轿，绝尘而去。

唯有杨宝林见四下无人，向涧清谦谢道："姑娘辛苦了。"

"怎敢当娘娘谬赞……娘娘方才仗义执言，奴婢代我家主子多谢了。"

杨宝林大为兴奋，低声道："云贵人太过狂妄，竟敢诋毁晨妃，我少不得要刺她几句……姑娘，有件事，不知可否告知一二？"

"娘娘请说。"

"这位湘贵人，与你家娘娘有什么旧缘吗？"

涧清闻言，露出一道神秘笑容，悄声道："湘贵人温婉贤淑，待人热忱，我家娘娘晋位不久，她就前来探访，宾主谈得甚欢呢！"

原来如此！

杨宝林想起封妃仪式之后，皇后言语中很是不满，包括自己在内的众嫔妃，也就不敢去贺喜，倒是这个湘贵人，居然雪中送炭！

"我家娘娘说了，与她友善的，她会鼎力相助，若是非要与她为难……"

涧清的声音，在月夜下，显得格外诡谲。

月上柳梢，从窗中洒下清莹辉光，宾客尽散后的大殿，但见杯盘碗盏仍是琳琅满目地陈列着。

晨露接过侍女端来的一盏玫瑰露，却不就口，而是递给元祈道："方才你饮得甚多，这是冰冷过的，最是消暑解渴。"

元祈小啜了一口，只觉清爽冰滑，笑着问道："你到底在打什么哑谜？"

"您觉得，如今后宫的局势如何？"晨露不答反问。

"林氏独大……"元祈想了一想，又加了一句，"与先帝在时，别无二般。"

晨露眼中杀意一黯，仿佛不适应灯烛之光，那清冽黑眸，竟似含了几分凄楚。

"林氏之所以独大，就因为两代后位都为她们执掌，在后宫中，无人敢撄其锋芒。如今，若抑制这滔天气焰，唯有以您的圣眷，将其余嫔妃都聚拢于旗下。我今晚这出好戏，就是为了挂起这面大旗。"

晨露有些歉意，道："就是委屈您了。为了让她们见识我的手腕，不得已让您公器私用，明日言官又要啰唆了。"

元祈大笑，调侃道："反正朕为了你，早就成了昏君一名……"

他本是调侃那些见风就是雨的，却是含笑凝望着，说得真切慎重。

晨露并不答话，只是继续道："有湘贵人这个榜样，其他人就算慑于太后严威，不敢与我公开往来，私下也必定能为我所用。"

"那击鼓传花是早有预备？"

"就连湘贵人也是我早就选好的。她为人羞怯内向，那日我册妃之日，本应朝贺的宫中嫔妃，慑于太后威权，不过虚应其事，唯有她遣人送来三匹云锦。"

晨露接过第二盏玫瑰露，轻抿一口，任由那沁凉入骨入髓。

"这样'赶冷灶'，未免太有心机了……"元祈沉吟着，想起席间那胆怯颤巍的女子，颇觉不可思议。

晨露轻笑出声，"我先也这么以为，结果一查之下，这才叫啼笑皆非。这位湘贵人与其父一般，嗜书如命，平日无事从不轻出，这满宫的是非，她竟是懵懂未闻，身边的侍女因她没有油水，也是幸灾乐祸，所以才……”

元祈听到此处，已是深明端倪，他露出无奈苦笑，叹道：“宫中趋炎附势，已到了这等地步。真是难为你了！”

晨露微微一笑，不受他这褒奖，劝道：“宫中拜高踩低，也是常态……”

她深深凝望着西北方向——那一端，乃是古雅肃穆的慈宁宫，轻喃道：“也不知，那边情形如何……”

她想起辰楼中，那一个个稚气而坚决的女孩，不由暗生担忧。

千万，不要出什么意外……

慈宁宫中，太后听着叶姑姑叙述夜宴上的那一幕，并没有生出怒气，只是淡淡道：“皇帝真是大了，这次的眼光着实不错。”

“娘娘！”叶姑姑急道，“此女先前颇是低调，如今登上云端，竟敢以一己之力来干涉朝政，实在留她不得啊！”

“她是皇帝的心肝挚爱，上次借用安王的冰琅，却仍是安然无恙，这样的人，你以为可以随便灭去吗？”太后悠然笑道，凤眸中闪烁着冷然之光，瞧来从容莫测。

“她不过是皇帝手中的棋子，毁去了，还有第二颗……”

她想起皇帝恭谨而虚远的笑容，心中一阵痛憎，不由得，指尖甲套深深划入紫檀木妆台之中。

重重的疲倦袭来，她觉得身体异常乏累，于是让宫人伺候更衣就寝。

鲛纱轻垂，香炉氤氲间，清雅渺然，太后睡得并不踏实。恍惚间，她睁开眼，却见昏暗殿中，隐隐有云裳重染，一人正站于案前，幽幽看着她冷笑。

“是谁？”

太后想厉声呼喊，却发现自己胸腔之中，酥软无力。

那云裳女子长袖轻垂，身影曼妙，绝丽容颜在幽月之下，隐约模糊。

“是谁……”

太后再问，仍是声音微弱，但见那女子冉冉飘来，竟似脚不沾地。

凉风从窗缝中吹入，奇香氤氲间，她面容越近，却越见凄楚怨恨，苍白的脸上，笑容如人偶一般凝固森冷，眼中黑瞳几乎要滴下血来。

电光石火间，太后终于看清了她的容貌，惊得浑身寒毛直竖，肝胆俱丧之下，终于大叫出声。

叶姑姑从廊外奔入，将恍惚不能自已的太后轻轻摇晃，“娘娘！”

“别过来……你已经死了，却缠着我做甚！”太后仍是狂乱，口中轻喃着这一句，眼中瞳孔涣散。

叶姑姑念一声得罪，从台上取下水瓶，兜头便泼将下来。太后猛一激灵，这才如梦初醒。

“有鬼……”她惊魂未定地低喊，指定了床前不远处。

叶姑姑命人将灯烛点上，满室如同白昼一般，又命人紧闭门窗，仔细搜索，亦是毫无收获。

“娘娘，您看见什么了？”

太后稍稍平静下来，喝了口水，又在宫人伺候下，换了一身丝袍，心有余悸道：“我看到‘她’来了，就站在那里，正看着我笑呢。”

叶姑姑听着她惨淡如梦呓的声音，生生打了个冷战，勉强问道：“是哪一个‘她’？”

“还能有谁！”

太后近乎暴怒，几十年的怨恨终于在此刻迸发而出，有如岩浆奔流，红炽灼烫。

“废宫那个，先帝当宝贝似的珍藏着，连死了也要把尸骨合葬……便真是要作祟，也逃不出符咒镇压。”

“那么，便是西厢那位……”

叶姑姑倒抽了一口冷气，想起多年前，那个伸手不见五指的夜晚，正是自己万分嫌恶地命人将尸体抬出，将那身染满血迹的宫衣除下……

窗外树枝摇晃，她猛一冷战，只觉得鬼影憧憧，连自己都免不了疑神疑鬼。

“娘娘，怕是您看错了吧？”她粉饰太平地试探问道。

太后想起那一阵恍惚，自己也不敢确定，口中不便示弱，于是道：“大约是我最近烦心过甚，所以妖梦入怀……这实是不吉啊！”

碧月宫中，晨露送走了皇帝，独坐窗前，静听着更漏之声，细数之下，心中不无担忧。

她面上波澜不惊，遥望着天边孤月，只觉得茕茕茫然，一梦醒来，此身难复从前。

人的心，竟是比那天上弯月更加邈远！

流云顿飞，月华轻掩，阴影深深拂过她清秀的面庞，浸润得岁月静好，悠然出尘，却照不见她心中的万丈深渊。

涧清走近时，禁不住打了个寒战。沁凉幽寒的月光，仿佛在她身上安静流淌，整个人都融于其中。

“娘娘，慈宁宫那边，已点起灯来，微微有些喧哗。”

“我知道了。”

晨露心中的大石，终于放下一半，而另一半却分外紧绷。

“诏狱那边，还是没有动静……”

她声音低沉，透着决然和无畏，蓦然起身。

涧清急忙阻止道：“娘娘不必亲身前去，我去看个究竟便罢了。”

晨露摇头道：“行事之人也是楼中的佼佼者，到现在还没有消息，看来事情很棘手。”

她起身，换过轻便衣装，由窗中飘然而出。

昏暗的阶梯逐渐向下，狱中寂静无声，几乎可以听见心跳的声响。

铁栏圈禁中的囚室大都空旷闲置，行至尽头，但见一灯如豆，地上躺有一男一女，生死不知。另有一人，黑袍蒙面，正倚墙而立，望着她冷笑不语。

“是你！”

晨露双眉一轩，清冽双眸中，发出凝重剑意。

“小女在京中，多承娘娘照顾了！”

黑袍人发出高深莫测的低笑，渊亭岳峙，一身威仪，隐隐有兵戈之意。

他目光如刃，看向那素裳女子，却看入一片凛然清明之中。

晨露丝毫没有畏惧，两人目光一碰，竟似有火光迸溅。

“把我属下还来！”晨露淡淡道，信步而入，丝毫不受他气势威压。

黑袍人轻挥衣袖，地上那妙龄少女直直飞起，竟轻飘飘如同棉絮一般，缓缓而来。

他纯粹以内力御物，已到如此境界，若是有第三人在此，定要骇声尖叫。

晨露柳眉一挑，白皙手掌伸出，竟似天女托镜一般平平将人托住。

“果然不愧是皇帝身边第一等的人物！”黑袍人挑眉冷笑道。

“周大将军过奖……”

晨露将辰楼中的手下置于身后，却不止步，继续向前。

“怎么，娘娘有闲心看我清理门户？”周浚目中光芒奇异，讽笑道。

“请恕我唐突，此人乃是您的爱将，亦是令爱唯一钟情之人。我答应过她，要护他周全，决不食言。”

晨露声音不大，在空旷狱中听来，却是决然清晰。

她话音未落，竟已长剑出鞘，剑光凛然飞涌，瞬间已近人身前。

仿佛迫不及待汇聚主人眉目的怒意，剑光如雪一般，截断尘世所有的旖旎，决然凌厉。

那锋芒几乎是闪至眼前，连风都带着灼热的疼痛。周浚为这不符合她年龄的老辣森然暗自吃惊，却更不愿示弱，身形猛缩，间不容发间，已然避让开去。

那长剑由诡异角度一闪，竟复杀至眼前，他一避，再让，一脚凌空已踏上阶梯。

眼看无路可退，周浚飞身而上，如浮云一般到了地面之上。

他一愣之下，才知自己中计，正要返身，那柄古意盎然、却又光华无上的太阿宝剑，竟也如蛇芯一般追踪而至。

晨露心系狱中的两人，剑招以快见意，竟让周浚一时无从下手，但他毕竟修为高深，一番决战之后，便不再手忙脚乱。

不能再拖延了……

晨露微一咬牙，水袖轻抖，一片璀璨已极的光幕，在黑暗中焕发无穷。

无数荧光飒然浮空，有如鲛人珠泪，星星点点地闪烁，由水袖中飞出。

这万千光华锻妆成匹，幕天蔽月而来，每一针、每一点，都似天外游龙，纷飞莹亮之下，又有无数诡变。

有如万千繁花一起绽放，闪着炫目冷光的无数细针，在夜空中摇曳直下，如星辰密雨一般。

周浚躲闪不及，千钧一发间，反手扯下斗篷，迎着针幕缠绵而上。

他腕力沉着，全凭一个“巧”字，竟能如意婉转，内力之深，可见一斑。

晨露微微一笑，力贯指间，那千万细针蓦然崩直，将斗篷刺出无数小孔，终是破裂而出。

周浚面色大变，如烟尘一般一退十丈，才堪堪躲过了蜂窝似的惨状。他眼中闪着莫名的光芒，眉间轻颤，低喝道：“且住！”

那万千细针并未收敛，随着淡淡月华飘摇直追，周浚闪身避让，森然道：“莫要逼人太甚！你手中之物非同小可，怎敢重现世间？”

细针组成的流光华幕，在瞬间收拢起来，光芒聚集后，重又回到袖中。晨露深深望向他。

“你见过它？”

“三十年前，那场潼关大捷……”周浚沉浸在回忆中，缓缓说道。

晨露的手不为察觉地一颤，“那么，你也见过它的主人？”

“当然！”

周浚郑重道：“那段被抹杀的过往，虽然不载史册，当年亲眼目睹的将士又有几个可以忘记？”

他抬眼看向晨露，目光不复冷厉，“你是林宸的传人吗？”

晨露不答，绞紧的手指，微微有些发白。

“若你果真与她有渊源，便该知晓，这朝廷皇家负她很多……你又为何要为皇帝所用？”说到后来，他目光炯炯，手握长剑，尖锐质问道。

晨露望着他，良久，才反问:“将军和皇室有隙，是为了被鞑靼掳走的那位姑娘？”

周浚怒不可遏，冷哼道：“那小畜生为了救人，将这些都说了出来！”

他拂袖欲走，却听身后一声清音：“且慢！”

“将军，我非有意窥人隐私，只是——我们人同此心。”

她说到最后一句，已是心神激荡，多少年的不甘和怨恨，如同裂冰破堤一般，在心中汹涌。

周浚愕然回身，但见她素衣如雪，曼然惆怅间，一道飒爽英气，凄烈冲天。

他若有所悟地笑了，也不追究自己女儿与爱将的叛离，转身离去。

夜风中，只留下一句：“有事来我京城府邸……”

救醒了地上的一男一女，已近拂晓，苍穹尽头，青白色曙光隐露。晨露对着有些茫然的青年，只说了一句：“她没死，在约定之地等你。”

看着青年因这一句而欣喜若狂，她心中一块大石终于落地。

周贵妃，答应你的事，我已然做到！

她扶起辰楼中的得力属下，发现她只是被点了睡穴，这才安心。

遥望天边，她轻喃道：“天快亮了吗……”

不再犹豫，她起身缓缓离去，幽深阴暗的诏狱，被逐渐甩在身后。

皇帝清晨起身时，便听说太后身子不爽，派太医前去探视，谁知太医语焉不详甚是吞吐，惹得他躁怒起来，太医这才低语了几句。

“夜见鬼魅？”皇帝觉得有些不可思议，眉头微微皱起。

太医有些为难地干咳了一声，“太后体虚，肝气郁积，许有此等靥幻。”

“那就好好用药吧！”皇帝思索一阵，不得要领，便只得如此吩咐。

待太医走后，晨露由屏风后娉婷而出，若有所思道:“说到太后的病，今日晨省，我在慈宁宫还听见了一桩新鲜事。”

元祈颇感兴趣，便追问起来。

“据说太后一夜噩梦连连，对着窗棂连道，‘别过来……你已经死了，却缠着我做甚。’”她低低说来，话语中的阴森幽寒，如临其境。

元祈听着她学说，只觉得一阵诡异不吉，青天白日间，竟从心底觉出寒意来。

他正欲开口，却听殿外一阵喧哗。秦喜将来人拦住，不一会儿，就进来禀道：“皇上，诏狱昨夜遇劫，周贵妃一案的人犯已是不翼而飞。”

元祈乍听已怒，略一思量，便看向身边佳人。

“皇上看我做甚，难不成犯人是我？”晨露曼然一笑，不以为意。

元祈想起她前日求情，已生疑窦，却不能尽信，于是继续问道：“可曾有人见过凶手？”

秦喜传来主事，一番询问后，答道：“此人身着黑袍，目光如电，两鬓微霜。”

元祈灵光一现，决然道：“周浚！”

晨露微微垂首，掩住了嘴角微笑，笑得俏皮精灵。

这不大不小的黑锅，便让周大将军背了吧！

她款款而起，宽慰道：“那毕竟是他的部下，他潜入宫中也并无歹意。”

元祈颜色稍霁，缓缓将心中怒气压下，只听晨露悄声道：“藩王们来势不善，才是心腹大患。”

元祈不以为意地冷笑道：“他们此次来京，私下不知已密谋过多少次！”

“还有静王……他上次滞扣军需不成，却仍敢与藩王秘密会晤，谁给了他这么大胆子？”晨露在旁提醒道。

他们正在议论诸王，却说静王今日也来了宫中，觐见太后。

静王入内磕了头，太后向他招了招手，唤至身边，端详了一会儿，才道：“瞧着瘦了不少，你府中竟没个会伺候的人吗？”

静王一摇折扇，笑得潇洒不羁，“母后是心疼儿子了，其实，最近闲居家中，吃饱就睡，倒是胖了不少。”

“那也是你自找的。”太后半嗔半怒道，“你在辎重军需上下手，当你皇兄糊涂不成？”

静王苦涩一笑，“这天底下，最不糊涂的，就是皇兄了……”

太后见他如此言语，心中有数，命人将自己的莲子羹拿来，问道：“你今日怎么得闲进来？”

“听闻母后凤体欠安，我寝食难安，急想着就过来了。”

太后心中一暖，口中却道：“你这孩子，尽是甜言蜜语……是那几个不安分的又来找你了吧？”

静王道：“母后神算，他们有些着急了。”

太后凤眸半眯，悠闲地任由侍女打着罗扇，静静道："你府中来往人等，也未免太杂了。"

"安、平两位皇弟，故意弄出些声势来，大约估量我上了贼船就身不由己了。"静王一径浅笑，丝毫不以为意。

"这两个东西也是不成器的！"

太后轻蔑地冷笑，"和他们的母妃一般，猥猥琐琐，又想学天狗吞月，把这天下都狠狠啃下一口。"

静王听着太后淡漠而刁毒的评价，笑容越发深刻。

"不提他们了，单说你自己……你目前有什么打算？"太后转眸望向他，笑容意味深长。

静王惬意地嘘了口气，仿佛被这满殿的冰爽所染，语音清凉已极，"我素来是个懒散的，弟弟们有了冤屈，生出什么过激行为，我也是个懵懂。"

"你打算坐山观虎斗？"

太后的笑意加深，不无揶揄地瞧了眼堂妹所生的这个庶子。

"母后明鉴，皇兄对藩王们也实是过苛，弟弟们闹一闹也好。"

此时窗外日头炽热，白花花的，直直射入殿中，却被冰块氤氲的凉意驱走，不得寸进。静王眼中决然生出冰寒，让人怀疑是在寒冬飘雪。

太后闻言，不再言语。这些藩王们的虎狼之心路人皆知，静王此番又要动什么心思呢？

她微微一笑，不愿再想下去，轻摇的精美画扇，在雪白面庞上留下幽暗的阴影。

"罢了，你既然打定了主意，我也没什么嘱咐的……让皇帝受些挫折也好。"

太后的笑容，仍是往日的高华雍容，一如高深莫测的神祇悠闲俯视着凡间的芸芸众生。

晨露由乾清宫返回时，却见碧月宫前车水马龙，珍品赠礼满堆于廊下，她心中雪亮，必是有湘贵人做榜样，一些嫔妃见自己圣眷深重，试探着欲来投靠。

这些人虽然位分不高，却是怠慢不得的，她由侧门而入，吩咐迎上前来的涧清："都有哪些人来了？"

涧清报上诸位嫔妃的名号，她们或是亲来拜望，或是遣人送来厚礼，都是口称"为娘娘千秋纳福"。

她微微纳闷，看着涧清道："你跟她们提过我的生辰？"

"那日夜宴，奴婢告诉过杨宝林，下月十二是您的生辰吉日。"

涧清笑得慧黠，仿佛在惊叹宫中传言之快。

晨露回以嘉许眼神，扫视着那些珊瑚珠玉、丝缎锦绣，感叹道："世上果然多有锦上添花，少见雪中送炭。"

涧清插话道："人情世故，本就如此，锦上添花能让她们借力上青云，何乐而不为？雪中送炭，只是平白添了晦气，谁肯做傻子？"

晨露微微一笑，不以为忤，"我保她们荣华富贵，她们以我马首是瞻，想得倒是好啊！"

她瞥了眼各色珍玩，没有丝毫兴趣，"你挑出几样来，分给大家，其余按来处造册存库，下次转赐给这些娘娘，也就罢了。"

涧清答应着，又道："几位娘娘还在前殿等着……"

晨露点头，转身换了身衣裳，便在宫人簇拥下驾临前殿。

杨宝林正在侧身低语，但见珠帘微闪，晨妃在宫人的随侍之下款款而入。

她一身碧衣纱裙，乌发挽了个如意髻，以几点珠花零散点缀着，明月一般的宝钗，斜斜插于髻后，摇曳间，神光潋滟。

她面容清秀素洁，脂粉不施，整个人透出雪玉般的晶莹光华，仿若天人。

此时此刻，便是暗中腹诽她容貌的嫔妃，也不得不承认，晨妃气度绝佳，使人望之心惭。

"娘娘真是神仙一般的人物。"杨宝林望着她，由衷叹道。

"宝林姐姐说笑了，我生就粗陋姿容，哪比得上各位国色天香。"

晨露朝众人点头寒暄，很是友善，丝毫不曾有倨傲的意味。众人见她平易可亲，心下暗自欣慰。

杨宝林原是齐妃的心腹，在宫中人缘不错，她率先开口道："下月便是娘娘的生辰吉日，姐妹们一些薄礼，实在不成敬意，还请娘娘笑纳。"

"不过小小生日，无足挂齿，姐妹们平日月例并不很多，这次却是为我破费了。"

晨露说完，唤来涧清，道："把我给各位娘娘备下的见面礼取来。"

不多时，一只只小木盒便依次放于眼前小银几上。有人禁不住好奇，轻轻打开，但见宝光闪烁，深知非凡品，于是一齐大惊。

晨露面上淡淡，并无半分自矜，闲谈间，提到湘贵人终于得见亲颜，不禁又是唏嘘，"姐妹们都离家好几载了吧……"

众嫔妃皆黯然，她们的家人虽然几月探视一次，可终究离家太久，颇为思念。

"姐妹们不似我这等孤苦伶仃，都有长辈在堂，我打算启奏皇上，让大家都能归宁省亲。”

一阵低呼从席上纷起，众人又惊又喜，疑在梦中。

有人欢喜过后，不免疑惑：晨妃真有这等能力，能劝服皇帝吗？

晨露看在眼里，并不再说，只是问了问在座几人家中的情况：母亲身体可好，父亲兄长任职袭爵，有几个弟妹，等等。

众人见她问起家人官职，无不抖擞精神郑重以告。晨露暗中记下，道：“说起来都是帝家亲眷，皇上若能照顾一二，也是好事。”

她这若有若无的一句，让嫔妃们在瞬间眼睛一亮。

这可是梦寐以求的好事啊！

半日闲谈后，众人起身辞去，杨宝林却有意走在最后，目光微微示意。

“宝林姐姐，你且留一下，齐妃的身后事，我要请教一二呢。”晨露不动声色地找了个理由，将她留下。

“宝林，你有什么话要说吗？”

杨宝林咬一咬牙，郑重跪下道：“娘娘，我们几人实在过不得了！”

她细咬银牙，花容惨淡，珠泪扑簌而下，已是哭得梨花带雨。

“你有什么委屈，快起来说话。”

晨露微微示意，一旁的涧清便将她轻轻搀起，劝慰道：“宝林娘娘有什么冤屈，不妨跟我家主子细说，有她做主呢。”

杨宝林抽噎着，这才说出了原委。

原来她居于云庆宫南侧殿，素来与齐妃交好，是她一党中的心腹，她性格活泼爽朗，在宫中人缘也不错。

谁料齐妃忽然薨了，树倒猢狲散，她们这些依附于齐妃的便蓦然间没了庇护，只能自叹命苦。

人有旦夕祸福，这也罢了，可是屋漏偏逢连夜雨，云萝仗着皇后的宠爱，居然欺负到她头上了！

杨宝林说到此处，黯然叹息道：“也怪我当初性子急，当年她还是一介婢女时，齐妃要遣她去浣衣局，我在旁冷笑着说了一句，这等狐媚欺主的，就该打了撵出去……”

晨露当初也是云庆宫中一员，一听便是心中雪亮，道：“你那时刺了她一句，也难怪她耿耿于怀。”

杨宝林又是低泣，“她若是要报仇，只管找我便是，可她仗着皇后娘娘撑腰，居然到云庆宫来耀武扬威，说要让我们全宫上下都知道她的厉害……”

她偷偷瞥了眼晨露，哽咽道：“她还说，皇后将把云庆宫赐给她，不会容许那等低贱草莽前来鸠占鹊巢。”

晨露心下冷笑，面上丝毫没有怒意，只是淡淡道：“小人得势，自古如此，你也不用太放在心上。”

杨宝林扶着小几，又是颤巍巍跪下道：“我们云庆宫现下无人主掌，只得任凭欺凌，臣妾斗胆，请娘娘尽快搬入，我等才有主心骨啊！”

晨露微一沉吟，笑道：“这都是皇上的决定，我等怎好干涉？不过，云贵人也闹得太不像话了，我定要提点她一二。”

“全凭娘娘做主了。”

送走了杨宝林，已是傍晚时分，归巢的鸟雀在窗外轻轻呢喃，杨柳翠碧在晚风中飘摇，驱走了暑气，只剩下淡淡花香萦绕。

晨露折下一枝柳条，在纤纤素手中把玩，编折。

“你看杨宝林的话，有几分真假？”她问涧清。

“杨宝林不是蠢人，她该知道搬弄是非会有什么后果，所以，云贵人定是那般诋毁过您，她才能理直气壮地来告状。”

晨露抚弄着青翠柳叶，安详浅笑道：“云萝之所以有恃无恐，是因为有皇后在后撑腰，而皇后，不过是把她当作试探的棋子，坏了，随时可以换过。”

她眼中没有嘲笑，只是怜悯和无奈。

“我若是要在宫中立威，倒是可以拿她来杀鸡儆猴。”

元祈到得碧月宫时，已是月上柳梢，一盏盏宫灯在廊下随风轻舞，精美雅致的浮绘在灯光映照下栩栩如生。

他进得寝殿，却发现佳人正在兴致勃勃地编着柳条。

残落凋零的柳叶，只能用“蹂躏”二字来形容它的待遇，似圆非圆的形状，让人实在猜不透它是何物。

“你在做什么？”元祈蹑手蹑脚地走到跟前，才突然出声。

“我想编个儿时玩耍的柳冠，可怎么也不成……”

晨露的声音透着懊恼，眉头微微蹙起，仍在和凋萎的柳枝奋力斗争着。

元祈再也撑不住，扑哧一声笑了起来，他不由分说，接过柳枝，三两下，一只圆润亭亭的柳冠便呈现在眼前。

晨露定睛一看，也是忍俊不禁，有如满室繁花一齐绽放，清爽畅美，使人目眩神醉。

元祈在灯下呆呆看着，只觉得满心里都是欢喜，好半天，他才惊觉问道：“你笑什么？”

晨露但笑不语，指了指柳冠结处，元祈细细一看，哑然失笑。

又是一个蝴蝶结！

“皇上的手艺，确实比寻常宫女还好！”

晨露轻笑着，用他自己的话来揶揄。元祈又笑又恼，终于忍不住，也大笑着自嘲起来。

两人在灯下共坐，清凉夜风从窗外拂入，带来馥郁幽甜的花香，谈笑晏晏间，有一种朦胧温情，如细雨润物一般，慢慢生出……

许久以后，皇帝想起这一幕，仍会情难自禁，顿生怅然，只觉人生繁华若梦，却最是难挽旧日岁月。

同一片夜空下，慈宁宫中却是冷肃寂静。

太后有些昏沉地凝视着窗下，银白月光照耀下，那重染裙裾，如烟云一般舒展飘摇，由模糊而逐渐鲜明。

“你……又来了！”太后微微战栗，几乎是愤怒地低喝出声。

那宫装女子，于氤氲中飘然而近，那一张冷笑着的面庞，逐渐回转。

“这次是你？”

太后凝视着与上次迥然不同的容颜，全身都笼罩于寒气中，牙齿微微发颤。

那女子越飘越近，惨白面庞上，逐渐化为一丝诡异悲苦。

“堂姐……”恍惚间，那女子悲切低呼。

“你也来缠我！”

太后咬牙道：“难道我还惧你不成？”

那悲苦面容，仿佛被激怒，扭曲怨毒之下，化为狰狞，飞扑而上。

太后肝胆俱丧，大叫一声醒来，却是南柯一梦。

她微微喘息着，接过侍女奉上的清茶，只觉全身都在微微颤抖，大暑之日，竟是遍体冰凉。

三更的更漏声传来，太后打了个寒战，披衣起身，不敢再睡。

廊外，一个宫女正小心翼翼地伏身窗下，窥视着殿中的一切。

看着这一幕，她满意地笑了，正要起身，给碧月宫中发出消息，却见宫灯尽头，有一道人影一闪，便消失于黑暗中。

是谁？

她惊疑不定，半晌，才转身而去。

第二十章 鬼魅

昭阳宫中，皇后凤体已然大安。这一日，嫔妃们按时前来问安，平身赐座后，众人依次坐下。皇后虽仍面色苍白，眉目间却颇见神采。她端坐正中，自矜地微笑，直到瞥见右端椅上的人影，一双眸子才不易察觉地闪过阴霾。

她眼中波光闪动，却终是平静下来，只是温文笑道："这些时日我卧病不起，倒是偏劳晨妹妹了。"

她声音温婉亲切，语调诚挚。下首的云萝听见，却没来由地激灵灵打了一个冷战。

晨露以瓷盖轻错茶盏，任由清香在指间萦绕，一截白皙晶莹的玉臂，由月色寒绢中露出，映着碧色剔透的翠镯，让人目眩神醉。

"皇后娘娘太过谬赞，宫中诸事祥和，我不过依例行事，哪有什么功劳可言。"

她微笑着，仿佛浑然不觉殿中的昏暗，那一笑便如同晨曦皎月一般，让殿中明亮耀眼。

皇后凝视着她，一丝痛恨宛如流光永逝，下一刻便化为常态。

"晨妹妹不必过谦，你夙日辛劳，宫中众人，皆是有目共睹的。"皇后一径夸赞着。

云贵人心领神会，插言轻笑道："是啊，姐姐一心操持宫务，还要连日伺候圣驾，难免劳累啊！只叹我们太清闲了，也不能为——"

她正要再往下说，却被晨露淡淡瞥了一眼，顿时僵于当场，檀口微颤，再也说不出一句。

那幽黑眼眸，平静中生出诡谲，寒光冰雪一般沁入骨髓。

云萝贫贱之时，便是对着跋扈威仪的齐妃也能莺舌糯语、巧言机变，此时受这淡淡一瞥，竟如浑身都浸入冰水之中，战栗莫名。

皇后不动声色，和缓道："晨妹妹素来勤勉，自不必说，后宫姐妹们亦是齐心协力呢……这阵宫中很是平晏，我都要一一谢过的。"

众嫔妃连道不敢，这一片紧绷气氛才堪堪带过。

众人对坐品茗，说不多时，便要离去，仍是按位分高低，迤逦而出。

众人退出中庭，这一时的安稳却被打破——只听一声惊呼，不知是怎么回事，云贵人与杨宝林跌至一团，但见绢裳散乱，钗环委地。

侍女们慌忙去扶，杨宝林一边起身，一边星眸含怒，愤愤道："什么眼神，竟踩住我的裙角！"

另一边的侍女却发出一声惊呼，只见云贵人酥软在地，面如金纸，身下赫然是一摊鲜血。

白炽日光耀入庭中，那殷红一摊在地上慢慢渗入，格外触目惊心。

众人一阵晕眩，齐齐倒抽了口冷气。

一旁随侍的昭阳宫掌事，已是煞白了面孔，跌跌撞撞，返身入内去报："皇后娘娘！"

太医急急赶来，仔细诊脉后，面色也变为苍白，他颓然起身，摇首不语。

皇后急得凤眸含泪，也顾不得礼仪，挣脱了宫人的搀扶，上前两步道："到底怎样？"

太医俯身将金针拔出，云贵人仿佛从晕厥中惊醒，却复又昏睡。

"启禀娘娘，云贵人有孕半月，只是胎儿尚小并未依附，这一跤摔了，已是回天乏术……"老太医微捻胡须，亦是面色发白。

皇后一声惊呼，刚痊愈的身子仿佛弱不禁风，摇摇欲坠，一旁的宫人齐齐过来搀扶住，这才缓过劲儿来。

"这让我怎么向皇上交代？！"她近乎悲怆地低喊，旁人闻之鼻酸，不禁为之恻然。

皇后心灰意冷，扶着侍女正要离去，突然想起一事，"速将杨宝林与我拿下，脱簪去服，押往永巷！"她厉声喝道，双眸中几欲喷出烈焰。

"这事也太过突兀了……"

晨露回到碧月宫中，换上云裳常服，持一柄绢扇，在窗下轻摇。

她想起方才一幕，心中有说不出的蹊跷。

事出突然，众人都慌了手脚，纷扰混乱中，她移步上前，端详了许久。

那一摊幽紫血迹，在烈日下闪着妖异的光芒，淡淡血腥弥漫……

她仔细回忆着，隐约有些头绪，却并不能理清。

正要再想，却听廊下有人禀道："慈宁宫中来人，太后娘娘有旨，请众位娘娘前去一叙。”

来得真快！

晨露柳眉一挑，眼中锋芒微现，终化为幽静浅笑，飘然出尘。

“帏灯匣剑吗……”

太后微微有些疲倦，眼角略见青黛，显然是夜间睡眠不佳。她看着皇后，并不言语，直到后者受不住，才收回自己的凌厉目光。

“你又是自作聪明！”

“母后！”

皇后微微娇嗔，见太后不为所动，心下暗恨，口中叹息道：“儿臣执掌这凤印，简直是如履薄冰，母后再这般对我，我真是没法活了……”

她仿佛被自己的话引动衷肠，眼中盈盈，几欲滴下珠泪。

“你想杀鸡儆猴，也没什么不对……”

太后瞧着她，又是怜悯，又是厌烦，耐着性子道：“可你仍是不见长进……用这种手段，若是被拆穿，怕是你面上也不好看！”

皇后微微一笑，以绢帕轻拭眼角，道：“母后不必担忧，我早有准备，什么蛛丝马迹也不会让那小丫头窥见……”

她说到最后，一字一句几乎由贝齿中迸出，那份阴森忌恨在殿中弥漫，更映得她双眸幽深。

太后见她如此执念，无奈摇头，也不再劝。

“母后，您且瞧这一幕好戏吧……”

皇后口中宽慰着，弱柳扶风般起身，唤人取来太后惯用的琉璃盏，又让自己的侍女将朱漆百凤食盒打开，但见一只水晶杯中满是洁白晶莹的奶乳。

“此物最能安神，母后晚间睡眠不佳，不妨试试。”

太后眉头轻蹙，不悦道：“我最不爱牛羊乳的腥膻。”

皇后婉约笑道：“这不是牛羊的乳汁，而是我遣内务府寻来的健妇所出，最是滋补养颜，安神静心。”

太后面色稍霁，却又皱眉道：“让产后妇人骨肉分离，这有违天道吧……”

皇后仰面一笑，漫不在意地道：“所谓天家威仪，乃是以天下奉养我等，区区几个小家小户，若能换得圣母安康，也是他们的福德。”

太后听着，不再反驳，只是顺水推舟道：“虽说如此，却也是有伤阴骘的。也罢，你多赏赐几个，也够她们受用不尽了。”

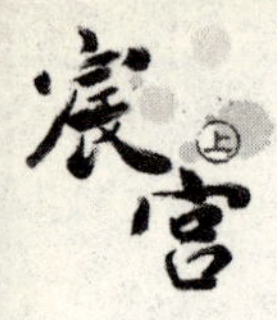

她凝视着杯中乳汁，这才有了些笑意，“你倒是有些孝心……真有安神之效吗？”

她想起夜间梦魇，那亡魂的阴冷黑瞳，诡谲笑意，忽而巧笑倩兮，忽而凄厉低呼，全身便寒毛直竖，眼神也一阵迷茫……

“母后……母后……”皇后在旁呼唤，才让太后神志一清。

“母后，她们已经到了，正在廊下候着——我瞧您确实是精神不佳，且宽心高坐，看我将这一出戏演完吧！”

皇后自得一笑，曼声道：“宣她们进来。”

众人进入殿中，见太后一脸漠然，正在用银匙小口饮着什么，皇后一身雪绸宫装，透出潋滟凤纹，在昏暗中熠熠生辉，更映出她高华灿然。

晨露眼中一丝嘲讽，更加确定，此事另有蹊跷。

她若真是忧心似焚，又怎会有此闲情逸致？

她前世见多识广，一眼便认出，皇后身上的衣料，乃是南越国以秘法织成的“千帜雪”，看来不甚起眼，却是无上轻软，能在暗中生辉，遇火不破，一年中，也不过只产一匹。

一个焦急无比的人，会在这等关头，换上此等华服？

简直荒谬……

她掩着唇边冷笑，微睨着上首两人，静观她们有何动作。

只听太后干咳一声，缓缓道：“我也老了，素来不太拘管你们，只想着能含饴弄孙，有什么参差、好歹，闭只眼也就过去了……”

众嫔妃见她语气淡然，越发心惊，齐齐敛容受教。

“可你们，偏要让我心愿落空啊！”

太后说到此处，对着皇后道：“梅贵嫔的畅春宫中，要让太医日日请脉，有什么不妥，我唯你是问！”

皇后躬身听完训诫，丝毫不敢辩驳，只是花容惨淡地道：“儿臣明白。已经没了一个，梅贵嫔腹中的，是皇上唯一的骨血了。”

太后哼了一声，“你执掌后宫不力，回去也该好好思过！”

训诫了自己侄女，她转过头来，冷冷扫视着阶下众人。

殿中空气，顿时僵硬阴冷起来。

“云贵人的事，到底是怎么回事？”

她的声音并不甚高，却字字传入众人耳中，格外清晰。

她目光凝视一处，沉声道：“杨宝林，你来说说。”

杨宝林已是神志昏乱，听得自己名字，身子一颤险险昏厥过去，强撑着上前跪了，禀道："臣妾实是不知……"

"你不知道？！"

皇后在旁听得真切，以扇掩面，冷冷一笑，"当时所有人可是看得真真的，你和云贵人摔成一团——怎么能说不知呢？"

杨宝林但觉委屈难当，哽咽道："她眼神不好，一脚踩了我的衣角……"

太后轻靠着那只五色鎏金的瓷枕，并不说话。殿中寂静得可怕，连衣袍的摩挲声，都几可听见。

皇后正襟危坐，听着杨宝林的哭诉，眉头微微皱起，"若是云贵人踩了你的衣角，猝不及防之下，摔得最重的应该是你，可如今，却大不一样啊……"

她端详着杨宝林，略带嘲讽的目光在她水滑润泽的鹅蛋脸上停留了一阵，神色间，已是带出不信的矜怒来。

杨宝林见十几双目光齐齐扫来，有疑惑不解的，有担忧恐惧的，更有那幸灾乐祸的，她一时心乱如麻，朱唇微颤，却是无从辩驳。

她乃是戴罪之身，簪环已除，只着一身糯色单裙，映得玉容惨淡，平日里能言善辩的劲头，已是荡然无存。

"原以为能安生养两日病，如今出了这等大事。皇上于子嗣上头颇是艰难，云贵人这事一出，真不知他作何感想。"

皇后沉痛叹息道，引来一阵或真或假的唏嘘。她抿了口茶，才缓缓道："杨宝林，你所说的，本宫实在不能置信，在水落石出之前，倒要委屈你几日了。"

她雍容示意，便有一干宫人宦者上前，皇后指定了杨宝林，冷冷道："杨宝林谋害他人，更是殃及皇嗣，将她带往诏狱之中，仔细讯问，务必问出，是谁胆大包天指使她如此作为！"

她在最后一句上，微微加重语气，已有心思敏锐的，听出了她的弦外之音。

晨露微微一笑，丝毫不见焦躁，只是在旁淡淡加了句："如今真相未明，她毕竟是皇上亲封的宝林，贸然刑讯，怕是不妥……"

皇后睨了她一眼，以为她是胆怯退让，更觉快意，悠然笑道："晨妹妹真是谨小慎微，这点子事，本宫就能做主，何必惊扰圣上。"

晨露微微一叹，款款起身，宛如池中清荷浮摇，"皇后圣断，本无我等置喙之地……"

她上前辞去，道："娘娘恕我御前失仪，这几日甚是疲倦，这便先行告退了。"

说完，朝着众人微一点头，转身径自去了。

一阵窃窃私语，仿佛从深渊中暧昧浮现。众人眼见她不顾而去，既是佩服，又是胆怯，唯恐皇后大怒之下，将气撒在其余人身上。

皇后见她如此不留颜面，气得面容煞白，全身微微颤抖，正要发作，却觉太后伸手轻轻一掐，顿时醒悟过来。

此时自己站定了大义立场，冠冕堂皇地从杨宝林身上追查才是正理，若是跟她纠缠这些礼仪细节，怕是皇帝又要以为后宫争风，不免偏袒宠幸。

她打定了主意，很有涵养地道："晨妹妹多日辛苦，身子不适，将养几日便好。唉，这些乱七八糟的事少出些，我们才能好生休养。"

她以猫戏鼠的目光微睨着杨宝林，"你罪过不小，可这等大罪，却非你一人谋划得来，若能供出主谋，我可以酌情轻饶。"

她满以为杨宝林会痛苦哭求，却见后者眼神游离，仿佛若有所思，不由泄气，拂袖起身道："太后娘娘也累了，各位也散了吧。"

皇帝驾临后宫时，事态已然平息了下去，杨宝林被禁于诏狱之中，管事未敢用刑，便接到皇帝遣秦喜传来的口谕：在他裁决之前，不得滥用私刑。

碧月宫中，元祈倚着梨花长椅，面色阴沉。

"也罢，有这样的后宫，朕原本也未曾想能顺利诞下皇子……"

"梅贵嫔腹中，可还有您的骨肉呢……"晨露从旁宽慰道。

"哼……"

元祈颓然冷笑，"那孩子，是太后和皇后的有力筹码，她们怎会容他出事呢？"

晨露一听，便知道他对梅贵嫔和皇后的盘算，心中亦是雪亮。

"这次你也在现场，可曾看出什么来？"元祈有些疲惫，轻轻问道，几乎不抱希望。

"此事有些蹊跷，杨宝林确系无辜。"

晨露微微叹息，加了一句："是冲着我来的……"

元祈瞬间明白了其中诀窍，他已怒不可遏，只是轻轻道："朕不容许任何人伤害你。"

他说完，蓦然起身，却被晨露制止道："此事我尚能料理，不用你出马。"

她细细思索着，眼前浮现了那摊鲜血，总觉得有什么不对，却一时说不上来。

"朕做主，把杨宝林放出来吧，她族中也是清流世宦，明知她不是凶手，还这么羁押着，若是她一个想不开……"

"这倒不用担忧……"

晨露微笑着，想起方才她往外走时，裙幅摩擦之际，她扔在杨宝林掌心的纸团上面只有四字：稍安静待。

送走了皇帝，涧清匆匆来报："慈宁宫那边，芳云传来消息，有人与她一道窥视太后寝居。"

晨露柳眉微动，"看清是什么人了吗？"

涧清摇头，上前替她褪下宫装，却不急于穿衣裳，而是取过一罐伤药，道："上次划的那道伤口，快结痂封口了，最后上一次药吧。"

她回想起那次冰琅事件的凶险，心有余悸道："幸亏您及时运功，把血逼出，那么多血，溅成一片……"

她正要说下去，晨露却是一惊，电光石火间，她被这无心之语点破，恍然大悟地站起来，"原来如此！"

对着涧清不解的目光，她道："我那日的血是什么模样？"

"开始是青黑色的，后来便是鲜红的了，毒清空后，您才点穴止血的。"

"新鲜的血液，总是嫣红……你说的正提醒了我，云萝她是在假装，至少，她并非小产出血！"

"大凡妇人小产，因是胎儿化形，血中都带有淤紫，可云贵人的，却是嫣红鲜明的一摊，这根本不合常理。"

"那么，云贵人的小产是假装的？"涧清惊诧无比。

"十之八九有诈……皇后这是冲着我来的，杨宝林受此严惩，若我不能保她平安，今后，便再无人敢投入我这一边了。"

晨露想起皇后那含笑的眼神，不由得莞尔，"她口口声声供出主谋，却是想把这盆污水泼在我身上。"

"那么，您要如何应对呢？"涧清微微好奇，不禁问出了心中所想。

晨露悠然轻笑，提起漆盘中的冰镇葡萄，檀口轻启，含下一颗，举止间颇见潇洒。

"皇后这等伎俩，还不够老辣……"

她意态闲散，仿佛胜券在握。

"明日，再去一趟昭阳宫吧。"

翌日的晨省，因着云贵人之事而暂时休止，昭阳宫中失却了往日的热闹气派，宽敞的殿中空旷寂静。

"晨妃来了。"

皇后正看着御医为云贵人诊脉，闻听通禀，有些不可思议地冷笑道："她来做什么？”

“晨妃娘娘是来探视云贵人的。”宫人怯怯地回道。

“请她进来吧。”

皇后端坐如仪，加了一句：“只是云贵人心中苦闷，若是有什么失礼，也只能请她海涵了。”

她目视榻上，淡蓝鸾凤绸被覆盖下，云贵人微微睁眼，与她四目相对，默契自生。

晨露在宫人导引下，进入内室，珠帘未揭，便闻得一阵药香馥郁，烟雾朦胧中，皇后端坐床前，正以绢帕擦拭云萝的额头。

一阵厌恶的冷笑从心中泛起，晨露压下心思，与皇后分宾主落座。

“晨妹妹莫要见怪，我不放心云萝这孩子，所以接来亲自照料。”

皇后说着，几欲落泪，“这孩子命数不好，好不容易怀了龙裔，却遭此暗算。”

晨露听得“暗算”二字，眉间闪过一丝冷戾，她耐着性子问道:“御医怎么说？”

“受创过重，别说胎儿，连大人都是性命堪忧。”

等的就是你这句！

晨露及时接上道：“我于医道也微有涉猎，能否让我察看一下？”

皇后一愣，仿佛早有预料，雍容笑道：“那就偏劳妹妹了。”

晨露眉心生出阴霾，这次的谋划，如此周全吗？

乾清宫

元祈早朝过后，便取出古谱，喝着茗茶，对着棋盘独自思索。

瞿云奉他之命，率领暗使中人，昨日傍晚便离开了宫中，外出办事。

没有对手的打谱，分外寂寥，元祈想起碧月宫中，那珊瑚金钩下，朦胧晶莹的鲛珠纱帐，温文淡雅的沉香以及那佩剑而行、皎如曦月的佳人，一时心旷神醉，轻轻叹息。

天可怜见，别人以为他芙蓉帐暖度春宵，却不知佳人有如高岭冰雪，不容轻亵，他心仪之下，更是不忍造次，外间虽有个“专宠”的名声，却不知他们是分榻而眠，实在是光风霁月已极。

她今日要去昭阳宫中，面对那重重陷阱，虽然知道她睿智天成，却忍不住有些担忧。

皇后的语意乃是醉翁之意不在酒，最后的目标，究竟是……

他正在怔怔，却听秦喜气喘吁吁地奔至殿外。

“皇上，昭阳宫那边……”

他急得喘不过气来，皇帝忧心如焚，断喝道："究竟怎么了？"

"云贵人她……她……"

秦喜颤声道："晨妃娘娘前去探视，不知怎的，云贵人她……居然好了！"

秦喜不知是惊还是疑，说起来有些语无伦次。

元祈听得直皱眉头，微愠道："妇人小产之难，又怎么会好了？"

他想起昨夜晨露所说，心中也生出疑惑，起身便往昭阳宫而去。

昭阳宫中，一片宁静祥和，皇帝急急入殿，却见殿中气氛凝滞诡异。云贵人双目红肿，静坐在高椅之上，端着一盏杏仁酪小口喝着，衣衫稍见凌乱，神态举止间茫然呆滞。

皇帝这一惊非同小可，他目视皇后，见她端坐有如泥塑木雕，美眸中光芒复杂。

"这到底是怎么回事？"皇帝略有些明了，又有些疑惑。

"皇上，所谓庸医误人，自古如此，更有人见风就是雨，乍惊之下才引起昨日骚动。"晨露在旁端详着檀木雕花椅的纹路，似笑非笑地微讽道。

皇后的脸色更加难看，她看了看皇帝，嗫嚅道："云妹妹未曾有孕……"

"御医呢？那日在场的证人呢？"

皇帝气得发昏，只觉得这一场儿戏简直荒诞，他怒极反笑。

"云萝这孩子体质孱弱，碰撞之下，当日伤口迸裂，鲜血淋漓，她自己也生出误会，臆乱幻觉之下，真好似自己腹中有胎儿夭折。皇上且恕我照管不周……"

皇后哭得哀怨，以袖掩面，众目睽睽之下，只觉无地自容。

皇帝听着更觉蹊跷，正要开口再问，却见晨露曼然一笑，使了个微妙的眼色，飒然起身道："我要回宫了……皇上的辇舆送我一程如何？"

两人携手齐出，不顾身后云萝蓦然低泣，皇后颓然跌坐，满面怨毒。

皇帝步入中庭，但见满院垂柳繁花素雅馨香，想起与皇后旧日嬉戏其间，那般的脉脉温情，不禁嗟叹道："芙蓉如面柳如眉……"

下半句，却无论如何也接不下去。物是人非，他又如何去对景垂泪——那个月下把臂盟誓的女子，已然被这万千宫阙扭曲得不复从前。

皇帝心中涌出淡淡的疲倦，身后殿堂分明近在咫尺，却仿佛远隔数重。他不想回身，亦不想记起那些甜蜜过往。

"是朕太天真了……"他低喃道。

"是在说皇后吗？"

清冷的声调仿佛珠玉落地，却偏偏带着微妙的暖意。

晨露与他并肩站于树下，仰望着绿荫中点点金斑。

“皇上明白了吗……”

“朕只知道，这是皇后使的手段……”元祈静静说道，对自己的结发中宫，已是心灰意冷。

他侧视晨露，“你今日用剑了？”

“由何得知？”

“剑鞘。”

晨露瞥了一眼自己的佩剑——太阿，将长穗拂整，轻轻地说出一句：“今日云萝险些丧命于我剑下。”

她微微眯眼，想起晨间那幕。

当时，她正欲近前，一探究竟，却见皇后胸有成竹，命人将帐帘轻启。云贵人面色惨白，青白交加，呼吸间，颇是微弱。

“杨宝林如此狠毒……听说晨妹妹与她交好？”皇后在旁问道，语声幽幽，意味深长。

晨露正欲取腕把脉，闻言心生警兆，再一端详云贵人，却见气息渺渺，简直就要闭过气去。

好一个毒计！

她柳眉轻扬，长袖一拂，再不去为云贵人把脉，而是取过涧清手中的太阿，呛啷一声，拔剑出鞘。

晨间的日光金灿，照于雪亮剑身，锋芒不可逼视。

“晨……晨妃，你要做什么？”

皇后雪白面孔瞬间变为铁青，她惊恐不已踉跄着后退，一不小心踩着自己的裙幅，摇摇欲坠。

周围宫人大吃一惊，门外侍卫正欲进入，被晨露目光一扫，顿觉重如泰山，一时不敢行动。

“皇后少安毋躁，我这就来为云贵人治疗。”

晨露莞尔一笑，任由日光照耀全身。她神情凛然，如冰雪一般高远，微笑中，却另有一种嘲讽。

“治疗？”皇后仿佛不能反应，只是机械地重复着。

宝剑在纤纤素手之中，嗡嗡轻颤，仿佛灵性天成，正在抗议被用于此种场合。

但见雪芒一闪，白刃挥了个剑花，有如毒蛇一般，朝着云贵人咽喉而去。

这一下看似迅疾，却是刻意放慢，众人齐齐惊呼一声，却都是弱质女流，谁也不敢上前拦阻。

宛如流光，让天边烈日都为之失色，这一剑，逼退了整个殿堂的阴沉晦暗。

云贵人一声尖叫，竟也不再气息奄奄，由床上跳起，拖曳着纱绢中衣，赤脚踉跄着闪避。

“云贵人不过是思虑过甚，几番臆想之下，又乍见出血，就以为是小产之难。人在危急关头，才能真正发现自己是安然无恙的。”

晨露笑得冷冽，调侃道：“云贵人，你跳起身来，很是灵巧敏捷，可见身体安康，真真可喜可贺。”

云萝大窘之下，又是大惊，此刻再躲回床上装娇弱，已不能够。她浑浑噩噩地任由侍女帮她披上外袍，一时愣在当场。

“皇后娘娘素来菩萨心肠，如今云贵人无事，您应该欢喜才对。”

晨露冷冷一笑，一派悠闲从容。

皇后与亲信面面相觑，神色变幻，咬牙不语。

元祈静静听着，俊逸面容已成铁青。

“后宫争夺，素来如此，也没什么好恼怒的。”晨露宽慰道。

“什么思虑过甚，几番臆想……这两个蛇蝎毒妇，你还给她们台阶下……”元祈叹息道，声音倦冷，却带着淡淡的愧疚。

“皇后是冲着我来的，杨宝林与我走得稍近，便遭此横祸。若是揭穿她们，皇上难道能下诏废后？”晨露与他对视，直问之下，毫无顾忌。

“你说得对，朕不能废了她……”

皇帝口中苦涩，如含了一枚青榄，一丝一脉，却是深沉之痛。

“这几日，朕为了藩王之事，夙夜辛劳，可后宫之中，仍是不让朕省心，朕真是有个好皇后！”

他想起前廷之事，心中更是郁郁，低下头来，仿佛不胜疲倦。

一双青葱玉手，将他发间的金冠扶正，那份细腻温暖，让他愕然抬头。

晨露迎风而立，正含笑凝视着他。

“何故作此颓唐之态？”

她柳眉一扬，道：“男子汉大丈夫，遇到这点事情，便要长吁短叹吗？这世上，有哪几人能富贵悠闲，又妻贤子孝？”

她这尖锐一句，如当头棒喝，把皇帝从消沉中震醒。

他苦笑道：“还以为你会安慰朕呢。”

晨露微睨他一眼，道："若要如花解语，皇上只管去后宫中找，不胜繁多，各个都懂得温言安慰。"

"可她们都不是你……"

元祈温柔凝视着，伸手将她鬓间乱发拂齐。

"她们，都不是朕心系之人。"

……

两人边走边说，早已将辇舆抛至身后。侍从们见两人并肩而行，气氛融洽，会心一笑之下，只是远远跟着，并不走近。

此时绿荫翠炫，日光照人，微微炽热，清风拂过，使得人心也悄然发烫。

慈宁宫中，皇后一脸晦涩不甘，坐于太后下首，静听训诲。

太后慢悠悠地喝了口乳酪，冷笑着数落："我跟你说过，此事太过惊险，岂同儿戏？你不听我言，这次出了个大丑，却要怎生了结？"

皇后硬着头皮，强辩道："晨妃只是说云萝思虑过甚，几番臆想之下，误以为是小产……"

太后看着她，恨铁不成钢地道："你仍是个懵懂——这样的话传出去，谁人不知其中奥妙？你这个中宫，不知要受多少嘲笑。"

她尖刻地下了断言："我也没曾指望你能成器，你在后宫中捣鼓这些，废了多少精力？却不知朝中风云变幻，我林家岌岌可危了。"

皇后受了这一吓，站起身来，颤声道："母后……"

太后看着她，幽幽道："你可知道，藩王们为何在京中滞留不去？"

皇后微带惊愕，想了一想，道："是为了多争些封地？"

"妇人之见！"

太后不屑道，凝视着侄女，冷笑，"他们是看皇帝的宝座太高，要捋低一些。"

"什么？！"

皇后大惊之下，遍体生寒。

太后不去看她，手中的银匙轻轻搅动，任由雪白晶莹的玉乳回旋飘转，她凝望着虚空之中，缓缓道："以安王、平王挑头，藩王们群起应和，这股暗流正在朝野涌动，他们所图非小。"

皇后稍稍宽心，嘲讽道："那两位王爷本就是妾妇所出，如今也不知收敛吗？"

太后面色一黯，眸中冷光大盛。

"他们倚仗先帝的宠爱，又何曾将我们母子放在眼中？"

她想起先帝时那两个出身微贱的妃子，心下一阵厌恶，紧拽了下手中绢帕。

皇后察言观色，宽慰道："先帝心中还是最疼母后，两位王爷小小年纪，便被驱逐到了封地上，先帝的心思不言自明。"

她自忖此言妥帖，却不料太后眉宇间一阵冷怒，太阳穴突突直跳。皇后慌了手脚，唤来侍女为太后按摩心口，好半天才缓过来。

"你以为……先帝是偏宠我们母子？"

太后躺在榻上，雪白的面孔掩映在昏暗中，她轻笑着问道，笑声清脆，有如雪珠落地，却是格外幽冷森寒。

皇后觉出不妥，敛眉垂手，不再开口。

太后以扇掩面，姿态娴雅从容，她冷笑着，仿佛格外欢畅，"先帝元旭……"

她从唇齿间轻吐出这个称呼，仿佛情人间炽热的呢喃，又仿佛生自幽冥的怨毒——

"他生怕那两个皇子遭遇不测，才让他们早早就藩……他可真是'疼惜'我们母子啊！"

她一字一句地轻喃，皇后一触她那幽寒眸光，不觉打了个冷战，心下为这秘辛而暗自惊诧。

"世人看我们高高在上，风光煊赫，却不知这其中有多少辛酸……"

太后叹息着，继续说道："别说我这两个庶子，就是我嫡亲的弟弟，你的伯父襄王，也很不安分啊……"

皇后一听之下，才知她先前说的"林家岌岌可危"是何含义了。

太后黯然一叹，冷哼道："都这么乌眼儿鸡似的斗来斗去，以为我老了，就不中用了吗？"

她尖细的指尖在扇柄上划过一道刻痕，"大家走着瞧吧……"

一切有为法，如梦幻泡影，
如露亦如电，应作如是观。